Yann de l'Ecotais

Né à Marseille en 1940, diplômé de l'ESSEC, Yann de l'Ecotais entre à l'AFP en 1963 et devient correspondant pour l'Europe à Bruxelles en 1965. En 1973, il intègre *Le Figaro* dont il sera deux ans plus tard chef du service économique et social. En 1977, il est rédacteur en chef de Radio Monte Carlo avant de rejoindre *L'Express* en 1978, où il finira par occuper le poste de directeur de la rédaction de 1987 à 1994. Il est l'auteur de plusieurs essais économiques et politiques tels que *L'Europe sabotée*, (1975), *Naissances d'une nation* (1990), *L'urgence : le chômage n'est pas une fatalité* (1993), de romans, *Les herbes de Provence* (1996), *Dernière chance* (1998) – et de thrillers, *Gène de violence* (1998), *Mortelles cliniques* (1999), *Politique rouge sang* (2002). Il a aussi écrit en 1999 *La Seccotine est irremplaçable : courts récits d'avant le progrès* (1999), qui évoque des marques célèbres aujourd'hui disparues.

LE VIEUX PORT

**

NOTRE-DAME-DE-LA-GARDE

DU MÊME AUTEUR
CHEZ POCKET

LE VIEUX PORT

1. LE VIEUX PORT
2. NOTRE-DAME-DE-LA-GARDE *(oct. 2002)*
3. AVENUE DU PRADO *(nov. 2002)*

YANN DE L'ECOTAIS

LE VIEUX PORT

**

NOTRE-DAME-DE-LA-GARDE

PLON

Ce roman s'adosse à l'Histoire. Mais toute ressemblance avec des personnages vivant ou ayant vécu serait l'effet du hasard.

Y.E.

ISBN 2-266-10864-6

Pour Marie-Laure, qui m'a tenu la main
durant ce drôle d'hiver.

I

1944-1949
COURS PIERRE-PUGET

CHAPITRE 1

L'urgence. Aller vite, partout, pour tout. C'est épuisant. Reconstruire, remplacer, remettre en route. Retrouver du matériel, malgré le manque d'argent et l'absence de fournisseurs. C'est encore plus épuisant que la guerre, prétendent, odieux, ceux des Marseillais qui ne se sont pas battus.

Les murs des immeubles sont troués de balles. Les vitrines des magasins crasseuses et vides. Les ateliers, les usines, assoupis ou définitivement fermés. Il n'y a plus de pont transbordeur, dynamité par les Allemands le 22 août 1944. Sur le front de mer, on compte seulement quatre kilomètres de quai utilisables sur vingt-quatre, une grue flottante sur quarante-deux. Le soleil de cette fin d'été victorieux rend plus pathétique encore la misère de la ville.

Quand de Gaulle était venu à Marseille, en septembre, il avait reconnu, la rage au cœur, qu'il faudrait du temps avant que le port se ranimât. Lui pensait au commerce avec le monde entier, au poumon sud du pays qui ne fonctionnait plus, au rôle que celui-ci tenait dans le statut international de la France. Les Marseillais avaient ricané. On allait encore les oublier. Les enfants parisiens recevaient seize œufs par mois, les enfants marseillais quatre seulement. Le litre de lait coûtait près de cinquante pour cent plus cher dans les Bouches-du-Rhône qu'en Ile-de-France. Bien sûr.

Comme d'habitude. A Marseille d'ailleurs, on n'appelait plus Ramadier, le ministre du Ravitaillement, que Ramadan, et pas seulement à la porte d'Aix, dans la communauté maghrébine.

Marseille est la capitale des « assiettes vides », écrit *Le Provençal*, Paris celle des « assiettes pleines ». La ville est meurtrie. Les Allemands et les collabos ont fait exploser les vieux quartiers du port. Les bombardements ont été sanglants. Les déportations de Juifs, massives, monstrueuses. Meurtrie, la ville l'est doublement. Ce qu'elle a subi, ou ce qu'elle a donné de bon cœur, elle sait qu'on ne le portera pas à son crédit. Et qu'on ne le reconnaîtra même pas. Comme d'habitude, Bicou !

— On va devoir changer tout ça, donner à manger à la population marseillaise, développer une vaste zone industrielle, repartir à zéro. Exister et être respectés. Aujourd'hui, tout est possible. Il suffit de le vouloir.

L'homme s'exprime sans accent. Il a une trentaine d'années, le visage lisse et austère. On lui prédit un grand avenir politique. Il dirige *Le Provençal*, et les socialistes marseillais savent qu'ils ont trouvé leur chef. Avocat et résistant, Gaston Defferre n'est, curieusement, pas doué pour les discours, mais sa détermination apparaît totale, son énergie inépuisable. Aujourd'hui, il a invité une centaine de personnes dans les locaux du quotidien pour saluer l'augmentation de sa pagination. Hélène a accompagné son oncle, Bernard de Portallan, devenu à la Libération un des rédacteurs en chef du journal.

— Vous devez prendre votre place dans ce combat, dit-il en fixant Hélène de Portallan. Comme vous l'avez fait dans l'autre. Je ne dis pas que la politique est la poursuite de la guerre avec d'autres moyens, mais il s'agit d'une formule intéressante, non ? Nous avons besoin de femmes politiques. Elles seront élues, entreront au gouvernement.

Il laisse passer quelques instants et ajoute :

— En tout cas, un jour prochain, moi j'en aurai besoin au conseil municipal.

Au regard de l'homme politique, Hélène comprend qu'elle ne laisse pas celui-ci indifférent. Elle est sûre de son charme en même temps classique et sauvage. A vingt-cinq ans, ses traits juvéniles ont acquis, avec les drames traversés et les responsabilités assumées, une sorte de majesté, joyeusement troublée de temps en temps par un sourire qui prend d'abord naissance au fond de ses yeux noirs fendus vers les tempes.

— Le Général a été formidable en prenant cette ordonnance à Alger, au mois d'avril dernier. Enfin, nous avons le droit de vote et nous sommes éligibles ! Mais il nous a un peu volé notre victoire, dit Hélène dans un éclat de rire. J'aurais volontiers marché sur l'Assemblée à la tête d'une manifestation. Tandis que là, tout s'est passé en douce.

Hélène parle avec une sorte d'indulgence, comme si désormais, en dehors des crimes impardonnables de la guerre, la morale imposait de n'en vouloir à personne. Tout d'un coup, elle ne voit plus son interlocuteur, ne l'entend plus. Peut-être lui répond-il en cherchant à la convaincre de rejoindre la politique. De nouveau, son attention revient à Sandro, cet amour en creux qui lui manque douloureusement. Elle n'a plus cherché à le rencontrer depuis le jour de la Libération, sur le Vieux Port. Elle a pris l'habitude de se renseigner auprès de Gina, de Bernard. Ce dernier est le seul à savoir que Sandro a exécuté le père d'Hélène, Sébastien de Portallan, sur ordre de la Résistance. Elle n'est pas retournée à Hauterive, la propriété familiale, au bord de l'étang de Berre. C'est trop tôt. Un jour, sans doute. Quand elle aura écrasé de ses semelles les braises qui continuent à rougeoyer.

Par association d'idées, elle allume une cigarette. Elle replace son chignon, d'un geste mécanique copié sans le savoir sur sa grand-mère Joséphine de Portallan, lisse d'un doigt son front bombé et ses pommettes hautes pour en chasser le découragement. Elle agite la main vers Bernard de Portallan qui passe à quelques mètres en clignant de l'œil à son intention.

— Il y a tellement de travail, dit-elle, tournée vers Defferre. Les usines et les ateliers… Les règlements de comptes au sein du personnel… Chez nous, en plus, vous vous rendez compte de ce que ça peut donner ! Sébastien de Portallan ! Mon père ! Exécuté par… – elle s'arrête au bord de la vérité – exécuté par la Résistance ! Le complice, l'ami du collabo numéro un, Antoine Simoni ! Il a disparu, Simoni ! Heureusement pour lui !

Ces souvenirs sont étouffants. Gluants comme l'annonce d'un orage du mois d'août, quand le regard et l'attention ne parviennent pas à dépasser les lignes d'horizon rapprochées et plombées de noir. Un monde en soi, hermétiquement clos. Ils ne donnent pas envie de se lancer en politique, ces souvenirs. Sûrement pas.

— Je ne suis pas prête, murmure Hélène, presque pour elle-même. Je dois m'occuper des Huileries, des Aygalades, de tout le reste. La société, le conglomérat de sociétés que je ne parviens même pas encore à trier. Sauver ce qui peut l'être. Le monde va changer, et je ne sais pas dans quel sens… Il y a ma famille, ma mère, mon frère, mon oncle, sa femme, les gosses à venir… Ça passe d'abord, vous comprenez ? Et puis, je ne suis pas assez dure. Je n'arriverai pas à dire une chose et faire le contraire… Pas encore.

Elle ajoute dans un souffle, comme au terme d'une supplique :

— Et vous savez quel âge j'ai ?

Gaston rit sans bruit, de manière aiguë, et un fil très mince s'étire d'une de ses joues à l'autre. Ce n'est pas un farceur, pense Hélène. Personne ne doit avoir envie de lui taper dans le dos. Aujourd'hui, il faut une grande rigueur, mais, comme ils disent ici, il faut savoir aussi faire la part des choses.

— Vous trouverez bien d'autres candidates, sourit la jeune femme. Plus capables, plus disponibles…

— Il n'y a pas que ça qui compte…

— Les convictions ? interroge-t-elle. Mais sommes-nous d'accord ? Je ne suis pas socialiste. Je ne sais pas ce que je suis, d'ailleurs. Sauf gaulliste.

— Gaulliste, gaulliste… Moi aussi je suis gaulliste ! Il y a des gaullistes à droite et à gauche. Et puis, figurez-vous, on ne pourra pas continuer à se dire gaulliste éternellement.

— En ce qui me concerne et à notre âge, pourquoi pas ? En tout cas, pour le moment, ça suffit à mon bonheur politique.

Il trempe ses lèvres dans un verre embué, la regardant avec une attention bienveillante plus que passionnée. Il trouve qu'Hélène est dotée d'un sacré caractère, d'une intelligence incisive et reposante. Elle est très jeune mais quelle importance ! Résistante et docteur en droit ! Et jolie fille ! Un nom un peu lourd à traîner, mais les années passent. Idéale, sur une liste électorale.

— N'oubliez pas mes propositions, dit-il en soufflant curieusement du nez. Nous aurons besoin de vous. Si je vous demandais où se situent les menaces ?

— Politiquement ? En France ?

Il hoche la tête.

— La menace, aujourd'hui, ce sont les communistes, poursuit-elle. Ils se sont bien battus, mais ce n'est pas une raison pour leur donner les clefs du pays. J'ai déjà des problèmes très graves dans certaines usines. Je refuse les soviets.

— Donc, vous voyez, nous sommes d'accord sur l'essentiel… Moi, les chrétiens-sociaux ne me gênent pas, ils admettent forcément un peu de planification pour corriger les injustices, mais cela ne nuit pas aux libertés individuelles et collectives… Qu'est-ce que vous en pensez ?

On verra, se dit Hélène. Nous sommes entrés dans la Résistance poussés par une force morale violente et exigeante. Notre volonté se confondait avec notre devoir. Le bien et le bon ne faisaient qu'un. Nous nous sommes purifiés. Les martyrs ont été nos témoins.

Nous ne pensions pas réorganiser le monde. Il le faudrait, cependant. Pour Dimitri, mort au combat du côté du parc Borély, qui défendait l'honneur d'un pays d'adoption. Pour Hocine le Kabyle, mon camarade de réseau, qui défendait son pays, la France, en attendant l'indépendance de l'Algérie. Nous devrions certainement réorganiser le monde. On laisse peu de temps aux possibilités de révolution. Justice et liberté. Tout va trop vite.

Elle a besoin de grand air et se dirige vers la sortie, saluant quelques connaissances. Elle jette un œil à sa montre. Elle doit encore repasser par ses bureaux, cours Pierre-Puget, pour étudier des dossiers avec son comptable. Pourtant il est quasiment huit heures du soir. Quand exercera-t-elle enfin le métier qu'elle avait choisi, celui d'avocat ? Elle pense confusément à Marc, son frère, trop jeune encore pour s'installer aux commandes de la société, mais surtout trop rigide, trop suffisant, trop amateur de tape-à-l'œil. Par quel mystère le jeune homme un peu rêveur, attiré par les lettres, s'est-il transformé en personnage ridicule, parodique dans son cynisme fabriqué ? L'évolution de Marc la préoccupe, mais elle est si bousculée, elle dispose de si peu de temps !

Elle fend la foule, embrasse Bernard, s'attarde encore avec lui un instant, demande des nouvelles de Gina, du petit Vincent, leur fils, de la famille Barutti, en espérant que son oncle lui dira quelques mots de Sandro.

— Et la campagne ? demande-t-elle.

La campagne, c'est Hauterive, Vitrolles, l'étang, là, si près de Marseille et pourtant si loin. Hélène sent sa gorge se serrer. L'absence l'a envahie. L'absence de Sandro, l'absence de ses proches, l'absence de la propriété familiale, l'absence du coucher de soleil sur les pins, l'absence du clapotis de l'eau en contrebas des terrasses, l'absence de l'odeur de silex et de sel. Les larmes lui montent aux yeux. Elle se sent épuisée.

— La campagne ? Les Américains sont très gentils,

et les prisonniers allemands parfaitement tranquilles, sourit Bernard de Portallan en passant un bras sur les épaules d'Hélène. Tu devrais monter un jour. Gina serait contente, tu lui manques.

Hauterive avait été réquisitionnée pour loger un officier supérieur américain et son entourage direct, basés à l'aéroport de Marignane. Hélène, même si elle vouait une reconnaissance éternelle aux troupes de libération, n'avait pas très envie de voir la chambre de sa grand-mère, sa propre chambre occupées par des militaires, fussent-ils valeureux. Elle préférait demeurer à Marseille, où elle avait fini par s'installer dans une centaine de mètres carrés au-dessus de ses bureaux, cours Pierre-Puget. L'appartement n'était pas très gai, mais du moins était-il pratique. Pour l'heure, elle n'en demandait pas plus. Sa mère et son frère Marc occupaient désormais le rez-de-chaussée et le premier étage d'un immeuble de la rue Edmond-Rostand. L'hôtel particulier de la rue Paradis qu'ils avaient habité avant que Sébastien de Portallan n'y installe sa maîtresse, et devant lequel il avait été abattu un peu avant la Libération, avait été vendu dès les premiers jours de septembre 1944. Hélène avait dû y retourner pour trier les meubles et cette visite l'avait laissée, pendant plusieurs heures, comme morte.

— Je monterai, dit-elle à Bernard. Bientôt.

A Marseille, on « monte » toujours « à la campagne », même si l'on ne change pas d'altitude. On part du bord de mer, toujours vers l'intérieur des terres, c'est ça, monter. Hélène cherche une cigarette. Elle est cernée, angoissée, pressée, seule. Seule, répète-t-elle, en bloquant de manière mécanique son sourire, pour sécher ses larmes. Elle embrasse encore Bernard comme si elle devait s'absenter longtemps.

Maintenant, elle marche dans la rue vers sa voiture, balance son sac sur l'épaule, étire sa longue silhouette en contenant un bâillement. Elle a une allure un peu militaire avec son tailleur de gabardine vert tilleul dont la jupe sans pli valse au-dessous du genou, et sa chemise blanche à col entrouvert enserrant un mince collier d'or. Elle s'amuse des sifflets admiratifs de deux jeunes gens basanés en tricots de peau, appuyés à l'angle d'un mur, des braves càcous :

— Oh, la belle girelle, tu as pas peur du noir ? Parce que sinon, on te tient la main pour traverser...

— Vous inquiétez pas, répondait-elle réjouie, j'oublie jamais mon pétard. Mon moukala.

Elle tapote son sac. Ils n'ont pas envie de vérifier. De toute façon, ils ne sont pas méchants. Ils parlent un peu haut, pour s'encourager. Hélène aime sa ville, qui bruisse tel un animal dans l'herbe, qui se faufile entre les ombres naissantes, qui tente de retenir encore quelques vagues poussières de soleil et exhale ses premières odeurs de danger nocturne.

De faibles lumières, des lumières économiques, vacillent au rez-de-chaussée et au premier étage des bureaux du cours Pierre-Puget. Hélène de Portallan a garé sa vieille Vivaquatre plus haut, vers Notre-Dame-de-la-Garde. Les platanes touffus, qui réclameraient un peu d'entretien, étendent leur ombre apaisante jusqu'à l'aplomb des immeubles. A gauche de la lourde porte de verre doublée d'une grille de fer forgé, une marque rectangulaire se dessine sur la pierre. A droite du porche, Hélène a conservé la plaque de cuivre indiquant « Les Huileries réunies ». En revanche elle a demandé que, de l'autre côté des battants, soit déposée la seconde plaque, celle qui annoncait : « Sébastien de Portallan & Cie ». Elle n'a pas encore eu le temps de transformer juridiquement le nom de l'entreprise, comme d'ailleurs la composition de l'actionnariat. Elle ignore même si elle ne doit pas proposer à sa famille de vendre toutes les activités du groupe. Dans le maquis entretenu par son père et ses associés, les coupes claires possibles sont difficiles à repérer.

Comme elle parvient à la porte, elle distingue, dans le cône jaune diffusé par la lampe de bureau, la carcasse massive de Louis Merlot, l'huissier qu'elle a toujours connu au même poste.

— Vous ne devez pas m'attendre, monsieur Merlot. Il est tard. Vous seriez mieux chez vous.

Elle n'a jamais réussi à appeler ses employés par leurs prénoms comme, dit-on, le voudrait son statut de présidente de la société. Louis Merlot secoue son abondante crinière blanche et passe un mouchoir sur la sueur qui, avec les chaleurs, envahit régulièrement son front.

— Vous savez, chez moi, je suis seul, alors... Autant rendre service. C'est plus agréable avec vous qu'avec votre père, hein ! Mais je voulais vous faire une commission...

— Ah, dit Hélène, que se passe-t-il ?

Le bon Louis Merlot continue à se tamponner le visage, en roulant des yeux fatigués.

— C'est une dame qui a téléphoné. J'ai tout noté. Une dame que vous avez rencontrée le jour du bombardement. A la fin du mois de mai, vous vous souvenez ? Le petit François, François Meunier, il s'appelle. Il avait perdu ses parents et vous l'avez confié à quelqu'un en laissant votre nom, votre adresse et le numéro de téléphone.

Le vertige saisit Hélène qui s'appuie au comptoir de bois noir faisant office de bureau de réception.

— Il n'a plus de parents, le petit François, alors la dame vous a téléphoné... Non, non ! Il ne lui est rien arrivé, à ce pitchoun, rassurez-vous !

Quel âge avait-il ? Quel âge a-t-il, aujourd'hui ? Trois, quatre ans ? Hélène de Portallan retrouve dans sa mémoire les traits du gosse. Des cheveux clairs, des yeux noisette, une bouille ronde parsemée de traces de plâtre et creusée de larmes. Il réclamait sa mère et refusait d'abandonner le train en bois qu'il traînait au bout d'une ficelle.

— Il n'a plus de parents..., murmure-t-elle. Des grands-parents, peut-être, des oncles, des tantes...

— Je ne sais pas, dit avec douceur Louis Merlot.

Il faudrait aller voir. Je peux vous accompagner demain.

— Mais que puis-je faire ?

— Je ne sais pas. Aider. C'est certainement pour ça que cette dame vous a téléphoné. J'ai son nom et son adresse. Elle habite rue Marengo, près du boulevard Baille.

Je n'ai que vingt-cinq ans, songe Hélène. C'est trop tôt. J'ai l'âge de sortir, de danser, d'aimer, de voyager. Elle penche la tête vers le sol, comme pour une prière. Les vieux tapis, des Chiraz pourtant fanés et usés par les passages, lui renvoient une composition violente de formes et de couleurs agressives, infernales, absurdes.

— C'est ça, dit-elle enfin. Je vous remercie, monsieur Merlot. Nous irons demain.

CHAPITRE 2

— Miss ?

Le militaire casqué, de faction sur la terrasse de la bastide, s'approche avec une remarquable prudence de la Vivaquatre d'Hélène de Portallan. Il penche la tête vers la jeune femme en s'adressant à elle par la fenêtre de la voiture. Hélène ne parvient pas à répondre immédiatement. Tout juste prend-elle conscience de l'odeur de savonnctte ct dc dcntifrice répandue par le jeune soldat.

Depuis qu'elle a quitté la grand-route et suivi le chemin de terre conduisant à Hauterive, les souvenirs se bousculent en elle, comme si elle avait abandonné la propriété depuis de longues années. Elle se demande maintenant si ses jambes vont la porter.

Il y a trois mois à peine, juste après le débarquement de Normandie, tandis que la guerre faisait encore rage, elle se trouvait là pour le baptême de Vincent, le fils de Gina et de Bernard, dont elle était la marraine et Sandro le parrain. Peu de temps auparavant, face à l'étang, Sandro Barutti lui avait avoué avoir exécuté son père sur ordre de la Résistance à laquelle, comme elle, il appartenait. Et quelques semaines plus tôt encore, grand-mère était morte, vaincue par l'âge mais aussi, Hélène en était certaine, terrassée par les ignominies de son fils aîné, Sébastien de Portallan.

Mon père. Il faudrait utiliser un autre nom que père.

Mais non : mon père, définitivement, et malgré ses crimes. Ce père s'était déplacé pour s'incliner vers la défunte dans la chambre du premier étage. Les dernières phrases qu'elle avait échangées avec lui avaient été violentes et irrémédiables.

Même aujourd'hui, elle ne regrette rien : Sébastien de Portallan s'était conduit de façon scandaleuse et immorale vis-à-vis de son épouse et de sa famille, il avait collaboré avec l'occupant et les truands marseillais par conviction et par intérêt financier. Grand-mère l'avait même expulsé de la propriété, se souvient Hélène en levant son regard vers le très jeune homme au visage encore enfantin sous le casque kaki.

— Miss ? répète-t-il de nouveau.

Elle réalise qu'il tente depuis un moment de retenir son attention.

— Vous parlez français ?

Il secoue la tête, désolé.

— Je suis la propriétaire, une des propriétaires de la maison, dit-elle dans un anglais précis mais précautionneux qui amène un sourire sur les traits de son interlocuteur. J'aimerais marcher un peu, visiter.

— Bien sûr. Il faut demander au commandant. Heu… Miss, on ne peut pas laisser les voitures rangées ici. On doit les conduire derrière la maison.

Hélène a envie de répondre qu'après tout elle se trouve chez elle, mais elle imagine la détresse du jeune militaire si elle plantait là son véhicule. Elle roule doucement sur le matelas de graviers parfaitement ratissés et, contournant la bastide, range sa Vivaquatre à côté de deux Jeep aussi propres que si elles sortaient d'usine. A une trentaine de mètres, ont été construits trois baraquements en bois rectangulaires, peints en gris-bleu, aux toits recouverts d'une matière goudronnée noire. Les fenêtres, en treillis métallique opaque, sont entrouvertes. Quelle horreur ! pense Hélène. Je démolirai tout ça dès leur départ. Elle distingue des silhouettes qui vont et viennent à l'intérieur des bicoques.

— Miss ?

Hélène se retourne vers le jeune militaire qui l'a suivie.

— Vous ne pouvez pas rester là, dit-il. Ce sont des prisonniers allemands.

— Ah ? Et que font-ils ?

— Ils ont construit les baraques pour y loger. Ils entretiennent le jardin. Ils s'occupent des tâches ménagères. Ils préparent un ponton... Euh ! Le commandant vous expliquera. Je ne peux pas parler.

Un ponton ? Qu'est-ce que c'est que ça ? Hélène revient vers l'entrée de la bastide avec la ferme intention de gagner les terrasses dominant l'étang de Berre. Elle espère quelques instants de tranquillité qui lui permettront enfin de retrouver « sa » maison. Elle voudrait voir Gina et le petit Vincent, papoter avec Mireille, la vieille servante, sortir son vélo du hangar, rouler vers la plage, se baigner, puis repartir dans l'autre sens pour rejoindre la Ferme des agneaux, embrasser Maria et Emilio Barutti, demander sans en avoir l'air des nouvelles de Sandro, continuer encore plus loin, là-bas vers les marais salants qu'elle a vus scintiller au soleil en arrivant par la grand-route, s'abriter dans l'agachon en ruine où Sandro et elle cachaient leurs amours, crier dans le puits mort qu'ils ne se quitteraient jamais. Elle voudrait...

Elle aspire profondément l'air chargé d'iode apporté par la largade, ce vent presque quotidien qui se lève en fin de matinée. Au-delà des cyprès, elle contemple la majestueuse barre de roches blanches et le piton ocre de Vitrolles. En ce début octobre, le ciel atteint déjà quasiment sa profondeur d'hiver, d'un bleu soutenu et lumineux, primaire. Les arbres, la terre, les rochers, la mer, les milliers de fleurs minuscules profitant des ultimes beaux jours, toutes les couleurs sont crues, en même temps subtiles et sauvages, tendres et agressives.

Hélène, immobile, laisse la paix l'envahir, s'opérer la réconciliation attendue sans le savoir, entre ce passé de guerre qui l'a bouleversée, et ce présent, besogneux, tranquille et désespéré, qu'elle connaît depuis quelques mois. Renaître, pense-t-elle. Renaître soudain, adulte, libérée, autonome. Renaître comme lorsqu'elle monte sur un bateau et, d'un coup de talon, éloigne la poupe du quai. Ou qu'un morceau inconnu de musique retentit à ses oreilles. Peut-être. Peut-être le vouloir suffit-il.

— Mademoiselle de Portallan ?

L'accent paraît drôle, volontairement américain. Hélène se retourne. L'officier est sanglé dans un uniforme beige impeccable rehaussé par quelques décorations. Grand et mince, les cheveux bruns et courts, les yeux gris, le visage émacié, il semble tout droit sorti d'un campus universitaire pour faire carrière à Hollywood.

— Je m'appelle Tim Worth, dit-il dans un large sourire en tendant la main à Hélène. Soyez la bienvenue… chez vous. Je suis confus d'occuper votre demeure. Mais je suis très heureux aussi. C'est tellement agréable !

— Je sais, répond Hélène, amusée. Je le sais depuis longtemps. Nous vous devons tant…

Il lâche enfin sa main et Hélène regrette cette rupture.

— Vous avez beaucoup de chance de me trouver. Je ne reste ici, malheureusement, que le dimanche. Sinon, je me trouve à l'aérodrome.

— J'étais au courant, commandant. Vous parlez parfaitement le français. Mais vous êtes très jeune pour occuper un grade aussi élevé !

— Oh ! J'ai trente-six ans, quand même ! Et c'est la guerre… Quant au français, je l'ai appris à l'université. Je suis même venu en France. Avant… Ça me vaut ce poste… comment dites-vous ?… un peu planqué…

Ils rient de bon cœur, tandis qu'un serveur – un prisonnier probablement, imagine Hélène – apporte sur un plateau des tasses, un Thermos de café et du jus d'orange.

— Asseyez-vous, dit l'officier en indiquant à la jeune femme un des fauteuils en rotin de la terrasse.

Il se reprend en rougissant :

— Excusez-moi, vous êtes chez vous ! Je suis épouvantablement gêné. Comment devons-nous procéder ?

— Je ne sais pas. C'est une situation… surprenante. Ces tasses à café vous plaisent ? C'était un cadeau de mariage de ma grand-mère. Ne les cassez pas, j'aurais beaucoup de peine. Comment va Mireille ?

— Je n'ai pas modifié ses habitudes. En réalité, elle s'occupe surtout de votre – il hésite une seconde – de votre oncle, c'est ça, et de sa femme Gina, et du petit Vincent. Nous n'occupons que quatre chambres. Pas celle de votre grand-mère, votre oncle m'a prévenu.

Quelle invraisemblable situation, songe Hélène. Au fond, j'ai eu raison de demeurer à Marseille. Hauterive me manque mais comment imaginer cette façon de vivre ? Avec des militaires, qui plus est ! La jeune femme ne peut s'empêcher de rire. De loin, elle aperçoit Gina poussant un landau en direction de la terrasse. Elle agite la main. Gina s'arrête et met quelques instants à réaliser que la jeune femme en train de déguster un café avec l'officier américain est bien son amie. Elles s'embrassent en valsant. Hélène se penche et soulève Vincent dans ses bras.

— Ouf ! Quel costaud !

— Tu plaisantes ! Il a juste quatre mois ! Ce que je suis contente de te voir ! Tu restes quelques jours ? Tu devrais aller jusqu'à la ferme voir mes parents. Ils parlent tout le temps de toi.

Hélène secoue la tête et une mèche brune se détache de son chignon, vient balayer son front.

— Je ne peux pas. Il y a trop de travail aux Huileries. Je ne m'en sors pas. En plus, ça bouge sur le plan social. Mais je vais aller embrasser tes parents cet après-midi. Et peut-être me baigner avant de déjeuner. L'eau est comment ? Vingt, vingt et un degrés, en ce moment, non ?

— Tout juste, intervient Tim Worth. Si vous le permettez, je vous accompagne. Nous pouvons aller un peu au large avec la vedette. Vous venez avec nous, madame de Portallan ?

Hélène finit par réaliser que ce « madame de Portallan » s'adresse tout à fait normalement à Gina.

— Quelle vedette ? interroge-t-elle en surmontant son bref instant d'étourderie.

— Ah, c'est la surprise, sourit l'officier américain. Lorsque l'étang n'est pas secoué de mistral, c'est-à-dire la plupart du temps, je vais jusqu'à Marignane, non pas par la route, mais en bateau. Une promenade superbe. La vedette se trouve juste en bas des escaliers. Venez voir…

Avant de monter enfiler un maillot de bain dans l'appartement de Gina et Bernard, Hélène traverse en coup de vent le rez-de-chaussée de la maison, notant au passage que, hormis quelques bibelots personnels de Tim Worth, rien n'a été modifié, puis rejoint la cuisine et l'office où Mireille a ses quartiers. Ça sent la pigeonne, comme avant, sourit Hélène. La pigeonne, une ancienne marque d'eau de Javel, est devenue à Marseille un nom générique.

Les années ne semblent pas avoir de prise sur la vieille femme de chambre qui serre Hélène dans ses bras.

— Hélène ! Ma pétoulette ! Je ne peux plus te dire que tu as grandi, et pourtant ! Boudie que je suis contente ! Tu restes ?

— Je devrais, Mireille, je suis escagassée, mais j'ai trop de travail. La prochaine fois ?

L'officier américain a suivi la jeune femme dans la cuisine.

— Mais puisque c'est dimanche, pourquoi ne déjeunerions-nous pas ensemble ? Il suffit de le proposer à Mme de Portallan, son mari ne va pas tarder à rentrer de Vitrolles, je l'ai entendu partir il y a plus d'une heure. Je vais voir ce que mon cuistot peut préparer.

— Ah non, pas votre cuistot aujourd'hui, il va me faire venir chèvre ! Et si les enfants déjeunent ici, intervient Mireille en forçant sa voix, c'est moi que ça regarde. Mais peut-être je piocherai quand même dans vos réserves, monsieur le Commandant… J'ai un énorme poulet que m'a donné Emilio.

— Bon, en ce qui me concerne, j'irai à la cave, sourit Hélène. C'est un boulot d'homme, mais pour choisir des vins, j'ai sans doute été mieux formée qu'un New-Yorkais…

L'officier fait mine de se fâcher.

— Boston ! Rien à voir ! Boston ressemble beaucoup à l'Europe. Mais, c'est vrai, pas en ce qui concerne le vin. Je vous accompagnerai… pour la leçon !

Quelques instants plus tard, Hélène, Gina et Tim Worth dévalent les escaliers conduisant au bord de l'eau. Une vedette métallique peinte en gris se balance doucement le long d'un ponton de bois qui s'avance jusqu'à cinq ou six mètres du rivage. Sur la droite du ponton, un plan incliné, également en bois et doté de deux rails, permet à l'aide d'un chariot de tirer la vedette hors de l'eau.

— Le soir, c'est plus prudent, si le mistral se lève, explique l'officier qui n'est plus vêtu que d'un maillot de bain et d'un tricot blanc immaculé. Venez, cap au large !

— Cette installation est formidable, dit Hélène. Où avez-vous trouvé les charpentiers ?

— Les prisonniers allemands, relève l'Américain sans s'émouvoir. Ils sont très heureux de s'en tirer comme ça. Pour le printemps, le ponton sera prolongé d'une dizaine de mètres. Au bout, il y aura une surface beaucoup plus large. On pourra plonger et prendre des bains de soleil.

Hélène regarde son interlocuteur en laissant l'information faire son chemin.

— Au printemps ? Bien sûr…

La guerre n'est pas terminée. Marseille a été libéré le 25 août, à peine deux mois plus tôt, mais le territoire français reste encore partiellement occupé.

— Vous pensez que les combats vont durer encore longtemps ? demande-t-elle.

— En Europe ? Plusieurs mois, sûrement. Hitler détient des armes terribles, des V1, des V2. Il pense toujours qu'il peut gagner. Il faudra l'écraser comme une punaise. Et nous faisons aussi la guerre ailleurs. Dans le Pacifique.

Tandis que la vedette, manœuvrée négligemment par l'officier américain, s'écarte du ponton dans un grognement de fauve, Hélène cherche le regard de Gina. Les deux jeunes femmes retrouvent les mêmes souvenirs, ceux des parties de pêche en compagnie de Bernard et de Sandro, au temps des amours cachées. Depuis le pointu qu'ils conduisaient à la rame jusqu'à trois ou quatre cents mètres du rivage, ils apercevaient Joséphine de Portallan. De temps en temps, celle-ci venait jusqu'à la terrasse pour s'assurer qu'aucune tempête ne se levait sur l'étang. Hélène tend la main vers Gina, qui s'en saisit et la porte à ses lèvres. Elles se penchent l'une vers l'autre jusqu'à ce que leurs chevelures s'emmêlent.

— Tu es triste ? dit Gina. Je le vois.

— C'était si bien, avant… Toi, tu as Bernard, Vincent… Regarde, rien n'a changé, on dirait. La bastide, le rivage, et même de l'autre côté, Berre et, là-bas, Marignane. On aperçoit même la Ferme des moutons. Comment vont les Rintier, d'ailleurs ? Je ne les ai pas vus depuis des mois.

— Luce, ta tante, se porte bien. Son mari a toujours l'air aussi ahuri. Le petit Albert est gentil. On le rencontre peu. C'est un problème, la campagne. Je ne sais pas comment nous ferons pour Vincent, plus tard… Tu as vu Sandro récemment ?

Hélène fixe le plancher en caillebotis du bateau. Ne pas lever le visage, ne pas laisser deviner le fond de son âme, ne pas compliquer les choses. Gina ignore tout, en ce qui concerne la mort de son père.

— Non, pas depuis des semaines.

Tim Worth se retourne en ralentissant la vedette.

— Nous pouvons nous baigner ici. Ça vous va ?

Il coupe le moteur et déplie une petite échelle à bâbord de l'embarcation, puis ôte son tricot blanc. L'officier est mince et très musclé, encore bronzé. Bel animal, ne peut s'empêcher de penser Hélène avant de plonger.

— Mais elle est glacée, hurle-t-elle en ressortant la tête de l'eau.

L'Américain et Gina s'esclaffent.

— Question d'habitude, tu es devenue une citadine, crie celle-ci en s'élançant à son tour de la vedette.

Hélène nage rapidement une cinquantaine de mètres pour se réchauffer. Puis elle se tourne sur le dos et se laisse porter par le léger vent. En redressant la tête, elle distingue sur sa droite les marais salants, puis, en face d'elle, la ligne orangée des falaises, et enfin, sur sa gauche, la plage ourlée du vert foncé de la pinède. Sans qu'elle l'ait entendu arriver, Tim Worth surgit de l'eau près de ses pieds. Pour la première fois, elle remarque ses yeux clairs, plus verts que gris en réalité. Lui aussi regarde vers le rivage.

— C'est un très beau paysage, si calme, dit-il. Je resterais volontiers ici.

— Oui. J'espère que personne ne va l'abîmer, mais je redoute les pétroliers. Si j'avais le courage, j'irais vous chercher quelques oursins. Une autre fois. On prendra les grappins. Vous avez déjà pêché des oursins ? Ah ! Mais peut-être n'en avez-vous jamais mangé ?

— Des oursins ? Ces trucs à piquants ? Non jamais ! C'est bon ?

— Délicieux ! Vous verrez ! La prochaine fois que je viendrai à Hauterive, un dimanche en tout cas, nous sortirons de bonne heure. Il faut éviter le vent, pour que la surface de l'eau soit totalement transparente. On rentre ?

Ils regagnent la vedette en brasses lentes. Hélène a comme toujours l'impression que l'eau salée l'a régénérée, la débarrassant des impuretés récoltées depuis des semaines, lui transmettant une énergie nouvelle et mystérieuse.

Le vent ne s'est pas levé et ils ont finalement déjeuné dehors, au soleil, d'une salade de pâtes, d'un poulet délicieux truffé de thym, de romarin et d'olives noires, accompagné de légumes de la propriété et de confiseries américaines que Tim Worth n'a, semble-t-il, aucune difficulté à se procurer. Comme le bourbon du Kentucky qu'ils ont goûté, allongé d'eau glacée, pour l'apéritif et les Lucky Strike qui ont circulé avec le café. Hélène a emprunté à Gina un vieux pantalon et noué ses cheveux à la diable en un chignon cocasse sur le sommet de son crâne. Rendue un peu euphorique par le Gigondas, elle s'est montrée diserte.

— Vois-tu, mon oncle, je crois qu'il s'agit de ma première journée de vacances depuis longtemps, trompette-t-elle en s'adressant à Bernard.

Bernard de Portallan sourit et cligne de l'œil en direction de Gina. De toute évidence, pense Hélène, il me croit éméchée, et il a peut-être raison. Mais je me sens bien, le bain était délicieux, le Gigondas agréable, et ce commandant semble un très convenable chevalier servant. Ne dit-il pas, quand elle annonce son intention de rejoindre à vélo la ferme de la famille Barutti :

— Si vous le permettez je vais vous accompagner. Un peu d'exercice ne me fera pas de mal.

Hélène, en instillant dans sa réponse cette légère nuance de regret qui la transforme en acceptation contrariée, souffle avec gentillesse :

— Non, merci… euh… Tim. Je ne crois pas que ce soit une bonne idée. Je préfère réellement y aller seule. Mais je reviendrai dans une heure ou deux.

Elle dépoussière sa vieille bicyclette et saute en

selle. Les pluies de septembre ont été violentes et les ornières du chemin sont plus profondes qu'au printemps. Elles seules interdisent à Hélène de conduire jusqu'à la ferme les yeux clos. A l'odeur même, celle du grand pin du virage, celle du petit terrain recouvert de thym, celle de la rangée de cyprès qui protègent du mistral les cultures maraîchères des Barutti, la jeune femme se sait capable de s'orienter.

— Maria ! crie-t-elle en déposant son vélo à l'angle du mur de la Ferme des agneaux, là où elle l'a toujours laissé depuis son enfance.

Maria Barutti jaillit dans la cour. Elle ne paraît pas ses cinquante-huit ans. Même si ses cheveux sont traversés de larges flammes blanches, son corps a conservé la musculature d'une sportive – « l'exercice, à la ferme, est la meilleure des gymnastiques », dit-elle volontiers – et surtout son visage semble avoir scellé avec le temps un pacte de sourire permanent.

Elle se précipite vers Hélène et serre la jeune fille dans ses bras.

— J'avais peur que tu ne reviennes plus jamais, murmure-t-elle.

— Mais pourquoi ?

— Je ne sais pas... La guerre, les Américains... Sandro. Ma petite fille ! Quel bonheur ! Tu restes là quelques jours, au moins ?

— Non je redescends à Marseille ce soir. Les entreprises de mon père, c'est un drôle de souci. J'habite même au-dessus des bureaux, pour gagner du temps !

— Viens me parler un peu...

Maria Barutti passe sa main sous le coude d'Hélène.

Emilio les attend à leur retour de promenade, et Hélène se trouve prise dans quelques tours de valse. Le fermier est resté costaud. « Je suis tout blanc, tu vois », dit-il en passant ses doigts dans sa chevelure courte. Le fantôme de Sandro rôde dans la maison, sur le chemin, disparaît entre les troncs des pins, court vers les falaises. Hélène est rassurée par la chaleur des quelques bûches qu'Emilio glisse dans la cheminée pour combattre le petit froid de la tombée du jour et par le morceau de tarte aux mûres que Maria l'oblige à avaler – elle ne doit pas avoir des gâteaux pareils à Marseille, sûr elle ne doit pas les avoir, profite pitchounette ! Elle les embrasse et tente de s'imprégner de leur parfum de savon et de bois. Le conserver, ce parfum, le plus longtemps possible. Elle reviendra. La semaine prochaine ? Peut-être. Elle essaiera.

Elle reprend son vélo et fonce vers Hauterive. Elle n'aime pas trop conduire la nuit, mais elle n'a pas envie de raccourcir cette journée. Elle redécouvre la bastide, trouée de fenêtres lumineuses, au fond du crépuscule violet, déjà presque noir. Traîne dans les écuries, se dit qu'il faudrait racheter des chevaux, passe la main sur les vieux cuirs des filets. Dormir ici ? Elle se secoue. Elle doit se trouver à son bureau à 7 heures du matin.

Elle pénètre dans la grande entrée. On l'attend au salon. Gina, Bernard, et Vincent qui piaille. Et Tim Worth qui la prie de revenir. Dimanche prochain ? Peut-être, sourit-elle, vaguement émue. Non, pas de promesse. Je ferai mon possible, ajoute Hélène. Je vous téléphonerai, Tim. C'est toujours le 15 à Vitrolles ?

CHAPITRE 3

Gianni Monti fait volontairement craquer ses articulations. A soixante ans, le colosse n'a pas pris de poids mais, des mains aux épaules, des chevilles au bassin, il semble plus noueux, comme le tronc d'un vieil arbre. Un début de calvitie a creusé ses tempes neigeuses. Seulement, quand les yeux un peu rapprochés sous le front ridé fusillent un interlocuteur, quand les joues à la peau mate rosissent de colère, rares sont ceux qui se hasardent à lui barrer la route. « Je ne crains plus les coups, lui arrive-t-il de dire, j'en ai trop pris pour qu'ils me fassent encore mal… »

Ce matin de janvier 1945, Gianni est en colère. Mais il ne peut ni ne veut le montrer. C'est son patron qui lui fait face. Et son patron, aux Huilerie réunies, se nomme Hélène de Portallan, celle qui, hier encore, l'appelait tonton Gianni ; celle qu'avant-hier, il y a longtemps, il faisait sauter sur ses genoux à la Ferme des agneaux, chez son cousin Emilio. Emilio et Gina avec lesquels il était venu du Piémont à pied, jusqu'à Marseille. C'était en 1908. C'était tellement récent et tellement lointain. C'était toute une vie. De luttes et de rires. De bonheur, au total.

Aujourd'hui, au crépuscule de sa vie, Gianni Monti pense qu'enfin, tout est possible. Tout. La Révolution. Peut-être n'aura-t-il pas porté pour rien l'Utopie dans les cours d'usines, les manifestations rouges, les affrontements sanglants avec les fascistes et les forces de police.

— La « gestion ouvrière », comme vous dites chez les communistes, Gianni, je n'en veux à aucun prix, martèle Hélène. Vous êtes passés en force à l'automne dernier, parce qu'ici, à Marseille, la CGT fait ce qu'elle veut. Avec le PC évidemment. Mais vous savez depuis des semaines que cette réquisition des entreprises par les salariés, en réalité par le Parti communiste, le gouvernement l'a condamnée de la manière la plus nette et que, à gauche, le Parti socialiste lui-même ne veut pas en entendre parler !

Gianni Monti est épouvantablement ennuyé. Il enfonce les mains dans ses poches et avance ses épaules comme un boxeur, le front vers le sol.

— Hélène, je ne sais pas comment m'adresser à toi. Je préférerais presque te vouvoyer et te donner du madame la présidente... Mais je n'y parviens pas, je m'embrouille. Tu sais bien pourquoi on a réquisitionné !

— Parce que mon père a collaboré ?

— Tu vois ! Regarde les Aciéries du Nord, à la Capelette, près de la gare du Prado, elles emploient au moins mille cinq cents personnes. Elles ont été trop complaisantes avec les boches, les Aciéries ! Eh bien, le commissaire de la République, il a signé l'arrêté. Il nous a donné raison. Tu sais ce qu'on a écrit sur les murs, à la Capelette ? « Ici la notion de service remplace désormais la notion de profit. » Un autre ordre social, petite. La Révolution.

— Gianni, tu me tutoies, tu as raison. Moi aussi, on a toujours fait comme ça... Gianni tu es fou ! Ou tu rêves ! Ecoute-moi...

Hélène de Portallan n'a pas l'expérience de Gianni. Mais l'immédiat avant-guerre, la défaite, l'occupation, la félonie du père et la Résistance, les nombreuses discussions auxquelles elle a participé, souvent en compagnie de Bernard, et, depuis plusieurs mois maintenant, les responsabilités qu'elle assume, l'ont beaucoup mûrie.

— On est d'accord : la débâcle, la collaboration, Vichy, c'était le résultat d'une sorte de trahison de nos classes dirigeantes, politiques ou autres. On est d'accord : il faut que ça change. Mais reconstruire un pays digne, juste et généreux, ne signifie pas qu'il faut installer des soviets partout. Vous mélangez tout : ce n'est pas parce que la ville est sinistrée qu'on doit instaurer le communisme. On parviendra à la relever, cette ville ! Avec le communisme, je suis certaine du contraire. Tu devrais un peu lire *Le Monde* et pas seulement *L'Humanité* !

Sinistrée, la ville l'est de manière indicible. Les Américains, pour débarquer le matériel nécessaire à la poursuite de la guerre, ont en toute hâte rafistolé les installations de Mourepiane, un peu avant l'Estaque, qui sont devenues « Callahan Beach ». Les autorités militaires américaines constituent le plus gros employeur de Marseille. Elles ont embauché jusqu'à trente mille travailleurs. C'est ce qui permet de contenir le chômage. Mais le ravitaillement est insuffisant, les produits alimentaires deviennent hors de prix, le marché noir explose et la rage monte aussi sûrement que la foule vers Notre-Dame-de-la-Garde un jour de procession.

Sinistrée économiquement et socialement, la ville l'est aussi sur le plan politique. Avant la guerre, elle avait été placée, en raison de ses excès, de la gabegie crapuleuse qui y régnait, d'un endettement galopant, sous tutelle administrative nationale. Elle attend désormais de retrouver ses prérogatives normales. Quant à certains de ses dirigeants, en particulier Simoni que l'on disait parti pour l'Argentine, ils s'étaient déconsidérés pendant l'occupation, à l'exception de quelques élus communistes. Frappés par Vichy de mesures d'internement, ceux-ci étaient restés en Afrique du Nord.

Dès lors, la vaillance de l'action de la Résistance au moment de la libération de Marseille et la part qu'y avaient prise les communistes entraînaient l'émergence, un peu confuse, d'une sorte de « nouveau pouvoir » issu du peuple. Ce nouveau pouvoir s'appuyait sur un électorat communiste majoritaire dans la cité et une CGT collant au PC, particulièrement virulente. Le besoin de changement profond éprouvé par la plus grande partie de la population devenait, par une habile manipulation dialectique, un besoin de nouveau pouvoir « populaire » et, de là, glissait, dans un climat particulièrement agité, voire exalté, vers la Révolution. Vers un nouvel ordre économique et social. Ainsi, c'était dans le Midi, et plus spécialement à Marseille, que les entreprises sous « gestion ouvrière » s'étaient multipliées au lendemain de la Libération. Au niveau national, et en l'absence de consignes claires de la part de Moscou, le PC observait ces expériences méridionales avec plus de perplexité que d'enthousiasme.

Pour Hélène de Portallan, totalement néophyte sur le plan des relations sociales, le choix de Gianni Monti est catastrophique. Evidemment parce que, de son point de vue, les Huileries réunies connaissent assez de problèmes graves sans compliquer encore le jeu par des mesures politiques. Mais aussi parce que le vieux leader ouvrier demeure, parmi les employés de l'entreprise, celui sur lequel elle peut se reposer, auprès duquel elle espère trouver les conseils dont elle a besoin. Devoir maintenant l'affronter lui semble audessus de ses forces.

— Mais Gianni, les Huileries n'ont pas été nationalisées ! Je n'ai pas été expropriée ! Vous donnez le pouvoir à un représentant de l'Etat, sous le contrôle en fait des responsables syndicaux. Tout ça n'est fondé sur rien, c'est parfaitement illégal, tu t'en rends bien compte !

Monti secoue la tête, en même temps buté et désolé. Il donnerait plusieurs années de sa vie pour ne pas se trouver là, en train de disputer à une jeune femme chérie comme sa propre fille la propriété d'une entreprise. Car si pour le moment, pense Gianni, nous nous installons dans un statut un peu fumeux et prétendument provisoire, l'objectif, à terme, demeure une forme de nationalisation. A défaut, toutes les expériences de gestion ouvrière menées en France n'auraient aucun sens.

Hélène avait préféré ne pas rencontrer Gianni Monti à l'usine de La Valentine où celui-ci travaillait. Ni à l'Huilerie des Aygalades, l'établissement historique du groupe où il avait occupé son premier poste. Evidemment pour ne pas gêner le leader syndical dont les traits et la stature étaient familiers à tout le personnel. Mais surtout, elle n'avait jamais aimé le bureau qu'y avait conservé son père depuis l'époque où il avait filouté la vieille Mme Camoin pour s'assurer le contrôle de l'entreprise. Ce bureau avait été occupé par le père Camoin, puis par sa femme, qui l'avait finalement partagé avec Sébastien de Portallan, venu prendre la place du fils Camoin, mort immédiatement après la Grande Guerre. Rien n'avait été modifié depuis. Avec ses carreaux rouges au sol, ses tapis, ses rideaux de cretonne, son mobilier noir Napoléon III, l'endroit ressemblait peu à un bureau. Par les fenêtres du rez-de-chaussée, le regard se perdait au loin sur des lignes de cyprès, ou, au premier plan, s'arrêtait sur une vaste plate-bande ronde bourrée de géraniums autour de laquelle venaient manœuvrer les voitures et les camions. Hélène, chaque fois qu'elle était obligée de se rendre aux Aygalades, avait l'impression de voir le fantôme de son père ricaner et celui de Thérèse Camoin fuir en sanglotant.

Gianni Monti avait accepté de se rendre cours Pierre-Puget. Il s'agissait de sa part d'un effort considérable. Il n'était passé qu'une seule fois, par hasard, devant le siège social de la société. Ses pas le conduisaient rarement vers cette partie bourgeoise, institutionnelle, de la ville, sauf lorsqu'il fallait manifester sous les murs de la Préfecture. Il était resté fidèle à son quartier des Crottes, du côté de l'usine à gaz, un très vieux faubourg de Marseille, remontant au XIVe siècle.

En provençal, « croto » signifie cave, et probablement le mot avait-il aussi été utilisé pour nommer une taverne.

Il y occupe toujours un petit deux-pièces, une chambre et une cuisine servant aussi de salle d'ablutions. Seul luxe de l'immeuble : un W-C particulier à chaque logement, qu'ici on appelle « les lieux ». La rue Edgar-Quinet est étroite et dès que les journées s'allongent elle devient, jusqu'au moment où le sommeil saisit ses habitants, une sorte de forum familial. On y échange nouvelles privées, commentaires politiques, recettes culinaires, compliments coquins et injures, définitives pour la durée de la nuit.

Des Crottes, Gianni rejoint tous les matins La Valentine en prennant le tram à la gare de l'Est, près de la Canebière. Le dimanche, lorsqu'il ne se trouve pas à la Ferme des agneaux chez Maria et Emilio, il paresse au lit jusqu'à neuf heures, si possible en bonne compagnie, puis se lave longuement dans la grande bassine posée à même le sol de la cuisine, se rase méticuleusement, prépare son meilleur café de la semaine avant de rejoindre le Bar des Amis, au coin de la rue. Un vrai bistro, réconfortant, aux murs encrassés par le tabac brun, au sol recouvert de sciure, au comptoir long comme les soirées solitaires qu'il accueille souvent. Quelques pastis partagés avec les voisins de la rue permettent d'analyser l'actualité politique depuis le lundi précédent. Puis il déjeune au restaurant, seul ou accompagné. Chez Luigi, un Italien du quartier où on lui garde sa serviette et qui parvient, malgré les restrictions alimentaires, à préparer un déjeuner dominical presque complet.

Aujourd'hui, Gianni sait qu'il n'est pas amené à rencontrer Hélène de Portallan pour s'entendre annoncer la promotion au rang de contremaître, promise en riant le lendemain même de la Libération. « Tu verras, oncle Gianni, ce sera ma première grande décision de présidente ! Depuis que mon père aurait dû le faire, avait-elle dit, tu en as perdu, des années ! On va se rattraper ! Mais aussi ! Ce communisme ! Tu y crois toujours, hein ? » A l'époque, le vieux leader avait souri, mais en silence.

Il y croit toujours, oui. Maintenant que l'URSS a courageusement rattrapé l'erreur monstrueuse du pacte germano-soviétique signé par Staline, tout est possible de nouveau. Mais ce qui, par contrecoup, devient impossible, c'est son avancement. Gianni, d'ailleurs, s'en moque. A mon âge, avait-il pensé en grimpant les escaliers conduisant au bureau d'Hélène, la cohérence des idées, la logique d'une vie comptent encore. Les bénéfices et les honneurs beaucoup moins.

Hélène l'attendait sur le palier. Ils avaient pénétré dans le grand bureau qui avait été celui de Sébastien de Portallan.

— J'ai tout changé, avait murmuré Hélène comme si elle lui confiait un secret. Tu n'étais jamais venu ? J'ai tout changé parce que c'était insupportable. Ses meubles, son fauteuil, ses tableaux, ses dossiers… Brr ! Je te le dis pour que tu te sentes plus à l'aise.

Ils s'étaient assis, avaient bu une tasse de café. Puis Hélène avait dit que voilà, elle était contente de tenir sa promesse, donc qu'à compter du début de la semaine suivante, il devenait contremaître. Avec le même salaire que le vieux Marcel qui approchait de la retraite. Lui n'avait pas répondu. Il gardait les yeux dans le vague, au-delà d'Hélène, pointés vers la verdure occupant presque toute la grande fenêtre de gauche.

— Qu'est-ce qui se passe ? avait demandé la jeune femme. Je me suis trompée quelque part ? C'est un salaire insuffisant ? Tu ne dis rien ?

Gianni ne répondait toujours pas. Puis il avait fini par fixer son regard dans celui d'Hélène. Oui, il répondait. Oui, il la remerciait, il ne la remercierait jamais assez, on rendait hommage à son travail, à sa conscience professionnelle, ça faisait chaud au cœur. Mais non, il ne pouvait pas accepter. Pourquoi ? Parce qu'il y avait la gestion ouvrière, que l'on instaurait dans les usines, aux Aygalades et à La Valentine.

La gestion ouvrière ? s'était-elle étonnée en haussant le ton. Ce n'est pas sérieux, Gianni ? Dis-moi que ces racontars sont faux ! Tout à l'heure, tu en parlais, mais je ne parvenais pas à y croire ! Lui avait l'air très ennuyé. Non, ce n'était pas faux. Il n'allait pas, en même temps, accepter une promotion et, d'une certaine façon, réquisitionner les Huileries.

Maintenant, il contemple Hélène, si jeune pour supporter cette épreuve, si fragile malgré son austère tailleur de drap gris foncé, sûrement choisi pour paraître plus âgée. Pourquoi la vie est-elle à ce point injuste, regrette Gianni, que je sois obligé d'infliger semblable traitement à une enfant ? Mais il n'est pas seul. Il y a les autres ouvriers, et ceux-ci veulent tenter l'expérience. Pour eux, l'âge d'Hélène n'a pas d'importance, son passé de résistante non plus. Le patron des Huileries a collaboré. Le peuple a besoin d'huile, de savon. On prend. On rend service. On supprime le profit.

Gianni ne le dit pas, mais il n'avait rien pu arrêter, à l'usine. Tout au plus avait-il réussi à canaliser le mouvement, à amortir le choc.

Hélène se lève de son fauteuil. La discussion, qui dure depuis plus d'une heure, est devenue inutile. Elle se sent totalement perdue. Rejetée comme un corps étranger encombrant. Et, en même temps, une colère presque enfantine l'envahit. De quel droit la met-on dehors ? Qu'a-t-elle à se reprocher ? Qui sont ces totalitaires qui ne tiennent compte que de leurs propres intérêts ? Au nom de quoi, et avec quel mandat, décident-ils de ce qui est bon « pour le peuple » ? Elle regarde Gianni Monti qui, lui aussi, s'est mis debout. Elle n'avait pas remarqué quel soin il avait mis dans le choix de sa tenue, un costume bleu marine un peu désuet mais impeccable, une chemise blanche, une cravate. Elle lui en est reconnaissante, ne parvient pas à lui en vouloir véritablement. Cet homme est bon, réellement bon, pense-t-elle. Il commet des erreurs par générosité.

Elle hausse les épaules.

— Evidemment, Gianni, tu agis comme tu l'entends. Mais tu ne peux pas m'empêcher de rendre publique ta promotion. Tu la refuseras si tu veux. J'ai ma conscience, moi aussi.

— Je te demande de ne pas faire ça ! Au nom de notre affection, j'insiste : n'en parle pas, dit-il d'une voix lasse.

— Tu crois qu'il faut condamner ceux qui veulent établir des ponts entre les différentes classes de la société, n'est-ce pas ? Tu ne crois qu'à la lutte ? C'est dommage.

Elle sourit pauvrement. D'un geste mécanique elle vérifie l'équilibre de son chignon.

— Nous nous reverrons forcément, dit-elle. Que Dieu nous épargne, nous permette de ne pas détruire le plus important, notre tendresse mutuelle.

Elle a l'impression que la porte du bureau, vers laquelle se dirige Gianni, est minuscule, réduite à presque rien au fond d'un long couloir obscur, et qu'il mettra des siècles pour l'atteindre.

CHAPITRE 4

— Donne-moi la main, François. Je t'ai préparé un goûter, et demain matin nous irons à la campagne.

Le gamin hoche la tête, ravi, et tend ses doigts vers Hélène.

— Et ce soir, où je dors ? Il y a des jouets où je dors ?

— Tu dors chez moi, dans mon appartement. Je t'ai préparé un lit, sur une banquette. Je n'ai pas de jouets, mais on va passer par mon bureau, et là on trouvera des crayons de couleur, enfin bleus et rouges, du papier, tout ce qu'il te faut pour dessiner.

— Et c'est loin la campagne ? Il y a des jouets à la campagne ?

La jeune femme sourit. Si cours Pierre-Puget, la distraction des bambins a été négligée, ce n'est pas le cas à Hauterive.

— Ça, tant que tu voudras. Tu n'auras qu'à fouiller ! Tu trouveras même les miens, de jouets. Je m'amusais avec il n'y a pas si longtemps.

Longtemps ? Vingt ans ! Hier. Et je prends un gosse en charge ! Mais après tout, à mon âge, certains, certaines, ont déjà des enfants, et même des enfants de quatre ans. Elle passe la main dans les cheveux blonds et bouclés de François.

— Elle est à toi, la voiture ? demande François, les yeux émerveillés.

— Oui, on va même monter dedans.

— Pétan, y a le voisin, il a pris la sienne et il s'est tanqué dans le platane. Pareille comme la tienne, elle était, sa voiture.

— Bon, François, on va essayer de ne pas trop parler marseillais. Tu dis qu'il avait la même voiture que moi. Et pour tanquer, je ne sais pas, il est rentré dans le platane par exemple…

— C'est pas bien de parler marseillais à Marseille ?

Hélène secoue la tête et tire le démarreur. Elle n'a pas fini, avec ce minot ! pense-t-elle. Et elle rit de bon cœur parce que le mot a surgi naturellement.

Quand elle avait rencontré la voisine qui avait récupéré l'enfant durant le terrible bombardement du mois de mai 44, elle se rappelait à peine les traits de François. Au cours de ces instants de panique totale, au printemps dernier, elle l'avait entrevu quelques minutes seulement. Elle n'avait alors jamais imaginé que la mère et le père du petit Meunier aient pu disparaître dans la tourmente, le laissant à quelque tante lointaine et handicapée. Mais, dans l'instant, personne ne se doutait que ce bombardement américain, dont l'objectif était de bloquer le cheminement d'éventuels renforts allemands vers la Normandie, allait entraîner la mort de plus de deux mille personnes.

Le garçon avait un grand-père encore en vie, mais celui-ci soignait une tuberculose dans un sanatorium des Hautes-Alpes. « Ce petit est seul, avait sobrement résumé la voisine, Germaine Lenti, et nous, pauvres de nous, qu'est-ce que nous pouvons faire ? On va quand même pas l'envoyer à l'orphelinat ? En principe, on serait obligés. Oh, Bonne Mère ! » Elle avait imploré le ciel en levant les bras, ce qui n'avait pas immédiatement modifié la situation. Mme Lenti se trouvait un peu trop âgée, et surtout bien désargentée, pour prendre en charge l'éducation de François. En tout cas, pour y parvenir toute seule. Ce disant, elle regardait fixement Hélène de Portallan.

— Vous, vous pourriez peut-être l'adopter, avait

suggéré Germaine Lenti. Vous êtes jeune, vous avez les moyens...

François était venu s'installer sur les genoux d'Hélène et avait tenté de la convaincre de l'emmener en promenade.

— Vous voyez, avait dit la voisine, moi, à soixante ans passés, je n'ai plus le courage. J'arrive à peine à porter le cabas ! Et puis, regardez, j'ai les pieds tout gonflés !

— Comment ça, l'adopter ? Mais je n'ai que vingt-cinq ans, madame. Je travaille douze heures par jour ! Et puis on n'adopte pas un enfant de cette manière !

Hélène de Portallan s'en était voulu de son égoïsme. Mais elle se sentait totalement incapable d'assumer l'adoption de François. Et méprisable, cependant, de sembler écarter le gamin d'un revers de main. Elle n'en avait, en réalité, nulle envie. Au contraire même, avait-elle admis en laissant l'émotion l'envahir. L'idée d'avoir un enfant la troublait profondément.

— Ecoutez-moi, avait-elle dit. Nous verrons. Plus tard. Un jour, je ne sais pas. Mais pour le moment, je m'occuperai de François aussi souvent que possible, le samedi et le dimanche, par exemple. Et quant aux frais qu'entraînera son éducation, je les prendrai en charge, n'ayez aucun souci. A la campagne, nous avons plus de nourriture qu'en ville. Je vous apporterai des œufs, des légumes, un poulet de temps en temps...

Elle avait ajouté, pour elle-même : et j'ai besoin de prier. L'expression employée par Germaine Lenti avait surgi, naturellement. « Bonne Mère, aidez-moi ! » Notre-Dame-de-la-Garde. Depuis des siècles, la nuit des temps, la montagne de la Garde possédait toutes les vertus. Elle regroupait une chapelle, but de pèlerinage, une vigie d'où l'on veillait à l'éventuelle approche de bateaux ennemis et, grâce à François Ier, un fort destiné à défendre la ville. Ce qui, sans doute, expliquait la dévotion des Marseillais et justifiait les multiples processions dont ils honoraient leur protectrice. Ce qui, sans doute aussi, expliquait la volonté générale d'incorporer celle-ci à l'Histoire de France, quelles que fussent les circonstances. Ainsi, le 7 juin 1792, au terme d'un défilé pittoresque, la « Bonne Mère » avait-elle été recouverte d'une écharpe tricolore et l'Enfant Jésus, dans ses bras, coiffé du bonnet phrygien. Deux ans plus tard, la statue en argent de la Vierge de l'église, une pièce unique, était transportée à l'hôtel des Monnaies, rue Tapis-Vert, et transformée en pièces. Les Marseillais ayant beaucoup à se faire pardonner, Notre-Dame-de-la-Garde avait été honorée, plus tard, en 1864, d'une prestigieuse basilique, à l'esthétique discutable.

Pour la première fois aujourd'hui, Hélène de Portallan a prévu de consacrer son week-end au petit François.

— Ma maman et mon papa, ils sont partis très loin. Presque au ciel, dit l'enfant. Et toi, comment tu t'appelles ? Tu ne partiras pas aussi ?

— Non, je vais rester là. Je m'appelle Hélène. Comment appelles-tu Mme Lenti ?

— Tata.

— Mm... Si tu m'appelais marraine ?

— Marraine ? Comme une reine ?

Hélène sourit. Pourquoi pas ?

— Je suis jamais été en voiture pour rouler, s'amuse François. On va loin ?

— Demain, oui. Tu sais, il n'y a qu'à Marseille qu'on dit « je suis jamais été »...

La Vivaquatre quitte la rue Marengo, qui comme quelques artères du quartier doit son nom aux sympathies bonapartistes ressuscitées vers le milieu du XIXe siècle, emprunte le cours Lieutaud avant de redescendre vers la Préfecture. La ville, même si elle souffre sur le plan économique, a retrouvé cette agitation un peu brouillonne qui donne le tournis aux étrangers. Les voitures toutefois sont peu nombreuses. Beaucoup de véhicules, de camionnettes fonctionnent encore au gazogène. Mais les piétons, les cyclistes, seuls, en tandem, avec ou sans remorque, les motards paraissent déployer une énergie décuplée afin d'occuper la plus grande partie de la chaussée et des trottoirs.

En passant, Hélène observe les façades marquées de l'impact des balles. La ville gardera longtemps ces cicatrices. Ce n'est pas demain que nous trouverons l'argent pour reconstruire, réparer tout ce qui doit l'être. L'argent... Il manque cruellement partout. Les vêtements de la plupart des passants sont pauvres et fatigués. La composition de nombreuses écharpes de laine tricotées dit bien qu'elles proviennent de vieux chandails démaillés. Les semelles de bois sont légion, et le cuir qui recouvre le reste de la chaussure ressemble surtout à du mauvais carton. Rares sont ceux, pense Hélène en jetant un coup d'œil sur sa propre tenue, un tailleur confectionné à partir d'un ancien rouleau de tissu prince-de-galles découvert chez une amie, qui disposent de vêtements neufs. Nous portons ceux que nous avions avant la guerre, ou ceux que nos parents, nos frères, nos sœurs, nos amis ont déja utilisés, ou ceux qui ont été retaillés dans d'anciens uniformes avant d'être teints. Seuls, les chapeaux féminins, dotés ou non d'une voilette, égaient cette masse un peu terne de notes de couleur. On parle à nouveau de mode, mais surtout dans les journaux parisiens.

Quelques centaines de mètres séparent la Préfecture du cours Pierre-Puget. La Vivaquatre, devenue poussive, les franchit sans vaillance. Hélène a bien découvert un superbe cabriolet Talbot appartenant à son père dans le hangar d'une entreprise de peinture filiale des Huileries réunies, mais l'idée de s'approprier cet engin forcément mal acquis l'a écœurée, et le bolide est demeuré sous les toiles d'araignée. J'aurais sûrement fait plaisir à François, pense-t-elle, mais j'aurais eu l'air de quoi, dans un engin aussi voyant ?

— Tout ça, c'est ta maison ? demande le gamin effaré en s'arrêtant devant le portail en verre et fer forgé.

— Non, juste en haut. Le reste, ce sont les bureaux.

— Mais comment tu peux travailler dans ta maison ? On t'a permis ?

— C'est ça. Allons voir ta chambre. Elle n'est pas encore installée, mais la prochaine fois, tu auras de nouveaux meubles. Tiens, on les choisira demain, à la campagne.

— Tu as d'autres maisons ? Aussi grandes ?

Hélène ne sait pas trop si elle doit se réjouir ou être gênée des paillettes qui s'allument dans les yeux de François tandis qu'elle lui parle de Vitrolles, de la bastide, qu'elle le laisse choisir dans les réserves de papier et de crayons, noirs, violets ou bicolores, de gommes et d'agrafes, avant de le guider vers le dernier étage où elle a sommairement occupé trois pièces et installé une salle de bains et une cuisine. Voilà un univers bien triste pour un enfant ! pense-t-elle en poussant la porte du salon. Elle se promet de ménager à François une chambre plus gaie. Les peintres amateurs ne manquent pas, avec le chômage qui plombe la ville !

Avant de quitter Marseille par la porte d'Aix, Hélène s'est arrêtée rue Longue-des-Capucins, réunion de la rue Neuve-des-Capucins qui longeait le couvent et de la rue Longue-Saint-Claude, au nord de la Canebière. Le ventre de Marseille dans sa partie sud. S'y entassent magasins, dépôts, grossistes, aux façades largement ouvertes sur la rue. Elle sait y trouver, malgré la pénurie, des gâteaux turcs et des fruits secs qui amélioreront l'ordinaire à Hauterive. Peut-être des oranges ou, à défaut, des picons, ces oranges pelées vendues après que l'entreprise Picon en a prélevé les écorces pour fabriquer son apéritif. Un peu plus loin, sur le terrain vague à l'ouest du cours Belsunce, elle achètera aussi un ou deux paquets de cigarettes américaines de contrebande. Histoire d'étonner Tim Worth auquel elle a pensé à plusieurs reprises, et non sans plaisir, depuis leur première rencontre.

De la main, Hélène adresse un signe à la sentinelle et va directement ranger son automobile derrière la bastide. Gina et Bernard ont préparé à son intention une chambre que, curieusement, elle n'a jamais occupée dans le passé. Elle retrouve avec mélancolie les couloirs aux tommettes grenat, brillantes comme si elles avaient été cirées la veille, conduisant à ces pièces presque uniquement utilisées, dans son enfance, pour jouer à cache-cache. « Quand j'étais toute jeune, racontait Joséphine de Portallan, les familles ne se séparaient jamais. Tout le monde vivait au même endroit, des aïeux aux nouveau-nés, il y avait un personnel nombreux, nous avions besoin de place. Enfin, ajoutait-elle en souriant, ceux qui avaient les moyens. »

— Où je dors ? demande François, malgré tout intimidé.

— Au même endroit que Vincent, ce sera plus drôle, non ? Près du placard à jouets.

— Alors, voilà le filleul ? dit Bernard en embrassant le gamin. Tu dois avoir faim ? Moi aussi d'ailleurs. Tu aimes le poisson ?

Bernard de Portallan ne paraît pas ses quarante-trois ans. Il est resté mince et ses cheveux longs lui donnent un air romantique parfaitement en accord avec sa distraction naturelle. Il doit son teint hâlé en permanence au choix qu'il a fait de demeurer pour l'instant à Hauterive. Ses responsabilités au *Provençal* le contraignent à « boucler » tard certains jours de la semaine, mais lui laissent en contrepartie des horaires assez souples dont il profite pour aider Emilio Barutti, pêcher ou chasser, assurant ainsi des menus convenables au « clan Portallan ». Celui-ci englobe, outre les Barutti, sa sœur Luce, Louis Rintier, le mari de celle-ci, leur fils unique Albert déjà replié à vingt ans sur la Ferme des moutons, la mère d'Hélène, Simone de Portallan qui vit à Marseille avec son fils Marc, ce frère cadet qu'Hélène trouve indolent et bêtement vaniteux.

Bernard a assis François sur son dos et galope vers la porte d'entrée à la grande joie du gamin. Une bouffée d'émotion trouble la respiration de la jeune femme.

Hier encore, Bernard les emmenait, Gina et elle, en promenade jusqu'à la plage, leur racontait des histoires de fées et de monstres, leur enseignait les différentes espèces d'arbres, le rythme des saisons. Plus tard, les commentaires de l'actualité avaient remplacé les comptines. Le fascisme se levait, aux frontières de la France, les horreurs commencaient à s'ébaucher. Bien plus que son père et sa mère, Bernard avait assuré, avec la grand-mère d'Hélène, l'éducation affectueuse de l'enfant puis de la jeune fille. Et l'insistance de son oncle avait beaucoup compté dans la décision d'Hélène de prendre, malgré le dégoût qu'elle éprouvait à cette perspective, le relais de son père à la tête de l'entreprise, quand celui-ci avait été exécuté.

— Comment allez-vous ?

Tim Worth se penche légèrement en avant et garde la main d'Hélène entre ses doigts un peu plus longtemps que l'usage ne le recommande. Il a revêtu un pantalon décoloré, un chandail informe de couleur rouille, et ressemble à un vieil étudiant. « C'est mieux que mon uniforme, non ? » demande-t-il à Hélène avec un sourire satisfait. Il explique qu'il a réussi à abandonner Marignane en milieu de matinée. Il est enchanté de voir la maison s'animer. Comme il a procédé à quelques achats au mess des officiers, ils pourront le lendemain manger du bœuf, ce qui est fort rare. Et puis, ils iront dans le courant de l'après-midi faire une promenade en vedette. Gina et Bernard ne peuvent s'empêcher de pouffer. La vieille Mireille remarque d'un ton persifleur qu'elle n'a jamais vu le commandant aussi guilleret – « allez savoir pourquoi, coquin de sort… ».

François était allé s'empiffrer à la cuisine. Ils déjeunaient sur la terrasse que le soleil chauffait. Les Rintier venaient prendre le café. Bernard remontait de la cave avec une bouteille de gnôle de Provence qu'il avait découverte dans les casiers. « C'est fort, disait l'Américain en grimaçant. A côté, le whisky de chez nous ressemble à du vermouth. »

Ils riaient. Puis ils redevenaient sérieux. La guerre continuait. De Lattre avait pris Colmar. Entre le 4 et le 12 février avait eu lieu à Yalta, et sans la France, une réunion tripartite ressemblant, au-delà des futures zones d'occupation en Allemagne, à une sorte de partage des responsabilités en Europe entre l'URSS et les alliés non communistes. « Cela risque de devenir une monstruosité, s'inquiétait Bernard. Où vont se rejoindre les fronts américains et soviétiques ? Les uns se retireront, mais les autres ? Comment imaginer que les choses se passeront bien avec les communistes ? Il y a trop de rêveurs, chez nous… »

Hélène parlait des Huileries réunies où allait s'instaurer la gestion ouvrière, sous la pression du PC local et de la CGT. Elle évoquait sa conversation infructueuse avec Gianni Monti. Emilio Barutti et Maria pourraient-ils intervenir ? Peut-être, mais Gianni n'en tiendrait pas compte. D'ailleurs, il ne disposait désormais d'aucun moyen pour arrêter la mécanique. « Chez nous, ces histoires, ça ne viendrait à l'idée de personne, remarquait Tim Worth, interloqué. Bien sûr il y a des communistes, mais un peu comme une tribu folklorique. »

Le soleil se cachait derrière le mur de la bastide et le froid devenait piquant. « Hélène, j'ai nettoyé les vélos, si nous allions nous promener pour nous réchauffer ? » demandait l'officier américain.

Hélène ne veut parcourir aucun des chemins qu'elle aimait emprunter avec Sandro Barutti. La blessure est encore trop récente. Elle aurait le sentiment d'une trahison. Une aventure est une aventure. Les jardins secrets, partagés durant un grand amour, doivent le rester. La jeune femme aurait été aveugle si elle n'avait pas remarqué l'entreprise de séduction déployée par Tim Worth avec des méthodes tenant en même temps de la naïveté du collégien et de l'audace du cow-boy.

Mais les compliments patauds et transparents de l'officier la réconfortent, comme les premières notes de couleur du maquillage sur un visage après une longue période de deuil. Enfouie sous la cendre, sa passion pour Sandro reste incandescente. Elle subsiste, blottie dans le nuage de la mémoire, isolée du monde, indifférente au cours des événements, attendant qu'un jour la flamme se rallume. A côté, la vie tourbillonne, qui propose, qui passe, qui disparaît. A qui l'on tend la main.

— Nous pourrions aller au cinéma, un soir de la semaine prochaine. Il y a un nouveau film de Clouzot avec Pierre Fresnay, je crois, *Le Corbeau*…

Hélène rit.

— Vous n'allez pas souvent au cinéma, Tim. Ce n'est pas tout neuf, mais je ne l'ai pas vu.

— Je passerai vous prendre chez vous, cours Pierre-Puget et, après le cinéma, nous irons dîner sur le port ou sur la Corniche, au Vallon des Auffes, ou à Endoume.

— Eh bien ! Mais voilà un Américain frotté à l'ail ! Vous savez d'où vient ce dernier nom ? Avant, on allait en Doume, comme on allait en Arles ou en Avignon. Mais je dois vous prévenir : un des petits îlots que vous voyez de la côte s'appelle l'île des Pendus. Au XVe siècle, Alphonse d'Aragon y aurait fait pendre une douzaine d'otages. Ça ne vous coupera pas l'appétit ?

— Les pendus ? Chez nous on pendait beaucoup, il y a peu de temps encore…

— Et vous viendrez me chercher en Jeep ?

— Oui. Ce n'est pas bien ?

— Mais si, s'amuse Hélène de Portallan. C'est – comment dire ? – un peu voyant.

— Le port, que l'armée américaine reconstruit, c'est un peu voyant aussi, non ?

— Ne vous fâchez pas, Tim. Je plaisantais. J'ai été très heureuse de vous voir arriver au mois d'août, vous et tous vos compagnons. Je suis très heureuse que vous vous trouviez ici, à Marseille.

Malgré l'insistance de Tim, ils n'ont pas pris la direction des marais salants, mais se dirigent vers la grand-route avant d'obliquer à gauche pour rejoindre, à travers les cultures, la Ferme des moutons, propriété désormais de la famille Rintier. Le printemps s'annonce par petites touches et la végétation a choisi sa tenue la plus verte, que parsème une multitude de fleurs minuscules d'espèces indéterminées. Le printemps du renouveau, pense Hélène. L'année précédente à la même époque, les groupes de résistance attendaient jour après jour l'annonce du débarquement allié. Et aujourd'hui, la fin de la guerre n'est plus qu'une question de semaines. L'armée allemande est en train de partir en capilotade. Malgré le sanglant bombardement de Dresde – une boucherie, juge Hélène, que l'Histoire nous reprochera – Hitler n'a toujours pas capitulé, mais il sera obligé de le faire bientôt. Les Japonais aussi céderont. Enfin les fusils se tairont et le monde retrouvera son équilibre. C'est en tout cas la prière que je forme, Seigneur, murmure la jeune femme.

— Que dites-vous ? interroge Tim.

— Que nous allons retrouver la paix.

Ils posent leurs vélos contre un pin et regardent le soleil se coucher sur l'étang. Tim Worth a glissé sa main dans celle d'Hélène qui ne l'a pas repoussée. La jeune femme ne sait pas si elle a raison d'accepter le flirt. Qu'importe ! Elle a envie de compagnie, d'affection, de douceur, de prévenance. La guerre se termine. Elle a eu sa part de combats et elle n'en peut plus. Elle se laisse aller contre l'épaule de Tim Worth et en éprouve un heureux soulagement. Je ne construis rien, pense-t-elle. Il s'agit d'une histoire sans avenir, d'un plaisir passager, et c'est bien pour cette raison que j'ai le droit de m'abandonner. La vie m'a imposé trop de décisions lourdes, de responsabilités rigoureuses, d'actions graves. La légèreté ne constitue pas un péché. Elle fait aussi partie de l'existence.

Le bras de Tim oblige Hélène à se tourner vers lui.

Puis la jeune femme sent la pointe de ses seins contre la poitrine musclée de l'Américain, et les doigts de celui-ci qui relèvent son menton. Elle tend ses lèvres vers la bouche de l'officier. Elle noue ses mains derrière la nuque de Tim. Le visage de Sandro s'impose durant quelques instants, puis disparaît.

CHAPITRE 5

Marc de Portallan, le frère d'Hélène, termine sans enthousiasme ses études à l'Ecole supérieure de commerce de Marseille. Il s'intéresse moins aux techniques nouvelles permettant de développer l'activité des entreprises qu'aux résultats devant logiquement en découler, c'est-à-dire à l'argent. Grand, mince, les cheveux ondulés châtain clair, il a, comme sa mère, les traits fins, réguliers et, en même temps, un peu anonymes. A vingt-trois ans, on le trouve en général plutôt séduisant.

Il a malheureusement compensé la déchéance du père qui lui vaut – il l'a constaté souvent – quelques commentaires en aparté dont il devine parfaitement le contenu, par une arrogance malhabile et une vanité ridicule. Simone, sa mère, martyrisée mentalement par Sébastien de Portallan qui n'avait pas craint d'installer à sa place dans leur hôtel particulier de la rue Paradis une chanteuse de cabaret, Doris, avec laquelle il vivait avant sa mort, veillait avec douceur sur le jeune homme. Elle comprenait les réactions de son fils et lui pardonnait son comportement déplaisant. Simplement, elle aurait voulu le voir vieillir un peu, se départir de ce fond d'agressivité dont il croyait faire une armure.

— Je ne comprends pas, dit-il violemment à sa mère, que vous vous affichiez avec cet homme, ce... parvenu !

— Marc ! Je t'interdis de me parler sur ce ton ! En outre, Robert Hamel est un homme courtois, charmant et très intelligent ! Et ne t'occupe pas de ma vie personnelle !

— Tout Marseille sait que vous partez ensemble le week-end. Et moi je sais très bien que vous ne dormez pas ici certains soirs !

— Mon garçon, j'en ai beaucoup supporté dans ma vie. Mais tu ne vas pas me rendre malheureuse comme ce fut le cas de ton père. Vois-tu, je te parais peut-être une ancêtre, mais je n'ai que quarante-sept ans. Et la vie continue.

Simone de Portallan, issue de la bonne bourgeoisie marseillaise, seule héritière de la petite fortune familiale, avait décidé, après la disparition de Sébastien, requin financier et odieux collabo, de ne pas porter le deuil. Ostensiblement. C'était, avait-elle jugé, la seule façon de tourner la page, de solder les humiliations, de reprendre, en quelque sorte, et au-delà de la mort de son époux, sa liberté.

Elle avait rencontré Robert Hamel après que Sébastien eut déserté le foyer familial pour s'installer avec sa chanteuse. Il s'agissait d'un médecin généraliste de bonne réputation, veuf, père de deux enfants aujourd'hui mariés. Il habitait rue Montgrand, où se trouvait son cabinet, et était propriétaire d'une villa à Cassis. Très souvent effectivement, il y passait, depuis la libération de Marseille, le samedi soir et le dimanche en compagnie de Simone de Portallan. Ils savaient vivre une aventure sans excès de passion et sans risque inutile et s'en montraient parfaitement heureux. Ils jugeaient absolument grotesque de se cacher. Sur le petit port, distant de Marseille d'une vingtaine de kilomètres que l'on accomplissait par le célèbre « col » de la Gineste, et peuplé en fin de semaine d'une partie de la bourgeoisie phocéenne, nul n'ignorait leur paisible relation. Simone trouvait effarant de devoir encore rendre des comptes ! A son fils, en plus !

— Pour changer de sujet, continue de rager Marc

qui a suivi sa mère dans le salon de leur grand appartement de la rue Edmond-Rostand, près de l'église des Dominicains, je trouve Hélène bien mollassonne aux Huileries. De deux choses l'une : ou elle est, elle aussi, favorable aux cocos, ou elle est influencée par Gianni Monti, sous prétexte qu'il appartient quasiment à la famille, comme les Barutti !

La conscience politique de Marc de Portallan est comme passée au papier de verre. L'égarement de son père, la sanction qui a frappé celui-ci, l'accumulation à son encontre des blâmes et des injures ont choqué le jeune homme. Mal dégrossi sur le plan intellectuel, il en est venu à vouer une haine simpliste à « la gauche », et à soutenir les idées de droite les plus énergiques. Dans l'affrontement, permanent à Marseille, entre des milieux d'affaires qui relèvent la tête et un considérable électorat communiste qui rêve du soir décisif, le jeune de Portallan s'est déjà fait remarquer par quelques incartades sur les lieux de travail des Huileries réunies. Il ignore que Gianni Monti a dû calmer ses troupes : « C'est un enfant ! Son père a été exécuté. Laissez pisser ! On a des problèmes plus graves à régler. »

Simone de Portallan ne supporte pas que Marc s'en prenne à Hélène. Elle sait à quel point sa fille a souffert du comportement de son père, qui ne l'a pas ménagée, quels risques elle a courus en s'engageant dans la Résistance, quelle charge elle a accepté d'assumer en prenant la tête des entreprises Portallan au lieu d'exercer son métier d'avocate. L'aisance et la relative tranquillité dans laquelle Marc et elle-même évoluent sont largement dues au sens des responsabilités de sa fille. Personne n'avait la capacité de s'installer dans le fauteuil directorial à la mort de Sébastien, et Marc moins que tout autre. Si le groupe survit, si les machines recommencent à tourner, si les vautours ont été maintenus à distance – en particulier la clique de Simoni –, c'est à la détermination d'Hélène qu'ils le doivent. La famille comme les employés. Et dire, s'insurge Simone de Portallan, que les salariés des Huileries veulent faire passer les sociétés de corps gras sous gestion ouvrière ! Quel culot !

Avec la sérénité de ceux qui n'ont jamais traversé des difficultés financières importantes, Simone se rassure : après tout, à côté des Huileries, la famille possède d'autres entreprises, de maroquinerie, de transport routier, de petite mécanique, d'hôtellerie… Hélène avoue même ne pas avoir encore établi l'inventaire total des participations de « Sébastien de Portallan et Cie », ajoutant d'ailleurs qu'elle préférerait ne jamais faire valoir certains titres de propriété, particulièrement nauséabonds, dont elle découvre l'existence par hasard.

— Je te trouve particulièrement injuste avec Hélène. Elle s'est dévouée pour nous, et heureusement. Quant à ses attaches avec le Parti communiste, directement ou indirectement, c'est ridicule…

— Et notre oncle Bernard, c'est ridicule aussi ? tonne le jeune homme.

— Bernard ? Mais il n'est pas communiste ! D'où tiens-tu cette ânerie ? Il est rédacteur en chef d'un journal qui ne passe pas pour communiste, en plus ! Arrête tes commentaires désagréables sur tout le monde, je t'en prie. Maintenant, si tu souhaites travailler avec Hélène, tes études terminées, je suis persuadée qu'elle sera enchantée de te ménager une place et de prendre un peu de champ. Toute cette gestion, ce n'est pas un plaisir !

Le jeune homme maugrée, réajuste sa cravate en se contemplant avec satisfaction dans le miroir surplombant la cheminée, lisse ses cheveux vers l'arrière. Il se promet d'avoir rapidement une conversation avec sa sœur. Il entend effectivement commencer à travailler dès le début de l'été dans le groupe dont il revendique volontiers, publiquement, la propriété. Il compte surtout en devenir rapidement le seul « patron ». Que les femmes votent, passe encore. Mais qu'elles se mêlent de diriger des entreprises ! Le résultat, d'ailleurs, on le voit bien, marmonne Marc de Portallan pour lui-même. Au lieu de mater les syndicats, tu les cajoles et, résultat, tu te fais arranger, ils te mangent la laine sur le dos !

Marc de Portallan n'a pas demandé de rendez-vous, ne s'est même pas fait annoncer. Louis Merlot l'a aperçu se dirigeant vers les escaliers sans saluer personne. Il a eu tout juste le temps de prévenir la secrétaire d'Hélène.

— Votre sœur est occupée, monsieur de Portallan. Pouvez-vous patienter quelques instants ? Je vais la prévenir.

— Ne vous dérangez pas, rétorque le jeune homme abruptement en frappant un coup sec à la porte du bureau d'Hélène dont il pousse le battant.

— Que se passe-t-il, Marc ? demande Hélène soudain inquiète. Un événement grave ? Je suis en réunion…

— Grave ? Non, j'ai besoin de te voir, répond-il négligemment..

— Alors, tu m'attends dix minutes à l'extérieur, coupe-t-elle d'une voix sèche. Je t'en prie !

Le jeune homme jette un regard vers les deux personnes assises en face d'Hélène, comme si on lui imposait de contempler des détritus malodorants. Quel gamin odieux ! tempête Hélène intérieurement. Education sans père, mère bouleversée, sœur aînée absente. Mais quand même !

— Je suis désolée, dit-elle à ses deux interlocuteurs. Il a dû malgré tout se passer quelque chose. Où en étions-nous ?

La conversation avec les fournisseurs de papier, qui était en train de se terminer, dure encore quelques instants. Hélène raccompagne ses visiteurs jusqu'au début des escaliers. Dans son dos, Marc s'est levé et, sans attendre l'invitation de sa sœur, pénètre dans le bureau. Hélène le rejoint et ferme la porte lentement.

— Marc, je ne sais pas ce que tu cherches en te

comportant de cette façon, mais ici, c'est une entreprise, pas un bistro d'étudiants.

— Parlons-en, des étudiants, et des réactions d'étudiants !

— Qu'est-ce que cela signifie ?

— Cela signifie, reprend Marc d'une voix aiguë, que si quelqu'un se comporte comme une étudiante aux Huileries, en ce moment, c'est bien toi !

Hélène ouvre des yeux ronds.

— Ah bon ? Et pourquoi, s'il te plaît ?

— Parce que tu laisses les ouvriers faire ce qu'ils veulent, sous la conduite de Monti. Pour quelle raison, je l'ignore. Peut-être parce que tu es sensible à leurs idées révolutionnaires ! Que tu crois à la dictature du prolétariat ! Que tu préfères leurs intérêts à ceux de ta famille !

La jeune femme, le souffle coupé par la violence de l'attaque, déchirée par l'injustice, se sent vaciller. Quelle pitié ! Pourquoi le sort s'acharne-t-il sur elle ? Elle se bat depuis des mois pour conserver l'entreprise à sa mère et à ce frère exécrable et inconscient ! Et finalement, elle s'entend reprocher de l'abandonner au personnel par conviction politique.

Puis, soudainement, la colère envahit Hélène. De quel droit ce garçon que le travail n'épuise pas et à qui l'argent ne manque jamais se permet-il de pareilles agressions ? Pourquoi devrait-elle se laisser menacer ? Parce qu'elle est une femme ? Parce qu'elle aurait des idées différentes des siennes, donc inadmissibles ? Elle s'approche d'une des hautes fenêtres mais, contrairement à ce qui se produit d'habitude, la vision des grands arbres, du ciel bleu très pur, ne la tranquillise pas. Elle sent durcir en elle une sorte de rage froide, semblable à celle qui la saisissait autrefois quand son père maltraitait sa mère. Alors, elle marchait dans la rue comme si les murs, de chaque côté, lui évitaient de plonger dans le vide.

— Que sais-tu des ouvriers, espèce de crétin ? martèle Hélène en plantant son regard dans celui de Marc.

Où as-tu rencontré des ouvriers ? Dans la cour des Aygalades quand tu as jugé bon d'y jouer au clown ? Non, je ne favorise pas la gestion ouvrière. Je suis totalement contre. Seulement, comment agirais-tu, toi le gros malin ? En t'attaquant à Gianni Monti et ses troupes ? La sagesse, non même pas la sagesse, la seule solution intelligente possible, consiste à discuter en maintenant le contact avec eux. Pour limiter les dégâts, éviter l'irréparable.

Progressivement, Hélène s'est calmée. Elle refuse d'enfoncer ce frère, finalement plus malheureux que méchant.

— Mais au fond, dit-elle en vérifiant l'équilibre de son chignon, tu n'es quand même pas venu ici pour me faire une scène à propos de mes relations avec les syndicats ?

— Si, répond Marc abruptement. Si. Pour te dire que tu te montres d'une faiblesse insigne avec eux. Tout le monde le répète, dans les milieux patronaux. Et pour t'informer que je compte prendre ma place dans la société, dès mes études terminées.

Ainsi, songe-t-elle, nous y voilà ! Etant donné ce que je viens d'entendre, Marc est absolument incapable d'affronter la situation actuelle, mais à condition de lui donner le temps de se former… Il faut en tout cas éviter de le laisser au contact des syndicats.

— D'une faiblesse insigne ? Qui sont ces milieux patronaux pour lesquels je n'ai pas assez de poigne ? Ceux qui, en même temps, te poussent à « prendre ta place » dans l'entreprise, comme tu dis ? Mais tu l'auras ta place ! Je ne compte pas rester ici plus longtemps qu'il ne sera nécessaire. Au cas où tu l'aurais oublié, je veux être avocate. Je te laisserai volontiers ce bureau dès que tu seras capable de l'occuper.

— Il y a des gens qui m'en croient capable aujourd'hui…

Marc de Portallan laisse passer quelques secondes avant de poursuivre :

— … et qui me feraient confiance pour gérer leurs participations dans « Portallan et Cie ».

Hélène a bondi.

— Que dis-tu ? Qui as-tu rencontré ?

Marc sourit d'un air supérieur.

— Tu vois que je commence à t'intéresser !

— Réponds-moi, s'il te plaît !

— C'est un dénommé Sauveur Ruli qui est venu me voir.

— Quoi ! Tu as écouté ce salaud ! Un voyou que j'ai viré de la société ?

La colère, de nouveau, submerge Hélène de Portallan. Sauveur Ruli, le bras droit d'Antoine Simoni ! Celui qui était chargé des basses œuvres du politicien élu des vieux quartiers, maître de la ville durant toute une décennie avant la guerre, collaborateur notoire, ami et associé de son père. Simoni avait fui la France et le peloton d'exécution. Mais Hélène ignorait que Ruli était resté à Marseille, ou y était revenu. Elle ne l'avait pas revu depuis qu'il était venu grossièrement lui demander des comptes avant la Libération, s'attirant en retour une cinglante paire de claques.

— Plus rien dans ce groupe n'appartient à Simoni, tu dois le savoir. Tu vas m'écouter un instant. Je suppose que Ruli agit toujours pour le compte de ce criminel ? Tu connais l'histoire, Marc ? Ce ne sont pas des choses sur lesquelles on passe. Bon ! J'ai mis des semaines, avec le comptable, à définir à peu près ce qui pouvait appartenir à Simoni. Simplement toucher son argent m'aurait rendue malade. J'ai vendu ce qu'il fallait pour réunir la somme qui, aujourd'hui, se trouve au nom de Simoni chez un notaire. Au nom de Simoni, pas de Ruli. Plus rien de ce qui constitue Portallan et Cie, plus rien des Huileries réunies, pas une pierre de cet immeuble du cours Pierre-Puget ne lui appartient. La société est moins importante, mais je la considère comme saine et je peux me regarder dans la glace le matin. Je te conseille d'envoyer promener Ruli. Qu'il fasse passer le message à son patron ! S'ils veulent récupérer cet argent chez Maître Noyer, qu'ils se débrouillent. Si on les y autorise. Je ne veux plus entendre parler des ces salauds et, pour tout dire, je souhaiterais les savoir morts. Ils ont été pires que notre père.

Epuisée par le brassage de ses souvenirs, Hélène s'est tue. Au bout de quelques instants de silence, elle allume une cigarette et regarde calmement son frère.

— Tu as compris, Marc ? Termine tes études. Pars quelques mois en Grande-Bretagne ou aux Etats-Unis apprendre l'anglais, sors de cette marmite marseillaise qui a besoin de refroidir un peu.

Le regard bas, Marc de Portallan se lève. Il n'a pas un geste vers Hélène. Celle-ci sent bien qu'il voudrait encore argumenter, qu'elle ne l'a pas convaincu.

— C'est à toi, dit-elle, qu'il appartiendra de diriger cette entreprise. Mais, pour le moment, tu devrais t'y préparer convenablement. Donc, certainement pas en fréquentant ce voyou de Ruli. Il t'a lui-même contacté ?

Le jeune homme hoche la tête.

— Si ce n'est pas indiscret, où l'as-tu rencontré ? insiste Hélène.

Réticent mais penaud, Marc cite le nom d'une grande brasserie de la place de la Préfecture. La jeune femme se promet de ne pas l'oublier. Déjà, elle sait ce qu'elle va devoir entreprendre. Et une ombre de sourire flotte sur ses lèvres.

— Embrasse-moi, puisque tu t'en vas, dit-elle en tendant la main vers son frère. Et embrasse maman. Je passerai la voir vendredi soir.

Hélène guettait le moment de fermer les bureaux. La semaine s'était écoulée avec une extrême lenteur depuis sa dispute avec Marc. Le vide s'était creusé en elle, qu'elle espérait combler grâce à la présence réconfortante de François. L'enfant lui manquait. Elle ignorait si elle commençait à porter une profonde affection au gamin ou si celui-ci l'aidait à traverser une période difficile de sa propre existence. Mais elle allait le chercher quasiment tous les samedis et il lui arrivait de passer en coup de vent un soir de la semaine chez Germaine Lenti. Un jour ou l'autre, il faudrait régulariser sa situation au regard de la loi mais pour l'instant, dans le formidable désordre général, nul ne se préoccupait du statut de celui-ci.

Elle jetait un regard sur sa montre. Il était près de midi. Elle entendait les portes des bureaux claquer. Elle partirait la dernière, mais sans trop traîner. Ce soir, ils ne dormiraient pas cours Pierre-Puget mais à Hauterive. Une brève émotion accélérait les battements de son cœur. Tim Worth ! Il l'attendait. Elle ne cherchait pas à savoir si elle l'attendait aussi, mais elle admettait être heureuse de le voir. Et cela suffisait à son besoin de logique.

CHAPITRE 6

Depuis la Libération, Hélène n'a revu qu'une fois Hocine Ahmed, son compagnon de la Résistance. Exactement la négligence dans laquelle elle avait juré de ne pas tomber. « Tu m'oublieras, Marais, disait-il, fataliste, en l'appelant par son nom de réseau. La rue des Chapeliers, ce n'est pas sur ton parcours habituel. »

Effectivement, c'était bien rue des Chapeliers, dans le quartier de la porte d'Aix, qu'elle l'avait retrouvé quelques mois plus tôt, en commençant ses recherches par le bistro où, pour la première fois, elle avait goûté du couscous. Le Kabyle, qui était un peu plus âgé qu'elle, ne semblait pas avoir d'occupation bien définie. « Comme avant, riait-il, je vends une chose ou une autre. Des cigarettes de contrebande par exemple. Je fais du marché noir, quoi ! Si tu as besoin de l'introuvable, une seule adresse… » Hocine s'amusait de tout. Pour avoir participé activement à la lutte de l'ombre en défendant « son » pays, Hocine aurait simplement aimé bénéficier d'une décoration, il ne savait pas trop laquelle. Mais il ne nourrissait aucune illusion. A qui irait-il la demander ? Ou mieux, qui penserait à lui ?

Hélène déambule rue des Chapeliers. Les passants, pour la plupart originaires d'Afrique du Nord, sont tellement nombreux dans cette artère étroite qu'il est inutile de se presser. Impossible ou presque de distinguer une entrée d'immeuble d'une échoppe obscure. Les senteurs de cumin, de piment, se mêlent à l'odeur trop forte du mouton, s'arrondissent au contact des parfums de raisins secs et de dattes. La foule semble immobile, bercée par la musique tendue des conversations et des marchandages. Ici et là, des chéchias rouges semblent flotter sur un lent mouvement de houle.

— La Vieille-Charité, s'il vous plaît, mademoiselle ?

Hélène sourit en entendant la demande, dans son dos. C'est de cette façon-là qu'elle avait été abordée par Hocine lors de son premier contact avec le réseau. Elle se retourne et embrasse le Kabyle sur les deux joues.

— C'est toi que je cherche. Si je ne viens pas, je ne risque pas de te voir. Et le téléphone, Hocine ?

— Si je te demande, avec mon accent, ils me raccrochent au nez, tes subalternes ! Tu as l'air fatiguée.

— J'ai des soucis.

— Et alors tu penses que je peux t'aider... On va boire un thé ?

Ils se fraient un passage à légers coups d'épaule. De temps en temps, Hocine adresse quelques mots à un commerçant, presque toujours en français.

— Ce n'est pas la rue Paradis, hein ? rigole le Kabyle.

— Sûr. Mais c'est Marseille, ça ne changera jamais ! Tu te sens chez toi, non ?

— En général, oui. Mais on se fait traiter de bicots régulièrement, quand même ! C'est juste quand on joue pour l'OM qu'on est jamais appelé bicot ! Seulement, moi, je sais pas taper dans un ballon. Tu me diras, les Italiens, avant, on les traitait de bàbi, de crapauds, ce n'était pas beaucoup mieux.

— Nous n'avons pas de quoi être fiers, d'accord ! sourit Hélène de Portallan. Mais nous ne sommes pas vraiment méchants. Nous, je veux dire les vieux Marseillais. Toi, tu es un Marseillais récent. Tu passes des épreuves. Des épreuves orales. On parle beaucoup, ici.

Pour s'amuser, ils se bousculent du bras, tentent des croche-pieds.

— De loin, avec ton teint mat et tes cheveux bruns, rigole Hocine, tu pourrais tromper la moitié de la rue…

Ils s'engouffrent dans une pièce voûtée et mettent quelques secondes à s'habituer à la pénombre. Quelques tables plus ou moins d'aplomb, des chaises et des bancs dépareillés, un peu de sciure au sol, un semblant de comptoir, deux chromos violents sur le mur du fond et quelques rideaux de perles en verre multicolore composent un décor rustaud. Une poignée d'hommes est agglutinée autour de la plus grande des tables, parlant à voix très basse.

— Salam alekoum !

— Alekoum salam !

Hélène et Hocine s'assoient à droite de l'entrée et attendent leur verre de thé à la menthe avant de reprendre leur conversation.

— Tu ne connais pas bien mes affaires, Hocine, mais je t'en avais un peu parlé avant la Libération.

— Oui, je sais, ton père….

— C'est ça. Mon père était – comment dire ? – le complice d'Antoine Simoni. Et le représentant quasi officiel de Simoni auprès de mon père s'appelait Sauveur Ruli. S'appelait ? S'appelle, en fait ! Il a ressurgi, Ruli ! Pour manœuvrer mon frère et tenter de me faire cracher au bassinet. Or…

Hélène raconte comment elle a évalué et bloqué l'argent qu'elle considère devoir à l'ancien associé de Sébastien de Portallan. Comment le voyou a fait miroiter à Marc une position financière et sociale avantageuse, et pourquoi elle nourrit des doutes quant au comportement de celui-ci.

— En conclusion, j'ai bien peur d'être emmerdée au-delà du raisonnable, dit Hélène. Ce petit salaud de Ruli, qu'il agisse ou non pour le compte de Simoni, ne va pas lâcher le morceau comme ça. Et je ne les imagine pas se présenter chez le notaire pour réclamer leurs économies. Qu'est-ce que tu me conseilles ?

Un sourire mince vient barrer le visage du Kabyle, tout en ombres tourmentées.

— De me filer les économies de Simoni ! s'esclaffe-t-il avant de poursuivre, sérieux : je te conseille de ne te mêler de rien, petite.

— Pas facile, s'il insiste. J'ai assez de soucis comme ça. Ruli d'un côté, la gestion ouvrière d'un autre. Et un filleul, quand j'ai un instant de libre. Tu sais, le bombardement ? Je t'avais parlé du gamin...

— Les gens comme Ruli, tu ne dois même pas les croiser dans la rue, poursuit Hocine. Ils sont capables de te contaminer à distance. Je vais m'en occuper.

— Que vas-tu faire ?

— Je n'en sais rien pour le moment. Si je savais, je ne te le dirais pas. Il va avoir peur, Ruli, il va avoir très peur. C'est un peu ce que tu veux, non ?

Hélène peigne de ses doigts les cheveux que, pour une fois, elle n'a pas rassemblés en chignon.

— Comment as-tu deviné ? Si nous allions manger un couscous ? Un tunisien, cette fois, avec du poisson !

— Tunisien ? Des insultes, maintenant ?

— Hocine !

On était en mai. Un soulèvement venait d'être rudement réprimé en Algérie. Près d'une centaine de morts d'après les journaux. Les bandes armées qui avaient attaqué Sétif annonçaient-elles des mouvements indépendantistes plus importants encore ? Hocine ne le croyait pas. Il pensait que le statut de la population algérienne allait évoluer. Un jour, lointain sans doute, l'Algérie serait indépendante. La France saurait se montrer responsable devant l'Histoire, mais pour le moment on était encore loin des prémices d'une guerre. Sétif ? Une provocation, disait-il. Mais qui provoquait qui ? Selon Hocine, certains gros colons étaient prêts à tout.

Ils descendaient vers le Vieux Port en marchant lentement, profitant d'une chaleur engourdissante. Tu te souviens du mois d'août dernier ? demandait Hélène. On croyait que tout allait se terminer vite, et regarde ! Qu'est-ce que tu veux, grognait Hocine, les colons, à Alger, surveillent attentivement l'évolution de la situation en Indochine, où Hô Chi Minh a proclamé une République du Viêt-nam. Mais tu ne travailles pas aujourd'hui ? poursuivait-il en offrant une cigarette à Hélène. Non, tu vois, vacances ! Ils étaient heureux de ces quelques heures volées en commun, comme des collégiens partis pour l'école buissonnière. Ils parlaient de tout, sans ordre. Ils avaient du temps à rattraper, de l'avance à prendre. Il fallait bien pouvoir faire totalement confiance à quelques personnes, se libérer.

On était en mai. Hocine disait que malgré tout, l'horreur était terminée. Il y avait maintenant de la pénicilline dans tous les hôpitaux ! Hitler était mort, l'Allemagne avait capitulé, Mussolini avait été exécuté. Plus jamais ça. Ce genre d'horreur ne se termine jamais, tu comprends ? répondait Hélène. En Allemagne, en Autriche, en Pologne, en Tchécoslovaquie, on avait découvert l'épouvantable vérité des camps de concentration, l'organisation de l'extermination. C'est une monstruosité qui n'a pas de fin, disait Hélène, l'humanité ne subsistera jamais assez pour se repentir d'avoir pensé les chambres à gaz ou même d'avoir eu connaissance de leur existence sans réagir. D'avoir exterminé l'Homme pour assurer la domination de quelques hommes. Saura-t-on se le rappeler, Hocine ? Tu crois ?

On était en mai. Si on allait à la plage un jour prochain ? demandait Hélène. Il faut faire très attention, répondait Hocine. Au bout du Prado, du côté du parc Borély, le sable avait été truffé par les Allemands de piquets d'acier pour contrer un éventuel débarquement. Mieux valait pousser jusqu'aux calanques. Un voile de tristesse couvrait les yeux d'Hélène. Elle pensait à sa dernière échappée là-bas. Avec Sandro. Hocine s'en voulait de sa bourde. Les deux jeunes gens s'étaient séparés, mais il ignorait pourquoi. Puis il tentait une plaisanterie. Ils n'étaient qu'au début de leur vie.

Cours Pierre-Puget, l'Oldsmobile beige aux pneus à flancs blancs se range le long du trottoir, en dépassant d'une vingtaine de mètres Hélène de Portallan qui s'achemine à pied vers ses bureaux. De la portière avant droite, surgit Sauveur Ruli, sanglé dans un costume d'été bleu marine, les chaussures noires brillantes, une sorte d'insulte à la pauvreté des temps. Le danseur mondain se plante au milieu du trottoir. Il attend la jeune femme, comme pour l'estoquer. Hélène, à son tour, s'arrête, regrettant de se trouver encore à quelques mètres de la porte de son immeuble.

— Vous pouvez avancer, dit-il en soulevant son chapeau puis en vérifiant l'ordre impeccable de ses cheveux noirs laqués, je ne tire pas sur les gens en pleine rue.

Hélène, d'une mimique, montre à son interlocuteur qu'elle n'en est pas si sûre.

— Je croyais vous avoir dit clairement de ne plus m'importuner. Et je pensais que mon frère vous avait communiqué le reste du message.

— Votre frère ne comprend pas tout, sourit Ruli. C'est un jeune homme impulsif et ambitieux. Je vous crois plus raisonnable… même si vous avez la bugne facile.

Ils se trouvent maintenant à un mètre l'un de l'autre. Hélène remarque avec irritation les lueurs d'amusement traversant de temps en temps le regard noir du voyou. Je serais un homme, pense Hélène, je lui collerais un coup de boule sur le nez. Elle sourit à son tour.

— Je ne sais pas ce qu'il a compris. Mais je vous

répète que l'argent revenant à votre patron se trouve chez Maître Noyer.

— Mais le problème n'est pas de récupérer cette somme, ma chère enfant !

— Gardez vos familiarités, mon vieux ! gronde Hélène.

Sauveur Ruli, avec une élégance de cinéma, sort un étui à cigarettes en or, le tend à la jeune femme qui refuse de la main, allume une américaine odorante à un briquet de nacre grise qu'il fait miroiter au soleil.

— Nous souhaitons que vous conserviez cet argent. Nous ne voulons pas non plus telle ou telle entreprise. En réalité, tout doit continuer comme avant. Vous nous verserez une partie des bénéfices. Et puis, un jour, nous reparlerons de tout ça. Quand M. Simoni sera de retour à Marseille.

— De retour ? Vous êtes fou ? Il sera fusillé.

— Aujourd'hui peut-être, mais demain ? Le temps passe. Nous reviendrons. Nous, nos hommes et nos idées. Ne vous emballez pas, petite ! Ne tentez pas le diable !

Hélène, sidérée, fixe le voyou. Elle n'en croit pas ses oreilles. Nous, nos hommes et nos idées ! Le retour de la pourriture. Des nazis qui avaient envoyé vers les camps des millions de personnes !

— Vous êtes fou ! Puisque vous êtes marseillais, vous savez ce que c'est, les bordilles. Les détritus qu'on jette à la poubelle. Au singulier, on dit une bordille, pour un type comme vous. Dans l'injure, personne n'a encore trouvé mieux.

Elle contourne Ruli pour rejoindre son bureau.

— On ne se laissera pas faire, mademoiselle de Portallan. Surtout pas par une merdeuse de votre âge ! Il paraît que vous élevez des filleuls, maintenant ? Veillez bien sur eux. C'est fragile, les minots !

Hélène rejoint son bureau, les dents serrées, répondant à peine au salut de ses collaborateurs. Oh, l'ignoble salaud ! Les pires jurons du ruisseau marseillais, qu'elle croyait même ignorer, se bousculent dans sa tête. Elle sort un petit carton de son sac et attire vers elle le poste de téléphone.

— Salam alekoum, souffle-t-elle dans l'appareil. Je voudrais parler à Hocine. Il n'est pas là ? Dites-lui que Marais a téléphoné. Oui, Marais. C'est urgent.

— Vous avez lu le journal, mademoiselle ?

La question du vieux secrétaire général de l'entreprise, Marcel Gallano, surprend Hélène. Non, elle n'a lu ce matin aucun quotidien. Ni *Le Provençal*, ni *Le Méridional*, ni *La France*, ni *La Marseillaise* qui expriment les différentes tendances politiques de la cité. Donc, elle n'a pas lu « le » journal qui peut être, nul ne s'offusquant des habitudes du voisin, un des quatre titres.

Gallano glisse sous ses yeux *Le Provençal* ouvert à la troisième page sur un article de quatre colonnes au milieu duquel s'étale une photo en gros plan de Sauveur Ruli. « Mystérieux règlement de comptes ». Le sous-titre est plus explicite : « Sauveur Ruli, un des hommes de confiance d'Antoine Simoni, retrouvé poignardé ».

Hélène lève les yeux vers le comptable, cherchant une explication rapide.

— Je ne verserai pas une larme sur le compte de cet individu. Voilà une époque qui se termine, ajoute Gallano.

— Moi non plus, vous imaginez ! Que l'époque se termine, tant que Simoni est vivant, c'est une autre affaire… Je vais lire l'article, mais comment expliquent-ils ça ?

— Ils n'en savent rien, mais ils mettent en avant la guerre des gangs. C'est pratique, à Marseille… Chaque fois qu'on constate une mort violente, on l'attribue au milieu !

— Oui… Et on se trompe rarement, sourit Hélène.

En même temps, la jeune femme parcourt l'article. Ruli a été retrouvé la veille à l'aube dans un terrain vague du côté de Saint-Barnabé, où il occupait une villa appartenant à Simoni. Le politicien, probablement réfugié en Amérique du Sud ou en Espagne, avait sans doute demandé à celui qui restait son « bras droit », écrivait le journaliste, de veiller sur cette somptueuse demeure. Sans doute Ruli n'avait-il pas été tué – d'un seul coup de couteau, particulièrement précis, au cœur – à l'endroit où le corps avait été découvert. La police penchait pour un transport du cadavre depuis un endroit indéterminé. Mais il n'y avait aucun indice, aucun témoin, aucune piste. Toutefois, la personnalité de la victime, ancien candidat à des élections, certes, mais surtout liée au grand banditisme, conduisait les enquêteurs à privilégier l'hypothèse d'un règlement de comptes entre gangs rivaux, probablement pour le contrôle de la contrebande de cigarettes. Ce qui ne semblait pas émouvoir outre mesure les policiers.

Frissonnante, Hélène relève la tête. Les cigarettes de contrebande ? Le visage aigu et malicieux d'Hocine se dessine sur le mur du bureau comme sur un écran de cinéma. Quand elle l'avait prévenu des menaces formulées directement par Ruli contre elle-même et surtout contre François, Hocine lui avait répété de ne s'occuper de rien. Elle n'avait à aucun moment imaginé que la réaction du Kabyle pourrait être aussi radicale. Car évidemment, la coïncidence semblait à Hélène plus que suspecte. Téléphoner à Hocine n'avait aucun sens, sinon mettre ce dernier en danger. En revanche, joindre Bernard au journal pouvait se révéler utile.

— Vous avez écrit tout ce que vous saviez ? demande-t-elle quelques instants plus tard à Bernard de Portallan.

— Non, pas totalement. A notre avis la piste de la contrebande de cigarettes a été volontairement balisée par l'assassin pour conduire la police à une guerre entre gangs. Et la police le croit aussi…

— Et alors ?

— Et alors, tout le monde, y compris à la police,

pense que la disparition de ce salaud est une bénédiction. Celui qui en a pris la responsabilité mérite une décoration. Je ne crois pas que l'on parlera encore beaucoup de Ruli et de sa mort. Moi, ça me soulage. Et toi ?

— A vrai dire, moi aussi. Mais enfin...

Hélène raccroche le combiné. Elle suit du regard le rayon de soleil pailleté de légères poussières qui plonge de la fenêtre vers l'appareil de bakélite noire comme pour le transformer en messager de la vengeance. Elle n'aime pas l'idée de vengeance. Pourtant, la mort de Ruli – comme un jour, elle n'en doute pas, celle de Simoni – lui semble appartenir à une cérémonie expiatoire entamée avec la mort de son propre père. Un jour, pense-t-elle, ils auront disparu tous les trois. Le drame sera joué. Le rideau retombera. Sandro sera délivré. Je vivrai de nouveau.

Elle allume une cigarette, une Lucky Strike caramélisée qu'elle savoure à petites bouffées. Elle ne parvient pas à s'extraire de cette zone, vague comme l'horizon un soir de forte chaleur, où les souvenirs, les rêves, les désirs et les illusions ouvrent à l'esprit des voies sans issue mais sans risque. Mécaniquement, elle range son bureau, les dossiers déjà examinés à droite, ceux qui restent en suspens à gauche, elle rassemble crayons et stylos, déchire les documents devenus inutiles. Elle regarde sa montre. Même pas midi. Pourquoi se prépare-t-elle déjà à abandonner son bureau ? Elle n'a pris aucun rendez-vous à l'extérieur, elle n'a pas envie de déjeuner. Peut-être pourrait-elle marcher une heure sur la Corniche, face au vent, s'allonger entre deux rochers, le nez tout contre le soleil ? Peut-être.

Elle se dirige vers sa voiture. Une moto pétarade, à laquelle elle ne prête aucune attention, malgré les grimaces du conducteur abrité derrière de grosses lunettes. Finalement, elle reconnaît Hocine Ahmed. Monte, dit-il, en désignant le tan-sad du menton, le visage fendu d'un large sourire. Elle va sur la Corniche ? La petite moto longe le Pharo, rejoint la rue des Catalans et, déjà, Hélène aspire l'air iodé à grandes bouffées. Tu as vu ? demande Hocine. Ton Ruli, il s'est fait avoir.

Hélène le regarde droit dans les yeux, maintenant que la moto repose sur sa béquille et qu'il a enlevé ses lunettes. Il ne sait pas par qui ? Comment voudrais-tu que je sache ? s'amuse Hocine. Personne ne fait de confidences à un obscur Kabyle. Evidemment. Et ça l'avancera à quoi, Hélène, de savoir ? Il n'est plus là pour emmerder le monde, Ruli. Ça suffit, non ? Tu ne crois pas, Marais ?

CHAPITRE 7

Quand elle pense à Sandro, comme maintenant, Hélène ne sait quelle expression utiliser. Elle n'aime pas le mot rupture. Elle préfère celui de séparation, qui lui semble moins chirurgical.

Depuis cette séparation, dont elle attribue la responsabilité à un sort inique, elle n'a vécu qu'une aventure sans lendemain avec un camarade d'études retrouvé par hasard, un soir de l'automne 1944. Aventure décevante, pénible même, terminée à l'aube entre un mauvais café, un vague rendez-vous auquel elle ne s'était pas rendue, et une bouffée de regret, presque de honte. Pas de quoi pavoiser, avait-elle pensé à l'époque en regagnant son appartement du cours Pierre-Puget, mais comment croire que l'on oubliera un être cher en se glissant dans la couche d'un autre ? Et que cela te serve de leçon, ma fille !

De leçon ? On allait bien voir ! La jeune femme terminait de se maquiller attentivement devant la glace surplombant son lavabo. Elle avait rendez-vous dans un quart d'heure avec Tim Worth. L'officier américain déployait des trésors de séduction auxquels elle se montrait de plus en plus sensible. Elle avait accepté le flirt. Habilement, il ne s'était lancé dans aucune déclaration amoureuse d'envergure qui aurait probablement conduit Hélène à se renfermer dans sa coquille. Il avait au contraire choisi, à côté d'un comportement très sentimental, une attitude adulte et libérée. Nous avons l'âge de vivre ensemble une histoire pleine et agréable, n'en faisons pas un drame, semblait-il dire. Et Hélène était assez réceptive à cette argumentation silencieuse ménageant son attirance physique pour le commandant américain et ce qu'elle continuait à appeler son amour pour Sandro. Jusqu'à quel point ? Elle le saurait ce soir. En tout cas, elle était décidée à sauter le pas.

Comment a-t-il réussi à se procurer une voiture moins voyante que sa Jeep de service ? Au moment où Hélène arrive devant la porte vitrée de son immeuble, Tim descend d'une Peugeot d'avant-guerre, une « 302 » aux phares intégrés sous la calandre. Il a délaissé l'uniforme pour un de ces costumes sombres américains, amples et vagues, qui donnent à leur propriétaire l'air un peu paysan.

— Comme ça, je ne suis pas trop voyant ? demande-t-il en souriant. Vous êtes très élégante, Hélène.

— Avec les moyens du bord, oui...

Pour cette soirée du mois de juillet, particulièrement chaude, sans un souffle de vent, la jeune femme a retrouvé dans un placard une robe de vichy bleu et blanc, légère et largement ouverte dans le dos. Le décolleté en V plonge entre ses seins hauts et fermes, libres sous le tissu souple. Elle porte des sandales blanches qui font ressortir le bronzage de ses jambes fines et musclées et a déposé une pellicule de rouge discret sur ses lèvres. Elle a choisi avec attention des boucles d'oreille et un collier en or sans prétention. Sa chevelure sombre cascadant en boucles sur ses épaules a exigé une bonne heure de préparatifs. Elle lui donne une allure mutine qui surprendrait certainement ses collaborateurs, ses clients ou ses fournisseurs.

Tim Worth a prévu une véritable soirée de fête. D'abord un dîner sur la terrasse du Monaco au milieu du quai de Rive-Neuve. Ensuite, a-t-il dit en forçant le ton caressant de sa voix, nous irons danser. Je mène la grande vie d'une chef d'entreprise célibataire et moderne, pense Hélène qui ne parvient pas à s'en trouver gênée. Je devrais, pourtant. La vie n'est drôle pour personne. Et elle ne le sera pas plus pour moi demain matin, ajoute-t-elle intérieurement, alors, pour ce soir, profitons. Rire, c'est savoir de temps en temps écarter la pesanteur qui nous contraint pour l'essentiel de notre vie. Elle se trouve bêtement philosophe, ridiculement grave.

Ils roulent sans se presser vers le bas de la rue Paradis. La nuit n'est pas encore tombée et la population traîne sur les trottoirs, goûtant ce premier été de la délivrance. Peut-être bon nombre de ces hommes et de ces femmes qui discutent avant de traverser la rue, rient en se racontant des histoires, apostrophent un passant, ne se connaissent-ils qu'à peine. Mais ils refusent de rentrer s'isoler chez eux. Ils ont un retard de convivialité important à rattraper, une guerre à solder, la délation et le mensonge à oublier. Nous oublierons vite, nous aussi, dit Tim Worth. Malgré nos morts. Nos troupes ont conquis Okinawa, mais à quel prix ! Les Japonais sont fous. Ils se feront tous tuer pour tenter de nous interdire l'invasion. Ils n'imaginent pas de se rendre. Ils perdront, ils le savent, mais c'est égal. Chez eux, on ne capitule pas.

Bon, ça suffit ! ordonne Hélène en secouant ses boucles. Ce soir nous ne parlons pas de guerre. Pas de celle-là, en tout cas. Vous m'emmènerez voir *Autant en emporte le vent*, Tim ? C'est un film formidable, le plus grand de l'histoire du cinéma. Il arrive en France ces jours-ci. Il hoche la tête, ravi. Il gare la voiture en bas de la rue Fortia près du Vieux Port, puis ils partent à pied. Ici, explique-t-elle, jusqu'en 1925, il s'agissait d'un canal. Nous aurions dû garder le canal, il sentait un peu mauvais, mais aujourd'hui c'est pire. Les ruelles sont pittoresques mais sales. Heureusement, la nuit qui rôde enrobe d'une ombre complice les détritus et les tas de crasse. Elle ne chasse cependant pas l'odeur du poisson, exacerbée depuis le matin par la forte chaleur. Quelques notes de musique achèvent de donner à ce vieux quartier de Marseille une teinture exotique et canaille qui séduit l'Américain.

Oui, Hélène aime aussi ce coin : on ne peut pas être marseillais et détester ce fouillis fortement odorant. Ici, il faut tout prendre en bloc. Marseille ne se découpe pas comme un saucisson, on n'enlève pas la peau pour ne manger que la chair. Sinon, la ville n'a plus de goût et on ne la comprend pas. C'est le mélange qui est unique, qui n'est pas reproductible. Là-haut, voyez-vous, Tim, il y a Notre-Dame-de-la-Garde : ce sont les mêmes qui montent y prier et qui ensuite sortent un couteau pour vous confisquer votre portefeuille. Mais quelques jours plus tard ils laissent un peu de monnaie dans le tronc de la basilique ! C'est difficile à comprendre. Comme le stade Vélodrome, le football. Vous prenez un bourgeois, vous l'envoyez voir jouer l'OM : dans les cinq secondes il devient aussi grossier que les spectateurs des virages – les virages ce sont les places populaires. Vous votez à droite, vous votez à gauche ? D'abord, vous votez marseillais ! Vous votez contre Paris ! Après, seulement après, on discute entre nous. C'est drôle, sourit l'Américain. Vous savez raconter votre ville.

C'est si facile de parler de Marseille, pense Hélène. Il suffit de respirer, d'écouter. La ville pénètre dans tout votre corps, elle emplit vos poumons, vivifie votre sang, aiguise votre vision et votre perception des couleurs. Elle vous transforme, puis résonne en vous comme une musique chaude et aiguë. Douce et métallique. Cette ville vous prend en otage, ne vous laisse plus le choix. Quand elle s'est donnée à vous – souvent il y faut un peu de temps – elle devient possessive, irrémédiablement jalouse, violente.

Ils sont assis à une des cinq tables du restaurant, sur le trottoir où circule un bienfaisant courant d'air, mais contre la façade qui restitue la chaleur absorbée durant la journée. Un emplacement que le patron appelle en se gargarisant et sans le moindre sens de la mesure, sa « terrasse ». Mais on vient surtout au Monaco pour les poissons qu'il y cuisine, les loups, les dorades, les chapons, comme toujours accompagnés de sauces savantes et secrètes où percent l'huile d'olive, l'olive noire, le basilic, une pointe d'ail et de piment. « Le problème, ma belle, répond systématiquement le patron à celle qui lui demande de dévoiler les mystères de ses recettes, c'est pas ce que vous mettez dans les plats, c'est les proportions ! Un dé à coudre, vous entrez au Paradis. Le double, et vous faites une grosse poussée de boutons ! Et n'importe où, la poussée de boutons, hein ! »

— J'aime bien votre façon de parler le français, ici, s'amuse Tim Worth.

— De parler le français ? Mais on parle très bien le français ! C'est le rythme qui change. Nous avons le français, plus la musique, plus l'image, plus l'art du mime. Le cinéma parlant, à côté de la manière de s'exprimer des Marseillais, c'est une découverte mineure.

L'officier américain éclate de rire. Hélène, enjouée, a décidé de laisser libre cours à une ironie naturelle trop souvent bridée par les convenances. Ils ont écouté le patron et commandé un vin blanc de la région de Manosque, sec mais charriant un imperceptible fumet d'agrumes. Ils trinquent, les bras croisés au-dessus de la table, à la fin de la guerre, à leur rencontre, à Hauterive.

— Vous devriez venir plus souvent, dit l'officier américain. C'est agréable, non, avec le plongeoir ?

— Oui, ce plongeoir est un peu surprenant, mais il est très pratique. Et vous savez, je viens déjà presque chaque dimanche. Je ne voudrais pas gêner, ajoute-t-elle en le regardant par-dessous ses longs cils baissés.

— Vous vous moquez de moi. Je sais bien que vous êtes chez vous, à la bastide ! Je me fais aussi petit que possible.

— Allons, Tim, je plaisante. Vous avez réalisé des travaux considérables et très utiles.

En effet, outre le plongeoir qui avance son large plancher d'une quinzaine de mètres dans l'eau, Tim Worth a employé les prisonniers allemands à des travaux de terrassement tout autour de la bastide, dans le petit port où somnolent les pointus et sur les plates-formes en contrebas de la grande esplanade surplombant l'étang. Curieusement, celle-ci a été dotée, dans un coin, d'une vaste piste de danse en parquet. L'officier américain a donné à la fin du printemps et au début de l'été quelques soirées en plein air assez réussies. Hélène y était systématiquement conviée. Mais elle n'avait accepté l'invitation qu'une fois, par curiosité. Le buffet ne manquait de rien, le service était impeccable, la musique excellente et l'assistance, essentiellement américaine et venue de Marignane, d'une grande courtoisie. Il s'agissait d'un autre versant de la guerre. Après tout, avait-elle pensé, mieux vaut celui-là que l'autre.

— Comment connaissez-vous cet excellent restaurant, Tim ? demande Hélène qui déguste des petits pageots juste saisis au four sur un lit de fenouil. En principe n'y viennent que de vieux Marseillais. Vous avez été pistonné pour obtenir une place ?

— Exactement. J'ai dit que je venais de votre part… Non, c'est votre oncle qui a servi d'intermédiaire.

— Vous mettez mon oncle au courant quand vous m'invitez à dîner ? Mon oncle et Gina, ma meilleure amie ?

Hélène s'est braquée. Elle ne veut à aucun prix d'une histoire « officielle » avec Tim. Et pourquoi pas une demande en mariage ?

— Mais non, rassurez-vous, dit-il en posant une main sur le poignet d'Hélène. Je peux devoir inviter quelqu'un d'autre que vous. Mais en vérité, je ne le veux pas, vous occupez toutes mes pensées.

La conversation glisse, feutrée, vers ces terres mille

fois explorées mais toujours inconnues, où les futurs amants cherchent leurs repères, s'avancent à couvert et se donnent mutuellement à rêver jusqu'au moment où ils deviennent sûrs du consentement de l'autre.

Hélène, que quelques verres de vin ont rendue insouciante, trouve à Tim de beaux yeux clairs, un physique de jeune premier de cinéma et, malgré tout, une certaine délicatesse. Le « malgré tout », à propos duquel elle s'interroge, tient à la « profession » de l'Américain. Un militaire. Qui, avant même la guerre, avait choisi les armes. Il fallait oublier la guerre. Elle laisse Tim poser ses doigts sur les siens, répond à la légère pression qu'il leur impose.

Puis ils se lèvent, marchent le long du quai. Elle lui abandonne sa main et leurs corps deviennent en quelques contacts des bras ou des hanches très présents l'un pour l'autre. Elle tourne sur elle-même quand il le demande et accepte ses lèvres, lui rend son baiser. Ils se dirigent vers la voiture en s'arrêtant de temps en temps pour mêler leurs souffles.

Il propose d'aller danser, d'écouter de la bonne musique – du jazz, du vrai, comme chez nous, se rengorge-t-il – dans une boîte de nuit du Panier, fréquentée par les Américains de Marseille. Elle ne doit pas s'inquiéter, le Panier est un drôle de quartier mais lui, Tim, a les épaules larges, et il la serre contre sa poitrine, il l'embrasse encore. Elle est heureuse de n'avoir rien à objecter, de se laisser conduire. Elle sourit, cependant : elle a connu le Panier avant lui, même si elle n'y passe pas ses nuits. Marseille, on prend tout, elle le lui a déjà dit.

Mal éclairées, les ruelles tanguent. Une houle légère, formée de mouvements denses, lents et furtifs. Il y a des flaques violentes de lumière et de longues plages d'ombre dont émergent des putains agressives, des militaires congestionnés, des petites frappes minces et rapides comme des langues de serpent, des Noirs en chapeaux feutre, aux épaules roulantes. Hélène s'amuse de cette ville tortueuse qui s'éveille quand l'autre, plus digne, s'endort.

La porte poussée, la trompette, déchirante, l'atteint en plein visage. Le musicien est un jeune Noir. On le distingue mal à travers la fumée des cigarettes. On sait simplement que le guitariste et le batteur ont préféré s'interrompre et écouter eux aussi, la tête penchée vers le soliste. Il interprète « Dark Eyes », mais comme on le jouera au siècle prochain, dit Tim. Personne, pendant très longtemps ne saura jouer comme lui. Il reprend tous les thèmes New Orleans et les fluidifie, les dramatise. Les notes ne sont plus séparées, elles entrent les unes dans les autres. Le jazz devient plus rond, plus cool aussi, explique Tim. Un jazz qui peut vous faire pleurer.

Le trompettiste venait de Chicago et était aveugle. Mais pourquoi Marseille ? L'Américain écarte les bras. Le hasard. C'est comme ça que le talent éclate. Comme les fleurs sauvages au bord de chemins dont on ignore le terme. Ils boivent du whisky, dansent, s'abandonnent au génie du musicien. Hélène pose son front dans le creux du cou de Tim, les mains nouées derrière la tête de l'officier, les hanches cherchant son ventre qu'elle tient sous sa domination. Elle sourit gentiment et l'Américain se laisse aller, ne parvenant plus à cacher son émoi.

— Vous savez que je ne vous suivrai pas à Hauterive, n'est-ce pas, Tim ? murmure la jeune femme. Vous voulez venir boire un dernier verre chez moi ?

— Je ne suis pas sûr que la discrétion soit assurée dans cet appartement au-dessus de vos bureaux. Vous me faites confiance ? Ce sera une surprise.

— Evidemment, dit Hélène intriguée.

Il la conduit en voiture vers la Canebière. Au grand hôtel Noailles, on lui donne une clef. Une bouteille de champagne les attend dans le salon de la suite, contigu à la chambre. Ils n'ont pas prononcé un mot depuis qu'il a coupé le contact du moteur.

— Vous m'en voulez ?

— Non, rit-elle, mais vous êtes très sûr de vous.

— Oh, non ! J'ai déjà loué cette suite à trois reprises, quand vous avez accepté de dîner avec moi...

Déjà, elle est dans les bras de l'officier et sa robe légère tombe sur le sol. Elle n'éprouve aucune angoisse. Tim Worth s'avance sans hâte, comme s'il avait deviné le passé déchiré de la jeune femme. Elle frissonne et ferme les yeux. Ils glissent vers le grand lit. Elle sent les mains de Tim prendre possession d'elle. Elle pose un index sur ses lèvres pour qu'il ne dise rien. Surtout qu'il ne prononce aucune parole excessive, aventureuse. Elle a besoin de silence. Pas d'éternité.

CHAPITRE 8

Sandro Barutti est maussade. Pourtant, chirurgien orthopédiste talentueux et reconnu, chef de clinique et assistant de Morelli, il deviendra un jour ou l'autre, de l'avis général, « grand patron » à la place de celui-ci, et tout cela à trente ans ! Il y aurait eu de quoi se préparer à un dîner d'anniversaire sans nuage. Sa mère, Maria, a invité à la Ferme des agneaux, outre l'oncle Gianni, sa sœur Gina et son mari Bernard de Portallan. Sans doute a-t-elle aussi prié Hélène de se joindre à eux, mais la jeune femme a dû, d'une manière ou d'une autre, refuser. Sandro ne parvient pas à oublier Hélène, même quelques heures. Il refuse d'en parler et n'a pas prononcé un mot lorsque sa mère a évoqué au téléphone l'éventualité de sa venue. Seule la chance pourrait un jour troubler l'ordonnancement aveugle de leurs destins, amener ceux-ci à se croiser de nouveau.

Il a eu du mal à loger sa grande carcasse dans la minuscule Simca 5 achetée d'occasion et qui réclame, de temps à autre, quelques compétences mécaniques. En tout cas, la petite voiture à deux places l'a conduit sans excès de vitesse de son appartement du haut du boulevard Longchamp à la rue de la République, puis il a pris la direction de Saint-Victoret et de l'étang de Berre. Sandro a choisi ce quartier qui ne figure pas parmi les plus huppés de Marseille en raison de la proximité du parc, un des rares espaces de verdure du centre-ville, et où il aime déambuler.

L'automne est radieux, comme pour saluer la fin de la guerre. En août, la bombe atomique sur Hiroshima a fait franchir au monde une ultime étape dans l'escalade de l'horreur. Le Japon a certes capitulé presque immédiatement mais chacun a découvert à quels abîmes la folie des hommes pouvait conduire. Depuis qu'il a, pour obéir aux ordres, exécuté Sébastien de Portallan, Sandro a souvent mesuré la valeur relative d'une mort, lorsqu'elle en économise d'autres. Faute de réponse à l'absurdité de l'Histoire, et de sa propre histoire, il s'est habitué à l'idée de ne jamais retrouver la paix.

A l'entrée du chemin conduisant à la Ferme des agneaux et, au-delà, à Hauterive, Sandro gare la Simca, coupe le moteur. Il s'extrait avec peine du véhicule, effectue quelques exercices d'assouplissement en se promettant d'acheter une voiture plus spacieuse quand ses moyens le lui permettront, dénoue sa cravate qu'il a conservée depuis l'hôpital, abandonne son veston et roule les manches de sa chemise sur ses avant-bras. Tant pis pour maman, pense-t-il en souriant, qui aime tant me voir, comme elle dit, « habillé en docteur ».

Au loin sur sa gauche, les marais salants rougeoient dans le soleil couchant. En se tournant, il voit la barre rocheuse blanche qui semble fuir vers Aix-en-Provence. En face de lui, les pinèdes de pins sombres cachent la bastide et la plus grande partie des cultures. Sandro se demande ce que son père a pu planter et récolter cette année. Il s'en veut de son inattention mais, pour une fois, estime ses excuses présentables. Les événements ne lui ont pas laissé le moindre répit. Et l'absence d'Hélène, cette obsession soyeuse, l'a consumé tout entier. Il ne parvient pas à échapper au piège brûlant. Même les paysages les plus familiers, les plus apaisants, le ramènent à la jeune femme, comme si les traits de celle-ci se confondaient avec les lignes du relief.

Le crépuscule teinte de violet la terre et la végétation, rendant la roche blanche presque phosphorescente. Sandro regagne la Simca dont le moteur, par bonheur, démarre à la première sollicitation. Un coup de Klaxon aigre et poussif attire sa mère dans la cour de la ferme. Elle devait me guetter, pense Sandro en glissant un coup d'œil vers le coin du mur où Hélène et lui laissaient toujours leurs vélos. Mais aucun miracle ne s'est produit. Allons ! Il tapote de la main le volant de sa voiture, descend du véhicule et accueille Maria sur sa poitrine.

— Tu as pu te libérer de bonne heure, mon petit, c'est merveilleux !

— C'est que le petit prend de l'autorité. Bientôt, dit-il en souriant, j'aurai aussi un peu plus de sous, donc une voiture plus grosse, donc je viendrai ici plus vite. Papa est là ?

— Oui, mais comme on t'attendait assez tard, il doit encore se trouver du côté des marais. Il se bat avec le vieux tracteur et passe plus de temps le nez dans le moteur qu'assis dessus pour le conduire. Va le chercher, si tu veux, je termine la cuisine.

Sandro s'engage sur le chemin et regarde avec attendrissement ses chaussures noires se couvrir de poussière en quelques minutes. Quand nous étions enfants, pense-t-il, nous allions pieds nus ou en spartiates. De loin, il aperçoit son père penché vers le capot du tracteur. Puis il le voit se redresser lentement en se tenant les reins. Une bouffée d'émotion bloque la gorge de Sandro. Le temps, Seigneur ! Je devrais l'examiner, sans en avoir l'air, il ne doit jamais s'adresser à un médecin. Pas plus que ma mère. Mais comment procéder ? Il agite le bras vers Emilio qui l'a reconnu.

— Les chevaux, c'était mieux, dit celui-ci quelques instants plus tard. Ils ne tombaient pas en panne.

— Je t'ai observé, de loin… Tu as mal au dos ? On va regarder ça de plus près.

— Mais non, grogne Emilio. La carcasse est en acier.

— En acier ? Ouais… Je vais t'ausculter quand même, il faut bien que mes diplômes servent à quelque chose ! Tiens, et pendant que j'y suis, maman, ça va ? Elle n'a mal nulle part ?

— Elle a mal tout le temps, quand elle ne vous voit pas ! Le tracteur va démarrer. Monte derrière moi. Je te chale, comme on dit à Marseille.

— Tu es sûr ?

— Mais regardez-moi ça ! Monsieur a peur de se salir ? Il y a vingt-cinq ans, dix fois tu serais monté… si on avait eu un tracteur !

Ils rient. La main du père est lourde dans son dos, tandis qu'il s'installe de guingois, les pieds glissés entre les tôles. Sandro regarde le cou d'Emilio qui conduit, entre la racine des cheveux gris et le col de la chemise. Un multitude de rides sillonnent en tous sens la peau brunie par le soleil, comme la trame d'un tissu usé. Le jeune homme voudrait passer le bout de ses doigts à cet endroit du corps de son père pour en gommer les traces de l'âge. Comme il aimerait redresser ces deux épaules, sur lesquelles il avait galopé enfant, et que les années avaient arrondies vers l'avant. Les ornières du chemin chahutent l'équipage et Emilio ose une plaisanterie un peu grasse sans regarder son fils, histoire de prouver qu'on est entre hommes. Sandro tape doucement sur le crâne de son père : « Dis donc, papa ! » Mais il éclate de rire et le trajet leur paraît trop court. Emilio saute à terre. Il va « se nettoyer un peu ». Ensuite on boira un pastis en attendant Gianni qui ne tardera plus.

La soirée est douce. Sandro s'assoit dans un fauteuil sur la terrasse et par la porte et les fenêtres ouvertes sur la cuisine lui arrivent une odeur de civet et le bruit des casseroles. Maria lui demande de venir goûter. Faut-il plus de poivre ? Mais là n'est pas la question. Elle veut simplement se sentir petite à côté de son fils, mais en même temps très forte et très fière parce qu'elle l'a mis au monde. Et Hélène ? demande-t-elle d'une petite voix. Sandro écarte les bras en signe d'impuissance et retourne s'asseoir dehors, jette quelques graviers au loin, comme pour écarter des souvenirs encombrants.

Sandro déplie le papier de ses cadeaux et les bouchons de champagne sautent joyeusement.

— La cave a en partie résisté à la guerre, dit Bernard de Portallan, mais en partie seulement. Nous allons devoir reconstituer les stocks. Je suppose que je sers tout le monde ? A tes trente ans, Sandro !

Les verres se lèvent. Les baisers sonores claquent. Tous sont regroupés sur la terrasse de la ferme, à peine éclairée par la lumière venant de la cuisine et par deux lampes à pétrole, pour profiter encore de la douceur d'un été indien.

— Et ça, c'est le cadeau de qui ? demande Sandro en feuilletant un très vieux dictionnaire médical sous couverture de cuir rouge patinée par les ans.

— Ça, comme tu dis, c'est un livre de collection qu'une amie a déposé pour toi au bureau de Bernard, dit Gina en riant. Mais elle n'a pas dit son nom au portier du journal. Donc, mystère ! Une admiratrice de plus !

A la mine pointue de sa sœur, aux deux fossettes qui ornent ses joues brunes, Sandro comprend qu'en ce qui la concerne le mystère est totalement éclairci. Hélène, évidemment ! Gina bat des paupières et Sandro sait qu'il ne se trompe pas.

— Une admiratrice ? dit-il. Quelle chance ! Je mènerai mon enquête.

Puis il change de sujet, conscient que toutes les personnes rassemblées autour de la table ont pensé en même temps à l'absente, et Maria, attentive, saisit la balle au bond :

— Sauf si vous voulez manger mon civet brûlé, il faut passer à table. A l'intérieur, malgré tout. Dans quelques minutes il fera frisquet. Avant le lapin, je vous ai préparé des antipasti de ma composition, puis la pasta avec des clovisses ramassées par Emilio au bord de l'étang, vous allez vous lécher les doigts !

— Et comme je suppose que tu as réussi à te procurer du fromage et à préparer un gâteau, nous serons bien inspirés en passant la nuit ici, hein Gianni ? s'amuse Sandro. De toute manière, mon oncle Gianni, maintenant que l'Huilerie est sous gestion ouvrière, tu es un peu patron et tu n'es pas obligé de travailler le samedi matin…

— Sandro ! Veux-tu en terminer avec tes horreurs ! s'inquiète Maria.

Gianni Monti éclate de rire.

— Laisse, Maria, laisse ! Je me doute bien que Sandro plaisante, et je suis très gêné de la situation dans laquelle je me trouve. Bien sûr, je ne deviendrai jamais patron ! Mais bon, je m'en suis expliqué avec Hélène, qui croule sous les soucis, la pauvre petite. On vit une période révolutionnaire. Ce n'est pas la peine de nous fâcher les uns avec les autres.

— Je ne veux pas de dispute, dit Emilio, mais il faut reconnaître, Gianni, que cette histoire de gestion ouvrière est bien difficile à comprendre !

— Le père d'Hélène n'aurait pas collaboré – je suis désolé Bernard, c'était votre frère, mais… –, il n'aurait pas collaboré qu'aujourd'hui le problème ne se poserait pas, dit le vieux leader ouvrier. Comme vous vous en doutez, je suis favorable à l'expérience, je répète le mot expérience, mais j'aurais préféré la voir se dérouler dans une autre entreprise.

— Moi aussi, nous aussi, appuie Emilio, mais tu ne m'as pas répondu. Tu ne crois quand même pas que la France est mûre pour le collectivisme, paysans compris, moi compris ?

Gianni Monti écarte les bras, plisse le front, gonfle les joues. Il a l'air comique, pense Sandro.

— Non, certainement pas. Et c'est bien le problème. Malgré tout, nous sommes largement minoritaires. Et, entre nous, il y a bien des choses, dans l'application du communisme, que je ne veux voir à aucun prix.

— C'est toujours pareil, Gianni, intervient Bernard de Portallan d'une voix douce. Entre les idées et leur traduction... En réalité, à la fin, on change de monde. Rendre les gens heureux, par la force s'il le faut... C'est bien là que le bât blesse, hein ? Installer une démocratie par des moyens antidémocratiques ? Enfin, prétendre qu'on installera... Mais vous savez tout ça, Gianni. Nous devons rester des hommes de bonne volonté, voilà le plus important...

Bernard de Portallan laisse s'écouler quelques instants. Il se revoit bien avant la guerre, quand, autour de Joséphine de Portallan, les uns et les autres tentaient, avec quelques années de moins, de décrypter les messages alarmistes, les tentations totalitaires qui montaient ici et là. Il faut s'efforcer de réfléchir correctement, pense Bernard, mais quelle inutilité, au bout du compte ! La raison impose de ne pas utiliser la force. Au nom de quoi celui qui utilise la force écrase la raison. Et les morts portent témoignage de cette malheureuse absurdité. Le journaliste, qui n'oublie pas ses convictions de jeunesse, ce chemin parcouru tout un temps avec les communistes, lève vers Gianni un regard las, puis se force à sourire.

— Si nous rendions de nouveau hommage à votre civet, Maria ? J'ai une faim de loup, et c'est délicieux, dit-il joyeusement avec une mine gourmande.

Maria, ravie de voir la conversation quitter le terrain politique, se met debout à sa place et attire à elle le grand faitout de fonte noire dans lequel elle plonge une louche de bois.

— Passez-moi vos assiettes. Il ne doit rien me rester.

Les bras se tendent. Comme avant, pense Maria. Comme lorsqu'ils étaient petits. Si, progressivement, Emilio a introduit le confort dans le bâtiment depuis leur installation en 1917, presque trente ans déjà, la grande cuisine où ils se tiennent aujourd'hui et qui fait office d'entrée, de salle à manger et de salon, a peu changé. Près de la vaste cheminée deux fauteuils et un tapis ont complété le coin repos. Une jolie panetière provençale en noyer, cadeau de Joséphine de Portallan avant sa mort, a été fixée au mur entre les fenêtres, au-dessus de la grande table entourée de bancs et de chaises. Dans le fond de la pièce, Maria a tenu à conserver la cuisinière à bois qui assure le chauffage l'hiver et contient un gros réservoir d'eau bouillante. Mais le fourneau permet surtout de mitonner pendant des heures des ragoûts et autres plats en sauce dont raffolent Emilio, Gianni, Bernard de Portallan qui s'invite souvent à la ferme en compagnie de Gina, et Sandro quand il a un peu de temps le dimanche. La seule nouveauté est un réchaud à butane qui fonctionne quand, le chauffage n'étant plus nécessaire, l'utilisation de la grosse cuisinière à bois devient épisodique. Emilio veille à garder aux murs une blancheur éclatante. Une collection de vieilles assiettes méridionales est venue compléter les petits tableaux que peignait dans sa jeunesse l'immigré italien sur des plaques de bois de récupération.

Que nous manque-t-il ? Rien, et j'en remercie le Seigneur, dit souvent Maria quand Emilio l'interroge. Les enfants, bien sûr. Mais Gina habite à Hauterive et passe à la ferme presque quotidiennement. Souvent le petit Vincent reste ici durant la journée, ou la nuit quand ses parents vont à Marseille pour la soirée. Et Sandro est un bon fils. Il est très occupé mais nous rend visite toutes les semaines.

Elle regarde son aîné avec tendresse, à laquelle se mêle une certaine tristesse. Que s'est-il passé entre Hélène et lui pour entraîner une aussi soudaine séparation ? Et une séparation suivant finalement d'assez près les objections qu'elle avait élevées contre leur liaison et dont ils n'avaient tenu aucun compte.

Maria a tenté d'interroger Sandro, mais sans succès. Gina, de toute évidence, ne sait rien. Bernard se montre évasif – « Hélène est plutôt secrète, lui a-t-il dit, contrairement aux apparences. Elle ne me fait pas de confidences. » Maria, en tout cas, est certaine d'une chose : la rupture n'a pas été voulue par Sandro et celui-ci en souffre.

Le plus mystérieux demeure pourtant l'attitude d'Hélène. Lors du baptême de Vincent, le regard de la jeune femme suivait souvent Sandro, et ce regard n'était ni froid ni coléreux. En outre, Maria est persuadée que le livre de médecine reçu avant le repas par Sandro n'est pas le cadeau d'une admiratrice énigmatique mais bien celui d'Hélène. Un événement, pense Maria, les a contraints à se quitter. Un événement qui a échappé à leur entourage. Ou une erreur sentimentale, un accident qu'ils ne peuvent encore se pardonner.

Maria Barutti, qui aime les belles histoires, souhaiterait favoriser les retrouvailles d'Hélène et de Sandro. Ce qu'elle-même et Emilio ont vécu depuis leur arrivée à Marseille en compagnie de Gianni Monti, puis leur installation sur le domaine de Portallan, mérite des prolongements heureux. Ici, sur cette terre devenue la leur. Elle se souvient de la dette de jeu du jeune Bernard, chien fou et à l'époque noceur invétéré, que le vieil Alfred de Portallan avait dû éponger en vendant un lot de terrains. Des premiers hectares achetés par Emilio grâce à Joséphine de Portallan qui s'était prise d'une profonde affection pour Maria Barutti. D'Hélène, Gina et Sandro bambins, partageant jeux et leçons de français ou de calcul.

Aujourd'hui, Emilio, en dehors des hectares qui lui appartiennent en propre autour de la Ferme des agneaux et qui constituent en quelque sorte le pendant de ceux dont Luce et Louis Rintier sont propriétaires à la Ferme des moutons, agit comme régisseur du domaine Portallan, une centaine d'hectares, moins de la moitié de la superficie du domaine familial au début du siècle. Comme l'avait voulu Joséphine de Portallan, les héritiers d'Hauterive et de ses terrains étaient Bernard de Portallan, Hélène et son frère Marc, ainsi que le fils des Rintier, Albert. Heureusement, pense Maria, Hélène et son oncle ont toujours été liés par une profonde affection, ce qui assurera probablement la pérennité du domaine. En attendant Vincent, le fils de Gina et de Bernard de Portallan, mon petit-fils ! Mais, comme dit Emilio, encore faudrait-il y faire pousser de quoi gagner sa vie.

Maria sourit. Emilio réfléchit toujours en paysan. Or Sandro est chirurgien, Gina professeur, Hélène chef d'entreprise mais elle laissera la place à son frère pour devenir avocate comme elle l'a toujours souhaité, Bernard rédacteur en chef et le petit Vincent marche à peine. Personne, dans dix ans, ne pourra remplacer Emilio sur le tracteur. Que deviendront alors les hectares de blé dur, les oliviers, les légumes et les fruits, les marais salants ? Des réserves de chasse, sans doute. Mais que restera-t-il à chasser ? Eh bien, s'amuse Maria, Emilio continuera. Et ce crétin de Gianni, qui n'aura pas réussi à collectiviser l'économie, viendra l'aider. A travers la table, elle adresse un clin d'œil appuyé, un peu égrillard, à son mari qui en reste interdit.

CHAPITRE 9

Cette année 1945 semble sans fin. Hélène la vit, malgré son aventure avec Tim Worth, comme une punition. Elle a conscience de la douleur qui fouille les entrailles de la ville : les Marseillais disposent de moins d'électricité, de moins de pain et l'hiver est rude ; en revanche le marché noir, les trafics de toutes sortes mêlant la pègre et certains politiciens prospèrent, la prostitution s'étale de l'Opéra au Panier et bénéficie des plus larges complicités.

La plus grande partie de la population se serre la ceinture et baigne dans un climat délétère qu'accentue encore l'épuration. Hélène, comme de nombreux responsables et même si les uns et les autres ne partagent pas les idées de la CGT et des communistes, est bouleversée par les efforts fournis dans certaines usines où les ouvriers travaillent jusqu'à quatre-vingt-dix heures par semaine pour contribuer au redressement industriel du pays. « Ça, Gianni, a-t-elle dit à Monti, nul ne pourra vous en enlever le mérite ni vous en remercier assez, mais ce n'est pas une raison pour vous déclarer propriétaires… Je sais, ce n'est pas vous, c'est la nation, le pays. »

Mais, dans le même temps, des mouvements de grève, sporadiques, se déclenchent ici ou là pour obtenir des augmentations de salaire. Hélène a interrogé Bernard de Portallan. Le point de vue de ce dernier a particulièrement intéressé la jeune femme : quand, derrière les revendications de principe, les appels à la Révolution commencent à poindre des exigences salariales, les « changements de société » s'estompent au profit de l'amélioration du niveau de vie, pensait le journaliste qui connaissait bien la stratégie communiste. Gianni Monti lui-même, au cours d'une discussion récente, n'avait-il pas jugé « obligatoires » des augmentations d'au moins 20 % ?

Tim Worth, qui rejoint Hélène plusieurs nuits par semaine dans son appartement du cours Pierre-Puget, se montre stupéfait des développements sociaux dont l'entretient Hélène. L'idée que des communistes puissent être acceptés dans un gouvernement occidental, l'idée même que des communistes puissent, à l'inverse, accepter de participer à un gouvernement « bourgeois » dépassent son entendement. Quant à l'accaparement d'entreprises par les employés au mépris de la loi, il ne trouve pas de mot pour le qualifier. Il voit dans ces monstruosités la conséquence d'une perversion profonde de l'intelligence française, l'ultime matérialisation de la faiblesse du pays.

— Je ne sais pas, ou plutôt je sais très bien, dit Hélène, que je préfère des communistes au gouvernement que des généraux qui balancent des bombes atomiques sur le Japon.

— Ça n'a rien à voir, s'insurge l'officier américain. Et ces morts en ont évité beaucoup d'autres.

— Je connais le raisonnement…

Les bombardements sur Hiroshima puis Nagasaki, au mois d'août précédent, avaient semblé à Hélène un abominable point final de la guerre. Son esprit ne parvenait pas à concevoir que les hommes aient en quelques années construit les fours crématoires et la bombe atomique. Jusqu'où l'enchaînement des horreurs pouvait-il conduire, quand il n'existait qu'une horreur pour en faire disparaître une autre ? Je ne crois pas, pensait Hélène, avoir très envie de me lancer en politique, mais il n'y a aucun doute : tout combat politique devrait, au moins, poursuivre un double objectif, éviter à l'Europe, à peine sortie de la guerre, de nouveaux conflits et interdire les entreprises risquant de conduire, comme dans le cas de l'atome, à des armes de destruction massive.

Ainsi, vis-à-vis de Tim, la jeune femme est-elle partagée entre une attirance physique certaine, un besoin d'évasion salvateur et, à certains moments, une répulsion liée à cette force brutale dont il est le représentant mais qu'elle avait été bien contente d'accueillir le jour de la Libération. Elle évite les conversations mettant en jeu son propre avenir et a fui prudemment quand Tim Worth lui a demandé si l'idée d'aller vivre aux Etats-Unis un jour la séduisait. En réalité, elle ne réussit pas à apprécier ses sentiments à l'égard de l'officier. Elle s'est de toute évidence attachée à lui, mais elle n'oublie pas Sandro.

Il lui arrive de rouler sur la Corniche et de rêver qu'elle stoppe sa voiture, prend la main de son ancien amant – elle ne parvient pas à penser « amant », elle pense « fiancé » mais ils n'ont jamais été « fiancés ». Ils s'assoient dans les rochers et parlent de leurs futurs enfants.

Elle ne peut que conclure à la fragilité de son attirance vers Tim. J'en suis un peu amoureuse, pense-t-elle, mais j'aime peut-être Sandro pour toujours. Après tout, elle a seulement vingt-six ans. L'âge, imagine-t-elle, ne donne pas la moindre certitude dans le domaine affectif, mais du moins permet-il de trier les sentiments, de connaître de manière relative leur intensité.

Elle n'a pas caché sa liaison à Gina et à Bernard. Elle vient assez régulièrement maintenant passer le samedi soir et le dimanche à Hauterive, après avoir fait goûter le petit François, cours Pierre-Puget, de pain, de beurre et surtout de chocolat qu'elle se procure par l'intermédiaire d'amis travaillant dans une compagnie de navigation. Le gamin s'empiffre joyeusement sous le regard ravi d'Hélène, puis ils prennent la route. Le trajet permet à la jeune femme de rapporter pour la énième fois les contes qu'elle avait entendus, enfant, de la bouche de Bernard. François demande s'il pourra utiliser le tricycle, jouer au croquet sur la terrasse. Elle promet. Il demande aussi pourquoi Hélène ne deviendrait pas sa mère, puisque sa propre mère est morte et qu'elle-même « possède plusieurs maisons très grandes et presque vides, et qu'en plus elle n'a pas d'enfant ». Hélène rit pour refouler ses sanglots.

Bernard, quand elle lui avait dit négligemment qu'elle voyait Tim Worth de temps en temps à Marseille ou, la nuit du samedi au dimanche, dans la chambre de l'officier à Hauterive, n'avait posé aucune question. Il avait seulement remarqué : « Il s'en ira, tu sais. C'est un militaire de carrière. » Elle avait hoché la tête, ajoutant : « Je crois que je n'en demande pas plus. » En revanche, Gina s'était presque fâchée. « Mais à quoi comptes-tu aboutir ? C'est insensé ! Je suis mal placée pour parler d'époux plus âgés que nous, mais quand même ! Et Sandro ? C'est définitivement terminé ? » Hélène s'était tournée pour cacher son visage. « Je ne veux pas parler de tout ça. Tu es ma meilleure, ma seule amie, avait-elle soufflé. Essaie de comprendre. Je voudrais que la vie soit plus légère. Tout a été trop rapide, trop pesant, pour moi. » Et Gina ignorait l'assassinat de Sébastien !

Les promenades en bateau, même si en ce début d'année 1946 l'eau de l'étang est beaucoup trop froide pour se baigner, lui rappellent les étés heureux. En fin de matinée, quand le soleil chauffe, la vedette de Tim fend les vagues moutonnées. Elle s'allonge en travers de l'embarcation, accueillant avec gratitude le feu des rayons sur son visage puis la fraîcheur des baisers de l'officier.

Au fond des placards de la bastide, elle a retrouvé de vieux chandails confortables, des chaussures éculées mais souples, des jupes longues informes. Elle traîne dans cette tenue entre l'étang, la terrasse, la pinède et la plage, s'occupe de François, pédale jusqu'à la ferme des Barutti ou celle des Rintier. A plusieurs reprises, malgré la rudesse de la pente conduisant au plateau, elle s'est rendue à Vitrolles et en a profité pour se recueillir dans la petite église du village. Elle ne « pratiquait » pas avec assiduité, aurait regretté sa grand-mère, mais trouvait un grand réconfort dans ce dialogue direct qu'est la prière.

— Je dois partir, dit Tim Worth à Hélène.

La vedette, moteur coupé, court sur son erre. Meurtrière dans sa brièveté, la phrase semble avoir entaillé le silence. La jeune femme fixe la côte, au loin, sur laquelle se dessine la toiture fauve de la bastide parmi la masse sombre des arbres. Lui scrute le fond du bateau, refusant de rencontrer le regard de la jeune femme.

Tim est muté en Allemagne. L'armée américaine n'a plus besoin de lui ici et d'ailleurs l'armée américaine n'a plus de raison de stationner en Provence. Hélène veut-elle l'accompagner ? Il l'en prie sans insister, et sans y croire. Il ne restera qu'un temps en Allemagne. Probablement rentrera-t-il ensuite en Amérique. Hélène songe qu'il ne s'agit même pas d'une demande en mariage. L'accompagner, a-t-il dit. De toute façon, elle n'en a pas la moindre intention, et il le sait.

Elle le regarde, courbé maintenant vers la surface de l'eau. Elle devine son air ennuyé. Elle ne parvient pas à lui en vouloir vraiment car elle n'a jamais désiré que se nouent entre eux des liens plus forts, mais elle subit un déchirement, doux et comme familier. Cette rupture est à l'image de toute son existence actuelle, un étrange éloignement. Sans vacarme et sans conséquence. Enfin ! songe-t-elle presque apaisée, cette aventure se termine. Le soulagement, en quelque sorte, équilibrait la douleur – mais s'agissait-il seulement d'une douleur ? Ou de ce qui devrait être une douleur ? Elle s'abandonne à une bienfaisante anesthésie.

— Quand dois-tu partir ? demande-t-elle. Tu as compris bien sûr que je ne t'accompagnerai pas…

— Je m'en doutais, c'est même ce qui m'a retenu de t'aimer plus.

— Comment peux-tu dire des choses pareilles ? Mais cela n'a pas d'importance. Je ne pouvais pas t'aimer plus, sans doute, pour reprendre ton expression.

— Je partirai dans quinze jours, mais si tu veux je me débrouillerai pour revenir.

— Oui… Tu m'écriras.

Il glisse sa main vers l'avant-bras d'Hélène, qu'elle ne retire pas. Les doigts de Tim lui semblent déjà appartenir à une autre personne, qu'elle aurait vaguement connue dans un lointain passé.

— Je vais tout laisser, dit-il maladroitement en montrant la vedette, le ponton, le plongeoir.

— Euh… Merci, mais tu ne comptais pas démolir comme une armée qui abandonne ses positions, quand même ?

Elle rit, parce que c'est le comportement le plus simple. Il faut bien sortir de cette situation sans scène, sans larmes, sans regrets. Sans déclaration ronflante et mensongère. Ils ont vécu ensemble quelques mois agréables, mais ils ne peuvent pas l'avouer de cette manière rudimentaire. Ils ne se sentent cependant pas le cœur à tordre la réalité. Il rit aussi, libéré. Hélène pense qu'il s'est torturé depuis des jours avant d'oser annoncer son départ.

D'un mois à l'autre, les prisonniers allemands ont disparu, les militaires américains évacué leur logement, les Jeep et les camions pris la route. Comme Tim Worth l'avait annoncé, la vedette est restée à l'ancre en contrebas de la bastide. Le chariot qui permet de la remonter sur son plan incliné est bloqué en milieu de course. Les portes des baraquements de bois bleu-gris battent au gré du vent. La piste de danse, sur la terrasse, se recouvre progressivement d'un matelas d'aiguilles de pin. A l'intérieur de la demeure, les rares meubles dérangés par l'officier américain ont retrouvé leurs places. S'y ajoutent, ici et là dans les couloirs, quelques banquettes modernes en lourd contreplaqué sombre, sans doute façonnées par les prisonniers, et quelques fauteuils en rotin à la mode américaine.

Tim Worth n'a laissé aucun objet personnel. N'ayant pas revu Hélène qui s'était refusée à une cérémonie des adieux après l'annonce de son départ, il lui a envoyé une longue lettre, tendre et plus amicale qu'amoureuse, curieusement accompagnée d'une photo les représentant tous les deux sur la terrasse de la bastide, et dont elle avait oublié l'existence et même les circonstances.

La jeune femme a décidé de reprendre possession de la propriété. Et de reprendre possession d'elle-même. Elle laisse sa Vivaquatre sur la terrasse près de l'entrée de la bastide, là où elle n'avait pas le droit de stationner quelques semaines auparavant. Tandis que François file vers les anciennes écuries où il sait trouver de quoi se distraire, Hélène se dirige vers la terrasse, effectue un tour complet de la demeure, inspecte les arbres et le bord de mer. Tout est parfaitement propre. L'ensemble, malgré un printemps exubérant, exhale une épaisse nostalgie de ville d'eau. Elle avait fini par prendre l'habitude de voir circuler des soldats, ou des militaires en civil, dans le jardin. L'absence de tout mouvement, maintenant, la désoriente. Elle dénoue ses cheveux et les laisse flotter sur ses épaules, comme s'ils devaient profiter du mistral en train de se lever. Puis elle finit par retrouver Mireille qui range du linge dans une des pièces derrière la cuisine.

— Je les aimais bien, dit la vieille servante, et on leur devait tout, mais tu sais, ils commençaient à me pomper l'air… Toi aussi, tu les aimais bien, non ?

ajoute-t-elle en regardant la jeune femme du coin de l'œil.

Hélène éclate de rire.

— Mireille ! Tu m'espinchais ? Alors, tu sais tout. Mais ils commençaient à me pomper l'air, tu as raison. Viens, on va préparer ma chambre. Tu sais, je crois que je vais m'installer dans l'ancienne chambre de grand-mère. Qu'est-ce que tu en penses ?

— Qu'elle serait sûrement d'accord. M. Bernard m'en parlait même l'autre jour. Mais c'est mieux si tu es seule… enfin je veux dire, c'est mieux… euh… Je m'embrouille.

— Bien, c'est mieux maintenant, tu veux dire. Allez, zou, emportons les draps et montons.

Elles grimpent les escaliers. Hélène ouvre les portes, les fenêtres, les volets, multiplie les courants d'air. Ça sent le renfermé, dit-elle. On installera François ici, dans cette chambre à un lit, j'y dormais quand j'étais petite. S'il pleure, je l'entendrai. Je vais ramasser des fleurs, on mettra des bouquets partout. Ce soir, nous allons préparer un bon dîner. Bernard n'est pas encore revenu de Marseille ? J'irai chercher le vin à la réserve. Et Gina ?

Elle n'arrête pas de parler. Mireille, au bout d'un moment, souffle : « Boudiou, tu avais du retard à rattraper ! Qué blagotte ! Même ta grand-mère, quand elle était entrain, elle n'en disait pas autant. » Elle tape gentiment sur les fesses d'Hélène et marmonne émue : « Je suis bien contente de te retrouver, ma petite ! »

Bernard de Portallan fait tourner le vin blanc dans le verre qu'il a levé pour en admirer l'or sous la lumière qui tombe du lustre. Il goûte le liquide d'une bouche gourmande.

— Il s'agit d'un petit producteur de Vaison-la-Romaine, dit-il. Un véritable sorcier. Le meilleur blanc si on veut bien oublier le corton-charlemagne. Cinq ans d'âge. Je crois que nous pouvons trinquer. C'est bon, malgré tout, de se retrouver chez soi, non ?

Hélène sourit à Gina et à son oncle.

— Oui. Nous avons gagné une piste de danse... J'avais l'impression d'être invitée. Vous aussi, non ? Vous comptez rester ici, finalement ?

— Pour le moment, en tout cas, dit Bernard. Je crois que nous nous installerons dans Marseille même quand Vincent sera en âge d'aller à l'école. Et Gina y retournera aussi, côté prof. D'ici là, on va penser à un deuxième...

Bernard passe son bras sur l'épaule de Gina qui l'embrasse sous l'oreille en pouffant.

— Eh bien, bravo ! dit Hélène pour cacher son émotion. Vous ne perdez pas de temps.

Brutalement, le visage de Bernard de Portallan s'est fermé. Le journaliste marche d'un côté à l'autre du salon en regardant tantôt Hélène, tantôt Gina qui maintenant fixe la pointe de ses chaussures.

— Vous, dit Hélène, vous avez une information désagréable à me communiquer. Que se passe-t-il ?

Bernard se racle la gorge.

— Je suis désolé de l'association d'idées. Mais, de toute façon, tu l'aurais appris demain en allant faire des courses au village ou en parlant avec les Barutti ou les Rintier...

— Oui ?

— La fille Puisa, ceux du domaine situé à l'entrée de Marignane, a été transportée à l'hôpital. Elle... attendait un enfant.

— Fausse couche ? interroge Hélène.

— Provoquée, semble-t-il, murmure Gina. L'aiguille à tricoter, l'hémorragie, l'infection... Un officier américain qui n'a rien voulu savoir...

Hélène pense s'écrouler. Elle sent sa tête tourner et s'appuie sur la table la plus proche. Tim !

— Non, il ne s'agit pas de Tim Worth, dit Bernard, alerté par la brutale pâleur d'Hélène. Les parents de la petite cherchent à savoir où se trouve ce... salaud. Je suis désolé, Hélène.

La jeune femme, tout d'un coup, se rend compte qu'elle aussi ignore où se trouve Tim Worth. En Allemagne, comme il l'a précisé ? Peut-être. Mais alors sur quelle base ?

— C'est idiot, je suis incapable de vous répondre. Je n'en sais rien, je ne mens pas.

Elle n'a pas souffert jusqu'à présent d'ignorer l'adresse de Tim. Le vertige qui vient de la saisir ne résulte pas d'une flambée de jalousie, mais d'un sentiment de ruine morale. Elle avait subi un traumatisme identique quelques années plus tôt avec la collaboration, dont la trahison du père était l'expression paroxystique. Aujourd'hui, elle est atteinte par l'avortement de Louise Puisa, comme si elle se trouvait à la place de celle-ci. Gina, elle-même auraient pu devoir affronter ce déchirement. D'autres femmes encore. Combien d'autres ?

— Vous avez bien fait de m'en parler, réagit Hélène en renvoyant vers l'arrière la masse de ses cheveux sombres. Si j'avais encore nourri des illusions, ou des espoirs, ce qui n'est pas le cas, j'en serais débarrassée… Mais quel salaud ! Je ne parle pas pour moi. Abandonner une femme enceinte ! Quels salauds, au pluriel !

— Le type ignorait peut-être qu'elle était enceinte lorsqu'il est parti, avance Bernard.

— C'est inutile, évidemment, mais il faudrait le lui apprendre, et vite, rétorque Hélène. Ça ne doit pas être si difficile de retrouver un officier américain.

La jeune femme est consciente de la vacuité de sa colère. Elle devine le tourment de Louise Puisa. Celle-ci aime-t-elle celui qui a fui ? A-t-elle voulu cet enfant ? Comment le garder si le père n'est définitivement plus là et s'il a refusé de l'épouser ? Quelle tempête morale affronte-t-elle aujourd'hui ? A qui se confiera-t-elle, pour trouver un réconfort ? Et pour toutes les autres Louise : dans quelles conditions d'hygiène se dérouleront les avortements ? Qui aidera les malheureuses ?

— J'aiderai Louise, dit Gina, comme si elle avait suivi les pensées de son amie.

Un jour, pense Hélène, il faudra s'attaquer à ce problème dramatique. N'avoir des enfants que lorsque nous le décidons.

CHAPITRE 10

Marc de Portallan montre *Le Provençal* à Hélène. Dans un discours prononcé au début du mois de mars 1946, Churchill avait confronté ses auditeurs à « certains faits ». « De Stettin jusqu'à Trieste, avait-il déclaré, un rideau de fer est tombé sur le continent : Varsovie, Berlin, Prague, Budapest, Belgrade, Bucarest et Sofia, toutes ces villes fameuses et les peuples qui vivent aux alentours font partie de la sphère soviétique et sont soumis, d'une manière ou d'une autre, non seulement à l'influence soviétique, mais à des mesures de contrôle très sévères, et toujours plus fortes, édictées par Moscou. Les partis communistes qui avaient peu d'influence dans les Etats de l'Est européen se sont vu attribuer un pouvoir et une importance que leur position réelle ne justifiait pas et cherchent partout à obtenir un contrôle totalitaire. »

Le jeune frère d'Hélène tape de l'index sur l'emplacement de l'article.

— Voilà ce qui nous attend ! Et tu continues dans notre propre entreprise à leur laisser la bride sur le cou !

— Tout ça a été décidé, admis en tout cas, à Yalta. Pour aller plus loin, les Soviétiques devraient faire la guerre, et si nous nous défendons correctement ils ne la déclencheront jamais. Ce discours de Churchill me rassure plus qu'il ne m'inquiète.

— Tu es une enfant de Marie !

— Et toi un paranoïaque !

Hélène et Marc de Portallan se mesurent du regard. La jeune femme est convaincue que les communistes, en dehors de l'empire qui leur a été consenti de manière ahurissante, vont lâcher du lest partout. En Europe, en France. Et à Marseille même où ils sont allés, avec la gestion ouvrière des entreprises réquisitionnées, le plus loin possible en l'absence d'une prise de contrôle politique du pays. Qu'ils vont rentrer dans un rôle d'opposition et de revendication, mais qu'ils abandonneront – les responsables en tout cas – leurs rêves révolutionnaires.

— Tu devrais te méfier, ajoute Marc. Ton de Gaulle a tiré sa révérence. Ce n'est pas demain qu'il reviendra pour vous sortir d'autres mauvais pas.

— Je sais, et je le regrette. Mais il faut reconnaître que se retrouver avec ces ergotages sans fin de partis politiques oublieux, magouilleurs, et qui ne pensent qu'à se répartir les fromages... Il y avait de quoi se replier sur Colombey !

Effectivement, la politique nationale sentait un peu le ragoût. On préparait les élections législatives de juin, on préparait une nouvelle Constitution, on préparait les élections municipales de la fin de l'année. Les jours s'écoulaient en combines politiciennes montées et démontées avec une aussi grande rapidité. Cette cuisine nationale, qu'Hélène jugeait repoussante, trouvait à Marseille des prolongements calamiteux. Plus personne n'excluait l'éventualité de voir la ville se donner à la fin de l'année un maire communiste. Les socialistes n'y étaient pas favorables, mais Defferre, qu'Hélène avait eu l'occasion de rencontrer à plusieurs reprises, ne voyait pas comment éviter cette alliance, pour le moment en tout cas. Les journaux, *La France* et *Le Méridional* à droite, *Le Provençal* pour la SFIO et *La Marseillaise* pour les communistes soufflaient sur les braises, entretenant dans la ville un climat passionnel. Les tensions sociales et les grèves faisaient le reste. Marseille bouillonnait, crachait de la vapeur comme une vieille locomotive.

Surtout, la ville qui, dès la Libération, avait tenté de rétablir le contact avec l'outre-mer, avec l'empire, subit déjà le contrecoup des mouvements d'indépendance qui s'annoncent. Pour le grand négoce marseillais, y compris les huiliers, les colonies – « cette autre France qui commence à nos môles et à nos quais », dit-on dans le patronat – doivent d'urgence reprendre leur place dans le système. Les responsables économiques considèrent que la France privée de ses colonies deviendrait une puissance de quatrième zone. Pour la plupart, ils refusent de voir que, par exemple, bon nombre de fonctionnaires coloniaux bloqués hors de France, en Afrique notamment, pendant la guerre ont profité du rétablissement très partiel des lignes maritimes pour débarquer à Marseille et y rester. Que l'indépendance accordée au Liban et à la Syrie a entraîné l'arrivée de centaines de rapatriés civils ou militaires et de leurs familles en provenance de ces deux pays. Et surtout que Marseille et ses environs ont accueilli au lendemain de la Libération entre dix et vingt mille Indochinois, amenés en France pendant la guerre comme « travailleurs coloniaux ». Bon nombre d'entre eux ont été regroupés dans des camps. Ils ont adhéré à la CGT et au Parti communiste. Les milieux économiques marseillais imaginent que la remise en service du *Pasteur* qui a touché Toulon en mars 1946 marque la reprise « normale » du trafic avec l'Indochine, mais rien n'est réglé politiquement quant au futur statut d'un protectorat comprenant un Etat libre, le Viêt-nam.

Tous ces nouveaux arrivants s'étaient fondus dans la population marseillaise. Depuis son origine même, la ville digérait les populations additionnelles comme l'aurait fait un gigantesque boa. Elle trouvait là sa subsistance et, probablement, son équilibre. Hélène n'avait donc, pas plus que d'autres, prêté attention à ces mouvements. L'essentiel, vingt mois après la Libération, demeurait encore l'alimentation insuffisante, le niveau beaucoup trop bas d'activité des usines, le trafic portuaire étique dans des bassins encore partiellement encombrés par des épaves, la reconstruction des quartiers endommagés par les bombardements.

Mais Bernard de Portallan qui n'avait pas, lui, à se soucier de la production, de l'emploi et de la comptabilité des anciennes sociétés de Sébastien voyait monter de nouveaux périls.

— Je ne connais rien aux affaires, dit-il ce jour-là à Hélène, mais tu devrais te dégager des activités trop liées à l'empire colonial. Ça ne pourra pas durer. Pour l'Indochine, à mon avis, il est déjà trop tard. En Afrique du Nord, peut-être pas, mais à condition que nous fassions très vite évoluer la situation en Algérie, en Tunisie et au Maroc. Et nous n'y sommes pas prêts. En Afrique noire, je ne sais pas. Mais dès que la décolonisation aura commencé quelque part, tout ira vite. Et les Anglais ne nous attendront pas…

Bernard et Hélène ont pris l'habitude de déjeuner ensemble une ou deux fois par semaine à La Galiote, une pizzeria du Vieux Port. Ils comparent sans fin les mérites des pizzas à pâte fine et craquante, et des pizzas à pâte à pain, comme on les fabrique ici. Gina se joint à eux quand elle le peut, abandonnant Vincent à Maria Barutti. Elle profite de la voiture pour accomplir avec son mari le trajet depuis Vitrolles, effectuer quelques courses et déambuler dans Marseille.

Quand elle parvient à se libérer une heure ou deux, Hélène accompagne son amie. Rue Saint-Ferréol, rue de Rome, elles s'attardent devant les vitrines qui, progressivement, retrouvent des couleurs. Les articles exposés sont plus nombreux, la décoration bénéficie de quelques coups de pinceau. Il leur arrive de boire un Coca-Cola, une curieuse boisson au goût pharmaceutique laissée derrière eux par les Américains. C'est bizarre, pas vraiment mauvais, pense Hélène. Mais ça ne marchera pas, ce truc-là, en Europe…

Les rues retrouvent progressivement un aspect normal. On ignore en réalité si c'est la ville qui a changé, ou les gens qui la parcourent. Désormais on ne prête plus attention aux impacts de balles dans les murs. Les trous ont été bouchés. Ou l'œil s'est habitué. Les cicatrices s'atténuent. Ce grand saurien qu'est la ville recommence à se prélasser au soleil, lové le long de la mer. Ses écailles miroitent comme autant de lames de couteau. Dans son immobilité même on perçoit le danger secret qu'il recèle et toute la violence explosive qu'il peut manifester. Hélène redécouvre le Marseille d'avant-guerre. Elle s'en réjouit. Elle redoute aussi les excès dont sa ville est toujours capable.

Quand de Gaulle s'était retiré, beaucoup s'étaient frotté les mains. Avec ses principes, sa haute idée de la France, son peu de goût pour les partis politiques dont on avait bien vu où ils avaient conduit le pays quelques années plus tôt, le Général était gênant. Sans s'émouvoir, le PC n'avait pas manqué d'exiger à grands cris la présidence du Conseil pour Thorez. Il s'était évidemment contenté par la suite, au mois de juin, dans le gouvernement formé par Georges Bidault, le leader du MRP devenu premier parti de France, de quelques beaux postes ministériels. Mais en revanche, devançant le MRP lors des élections de la fin de l'année 1946, les communistes avaient exigé le portefeuille de la Défense nationale, ce qu'évidemment Blum n'avait pas accepté. Le jeu des chaises musicales auquel se livraient les formations politiques allait leur permettre par la suite de retrouver les maroquins souhaités dans le gouvernement Ramadier.

A Marseille, la pétaudière était identique. Le pastis en plus, ajoutaient les mauvais esprits. Comme Defferre l'avait annoncé à Hélène, socialistes et communistes avaient passé un accord au second tour des municipales pour envoyer Jean Cristofol, le vieux routier du PC, dans le fauteuil de maire. « Ça n'ira pas bien loin », avait jugé Defferre.

— Ça n'ira pas bien loin, ne te trompe pas, répète Hélène de Portallan à Gianni Monti, qui contrôle toujours la situation à l'Huilerie des Aygalades.

Le colosse secoue sa crinière blanche.

— Non, ça n'ira pas très loin. Et la meilleure preuve, c'est qu'on va te la rendre, ton huilerie. Je n'ose pas dire bon débarras, mais je le pense un peu.

— Qu'est-ce qui se passe ? demande Hélène, interloquée.

— Qu'est-ce qui se passe ? Personne ne va te l'expliquer aussi simplement que moi, aussi franchement. Il se passe qu'on ne peut pas être dedans et dehors. Qu'on ne peut pas appliquer une politique nationale avec les bourgeois catholiques du MRP et continuer à prôner la révolution. Je m'en doutais d'ailleurs. Je ne suis pas sûr du tout que Moscou ne préfère pas qu'on se contente d'un rôle d'opposants virulents. Et sur le plan municipal, je crois que ça va mal se passer aussi.

— C'est dur, hein, Gianni ? Je veux dire, pour toi…

Le vieux leader syndical écarte les bras en signe de fatalité.

— J'y ai cru de nouveau. Ça permet de rester jeune, sourit-il. Mais s'il ne s'agit que d'obtenir des augmentations de salaire, et même si c'est très important, je vais passer le relais à d'autres. Bien sûr que les classes populaires doivent vivre mieux matériellement, travailler moins, mais moi je rêvais d'une autre société.

— Qui n'existe pas… Et notamment pas dans le pays qui vous sert de modèle.

Avec ce sixième sens qui caractérise les vrais animaux politiques, Gianni Monti avait correctement interprété les consignes qui parvenaient à Marseille.

Le 4 mai 1947, les ministres communistes sont, à leur grand soulagement probablement, écartés du gouvernement par Paul Ramadier. Nous avons refusé, titre *L'Humanité*, « une politique qui s'éloigne de l'augmentation du pouvoir d'achat des travailleurs ». Ce qui n'empêche pas Jacques Duclos, à la « une » du même quotidien de déclarer : « Nous continuerons à agir en grand parti de gouvernement. »

— Tu verras, dit Bernard de Portallan à Hélène. Ils vont payer le bout de chemin accompli avec les socialistes et le MRP, et les initiatives qu'à l'opposé ils ont laissé prendre, par exemple la gestion ouvrière des entreprises. Ils devront procéder à leur autocritique.

— Parfait ! Maintenant que le Général a lancé son rassemblement, on va y voir plus clair ! dit Hélène.

Le retour de De Gaulle dans l'actualité, le discours de Bayeux qui posait les grands principes d'une Constitution « au-dessus des partis », le discours de Strasbourg appelant justement les Français au « rassemblement pour le redressement de la France », donne à Hélène le sentiment d'un renouveau.

— Mais ne t'y trompe pas, souligne Bernard. Comme l'a dit Churchill un rideau de fer est tombé à travers l'Europe, une sorte de guerre froide commence entre l'URSS et le monde occidental. Et à l'intérieur de ce monde occidental, les partis communistes joueront systématiquement le jeu des Soviétiques. Pour le reste, ils s'opposeront à tout, ils feront monter les enchères. Et ici, ça promet ! La population, en plus, n'a pas la fibre très gaulliste.

Depuis quelques semaines, à Marseille, les grèves se multiplient. La tension, de nouveau, s'élève. Les particuliers recommencent à amasser des provisions de conserves et de sucre. Un certain nombre de gens fortunés se mettent à acheter de l'or. Curieusement, à l'image du roulement de tonnerre par rapport à l'éclair d'orage, la population croit assister aux préparatifs d'une révolution, alors même que les communistes viennent d'en enterrer la perspective. Le conflit ouvert en Indochine après le bombardement d'Haiphong, les émeutes sanglantes de Madagascar achèvent de tisser une atmosphère lourde, crispante.

L'Extrême-Orient, l'océan Indien : ces zones géographiques se situent fort loin de Marseille, mais les lignes maritimes en font des destinations particulières, des sujets de conversation quotidiens. Qui, dans la ville, n'a pas un parent, un ami, « aux colonies », dont il reçoit les lettres et partage les tourments ? Nul ne sait exactement ce qu'il faut craindre, mais tout le monde vit dans la crainte. Hélène s'en veut de laisser cette peur s'infiltrer en elle. De l'anesthésier au point de ne trouver aucune manière d'intervenir dans l'épouvantable odyssée de l'*Exodus*, ce bateau transportant plus de quatre mille survivants juifs des camps de la mort dont les Anglais ont interdit le débarquement à Haïfa, mais qui ayant à leur tour refusé de descendre à terre à La Ciotat, voguent maintenant vers un imprévisible destin.

— Tu n'y es pour rien, tu n'es pas responsable de tout ! se fâche Bernard de Portallan.

— Mais te rends-tu compte de ce que, les uns et les autres, en particulier ces salauds d'Anglais, nous laissons s'accomplir ? Si nous n'avions pas toléré Hitler quand il est arrivé au pouvoir, nous n'aurions pas eu les camps. Eux parviennent à échapper à la solution finale, et nous leur interdisons la terre de leurs ancêtres !

— Ce n'est pas si simple, Hélène !

— Oh, si ! Il y a d'autres peuples en Palestine, mais il faut également que le peuple juif puisse s'y installer ! C'est à ce sujet, entre autres, que nous devrions déployer notre intelligence et notre énergie, au lieu de reconduire l'*Exodus* vers l'Allemagne.

Hélène et Bernard marchent au bord de mer, comme cela leur arrive de temps en temps quand ils disposent d'une heure au moment du déjeuner, entre l'hippodrome du parc Borély et l'extrémité du Prado. Ces conversations régulières, retrouvées après une trop longue interruption, réduisent le sentiment de solitude qu'éprouve Hélène. A qui se confier, maintenant ? Au bureau, ses collaborateurs sont charmants, mais elle n'a découvert aucun ami. Tim a disparu, et d'ailleurs elle ne souhaiterait plus le fréquenter. Gina habite Hauterive. Quant à sa propre mère, Hélène la voit peu, sans trop savoir pour quelle raison. Simone de Portallan semble avoir, comme on dit, « refait sa vie ». Hélène est heureuse de cette deuxième chance accordée à une femme maltraitée par l'existence. Elle nourrit pour sa mère une véritable affection, mais une affection un peu plate, à l'image sans doute de cette femme trop polie, trop neutre, incapable d'extérioriser ses sentiments, comme si une éducation infiniment bourgeoise avait raboté sa personnalité.

— Et si nous allions louer une petite voiture ? sourit Bernard de Portallan.

— Chiche !

C'est le moyen de locomotion favori des amoureux du parc Borély. Des voiturettes à deux places au nez rond, en bois peint de couleurs vives, tractées par des pédaliers de vélo. On les loue à droite de l'entrée du parc, puis on se dirige vers le château, aujourd'hui à l'abandon.

— Tu sais qu'il y a un siècle encore, cette bastide du XVIIIe, à mon avis la plus belle de la région, était encore habitée ? raconte Bernard. Les gens sont des crétins. La grand patron du chemin de fer PLM et de la Compagnie des Docks, Talabot, avait besoin du Jardin des Plantes, aux Chartreux. Ce jardin appartenait à la ville et lui entendait y faire passer sa voie ferrée entre Marseille et Toulon. Il a échangé Borély contre le Jardin des Plantes. Il était trop pressé, Talabot. L'appât du gain. Il aurait dû garder son domaine. Le train serait quand même arrivé à Toulon…

— Mais nous, nous devrions passer au large…
Ils ont l'impression de se trouver en vacances. Comme il y a très longtemps. Des enfants jouent, des mères tricotent, assises sur un banc. Le vent charrie un peu du sable de la plage.

CHAPITRE 11

Dix jours de prison avec sursis ! Gianni Monti et ses quatre camarades, arrêtés au cours de la manifestation du 12 novembre 1947 et jugés dès le lendemain, sont profondément choqués par la sanction qui leur est infligée. Pour le vieux syndicaliste, la fin de son engagement vient de sonner. Il n'y aura plus de grève, il n'y aura plus de défilés, il rendra son tablier. Les rêves, quand ils se brisent définitivement, se transforment en plaies ouvertes.

L'incident, une violente échauffourée avec la police, était devenu inéluctable. La tension montait depuis des semaines. Les arrêts de travail se généralisaient dans toutes les entreprises de la région. Le PC allumait des conflits partout, sur fond de revendications salariales. Sorti du gouvernement, il déployait une activité virulente, une opposition systématique. D'autant qu'aux élections municipales, Gaston Defferre en se maintenant au troisième tour avec les voix socialistes et le MRP, avait fait élire un maire gaulliste contre l'ancien maire communiste. Or la majorité de l'électorat de la cité se situait à gauche. Les communistes avaient déterré la hache de guerre, comme on pouvait le vérifier tous les matins en ouvrant *La Marseillaise*. Ils s'en prenaient à la droite, abusivement considérée dans son ensemble comme « collabo », aux socialistes qualifiés de « traîtres », au complot général dont l'ambition était à l'évidence de « liquider » les acquis sociaux et politiques de la Libération en menant une stratégie « anti-ouvrière ».

Quand l'augmentation de près de moitié du prix du carnet de tramway avait été décidée, un véritable incendie s'était propagé dans les banlieues marseillaises. Pour les milieux modestes, il s'agissait d'une ponction insupportable. La ville, très étendue, n'était dotée d'aucun autre moyen de transport. Les communistes et la CGT avaient décidé de boycotter les nouveaux tarifs. Des accrochages violents s'étaient produits avec le service d'ordre que le préfet avait jugé bon de renforcer. Plusieurs meneurs avaient été conduits au poste, dont Gianni.

Le jour du jugement de Monti et de ses camarades, des milliers de manifestants avaient envahi le palais de justice. Puis la foule s'était dirigée en cortège vers l'hôtel de ville et avait investi le bâtiment, molestant quelques conseillers municipaux de droite et les reconduisant sur le trottoir. L'eau du port n'était pas loin.

— A ce moment-là, raconte Gianni Monti venu se reposer quelques jours chez les Barutti à la Ferme des agneaux, nous sommes passés à deux doigts du désastre. Plus personne ne contrôlait la situation. On risquait le coup d'Etat... municipal. Le préfet aurait dû faire charger.

Regroupés autour du syndicaliste, Maria et Emilio, Sandro, les Rintier, Gina et Bernard, qui de temps en temps approuve le récit de Gianni, ont le sentiment d'assister à un film.

— A l'intérieur de l'hôtel de ville, d'après ce que nos journalistes ont vu, dit Bernard, c'était drame, farce et confusion. Les camps s'affrontaient : « Fascistes », « Salauds », « A Berlin », « A Moscou » ! Un mutilé de guerre a attaqué l'ancien maire avec sa canne. Une conseillère, montée sur une table, a craché sur un conseiller. L'autre l'a fichue par terre. Les encriers volaient, comme les chaises. Un pugilat ! Ils ont cassé le fauteuil du maire. Il y a eu huit blessés parmi les élus !

— Alors, sourit Monti, l'imprévisible s'est produit. Quelque chose d'ahurissant, d'énorme, comme cela ne peut arriver qu'à Marseille. L'ancien maire, le communiste, Cristofol, a fait son apparition au balcon, face à la foule, tandis que des éléments incontrôlés envahissaient les bureaux. Attention, tous les drapeaux de la façade avaient été arrachés, les drapeaux français, mais aussi américains et anglais fixés là pour commémorer l'armistice de 1918 ! Et, à la place, il n'y avait plus que des drapeaux rouges ! Cristofol a hurlé dans le micro que le nouveau maire, le RPF, avait démissionné. En fait, il avait été bousculé, matraqué, évacué en ambulance ! Et la foule s'est calmée, puis a commencé à se retirer.

— Il a repris sa démission après ? interroge Emilio Barutti.

Monti tousse et regarde Bernard de Portallan qui roule une cigarette d'un air dubitatif.

— Je crois qu'il n'a jamais démissionné, et que tout a été inventé par Cristofol.

— Quoi ?

— Qu'est-ce que vous en pensez, Bernard ? demande Gianni.

— Je pense que vous avez raison. Ou que le maire a donné son accord pour cette fausse annonce. Nous n'en saurons jamais rien !

Malgré l'aspect dramatique des événements, tous sont partagés entre l'ahurissement et l'hilarité. Mais la fin de cette journée échevelée, racontée par Gianni Monti, ne prêtait pas à rire plus longtemps.

— Les gens se sont dispersés. On l'a cru en tout cas. Seulement, une partie de la foule, derrière Cristofol, s'est dirigée vers l'Opéra, où se trouvent les cabarets et les bars fréquentés par les voyous et les prostituées. Il s'agissait surtout de jeunes, pas des syndicalistes à mon avis. Je ne les avais encore jamais repérés dans un meeting ou un défilé. Ils voulaient foutre en l'air les symboles du marché noir, du trafic, de la prostitution, du pouvoir de la pègre et des privilégiés. Et ils l'ont fait ! Ils ont arraché les rideaux métalliques, coupé les canalisations d'eau, brisé les bouteilles d'alcool, tabassé les clients et le personnel des bars !

En bon acteur, Gianni ménage ses effets. Tous sont suspendus à son récit.

— D'où sont partis les coups de feu ? poursuit-il. D'après plusieurs témoins, du balcon d'un immeuble et du porche d'un bistro. Il y a eu des blessés légers, mais un manifestant est mort à l'hôpital quelques heures plus tard. Qui a tiré ? On parle de quatre hommes, dont « Mémé » Guerini. Impossible à prouver.

— Tout ça pue la provocation, le coup monté. Sauf le décès évidemment, qui n'était peut-être pas programmé. Mais nous n'avons aucune preuve, dit Bernard de Portallan. Cette ville aurait réellement besoin d'une cure d'oxygénation. On se croirait presque revenus au temps de Simoni…

— Et la police ? demande Sandro.

— La police et les CRS ont été au-dessous de tout. En particulier les CRS. La droite les accuse d'avoir laissé se produire l'invasion de l'hôtel de ville par sympathie pour les communistes. Je n'en sais rien, murmure Gianni. Mais l'affaire de l'Opéra ? Le meurtrier en tout cas n'a pas été retrouvé.

Gianni Monti passe les deux mains ouvertes sur son visage, son front, ses yeux, ses joues, comme s'il voulait en chasser toute trace de cette journée, comme s'il cherchait en même temps à diluer les souvenirs au creux de ses paumes. Mais la mémoire et la fatigue accumulée sont les plus fortes. Elles écrasent sa volonté. Le temps, estime-t-il, est venu de rentrer dans le rang. De limiter son horizon à la retraite qui s'annonce. Il n'y a pas là de quoi avoir honte. C'est la vie. Il n'a pas réussi. Mais changer le monde relève de la prétention imbécile. Et changer le monde à Marseille ! Vingt-six siècles d'Histoire ! La tête contre la pierre, Gianni ! Humble, humble surtout !

Ils sont tous assis autour de la table de la grande cuisine de la bastide, berceau des Portallan. Et Gianni trouve qu'il s'agit là d'une vraie petite révolution, réussie, elle, dans la gaieté. Un ouvrier en conflit avec la propriétaire des lieux, des paysans immigrés et des paysans à particule, un médecin fils de paysan, un noble journaliste dans un quotidien socialiste, un professeur de français fille d'immigrés : ils discutent, les coudes frottant le bois lourd du plateau, la bouteille de vin blanc frais circulant de l'un à l'autre et laissant chaque fois un rond humide près du verre, les paquets de cigarettes dans lesquels ils puisent au centre du cercle de lumière déposé par le vieux lustre. Que reste-t-il des anciennes frontières face à la solidarité, la complicité, l'affection même, forgées par les années, les épreuves, la guerre ?

Bernard de Portallan se lève, va chercher une autre bouteille. Il dit à la vieille servante : « Laissez, Mireille, laissez... » Puis il propose à tout lc monde de dîner là : « non, pas à la salle à manger, on ne va pas se compliquer la vie, on est aussi bien et c'est moins de tracas... Qu'est-ce que vous avez de bon, Mireille ? »

On ne sait pas : peut-être Hélène viendra-t-elle passer la soirée. Sandro détourne le regard et aussitôt Maria, pour ne pas laisser la gêne s'installer, demande des nouvelles de Simone et de Marc. Albert Rintier a-t-il vu son cousin récemment ? Le jeune homme, assez renfermé, sort quelques instants de son silence. Sa mère, Luce, sourit de soulagement. Bernard cligne de l'œil vers Emilio Barutti. Ils se comprennent.

La tension continuait à monter.

Quelques jours après les événements de la mairie et de l'Opéra, on compte à Marseille près de cent mille grévistes. Parti de là – à moins que le PC n'ait jugé que la ville était la plus apte à servir sa stratégie de revendication – le mouvement fait tache d'huile. Il est pris en main, contrôlé, par un « Comité national de grève », dont *L'Humanité* salue la naissance fin novembre sur toute la largeur du journal. « Quatre millions de syndiqués » s'attaquent aux « propositions dérisoires » du gouvernement Schuman, le nouveau gouvernement du « parti américain » comme le qualifie Waldeck-Rochet qui, sans broncher, dénonce la « vassalisation de la France ». Chemins de fer, enseignement, électricité nouvellement nationalisée, PTT : avec la paralysie presque générale, la démonstration de force communiste est impitoyable.

A Marseille, les gares sont occupées, le port bloqué, des barrages poussent dans les quartiers nord, on frise la thrombose. Et c'est au moment où les autorités de la ville craignent le pire qu'à Paris la CGT décroche et finit par accepter des propositions du gouvernement au demeurant non négligeables. Mais le syndicat, affaibli par la scission de Force ouvrière et sans doute ramené à la raison par des consignes extérieures, a manié le marteau-pilon pour sembler finalement n'écraser qu'une mouche.

— Je n'en suis pas particulièrement heureux, mais j'avais raison, dit Gianni Monti à Hélène de Portallan. Ils ont lâché prise. Toujours pareil. Ils font monter la sauce, puis ils ramassent des augmentations. Tu parles d'une révolution !

La jeune femme regarde le vieux syndicaliste. La tristesse a presque transformé son visage, accentuant tout d'un coup son âge. Monti lui a donné rendez-vous dans un café de la rue de la République, près du Vieux Port. Il n'a franchi qu'une fois le seuil des bureaux du cours Pierre-Puget, se sentant aussi mal à l'aise au milieu des murs tendus de tissu que s'il avait dû porter le costume trop étroit de ses trente ans. Alors qu'ici, entre les bleus de travail, la sciure répandue sur le sol, les verres de vin rouge râpeux et les éclats de rire, il peut respirer librement.

— Voilà, ajoute-t-il, je suis venu t'informer officiellement. La gestion ouvrière, c'est terminé. Le préfet va te prévenir et se comporter comme si tu lui devais beaucoup…

— Merci, Gianni. C'est à toi que je dois beaucoup.

— Non. J'avais rêvé d'un nouveau monde. Mais nous ne devions pas être nombreux. Il ne s'agissait pas de ça, tu comprends ? Il s'agissait du dernier soubresaut d'une période dramatique. Pendant la guerre, à la Libération, on espérait un immense changement. Nous, les rêveurs. Les politiciens, eux, ils ne rêvaient pas. Ils reprenaient les commandes à leur manière, comme ils s'étaient toujours comportés. Ils renvoyaient les rêveurs dans la cour de récréation.

Gianni a projeté brusquement son dos vers la banquette de moleskine fendue par endroits et entrepris de rouler une grosse cigarette de tabac brun. Il refuse de la main la Lucky Strike que lui tend Hélène.

— Je ne peux pas, c'est trop fort. Qu'est-ce que tu vas faire ? Elle n'est pas très solide, l'huilerie.

— Non, je sais. Je crois que pour nous, dans ce secteur, les difficultés commencent. De toute façon, dès que l'activité économique retrouvera un niveau normal, la vérité sera aveuglante : l'entreprise est devenue trop petite. Il s'agissait d'une taille à peu près convenable avant la guerre, il y a dix ans ou presque. Aujourd'hui…

— Tu vas vendre ? Ne t'inquiète pas, pour moi, c'est la retraite, tu peux parler…

— Oh, je ne crains rien, Gianni ! Oui, les propositions ne vont pas tarder, pour nous comme pour d'autres. Je suis au courant par mes banquiers. Unilever… Le problème, c'est mon frère Marc. Il se voit déjà dans un rôle de président, mais il présidera un château de sable. Par certains côtés, il a ce goût de paraître qu'avait mon père, tu te rappelles ?

Hélène s'abandonne à la vague des souvenirs. C'est curieux, pense-t-elle, comme tout me semble aujourd'hui très lointain. Mon père ! Sa disparition – aucun autre mot désormais ne vient à son esprit – remonte à quatre ans. Quand elle est rattrapée par sa mémoire, elle parvient à chasser l'image qui s'impose d'abord, celle de l'homme bouffi, fatigué, tremblant, veule, rencontré pour la dernière fois à Hauterive, le jour de la mort de Joséphine de Portallan. A la place, elle retrouve celle de son père plus jeune, souriant, détendu, qui lui ébouriffait les cheveux en revenant de son bureau. De la même façon, l'hôtel particulier de la rue Paradis reste celui des jours heureux : le lieu souillé par les officiers allemands et la présence de la maîtresse de son père s'est évanoui. L'immeuble du cours Pierre-Puget n'est plus hanté par son fantôme et elle se rend à l'usine des Aygalades sans maudire le jour où Sébastien de Portallan avait réussi à en chasser l'ancienne propriétaire.

C'était un sacré salaud, mais petit à petit nous faisons la paix par-delà sa mort, pense-t-elle soudain, et cette idée la rassure. Elle ne met pas longtemps à trouver pourquoi, dans un coin bien calfeutré de son cerveau. Si la vie de son père n'est plus une plaie ouverte jusqu'au plus profond de son être, Sandro n'est plus cet amour condamné parce que insupportable. Sandro retrouve une existence normale. Elle peut lui sourire, lui prendre la main. Le temps, le pardon ont accompli leur œuvre à la façon d'une lourde vague sur le sable de la plage. Elle n'ose pas laisser ses sentiments vagabonder au-delà de cette découverte.

Soulagée, souriante, aérienne comme si elle avait brutalement posé au sol une charge pénible, elle plonge son regard dans celui de Monti.

— Gianni, dit-elle, puisque tu t'écartes tu peux me répondre franchement : existe-t-il quelqu'un, parmi le personnel de l'huilerie, à qui je puisse confier la maison progressivement et qui deviendra le conseiller-directeur de mon frère ?

— Oui, répond-il au bout d'une dizaine de secondes. Oui, il y a un jeune ingénieur. Tu l'as embauché en 1945. Il est très fort. D'ailleurs, s'il y a une chance de garder la boutique grâce à de nouvelles techniques, il te le dira. Reste à savoir si ton jeune frère supportera ce qui va lui apparaître comme une concurrence, une surveillance, une mise sous tutelle. Il a un sale caractère, ton frère, sans vouloir t'ennuyer ! Je suis bien content de ne pas avoir à l'affronter. C'est pas le cul, c'est la tête qu'il a plus large que la porte d'Aix !

Hélène éclate de rire.

— Gianni ! Tu parles à une jeune femme ! Tu devrais avoir honte ! Ça me rappelle le jour où tu as dit à grand-mère qu'elle en avait dans le pantalon !

Ils se lèvent et, par la rue de la République, majestueuse et brouillonne, rugueuse et délurée, reviennent vers le port. L'ancienne rue Impériale n'est plus cette sorte de « deuxième Canebière » qu'avaient imaginée ses architectes. Mais elle est devenue le grand fleuve humain de Marseille, dans lequel se jettent tous les affluents, ceux des affaires et du milieu, de l'immigration et de la moyenne bourgeoisie locale, des commerces et de l'artisanat, que l'on traverse pour aller du port à la gare, ou l'inverse. La rue de la République est besogneuse, toujours en mouvement, vingt-quatre heures sur vingt-quatre. Elle n'incite pas à la flânerie. C'est une artère, une vraie, pense Gianni, comme on le dit des hommes.

En face d'eux, Notre-Dame-de-la-Garde se découpe sur le ciel qui fonce avec la tombée du jour. Hélène s'arrête, regarde un moment la Bonne Mère, et se tourne vers Monti.

— Tu n'es pas croyant, toi, Gianni ?

— Euh… non, bien sûr. Mais enfin, comme tous les Italiens, je ne me fâche avec aucun saint.

— Tu as raison. Surtout pas avec saint Victor, celui qui est installé au-dessous de Notre-Dame-de-la-Garde. Tu connais l'ancienne pénitence ? Eh bien, les fidèles se faisaient écraser les doigts sous les anneaux de bronze de la porte d'entrée de l'église. Saint Victor était un protecteur de la ville. Dans la chapelle souterraine, on bénissait le feu devant la statue de la Vierge noire, à la Chandeleur. On bénissait les pains, les navettes, fabriqués en forme de barque, tu as remarqué ? Pour honorer la barque miraculée des saintes chassées de Judée, oui, celles des Saintes-Maries-de-la-Mer. Ce n'est pas simple, hein, ce pays ? Tu ne pries jamais, Gianni ?

Monti, à son tour, éclate de rire. Il pointe d'un doigt la statue et, de l'autre main, extrait de sa chemise une chaîne d'argent.

— Bien sûr que si. D'ailleurs, regarde, j'ai ma médaille ! Mais il faut que la situation soit très grave. Sinon, ce n'est pas la peine de la déranger, la Bonne Mère ! Je suis monté là-haut une fois. Il y a un monde ! Ça veut dire qu'elle a du boulot…

CHAPITRE 12

— Il faut penser à la rentrée prochaine, dit Germaine Lenti. Mais franchement, mademoiselle de Portallan, l'éducation de François devient trop difficile pour moi. Je vieillis et je suis bien fatiguée. Le petit, il va sur ses sept ans et il est diable !

Hélène de Portallan s'attendait à voir un jour ou l'autre la dame qui avait recueilli François lui poser ce problème.

— Et puis, légalement, nous ne pouvons pas rester dans la situation actuelle. Immédiatement après la guerre, l'essentiel était d'assurer à ces orphelins le gîte et le couvert, mais maintenant….

Hélène, qui est juriste, ne l'ignore pas. Elle regarde son interlocutrice avec insistance. Elle pose la question par acquit de conscience, mais elle a déjà deviné la réponse, une réponse qu'elle redoute.

— Qu'est-ce que vous envisagez ?

— Pour être franche, je pense que vous devriez adopter le petit, déclare de manière un peu solennelle la vieille dame. Je l'aurais bien fait, si j'avais pu… Mais je vous assure, pour moi ce n'est pas une question d'argent, je n'ai plus la santé.

Hélène de Portallan ne doute pas de la parole de Germaine Lenti. Elle s'est déjà rendu compte que celle-ci souffrait énormément d'une hanche et se déplacait avec peine. Mais la perspective de prendre en charge un enfant l'effraie. Une adoption, pense-t-elle, est un acte mûrement réfléchi. Et si, demain, j'ai moi-même des enfants que j'aurai désirés ? J'aime beaucoup ce gamin, il est adorable, mais je ne l'ai pas voulu. La bouille ronde de François envahit le regard qu'elle porte au-delà de la vieille dame, sur la rangée de platanes verdoyants qui bordent le Prado. Seulement, si je refuse, qu'adviendra-t-il de cet enfant ? Faute de souvenirs, elle imagine un orphelinat aux couloirs sombres et lisses comme des toboggans vers l'enfer. Je ne peux pas ! s'indigne-t-elle. Je ne pourrai plus jamais me regarder dans une glace ! Un enfant seul, et j'ai encore le culot d'hésiter, de peser mes sentiments sur une balance d'apothicaire ?

Comme étudiante, elle a appris les conditions, difficiles, dans lesquelles une adoption peut se produire. En s'efforçant de se les remémorer, elle comprend que, quant au fond, sa décision est déjà prise. Un fils à vingt-huit ans ? Pourquoi pas ? Portera-t-il le nom de Portallan ? L'adoption officielle n'aura lieu que le jour où elle-même atteindra la trentaine, mais il faut du temps pour préparer un dossier.

Une paix profonde envahit Hélène. Aussi réconfortante que le jour où elle avait décidé de participer à la Résistance. La responsabilité, juge-t-elle, est éprouvante, voire horrible, mais elle seule permet d'atteindre la plénitude. Elle lave à grande eau les mesquineries quotidiennes, nous laisse debout, nus et purs. Elle nous rapproche un peu de Dieu.

— Vous semblez bien lointaine, dit Germaine Lenti. Vous devez réfléchir à ce que je viens de vous suggérer. Je sais qu'il s'agit d'une grave décision, mais avec vous il aura tout le nécessaire. Il parle de vous comme d'une mère. Et puis, peut-être, un jour, vous lui choisirez un père…

— Oui, sourit Hélène. Peut-être. Pas tout en même temps, de grâce ! Pour le moment, je vais essayer de l'adopter. Oui, oui, c'est réfléchi… Mais je vous demanderai de continuer à le voir régulièrement, si vous le pouvez. Il est très habitué à vous et je crois qu'il a déjà subi assez de traumatismes. Comment allons-nous procéder ?

Elle avait pris sa décision en quelques minutes, poussée par une force incontrôlable. Puis, soudain, elle se retrouvait seule. Elle avait raccompagné Germaine Lenti dans la toute nouvelle 4 CV Renault jaune crème dont elle avait fait l'acquisition, et qui lui semblait un jouet curieux, nerveux, amusant. La vieille dame, d'ailleurs, s'était montrée emballée par l'expérience. « Ce qu'on arrive à imaginer, aujourd'hui ! Un moteur à l'arrière ! Oh, funérailles ! C'est beau, la nouveauté ! »

La vieille dame riait, mais Hélène ne parvenait pas à se mettre au diapason. Déjà, tandis qu'elle remontait le boulevard Baille, assourdie par le caquetage de Germaine Lenti, Hélène commençait à s'interroger. N'aurait-elle pas dû prendre le conseil de sa propre mère, de Maria Barutti, de Bernard ? De Sandro ? Elle se troublait à l'évocation du nom du jeune médecin. Choisir un père, avait suggéré Germaine Lenti. Elle chassait l'image de Sandro. N'avait-elle pas agi trop impulsivement ? Que savait-elle de l'éducation d'un gosse ? Quel temps aurait-elle à consacrer à François ? L'époque de ses propres devoirs, des leçons qu'elle récitait à sa mère, était encore si proche…

Comment réussirait-elle à s'organiser ? Mais c'est exactement ce que tu voulais, ma petite fille ! se réprimandait-elle. Exercer un métier, être indépendante, s'accomplir en même temps comme femme et comme mère, ne s'agissait-il pas là de son ambition d'adolescente ? Nous y voilà, ma belle !

La 4 CV se range le long du trottoir. Hélène se penche vers Germaine Lenti, l'embrasse sur les deux joues.

— Attendez, prévient-elle, je descends pour vous aider à sortir de cette boîte. Dites à François que je passerai le chercher samedi pour monter à Hauterive, enfin pour aller, ça ne monte pas... Je lui parlerai à ce moment-là. Vous n'avez besoin de rien ?

Germaine Lenti secoue la tête avec un bon sourire. Boudiou ! Elle est tellement soulagée !

Hélène prend la rue de la République et tourne dans le boulevard des Dames, ainsi nommé non pas pour des raisons coquines comme l'imaginent nombre de Marseillais, mais en reconnaissance d'actes héroïques accomplis par toute la gent féminine de la ville en 1524 contre les armées de Charles Quint. Celles-ci, à l'époque, assiégeaient sans succès la cité. Au point que le connétable de Bourbon qui les commandait décida d'aller poser, par des tranchées, des mines sous les remparts. Informé par ses espions, le commandant de la garnison marseillaise imagina de creuser des sortes de contre-tranchées. Mais les hommes portaient les armes et il fallait travailler très vite. Toutes les femmes de la cité, et en particulier les femmes de « haute condition » qui tenaient à donner l'exemple, manièrent la pelle et la pioche pendant trois jours et trois nuits. L'attaque souterraine fut déjouée. On baptisa l'ouvrage « tranchée des dames ». Puis, à cet endroit, les remparts reçurent ensuite le nom de « bastion des dames ». Quand on perça au début du XIXe siècle le boulevard reliant la Joliette à la porte d'Aix, on réalisa qu'il passait à l'ancien emplacement du bastion. On l'appela boulevard des Dames.

Et bientôt, se dit Hélène, on sortira de Marseille par une autoroute, pour aller vers Aix et Marignane, donc Vitrolles. Progrès considérable ! Comme les lignes de train électrifiées, comme cette télévision qui doit d'ici deux ans programmer un journal, comme ces nouvelles voitures qui font ressembler les automobiles d'avant-guerre à des diligences ! Hélène pousse en riant le régime du moteur de la petite 4 CV, ce qui réjouit François. Depuis la fin de la guerre, un gros effort a été entrepris en ville et à sa périphérie pour remplacer les logements insalubres ou carrément en ruine par des immeubles sociaux, mais l'habitat de la cité demeure encore, dans bien des quartiers, lamentable. Les Aygalades ne resteront plus très longtemps un mélange harmonieux de campagne et de ville. L'envers du progrès ! L'envers du progrès aussi, à Hauterive, d'où l'on voit les raffineries de pétrole se développer, et s'étendre les bâtiments de Marignane qui revendique sa place de deuxième aéroport de France. Il est bien loin, le temps où Joséphine de Portallan parlait du « champ d'aviation ».

Où ce progrès nous conduit-il ? Hélène l'ignore, mais, du même coup, elle réalise qu'entre les huileries d'un côté, les légumes et les oliviers d'un autre, le patrimoine de la famille n'est pas implanté en terrain très ferme. Personne toutefois n'en semble conscient. Les Rintier et les Barutti n'envisagent que la poursuite de l'exploitation agricole. Or Hélène sait que le chiffre de la population vivant de l'agriculture diminuera obligatoirement. Quant aux industriels marseillais qu'elle rencontre à longueur de semaines, ils comptent sur un retour de l'âge d'or, sur le maintien des liens politiques et économiques avec l'empire, des lignes maritimes avec l'Extrême-Orient, le Moyen-Orient et l'Afrique. Nul besoin d'être prophète pour prédire une profonde et rapide modification du panorama colonial – l'Angleterre l'a parfaitement compris, elle – et une révolution des techniques atteignant les processus de fabrication, les produits eux-mêmes et les moyens de transport.

Elle écoute d'une oreille distraite le babillage de François, se contentant d'approuver le gamin, y compris à contretemps.

— C'est moi qui ouvre le portail ! commande l'enfant.

Hélène rit. Elle aussi revendiquait, quelques années plus tôt, ce qu'elle considérait comme un privilège d'adulte. La 4 CV roule sur le gravier en produisant un bruit familier. Sur le siège arrière, la jeune femme ramasse un grand panier d'osier rempli de boîtes de sardines, de figues sèches, de dattes, autant de produits difficiles à se procurer à la campagne, et un carton de gâteaux de chez Linder, dont Gina raffole. Elle a également acheté deux bouteilles de sirop, de menthe et de grenadine, et, sur la route, un pain de glace qui est enrobé dans un vieux sac de jute au fond du coffre. L'antique sorbetière retrouvée dans le grenier et soigneusement nettoyée par Mireille va reprendre du service. Voilà de quoi occuper François deux bonnes heures dimanche matin, a imaginé Hélène. Le temps d'évoquer avec Bernard et Gina les problèmes de l'adoption.

— Cet été, tu dois absolument apprendre à nager, dit Hélène à François. Et puis nous irons pêcher, aussi, avec la barque qui se trouve dans le petit port. Je t'apprendrai à calfater.

— Qu'est-ce que c'est, ça ? Calfater ?

— D'abord, tu grattes toute la peinture de la coque, puis tu prends de l'étoupe, ça ressemble à de la grosse ficelle, et tu bourres les interstices des bordages. C'est pour éviter que l'eau pénètre dans ton bateau entre les planches de la coque. Ensuite tu passes du goudron, de la peinture, et tu mets de l'eau dans ton bateau pour que le bois gonfle à nouveau. Au bout de trois jours, ta barque est prête à naviguer. A Marseille, si tu ne sais pas calfater, tu marques mal, on t'enlève le bonjour, comme on dit. Il y a même eu, du côté du Vieux Port, une Notre-Dame-des-Calfats, ceux qui calfataient les bateaux en bois depuis le XIIIe siècle.

— Ouf, c'est compliqué ! Mais ça va prendre du temps, de calfater. On va s'installer ici plusieurs jours, alors ?

— Oui, si tu en as envie. Moi, je resterai à la bastide quinze jours, toi plus longtemps, mais je viendrai presque tous les soirs. Tante Gina, elle, ne bouge pas. Tu pourras aussi aller à la ferme, chez Maria. Emilio t'installera sur le vieux cheval. Tu comprends, Germaine est assez fatiguée, et d'ailleurs tu seras mieux au grand air, sur le plongeoir. D'accord ?

L'enfant bat des mains, sourit, puis reste silencieux un moment.

— Tu parles, si je suis d'accord ! Mais si Germaine est fatiguée, elle va être fatiguée après les vacances aussi ?

Hélène prie mentalement quelques secondes.

— Oui. Elle est très âgée, tu sais. Tu pourrais peut-être vivre avec moi à la maison, dans mon appartement où tu as déjà ta chambre. Tu verrais Germaine, bien sûr, mais un peu moins souvent qu'avant.

Le gamin reste silencieux. Réfléchit.

— Alors, on dirait que tu es presque ma maman et Germaine presque ma mémé.

— C'est ça, exactement ça, souffle Hélène, soulagée. Ta vraie maman et ton vrai papa sont au ciel, mais je serai ta deuxième maman. On restera toujours ensemble.

— Et si tu te maries, je resterai avec toi ? Même si tu as d'autres enfants ?

— Bien sûr, sourit Hélène. Tu auras des frères et sœurs, c'est formidable, non ?

Ils sont assis au bord du chemin qui conduit à la plage. Hélène, émue, décortique une pomme de pin. Ce doit être aussi difficile, pense-t-elle, de demander une fille en mariage. Le gamin, debout, tire mécaniquement sur ses chaussettes.

— Mais je vais m'appeler comment, alors ? finit-il par dire.

— C'est comme tu veux. Tu as envie de t'appeler comme moi ? Tu peux. C'est peut-être plus simple puisque, pour la loi, je vais devenir ta mère. Moi, j'aimerais bien que tu portes mon nom. Réfléchis, on a le temps. Il faut quand même remplir quelques papiers.

— Quoi ?

— Pour que tu deviennes mon fils, pour que tu portes mon nom, on doit quand même prévenir, et recevoir l'autorisation. Ça s'appelle une adoption.

— François de Portallan... Ça fait drôle, marmonne le gamin.

— Comme tu dis ! Je suis sûre que ça semblerait drôle à ma grand-mère. Elle aimait l'audace et la discrétion.

— Quoi ?

— Ecoute, puisque je deviens ta mère, tu vas arrêter de dire quoi ? Et dire : comment ? C'est plus poli.

Le gamin ouvre des yeux ahuris. Hélène l'attrape dans ses bras et le serre contre sa poitrine. Elle essuie contre le chandail de l'enfant les larmes qui roulent le long de son nez. Puis elle embrasse longuement ses joues rebondies. Il sent le savon de Marseille, pense-t-elle en riant. Peut-être du savon qui vient des Aygalades.

— Pourquoi tu pleures ? C'est pas triste. Moi je suis bien content, murmure le gamin dans son cou.

— Non, je suis très heureuse. Je pleure de bonheur. C'est l'émotion, tu comprends ? Mais ça va, c'est fini.

Elle repose François au sol.

— Je peux t'appeler maman, alors ?

Hélène se tourne vers la barre rocheuse de Vitrolles et, cette fois, fond en larmes.

Hélène de Portallan range la 4 CV Renault le long du trottoir. Il est huit heures et demie du matin et ce premier jour du mois d'octobre, à la luminosité encore indécise, promet une chaleur estivale.

— Tourne-toi vers moi, dit-elle à François, que je passe l'inspection. Tu as un mouchoir ?

Le gamin hoche la tête. Toujours ravi de sa coiffure en brosse qui date de deux jours à peine, il lisse ses tempes de ses deux mains, vérifie mécaniquement la fermeture de son tablier, tire sur ses chaussettes.

— Tu ne m'abîmes pas tes chaussures neuves en jouant au foot dans la cour, d'accord ? Tu as ton goûter dans ton cartable ? Tu n'oublies pas qu'on ne dit pas « je suis été », ou « j'ai les doigts qui pèguent », ou « tu fais caguer » ? Alors, en route.

Ils marchent vers le « petit collège », qui accueille les élèves de la 11e à la 7e dans une vaste villa du siècle dernier entourée d'un jardin, avenue du Prado. De l'autre côté du boulevard qui rejoint la plage, se trouve la partie la plus prestigieuse de l'école de Provence, dite le « grand collège », qui mène les garçons, sous la conduite des pères jésuites, jusqu'à la deuxième partie de leur baccalauréat.

Hélène de Portallan avait inscrit l'enfant à l'école, non sans quelques difficultés car les places libres étaient peu nombreuses, dès le début du mois de juin, et sous le double nom des parents de François et le sien après avoir longuement expliqué la situation au père recteur. Il peut, avait-elle expliqué, se sentir totalement perdu dans le courant de la journée et être saisi de panique. Mais, à aucun moment de l'été que François avait passé à Hauterive, il n'avait semblé triste et encore moins perturbé. Profitant des allers et retours d'Hélène, Germaine Lenti était venue plusieurs fois voir celui que désormais elle appelait son « filleul ».

Le gamin avait, comme disait Mireille, « bien profité ». Il avait grandi et pris du poids, appris à nager, arpenté en compagnie d'Emilio, de Bernard ou d'Hélène elle-même, tous les sentiers de la propriété. Les vieux vélos avaient repris du service. On avait dépoussiéré les jeux d'enfants – « C'est parfait, avait dit Gina, on procède à une révision générale pour Vincent. » A force de traîner en maillot de bain, le gamin avait acquis une teinte pain d'épice, des « provisions de soleil », affirmait Mireille en ajoutant : « Cette fois, tu as l'air d'un vrai moco, on peut pas se tromper. »

Hélène avait profité des deux mois d'absence de François pour agrandir l'appartement du cours Pierre-Puget, ce qui était heureusement assez simple vu le nombre de pièces vides. Elle avait équipé la chambre du gamin de meubles neufs en bois clair, d'un tableau noir, et prévu une salle de jeux au milieu de laquelle elle avait déposé un énorme carton contenant des rails, une locomotive et des wagons, un cadeau de Bernard.

Il va se sentir bien seul, juste avec moi, avait malgré tout pensé Hélène. Rien ne remplace une famille, avec père, frères et sœurs.

— Bon. Tu ne te bagarres pas, tu ne dis pas de gros mots, tu écoutes la maîtresse, tu fais attention à tes cahiers ?

Hélène prend la main de l'enfant et ils franchissent le grand portail de fer forgé. Une multitude de mioches bourdonnent comme des mouches.

— Tu as vu, il y en a qui pleurent, dit François. C'est la première fois qu'ils viennent à l'école, peut-être.

— Tiens, voilà ta maîtresse. Allons lui dire bonjour.

Les enfants se sont mis en rangs, en face de la bâtisse. François se tourne pour agiter la main, puis il disparaît par la porte d'entrée. Hélène respire profondément, à plusieurs reprises.

— Eh bien, voilà, dit-elle tout haut. J'en prends pour combien de temps, là ?

Sous le regard perplexe d'autres mères de famille, elle compte sur ses doigts. Elle hésite. Il va bien redoubler une fois, sûrement. Et il va me faire la coqueluche, aussi. La rougeole. Les oreillons.

CHAPITRE 13

Quelques mois plus tôt, Hélène de Portallan avait été présentée au général de Gaulle lors de la venue à Marseille de celui-ci, à l'occasion du premier congrès du Rassemblement du Peuple Français. Ils étaient une vingtaine à attendre le grand homme après son discours, membres du RPF ou sympathisants comme Hélène, tous résistants. Alignés par les membres du service d'ordre, intimidés et émus, ils avaient intérieurement répété les quelques mots qu'ils souhaitaient prononcer. Le Général avait tendu une main malhabile à Hélène.

— Eh bien, mademoiselle de Portallan, avait-il dit, vous avez fait le coup de feu fort jeune, d'après ce qu'on me rapporte. Je vous remercie au nom de la France.

Hélène, qui se demandait comment de Gaulle pouvait retenir les noms de tous ceux qu'il allait rencontrer, avait senti qu'elle ne parviendrait pas à formuler une seule parole. Elle avait souri, hoché la tête, ouvert la bouche comme un poisson hors de l'eau et laissé quelques larmes glisser sur ses joues. Le Général avait eu l'air très satisfait, s'était penché vers elle. Un peu plus et il m'embrasse, avait-elle pensé, tétanisée à ce moment-là. Mais de Gaulle adressait déjà la parole à son voisin. Elle s'était encore dit : j'espère que quelqu'un a pris une photo. En regardant alentour, elle avait repéré un photographe qui lui avait cligné de l'œil en désignant du menton son appareil. Elle l'avait retrouvé quelques instants plus tard et lui avait laissé son adresse. Le cliché irait sur le bureau de son appartement et ne quitterait plus cet emplacement. Jamais. Juré.

Elle avait aussi fait la connaissance du maire RPF de Marseille. Comme Defferre, celui-ci avait déployé des trésors de conviction pour la pousser à un engagement militant. Mais elle ne parvenait pas à sauter le pas. Dans les discours des uns et des autres, à gauche comme chez les gaullistes ou les démocrates-chrétiens du MRP, elle trouvait des positions qui lui convenaient. Mais, avait-elle dit à Defferre en s'amusant, il faudrait que le Général soit le patron et qu'il prenne un peu du programme de chacun. Vous voyez la politique comme une tranche de glace cassata italienne, s'était esclaffé le député socialiste.

Pour Hélène, cette année 1948 avait été lourde. Elle avait rencontré « son » grand homme. Elle avait pris la décision d'adopter François. Elle avait aussi réussi à débarrasser les entreprises Portallan de toutes les activités qu'elle considérait comme nauséabondes ou condamnées à plus ou moins brève échéance. Elle se demandait souvent, d'ailleurs, ce qui avait bien pu pousser son père à prendre des participations dans des sociétés sans aucun rapport les unes avec les autres, et à oublier ensuite de s'en occuper.

Quand elle était tombée quelques semaines plus tôt sur le dossier d'une obscure entreprise de tubes de Sainte-Marthe, elle avait cherché à se renseigner. Gallano, le secrétaire général du groupe, lui avait conseillé de recevoir deux employés de la société, susceptibles de lui communiquer des informations intéressantes. Accablée, elle avait entendu l'histoire des tableaux confisqués aux familles juives ou achetés par la bande Simoni pour une bouchée de pain, puis stockés par Sébastien de Portallan dans les entrepôts de Sainte-Marthe. Les deux employés étaient chargés à l'époque du gardiennage des locaux, inutilisés. Sans en négocier le prix, elle s'était immédiatement débarrassée de la société de tubes. Elle avait remis un chèque correspondant à la transaction au représentant du nouvel Etat d'Israël. « Pourquoi un tel don ? » avait demandé l'homme. « Ce n'est pas un don, avait-elle répondu en expliquant la raison de son geste, mais une pauvre restitution. Vous saurez qu'en faire. »

Sa décision était prise. Elle pensait que son frère Marc serait incapable, obsédé par l'idée d'étaler une certaine surface financière même si celle-ci était vermoulue, de tailler dans les actifs du groupe, et elle préférait s'en charger. Ensuite, elle remettrait au jeune homme, flanqué de l'ingénieur dont lui avait parlé Gianni Monti et qu'elle avait rencontré à plusieurs reprises depuis, le bureau directorial. Elle-même se contenterait, comme sa mère, comme son oncle Bernard, d'une place au conseil d'administration, d'où elle surveillerait l'évolution de l'entreprise. Ce qui lui permettrait, enfin, d'exercer son métier, de visser sa plaque d'avocat, et d'abandonner le cours Pierre-Puget. Bureaux et appartement.

Hélène a conscience de s'apprêter à tourner une page importante de sa vie, ou plutôt d'entrer, un peu tard sans doute, dans une existence qui lui appartiendra en propre. Jusqu'à présent, elle a beaucoup agi pour le compte des autres, de sa mère, de son frère, d'une certaine façon pour le compte de son père, de Bernard et de Gina aussi. Elle a assumé « Portallan et Cie », elle a assumé le petit François. Elle a perdu Sandro. Perdu ?

Ce matin, elle marche dans Marseille, un peu au hasard. Elle se sent légère, à la veille d'une nouvelle libération, se demandant quand elle annoncera toutes ces décisions à ses proches, à ses collaborateurs. A Sandro ? Elle suit les rues qui coupent la rue Paradis, la rue Breteuil, la rue Saint-Ferréol. Elle doit choisir un endroit pour installer son bureau d'avocat. Le plus raisonnable serait sans doute de ne pas s'écarter trop du palais de justice, mais elle n'aime pas tellement le cours Pierre-Puget. Tourner une page, et la tourner vraiment. Ses pas la portent vers le Vieux Port, le bas de la rue Breteuil, le cours d'Estienne-d'Orves situé à l'emplacement de l'ancien canal, stupidement comblé vingt ans plus tôt. Un jour, pense Hélène, nous devrons réellement faire attention aux conséquences du progrès sur nos lieux de vie, l'air que nous respirerons ou les produits que nous consommerons.

Elle hésite à revenir habiter Hauterive. Seule, Hélène céderait sans doute à l'attrait de la vieille maison familiale. Les quelques kilomètres d'autoroute qui désormais permettent de sortir très vite de Marseille vers le nord, la rapidité des nouvelles automobiles mettent la bastide à deux poignées de minutes de la grande ville. Mais il y a François, pour qui les trajets constitueraient une perte de temps, les contraintes d'horaires pour elle et pour l'enfant. Il y a l'isolement et le manque de camarades les jours de vacances. Il y a… Il y a ce que pourrait penser son futur mari ou compagnon… Il y a en fait, reconnaît-elle, ce que pourrait penser Sandro qui, chaque jour un peu plus, occupe ses pensées.

Ce mois d'octobre ressemble à un printemps précoce. Etonnée, Hélène conduit à petite vitesse dans le chemin de terre qui mène à Hauterive. La végétation semble gorgée de sève et, curieusement, une très fine poussière reste déposée sur les feuilles comme cela se produit d'ordinaire au mois d'août. Elle a pris le temps, pour une fois, de musarder en route malgré les exhortations de François, pressé de rejoindre le bord de l'eau et ses amis de la plage, des enfants de familles habitant les villas construites sur les terrains vendus par le grand-père Portallan trente ans auparavant pour régler les dettes de jeu de son fils Bernard, à l'époque jeune homme noceur et dilapidateur.

Le trajet, depuis Marseille, change de semaine en semaine. Les maisons particulières, à l'architecture banalisée, envahissent les abords de la route nationale et Hélène cherche en vain les amorces des allées qui quelques années auparavant conduisaient aux « campagnes », comme les familles marseillaises appelaient leurs résidences secondaires noyées dans les platanes et les cultures maraîchères. Les routes elles-mêmes, les croisements s'élargissent, les panneaux indicateurs se modernisent. De nouveaux commerces apparaissent.

— Qu'est-ce que c'est, cette voiture ? demande François.

Hélène reconnaît la ligne incongrue de la 2 CV Citroën, dont toute la presse reproduit la photo. Elle ne consomme, affirme-t-on, que cinq litres d'essence aux 100 kilomètres et roule sans effort à 60 kilomètres/heure avec quatre personnes à bord. Mais Hélène la trouve décidément trop rustique. En revanche elle est attirée par la nouvelle 203 Peugeot que le constructeur, un jour ou l'autre, produira en cabriolet. Un rêve.

Comme les journées de mistral ont été peu nombreuses depuis l'été, l'eau de l'étang est restée tiède. La dernière limite pour le bain, à condition de l'envisager de manière sportive. Mais, au bout du plongeoir, là où tout le monde a étendu sa serviette, la chaleur demeure encore forte en ce milieu de journée. « Nous avons le temps de radasser un peu, a dit Bernard en souriant. Ma mère n'est plus là, malheureusement, pour nous rappeler qu'il faut passer à table à midi et demi. »

François court sur les planches. Maintenant il sait nager et se précipite dans l'eau en hurlant, revient jusqu'à l'échelle, recommence. Hélène écarte les bras en signe d'excuse. « C'est de son âge. Il a besoin de se dépenser. Vous verrez avec Vincent… » Gina réclame un tour en vedette d'ici la fin de la journée et des oursins pour le repas de dimanche. Ils parlent du « coup de Prague » et de ces « salauds de cocos », du blocus de Berlin, du « new-look » juste au-dessus de la cheville, une mode féminine ruineuse. Ils laissent le temps filer. Ce n'est pas désagréable, après ces années d'agitation.

Puis, à travers ses cils baissés pour protéger ses yeux du soleil, Hélène distingue une silhouette immobile sur la terrasse de la bastide. Une allure familière, des épaules indolentes, une tête penchée vers le côté. L'homme se courbe, s'appuie des coudes à la rambarde, renvoie ses cheveux vers l'arrière d'un mouvement machinal. Hélène se lève et marche vers le rivage. Elle ne dit rien, pour ne pas briser la magie de l'instant. De ses mains en amphore, elle rassemble ses cheveux bruns pour ériger un chignon brouillon. Elle agite le bras et le chignon dégringole. Elle rit.

Sandro la regarde et agite la main à son tour. Il s'efforce de ne pas penser, se contentant de recevoir le choc de la beauté d'Hélène, ce corps longiligne qu'il connaît par cœur, ces seins haut placés, ce visage aux pommettes saillantes et aux yeux noirs fendus, tout ce qu'il ne peut distinguer depuis l'endroit où il se trouve mais qu'il devine, qu'il reconstitue sans erreur. Sur le plongeoir, Gina et Bernard sont allongés, le nez dans leur serviette. François tente d'attirer l'attention d'Hélène avant de se précipiter de nouveau à l'eau, mais la jeune femme ne l'écoute plus, Sandro s'en rend compte.

En bas des escaliers, elle crie très fort :

— Mais descends ! Qu'est-ce que tu attends ? Tu as ton maillot sur toi ?

Sandro aperçoit Gina et Bernard qui, attentifs, se dressent à leur tour, comme s'ils assistaient à un exercice de voltige réclamant le silence et aiguisant la peur. Il accomplit quelques pas et pense effectivement marcher sur un fil tendu à travers les airs. Il franchit les premières marches de pierre, s'arrête pour vérifier qu'Hélène l'attend toujours au même endroit, renvoie encore ses cheveux vers l'arrière.

— Tu as le vertige ? crie-t-elle encore. Tu pourrais aller plus vite, quand même ! Dans une semaine l'eau sera froide !

Ils éclatent de rire ensemble, malgré les trente mètres qui les séparent. Il pense qu'elle lui a manqué de manière douloureuse. Hélène se dit qu'elle s'est montrée bien stupide, depuis quelque temps. La faiblesse soudaine de ses jambes, le léger tremblement qu'elle ressent au bout de ses doigts le lui confirment. Elle trouve Sandro merveilleux, dans une de ces tenues démodées, négligées et par hasard élégantes dont il a le secret. La panique commence à la saisir. Que va-t-elle dire ? Il ne doit pas repartir mais elle ne peut pas se jeter dans ses bras.

Et maintenant, il est là, en bas des marches, les yeux clairs, maigre comme un stockfisch, avec ce sourire très doux qu'elle lui a toujours connu, et ces deux bras sortant des manches de chemise roulées qu'il tend vers elle. Elle ne peut pas se jeter dans ses bras ? Facile à dire. Elle est dans ses bras, la chevelure contre sa poitrine, les bras noués derrière son cou, quelques larmes salées glissant vers le coin des lèvres. Ils restent immobiles. Elle pense qu'elle doit s'écarter maintenant, qu'une accolade de quelques secondes est explicable, qu'une étreinte ne le sera plus. Mais elle ne parvient pas à bouger. Elle s'interroge et répond qu'elle se sent bien, qu'elle ne s'est jamais sentie aussi bien depuis des années et qu'elle se moque de Bernard et de Gina qui, forcément, les regardent maintenant. Comme François. Comme François qui lui offre la solution rêvée.

— Viens, dit-elle à Sandro en reculant d'un pas, je dois te présenter François. Tu es au courant, non ?

Seulement, elle ne lâche pas la main de Sandro. Elle a même glissé ses doigts entre ceux du médecin. Sans réellement le vouloir, comme s'ils retrouvaient leur place après une absence de quelques minutes. Comme si la vie, un instant chahutée par un caprice céleste, regagnait son cours.

— Je suis au courant par ma mère, bien sûr. Tu as eu raison, c'est formidable. Viens ici m'embrasser, François, je suis le frère de Gina.

— Ah ? dit le gamin. Tu as l'air de bien aimer maman aussi.

Bernard et Gina se sont approchés. La réflexion de l'enfant déclenche un fou rire libérateur. Gina, du coin de l'œil, vérifie que les doigts d'Hélène et de Sandro ne se sont pas quittés. Il faudra que j'en aie le cœur net, pense-t-elle. Ces deux hypocrites ne m'ont rien dit ! Elle regarde Bernard qui, lui aussi, semble tomber des nues, mais joue à l'organisateur :

— Tu veux te baigner, Sandro ? Après nous irons déjeuner.

Sandro se déshabille rapidement, apparaît en maillot de bain rouge éclatant – où a-t-il trouvé ça ? se demande Hélène en pouffant – et entraîne la jeune femme à l'eau. Leurs chevelures ne reviennent à la surface qu'au bout d'une vingtaine de secondes. Je parie qu'ils se sont embrassés, pense Gina.

— Maintenant, il faut déjeuner ! se fâche la vieille Mireille. Tout va être trop cuit. J'ai dû sortir ce gigot du four deux fois déjà, je me demande à quoi ça va ressembler !

— Aujourd'hui, c'est jour de fête, clame Bernard. On va même boire une coupe de champagne !

— Oh, je vois bien que ça va mieux, je suis pas guincho ! J'ai qu'à regarder Mlle Hélène ! Mais ça me changera pas la cuisson du gigot.

Personne ne demande de quelle fête il s'agit. La table a été dressée en plein soleil sur la terrasse devant la bastide. Nous renouons avec une vieille habitude, pense Bernard de Portallan. C'est une bénédiction, aurait dit ma mère, ce soleil qui vient bercer nos retrouvailles, cet enfant en plus, ces existences qui battent de nouveau à l'unisson. Il avait placé Hélène et Sandro face à face. Puis Gina avait laissé tomber comme par mégarde sa serviette et s'était relevée en souriant d'un air pointu.

— Heureusement que tu es venu, dit Bernard à

Sandro, je commençais à trouver que nous étions un peu au large.

Hélène remplit de champagne les verres à vin de la table – « aucune importance quant au goût », dit-elle en souriant – et lève le sien dans la direction de Sandro.

— Alors, propose-t-elle, à la place que tu retrouves !

Et elle éclate d'un rire torrentiel en ajoutant :

— Ce qu'on est heureux !

Le repas a traîné. Parce qu'il est excellent, parce qu'il y a beaucoup à raconter, mais surtout parce que Hélène et Sandro utilisent ce cadre élargi pour renouer avec précaution les multiples liens impalpables tissant l'existence des amants. Même quand ils s'adressent à Gina ou Bernard, il s'agit en réalité d'une manière indirecte de nourrir leur tête-à-tête. Il y a tant à rattraper, mais aussi tellement d'écueils à éviter ! Il faut accepter de laisser dans l'ombre une partie, une petite partie de leur vie, celle qu'ils n'ont pas passée ensemble. Non pas par mensonge, pense Hélène, mais le fait même de rapporter une aventure subalterne donne à celle-ci un poids sans rapport avec la réalité. Qu'a-t-elle conservé de Tim Worth ? Et elle-même, a-t-elle envie de connaître le nom des maîtresses de Sandro ?

— J'ai pris l'ancienne chambre de grand-mère, dit Hélène. Monte avec moi. Tu verras, j'ai tout changé. La pièce a été repeinte. Je vais mettre des espadrilles. Ensuite, on marchera jusqu'à la plage.

Ils grimpent en silence les escaliers. Hélène sait bien qu'elle aurait pu demander à Sandro de l'attendre au rez-de-chaussée. Mais, depuis tout à l'heure, elle agit sans contrôle et elle trouve ça très agréable.

— Tu es sûre ? répond Sandro.

— De quoi ? Que je vais mettre mes espadrilles ?

Ils rient en s'abritant derrière leurs mains pour ne pas faire de bruit. Ils pénètrent dans le petit couloir qui précède la chambre d'Hélène. En se levant ce matin, elle n'a pas ouvert les rideaux et la pièce baigne dans une demi-obscurité. Elle se retourne en fermant la porte à clef et se colle contre Sandro.

— Ça ne te rappelle rien ? Quand j'avais seize ans et que j'étais venue chez toi ?

Rapidement, elle défait les boutons de sa chemise, appuie ses lèvres contre le torse de Sandro.

— J'ai envie de toi. Viens. Je suis folle, j'ai trop attendu.

Il l'entraîne vers le lit en soulevant sa robe, les mains fébriles, le souffle court. Ils ne prennent pas le temps de se dévêtir complètement, écartent les fragiles remparts de tissu qui les séparent encore. Ils jurent de s'aimer toujours, qu'ils n'ont jamais aimé personne d'autre. Leurs lèvres, leurs dents se bousculent, leurs mains se cherchent, leurs ventres se fondent et, en quelques instants, le plaisir les soude l'un à l'autre.

CHAPITRE 14

— A l'an que ven, dit Hélène en levant son verre de champagne.

Elle regarde Sandro Barutti dans les yeux, comme pour lui demander de confirmer un engagement déjà pris. Le jeune homme sourit, rassurant. Il hoche la tête et lève, lui aussi, son verre.

— A l'an que ven, dit-il à son tour.

Ni l'un ni l'autre, en fait, ne connaissent très bien la suite de la prière provençale que Joséphine de Portallan récitait de son vivant le jour de Noël.

— Si nous ne sommes pas plus, que nous ne soyons pas moins, complète Bernard.

Pour la première fois depuis de longues années, les salons, la salle à manger, la cuisine de la bastide vibrent d'une activité intense. Les plafonds trop sales ont été repeints, les rideaux décrochés et nettoyés, les tableaux qui le méritaient ont été restaurés, les tapis envoyés chez le teinturier. Des bouquets de fleurs éclatent partout. Les santons de la crèche ont été ressortis des cartons. Un sapin de belle taille couvert de boules et de rubans multicolores, de papillotes dorées, a été installé dans la plus grande des pièces de réception. Tôt dans la matinée, Hélène a vérifié les cadeaux de chacun, disposés autour de l'arbre.

C'est vers ce salon, la gorge un peu serrée tant elle a l'impression de copier presque exactement les gestes accomplis par sa grand-mère quand elle-même était enfant, qu'Hélène se dirige pour en ouvrir la porte. Elle regarde une dernière fois son oncle Bernard. « Je ne suis pas maîtresse de maison, lui a-t-il dit. Gina ne veut rien entendre pour jouer ce rôle en ta présence. Quant à Luce, tu la connais, elle se tromperait entre la porte de la cuisine et celle de la cave… »

De la main, Hélène prie Maria Barutti de la suivre. Les parents de Sandro et de Gina ont déjà été invités à la bastide. Mais la guerre, l'Occupation, la réquisition de la maison, la séparation du médecin et de la jeune femme, un concours de circonstances diverses ont empêché la réunion de toute la famille un jour de Noël. Maria va sur ses soixante-deux ans, mais elle est aussi émue qu'une débutante à son premier bal. Elle cherche Emilio du regard. Comme Gianni Monti, convié lui aussi à se joindre au groupe, il a revêtu son costume bleu marine de cérémonie et son col blanc est serré d'une austère cravate grise, ce qui fait sourire Gina.

— Mais papa, dit-elle, c'est Noël ! Tu accepteras de changer de cravate ? Je devine que tu vas en trouver une plus gaie sous l'arbre. Toi aussi, Gianni !

Hélène se tourne vers Luce :

— Allez, les Rintier, en avant, un peu de dynamisme, s'il vous plaît ! Où sont les cousins ?

Marc de Portallan et Albert Rintier, très zazous dans leurs vestes pied-de-poule, coiffés à la Yves Montand, font un signe depuis le fond du hall d'entrée et rejoignent le groupe. Hélène se tourne vers sa mère, que Robert Hamel, son compagnon, un peu dépassé par les événements, suit comme un toutou, avec un bon sourire.

— Allez maman, donnez le signal de l'ouverture des paquets. Je ne vous l'ai pas dit, mais je vous trouve très en forme. Robert ! Cherchez votre cadeau, on connaît votre penchant pour la lecture. J'ai aussi une bonne nouvelle à vous annoncer tout à l'heure.

— Je me doute un peu du contenu de la nouvelle,

murmure Simone de Portallan à l'oreille de sa fille. Si c'est ce que je crois, je vous souhaite tout le bonheur du monde, vous l'avez bien mérité.

Hélène hoche la tête et embrasse sa mère en souriant. Elle ignore à quel point nous l'avons mérité, et elle l'ignorera toujours, songe Hélène. La jeune femme attrape François et Vincent par la main.

— Vos paquets sont dans le coin. Vous pouvez aller voir ce que le père Noël a trouvé pour vous. Avec le train que vous menez depuis l'aube, il ne risque pas de vous avoir oubliés !

Discrètement, tandis que tout le monde s'avance vers les cadeaux, elle saisit la main de Sandro et la plaque sur ses fesses.

— Voilà ton cadeau, beau gosse, dit-elle en riant. Tu n'es pas volé, non ?

Le jeune médecin rougit.

— Hélène !

— Ne me dis pas que tu n'as jamais peloté quelqu'un quand on ne t'observait pas.

— Non. Justement pas !

— Alors, ça va, dit-elle en riant. Je t'aime.

— Je crois que ce n'est pas seulement à cause de tes fesses : je t'aime aussi.

Le repas se terminait. A la manière des festins campagnards car il était plus de quatre heures de l'après-midi et la bûche de Noël faisait à peine son apparition. Une bûche de pâtisserie artisanale, fort éloignée de la véritable bûche de bois que, dans la tradition ancienne, le chef de famille portait cérémonieusement dans la cheminée, avant de la bénir d'un verre de vin.

Foie gras, loups, perdreaux sur canapés, dinde : depuis des semaines, les Rintier et les Barutti s'étaient réparti les tâches pour contourner les difficultés d'approvisionnement que Marseille connaissait encore. Voilà l'avantage de la campagne sur la ville, disait Maria, vous aurez la télévision avant nous, mais ça ne remplit pas les assiettes. Bernard avait utilisé les multiples relations d'un rédacteur en chef pour sélectionner des vins de Bandol et de Cassis qu'il était allé chercher chez les producteurs et dont il avait rempli le coffre de sa 11 CV Citroën.

— Mireille, s'il te plaît, c'est le moment de sortir le champagne, dit Hélène en se levant et en demandant de la main à Sandro d'en faire autant.

Autour de la table, les conversations cessent progressivement.

— Je ne sais pas si nous allons vous surprendre, poursuit Hélène en souriant. Pas tous, à mon avis. Sandro et moi voulions vous dire…

Elle laisse sa phrase en suspens.

— … Que nous allions nous marier, termine le jeune chirurgien en souriant. Et que ce jour de Noël est celui de nos fiançailles officielles. Le mariage aura lieu au printemps.

Tout le monde se lève, applaudit. Maria, Simone et Gina pleurent. Les hommes s'embrassent et se frappent dans le dos. Hélène et Sandro font le tour de la table pour recevoir les félicitations de chacun. « Elle aurait été contente, dit la vieille Mireille en sanglotant sur la poitrine de la jeune femme. C'est sûr que de là-haut, elle participe à la fête, ta grand-mère. »

— Je n'ai pas terminé, crie Sandro en regagnant sa place.

Il plonge la main dans la poche de son veston, en tire une petite boîte de cuir fauve qu'il ouvre en la tendant à Hélène.

— On est modernes, mais il n'y a pas de fiançailles sans bague !

Hélène, les joues rouges, regarde la boîte avec stupéfaction.

— Tu es fou, dit-elle. C'est une bague énorme. Je n'oserai jamais la porter.

Ravie, elle glisse cependant le solitaire à son doigt, le faisant miroiter dans la lumière des bougies au centre de la table.

— En vérité, ajoute-t-elle épanouie, je crois que je ne la quitterai jamais.

Et elle se précipite dans les bras de Sandro tandis que les verres de champagne s'entrechoquent.

— J'en profite pour vous annoncer, ajoute Hélène en regardant son frère, que je me retire de la société et que je laisse ma place à Marc. Je vais enfin me consacrer à ma carrière d'avocate… Et un peu à mon mari aussi, bien sûr. Et un peu à mes enfants.

François s'est glissé près d'Hélène.

— Tu vas rester ma mère quand même ? Je vais encore changer de nom si tu te maries ?

— Mais bien sûr que je reste ta mère ! Tu as un père en plus, c'est mieux, tu ne crois pas ? Pour le nom, on ne va pas se compliquer la vie. Tu gardes le tien, enfin, le mien, ça te va ?

Le gosse, hilare, lui saute au cou.

— Alors, les parents de Sandro, c'est mes grands-parents ?

— Euh…, réfléchit Hélène. Absolument. Va leur demander comment tu dois les appeler. Pépé et mémé ?

Evidemment, le mariage se déroule à Vitrolles, dans l'église du village. Ils ont choisi le premier samedi de ce mois de mai 1949 en espérant que le beau temps sera au rendez-vous. « Ne vous inquiétez pas, avait dit Maria Barutti, je vais brûler quelques cierges. Je suis toujours exaucée. » Effectivement, le ciel consent à leur envoyer la première journée d'été.

Hélène, plusieurs semaines auparavant, avait pris à part Bernard de Portallan.

— Tu te doutes de ce qui va t'arriver ? avait-elle demandé, moqueuse.

— Dis toujours.

— Eh bien, tu vas devoir me conduire à l'autel, mon oncle, et parrain, et complice ! Et tu vas même, ce jour-là, t'habiller avec moins de distraction que d'ordinaire. Tu vas me ranger ta tenue, comme on dit à Marseille au lieu d'arranger. Tu vas acheter, ou louer, une jolie jaquette et un pantalon rayé.

— Hélène ! Te conduire à l'autel, j'en serai ravi. Mais la jaquette ! Je vais avoir l'air d'un singe. Je me souviens de mon propre mariage, tu sais.

— Mais ce n'était pas une jaquette, c'était un sac ! Fais un effort, tonton chéri.

Maintenant, Hélène et Bernard descendent de la grosse voiture encombrée de fleurs que Sandro a louée. Elle prend son bras, laisse la traîne se dérouler derrière elle, surveille les petites filles amies qui accompagnent François et Vincent. « Attention à ne pas m'arracher le chignon », dit-elle en riant aux enfants chargés de l'escorter en soulevant le voile du sol.

La petite église est pleine. Hélène connaît tout le monde, mais ne voit personne. Elle progresse sur un vague nuage. Elle a le sentiment d'avancer depuis si longtemps à la recherche de Sandro que cet autel, qui se trouve à quelques mètres seulement, elle ne l'atteindra jamais. Et, en même temps, elle voudrait que cette approche du bonheur, comme celle du plaisir, ne connaisse jamais de fin.

— Tu ne vas pas t'évanouir maintenant, rit Bernard, penché à son oreille. Ce n'est qu'un mariage malgré tout, même si c'est le tien… C'est drôle, il y a quelqu'un qui t'attend devant l'autel.

Sandro est là. Curieusement, elle voit son visage d'enfant se superposer à ses traits d'adulte. Je l'aime depuis si longtemps, se répète-t-elle, merci Seigneur ! A l'harmonium la vieille Mme Lourmel, qu'Hélène a toujours connue au même endroit, joue du Bach avec une application qui n'empêche pas quelques notes hasardeuses. Le curé parle, mais elle ne parvient pas à fixer son attention sur le contenu du sermon. De temps en temps, elle se tourne vers Sandro, qui lui sourit. Elle veut se souvenir de tous les détails de cette cérémonie.

— Tu ne m'as rien dit, pour ma robe, chuchote-t-elle en se penchant vers Sandro.

— Elle est superbe. C'est toi qui l'as dessinée ?

C'est elle, effectivement, qui a choisi cette coupe fluide, simple et ajustée, ressemblant assez peu aux robes classiques. La couturière avait vainement tenté de lui imposer des modèles plus épanouis. « Je ne veux pas ressembler à un gâteau à la crème », avait tranché Hélène.

Le curé parle avec un accent aussi épais qu'un aïoli et roule des yeux réprobateurs. C'est le moment, indique-t-il par une moue, d'écouter attentivement. Ils n'ont qu'un mot chacun à prononcer, mais il ne s'agit pas de se tromper. Elle saisit la main de Sandro et la serre dans la sienne aussi fort qu'elle peut. Elle glisse un anneau d'or au doigt de son mari, elle répète « mon mari » d'une voix inaudible, et regarde sa propre main où brille une alliance de minuscules diamants. Tout se déroule si vite ! Elle voudrait, elle ne sait pas, elle voudrait que le mariage dure des heures pour qu'elle puisse s'en imprégner. Elle embrasse Sandro, ils se tournent tous les deux vers l'assistance. Les mères pleurent en se tenant par le bras. Emilio, Gianni et Bernard plastronnent mais déglutissent avec peine. Ils avancent vers la sortie. Maintenant elle adresse un sourire à chacun. Ses amis, ses collaborateurs, les médecins camarades de Sandro, les proches relations de la famille Portallan, les parents de sa mère qu'elle avait trouvés odieux quand elle les avait vus pour la dernière fois, douze ans plus tôt…

— J'y ai mis le temps, mais j'ai ce que je voulais, chuchote-t-elle à Sandro.

— Qu'est-ce que tu veux dire ?

— Je voulais que tu m'épouses quand j'avais à peine quinze ans, tu vois ! Je ne risque plus de te lâcher. J'en ai trop souffert.

Ils rient et reçoivent des volées de grains de riz.

— Arrêtez, tout le monde en manque, s'amuse Sandro.

— Ne t'inquiète pas, on ramasse ensuite, pour le repas de ce soir !

— Marc, tu n'as pas honte ? se fâche Simone de Portallan.

Des photos, encore des photos. Avec les parents. Avec François et Vincent. Tout le monde s'ébroue sur la place. Les femmes relèvent leurs voilettes. Les hommes allument des cigarettes. Tout va trop vite, répète Hélène. Sandro, tout va trop vite ! Que veux-tu que je fasse ? demande-t-il. Un miracle, implore-t-elle. Pour que notre vie ne soit que cet instant de bonheur prolongé dans l'éternité.

— As-tu compris, dit-elle, que je viens de te faire une déclaration d'amour ?

— Je t'aime. On ira le crier dans le puits comme quand nous étions gosses, tu veux ?

Ils grimpent dans leur voiture et les Klaxon commencent à retentir dans le village.

— C'est bien. Je crois que je me souviendrai de tout, soupire Hélène en se pendant au bras de Sandro. J'avais peur d'oublier, tu sais, petit à petit.

Ils circulent entre les tables qui ont été réparties sur la terrasse et autour desquelles les invités ont pris place après l'apéritif, adressant un mot aimable ici, embrassant là un cousin éloigné.

— Venu d'Afrique exprès, dit le cousin Baral en écartant les bras comme pour les serrer tous les deux sur son imposante poitrine. Je ne t'avais plus vue depuis combien de temps ma petite Hélène ? Dix, douze ans ? Ça me fait tellement plaisir. Vous avez beaucoup de chance, Sandro ! Veillez bien sur elle !

— Tu te souviens de Robert ? demande Hélène à Sandro. Il est installé au Togo, à Lomé, c'est ça ? Il n'est pas venu à Marseille juste pour nous, mais un peu quand même.

— Je suis un cousin de Simone, la branche africaine de la famille. Il faudra que je vous raconte ça un jour, Sandro ! Curieusement, je fais un peu la même chose que les Portallan aux Aygalades. Du savon de

Marseille, mais au Togo ! Il suffisait d'y penser. C'est mon père qui y a pensé d'ailleurs. C'était en...

— Robert ! intervient la jeune femme en éclatant de rire. Tu lui raconteras plus tard dans la journée. Méfie-toi, Sandro, il s'agit du plus grand bavard de Marseille au cap de Bonne-Espérance.

Ils finissent par s'asseoir et, en quelques coups de fourchette, rattrapent le retard pris sur leurs voisins de table.

— Ces pâtés en croûte sont délicieux, Hélène. Quelle belle réception ! Mais il y a un monde fou !

— Oh non, tante Luce ! Cent cinquante personnes, c'est quasiment intime, dirait mon frère Marc... J'ai commandé en ville l'ensemble du repas, vous savez. Mireille se contente de diriger les maîtres d'hôtel, et c'est bien suffisant. La pauvre !

De loin, Sandro observe Hélène. Comment parvient-elle, se demande-t-il admiratif, à s'occuper de tout d'une façon aussi légère ? Elle glisse entre les tables, sourit à un invité, indique à un garçon de servir du vin, embrasse Gina, esquisse un pas de danse avec Maria, trouve encore le temps de le rejoindre, de lui glisser à l'oreille :

— Vivement le train pour Venise, demain. Tu as réussi à tout régler ?

— Non, on dormira sous les ponts. Comme tu sais, là-bas, ce n'est pas ce qui manque.

— Idiot, crie-t-elle en se sauvant. A propos, je n'ai pas le temps de t'en parler maintenant, mais il faut que je te dise quelque chose. Ce soir, quand on soufflera un peu.

Elle se sauve aussi vite que le permet sa robe.

Le pick-up a été installé dans le grand salon, le seul endroit de la maison où l'on puisse, sans difficultés, ménager une piste de danse. Marc de Portallan veille au bon enchaînement des boogies et des slows qu'il ponctue habilement de tangos et de rumbas. La plupart des invités n'ont pas quitté Hauterive, signe que la réception est un franc succès.

Dès que la fraîcheur est devenue perceptible, tout le monde a regagné l'intérieur de la bastide où des buffets ont été installés durant l'après-midi, confortablement garnis de bouteilles de champagne, de jus de fruits, de limonade et, à l'usage des plus aventureux, de whisky. De grands feux brûlent dans les cheminées.

Maria Barutti est aux anges. Il ne faudrait pas la pousser beaucoup pour qu'elle prenne les commandes de la réception. « Je n'ai pas l'habitude d'être servie comme ça, a-t-elle dit un peu auparavant à Hélène. Tu ne veux pas que je m'occupe de la cuisine, pour ce soir ? » Hélène secoue la tête.

— Ce soir, tout à l'heure, poulets froids, salades, fromages et gâteaux. Avec tout ce que nous avons avalé à midi… A trois ou quatre heures, plutôt ! Tout est déjà prêt. Mais je n'ai pas très faim. Tiens, d'ailleurs, il faut que je trouve Sandro.

Hélène finit par le découvrir, effondré dans un fauteuil.

— Je n'en peux plus, dit-il. Et vous, comment allez-vous, madame Barutti ? Tu ne vas jamais réussir à t'y faire, un nom de roturier ! Et italien, en plus.

— C'est intelligent ! Fatigué ou pas, tu vas danser ce slow avec moi.

Sandro conduit Hélène vers le grand salon, l'enlace. Ils glissent sans heurt sur le paquet ciré. Elle pose sa tête au creux de l'épaule de son mari.

— Voilà, murmure-t-elle. J'avais quelque chose à te raconter, tu sais ?

— Oui, raconte-moi.

— Eh bien, comment dire ? J'attends un enfant de toi.

Sandro s'est arrêté. Il ne tourne plus, mais l'émotion lui donne le vertige. Il regarde Hélène qui sourit de manière espiègle, en se mordant la lèvre inférieure. Son regard noir scintille dans la pénombre. Ils sont immobiles au milieu du salon, ne perçoivent plus ni musique ni mouvement. Le monde s'est réduit à cette promesse d'enfant qu'ils serrent entre leurs ventres collés l'un à l'autre.

— C'est merveilleux, dit-il. Tu le sais depuis quand ?

— Deux mois, quasiment. Je trouvais que c'était un peu idiot d'attendre. Il sera né à Noël. Ou elle, je ne sais pas. Tu as une intuition ?

Sandro déglutit, peine à retrouver son équilibre, cherche à enchaîner deux idées. Il finit par sourire.

— Non, impossible. Je suis bouleversé. Mon amour. J'ai tellement de chance. Tu te sens en forme ?

— En forme ? Un appétit d'ogre ! A tous points de vue, tu vas t'en rendre compte dès cette nuit !

II

1954-1962
BOULEVARD PÉRIER

CHAPITRE 15

Par-dessus l'épaule de Sandro, Hélène de Portallan se penche vers l'article du *Figaro* que son mari vient de ramener.

— De quoi s'agit-il ? demande-t-elle.

— D'une insurrection ! Ecoute, ça s'est passé le jour de la Toussaint. L'Algérie était plutôt tranquille, non ? En tout cas, on le croyait. Une série d'attentats sur tout le territoire, lit Sandro d'une voix lente, contractée par l'émotion. Ces incidents multiples, particulièrement graves dans le département de Constantine et dans les Aurès, révèlent l'existence d'un plan précis d'action terroriste et une exécution ordonnée pour une heure prévue d'avance. Trois militaires, deux policiers, deux civils ont été assassinés, des postes de police et des fermes attaqués, des convois mitraillés et des bombes lancées sur des immeubles. De vastes opérations de police sont en cours, avec trois bataillons de parachutistes et trois bataillons de CRS, qui vont recevoir des renforts de métropole. Les hélicoptères évacuent les populations isolées par les soudaines attaques des terroristes algériens, et les colonnes mobiles de blindés essaient de les capturer avant qu'ils ne reviennent se cacher dans leurs bases montagnardes. Tu vois… Ça se termine à un endroit, ça reprend dans un autre. Nous n'en sortirons jamais.

— Tu parles de l'Indochine ?

Quelques mois auparavant, au début du mois de mai 1954, Diên Biên Phu était tombé. « Ils sont à quelques mètres de l'endroit d'où je vous parle », avait dit le général de Castries au radio-téléphone avant d'être capturé. Et cette phrase, incroyable quelques années ou même quelques mois auparavant, avait traumatisé tous ceux qui continuaient, dix ans après la fin de « la » guerre, celle de 1940, à entendre dans leurs cauchemars le bruit des grenades. Douze mille soldats, pour l'essentiel des parachutistes, étaient morts ou prisonniers. Un désastre, avait pensé Hélène, même si, de son point de vue, la France n'avait pas à mener cette guerre sans issue.

— Nous sommes condamnés aux boucheries, tu crois ? Nous et nos gosses ?

Hélène, depuis le salon-bureau où ils se tiennent, entend les deux derniers de leurs enfants piailler dans la chambre, à l'autre bout du couloir. Clément, né presque pour Noël en 1949 a maintenant cinq ans. Bernadette, deux ans de moins. François, qui est âgé de quatorze ans, occupe une chambre seul, la plus grande, où il peut travailler et recevoir ses camarades.

De l'avis d'Hélène le gamin n'a pas beaucoup changé depuis qu'elle l'a adopté. Mais, dit Sandro, « comme tu ne vieillis pas, tu crois que tout le monde bénéficie d'avantages identiques ». Le visage de l'adolescent est éclairé de quelques taches de rousseur. Il a des yeux noisette, des cheveux châtain clair toujours bouclés et, déjà, de bonnes épaules et la taille de sa mère. Les deux enfants nés de son mariage avec Sandro, Hélène, à coup sûr, ne peut pas ignorer leur filiation. Bernadette et Clément, auront ses traits aigus, son teint mat de terre de Sienne, ses pommettes hautes, mais le regard gris de Sandro.

Clément vient de rejoindre le « petit collège » des Jésuites, à Saint-Giniez. Dans deux ans, Bernadette suivra les traces de sa mère, à Notre-Dame-de-Sion, rue Paradis. « Tu ne penses pas qu'ils pourraient, comme tout le monde, aller à l'école communale ? »

avait gentiment demandé Sandro en ajoutant : « Toutes ces écoles religieuses... – Que veux-tu dire ? avait vertement répliqué Hélène. Qu'ils vont être mal élevés ? A moins que ton avarice ne t'amène à économiser sur la scolarité de tes enfants ? On verra pour le lycée à partir de la sixième. » Ils avaient éclaté de rire parce que la vie les comblait.

Quand il s'abandonnait à quelques confidences, le docteur Barutti, comme Hélène l'appelait de temps en temps, confiait à sa femme qu'il ne « parvenait pas à réaliser ». Cet épanouissement, qui lui donnait l'impression de déborder de son propre corps, comment y avait-il accédé malgré le drame forgé de ses mains dix ans plus tôt ? Comment Hélène et lui étaient-ils parvenus à surmonter cette horreur, l'assassinat du père ? Hélène semblait n'y penser jamais. Quant à lui, les cauchemars s'étaient progressivement espacés, et cet épisode de sa propre existence était devenu une sorte de parenthèse. Restait l'émerveillement : l'amour retrouvé qui les avait engloutis, qui leur avait donné des enfants.

— C'est quand même rare d'être heureux comme ça, non ? dit Sandro en saisissant la main d'Hélène et en la portant à ses lèvres. Tu y croyais quand tu m'as épousé ?

— J'y croyais ? J'en étais sûre. Et puis, fais attention, je surveille mon bonheur. Si je vois le niveau baisser, j'étudie le problème. Et si c'est en raison de la présence d'une concurrente, je ne parle pas, je tire !

A trente-cinq ans, Hélène n'avait jamais été aussi belle. Je ne risque pas d'aller cavaler ailleurs, pensait Sandro, ému par le mélange de fragilité et de détermination émanant de la jeune femme. Leurs enfants avaient enrichi leur propre passion. Non seulement ils vivaient pleinement celle-ci mais ils en contemplaient les fruits. Ils avaient veillé à ne jamais donner à François matière à jalousie, toujours possible dans ce genre de circonstances. Sans doute avaient-ils réussi puisque le garçon se comportait à l'égard de Clément et Bernadette comme un grand frère attentionné.

Maintenant qu'il atteignait l'adolescence, il parlait très librement de leurs différences de situation. En écrivant à de lointains cousins, en rencontrant d'anciens amis ou voisins, il avait rassemblé des photos et quelques souvenirs de ses parents. Mais tout, dans son attitude, prouvait à Hélène et Sandro qu'ils occupaient bien pour lui la place d'une mère et d'un père. Pour Sandro, la période la plus délicate de l'éducation du garçon était maintenant terminée. Chez François comme chez tous ses amis, l'adolescence serait un âge un peu complexe, mais Sandro se rassurait : après tout, lui-même avait le sentiment d'en sortir à peine.

Hélène appelle l'ascenseur. Ils habitent le cinquième étage d'un immeuble du début du siècle, au milieu du boulevard Périer, entre le Prado et la rue Paradis. Ils songent à acheter le grand appartement qu'ils occupent, plus de deux cents mètres carrés, mais, d'après les calculs de Sandro, ils doivent attendre encore pour réunir le capital de départ nécessaire. « Nous commençons à gagner correctement notre vie, remarque souvent le chirurgien, mais depuis peu de temps. Quant aux héritages… » Il tend alors derrière son dos l'index et le petit doigt de la main droite, comme il a souvent vu sa mère le faire afin de conjurer le sort.

Pour Hélène Barutti, qui continuait dans l'exercice de son activité professionnelle à porter le nom de Portallan – « je me demande pourquoi les femmes sont condamnées à perdre leur fiche d'identité, c'est encore de l'impérialisme, ça ! » avait-elle coutume de dire –, la passation de pouvoir, au début de l'année 1950, entre elle et son frère Marc, avait représenté une véritable délivrance. Elle avait assumé sa fonction de patron quand il le fallait et parce que la guerre ne lui laissait pas le choix, mais elle avait fini par prendre son travail en horreur. Elle n'avait ni le goût des chiffres, ni la soif des bénéfices, ni la sécheresse de comportement nécessaire dans ce genre de poste. Comme s'en amusait le vieux Gianni Monti : « On ne s'improvise pas patron, petite ! Il faut des chromosomes spéciaux, pour ça. Ils ont dû tous aller chez ton frère ! »

Hélène avait loué, rue Vacon, entre le bas de la rue de Rome et le bas de la rue Saint-Ferréol, des bureaux de taille raisonnable et vissé sa plaque d'avocate. Cette vieille rue de Marseille aurait mérité un livre, tant semblait riche son histoire, entamée au XVIIe siècle. Elle avait constitué un véritable coupe-gorge, avait abrité un couvent puis l'hôtel particulier de l'échevin Borély qui construisit près de la mer le château du même nom, une « bastide » en réalité. Elle avait hébergé le fameux marquis d'Eguilles et son fort peu rentable théâtre, reçu également en 1794 les conventionnels qui menaient là, sous l'autorité de Barras et de Fréron, une vie de satrapes. C'était un quartier animé qu'Hélène sillonnait volontiers, laissant ses pas la porter vers le Vieux Port ou la Canebière. Quand elle avait le temps et qu'il faisait beau, elle se rendait même au palais de justice à pied. Le rythme de vie s'était considérablement accéléré depuis la fin de la guerre, mais elle avait réussi à organiser son programme quotidien pour retrouver ses enfants boulevard Périer à l'heure du déjeuner et le soir, quand l'« étude » qui les retenait au collège prenait fin.

Progressivement, son cabinet avait acquis une belle notoriété. Hélène était considérée comme une avocate n'hésitant pas à épouser des causes difficiles mais peu rémunératrices tout en défendant, de temps en temps, des clients assez fortunés pour lui permettre de « faire bouillir la marmite ». Mais, disait-on en ville, elle ne gagnait pas des « fortunes » – ce qu'elle n'avait d'ailleurs jamais souhaité. Pas plus que Sandro dont la vocation hospitalière ne s'était pas démentie.

Elle semblait tellement à l'aise, tellement naturelle dans ses tenues la plupart du temps sportives, qu'elle réussissait, sans le savoir, à en imposer à ses interlocuteurs. « Le portrait tout craché de sa grand-mère », jugeaient celles qui avaient connu Joséphine. Et, comme elles étaient dotées de langues de vipère, elles ajoutaient derrière son dos : « Heureusement, elle n'a rien de son père, vous savez, le collabo… » Hélène, en vérité, était admirée, enviée. Et crainte, naturellement.

— Madame Barutti ?

La concierge de l'immeuble, que tout le monde appelle Mme Andrée mais André correspond aussi à son nom de famille, est une veuve de guerre serviable et attentionnée. Qui a les défauts de ses qualités : elle se révèle d'une totale indiscrétion et exerce sur les locataires de l'immeuble une surveillance étroite heureusement compensée par un vocabulaire et un accent du plus haut comique.

— Oui, madame Andrée, répond Hélène. Que se passe-t-il ?

— Je sais pas si j'ai raison de vous prévenir, mais ça me pèse trop. Votre petite bonne, eh bien, elle s'est mise à la colle avec un jeune, là, que ça fait trois, quatre jours, qu'il passe la nuit dans sa chambre, au dernier étage. C'est pas que j'espinche, mais à moi, on me feinte pas… Y se contentent pas de furer, dans leur cafouche.

Hélène sourit. Elle avait traduit. Furer, c'était flirter, en un peu plus appuyé. Espincher ? Epier. Cafouche signifiait une toute petite pièce. Et se mettre à la colle avec… tout le monde pouvait comprendre. Il fallait le Gaffiot du marseillais pour ne rien perdre des tirades de Mme Andrée.

— Dites-moi, madame Andrée, elle a quel âge, la petite, comme vous dites ?

— Euh, vingt-cinq ans ?

— Et vous, à vingt-cinq ans, vous ne vous promeniez qu'avec le voile sur la tête ?

La concierge éclate de rire.

— Oh ! Madame Barutti ! Vous, au moins ! C'est

pas pour dire, mais les autres, dans l'immeuble, ils vous font un sourire quand il leur tombe un œil !

Hélène met gentiment un terme à la conversation et rejoint sa 203 Peugeot décapotable gris clair. Elle l'a achetée après en avoir beaucoup rêvé, et la fait entretenir méticuleusement. Elle se glisse dans le fauteuil de cuir, passe les mains sur le volant et murmure à mi-voix : « Allons, Louis, au bureau... » Elle retrouve les traits du chauffeur de son père, quand elle était adolescente et que, de temps en temps, Sébastien de Portallan l'accompagnait à l'école. Elle s'amuse de ses souvenirs, de ces gestes qu'elle accomplit à l'identique, des rues qui n'ont quasiment pas changé, des fragments de vie qu'elle a laissés, ici dans une porte cochère avec un petit ami, là au volant d'une camionnette durant la Résistance. Immédiatement après la guerre, l'essentiel était de faire, par-delà la mort, la paix avec son père. Aujourd'hui, le passé rétabli, nettoyé, elle évolue à la surface des jours qui passent comme sur la gaze transparente d'un lac paisible.

La comparaison, sans doute, a surgi dans son esprit à cause d'Hauterive. L'étang de Berre suscite désormais chez les riverains des soucis aigus. Les tankers qui nettoient depuis plusieurs années leurs cuves dans l'étang, les raffineries qui y déversent leurs liquides industriels sans les purifier, en polluent gravement l'eau. Des résidus noirs, du mazout concentré, se retrouvent sur le rivage et, de temps en temps, d'énormes traces irisées trahissent la négligence destructrice des sociétés pétrolières et des transporteurs. Il va falloir s'occuper de tout ça, songe Hélène, sinon, un jour, il sera trop tard.

Hélène grimpe les deux étages conduisant à son bureau, salue amicalement sa secrétaire, Monique Crémant, une petite toupie tourbillonnante aux cheveux blancs, secoue ses cheveux et troque la veste de son tailleur de flanelle contre un vieux cardigan tricoté à la main par sa mère plusieurs années auparavant.

— Bien ! Nous voilà en tenue de travail. Il fait un froid de canard, hein, Monique ? Ce mistral... Et encore, maintenant, nous sommes bien chauffés ! Vous vous souvenez de la fin de la guerre ?

— Oui, nous, en ville, il ne nous restait plus rien ! On préparait des soupes avec les restes de légumes, les fanes de carottes, de radis... Enfin, on avait des parents à la campagne, comme tout le monde. On avait chaud le dimanche, c'était déjà ça ! Maître, votre frère a téléphoné, il voudrait vous voir avant la fin de l'après-midi. Je dois le rappeler.

— Marc ? dit Hélène comme s'il pouvait y avoir un doute. Marc... Je vois.

Elle ne voyait pas, mais Marc de Portallan se déplaçait seulement lorsqu'il connaissait des difficultés. Et, depuis de longs mois, les ennuis se multipliaient. Ils étaient prévisibles. Quand Hélène avait laissé à son frère cadet, qui piaffait d'impatience dans une banque où il était censé acquérir un début d'expérience, les commandes de l'entreprise, elle l'avait mis en garde. Techniquement, les deux usines avaient beaucoup vieilli et les goûts de la clientèle considérablement évolué. La mode des savons parfumés, de couleurs différentes, doux à la peau, était désormais bien ancrée. Le « savon de Marseille » qui, sans doute, lavait tout aussi bien, voyait sa clientèle se réduire rapidement. Le vieux secrétaire général, Gallano, comme l'entourage direct de Marc étaient depuis trois ans déjà partisans d'une véritable révolution dans la société, quitte à permettre l'entrée d'un nouvel actionnaire pour financer la réorientation de la production, par exemple vers les poudres à machine et la savonnerie dite « de luxe ». Hélène y était favorable. Marc totalement opposé.

La jeune femme avait parfaitement compris. Toutes les raisons invoquées par son frère n'avaient d'autre objectif que d'occulter la seule véritable raison : sa volonté de garder, seul, le pouvoir. Et, contrairement à ce qu'avait cru Hélène, l'exercice des responsabilités n'avait pas amené Marc à tempérer ses jugements et à écouter ses interlocuteurs. Au contraire, son caractère s'était plutôt aigri. Au point que leur mère, Simone de Portallan, espaçait autant que possible les rencontres avec son fils.

— Que se passe-t-il d'aussi urgent ? interroge Hélène en embrassant son frère. Tu m'as pourtant l'air en pleine forme !

À trente-deux ans passés, Marc de Portallan est considéré comme un véritable don juan. Il est grand, mince, toujours bronzé grâce aux week-ends passés au ski ou sur son voilier, habillé avec une sobre élégance. Pourtant, la seule jeune femme que son frère voudrait épouser lui refuse avec obstination sa main. Catherine Rouquet-Salmon a vingt-huit ans à peine, mais des idées fort claires. Récemment, au cours d'une réception à Hauterive, elle avait profité d'un instant où Hélène se trouvait seule pour confier à celle-ci ses préoccupations.

— Marc est très têtu, non ? avait-elle demandé à Hélène. Je ne parviens pas à me faire entendre de lui.

— Il est plutôt têtu, en effet, avait souri Hélène.

— Je ne peux pas épouser quelqu'un qui refuse de m'écouter, qui n'en fait qu'à sa tête, qui est persuadé d'avoir la science infuse et qui, quand on lui oppose la moindre résistance, se fout en colère, vous comprenez ?

Hélène était restée sidérée. Elle n'était pas habituée à ce franc-parler indiscret que la jeunesse semblait maintenant adopter. Mais pourquoi pas ? Elle avait souri. D'autant que la révolte d'une femme lui semblait à tous égards prometteuse.

— J'ignorais ces projets, et j'en suis enchantée. Mais quant à vos hésitations, vous avez mille fois raison. Si tels sont vos sentiments, tenez-en compte. Après, il sera trop tard.

Aujourd'hui, Hélène, un peu attendrie, regarde ce frère qu'elle comprend mal s'installer dans un fauteuil avec une autorité de sergent-chef. Elle s'amuse de le savoir, par ailleurs, moins assuré, quand il prie la jeune Rouquet-Salmon de l'épouser.

— En forme ? réplique-t-il en levant un sourcil, la bouche un peu tordue. Si on veut... Les affaires vont mal.

— Au point de venir me voir en catastrophe ?

— Oui.

Hélène reprend sa place derrière son bureau. Elle se rend compte que, malgré le hâle de sa peau, de larges cernes se dessinent sous les yeux de Marc. Un infime tremblement agite sa joue droite. La question revient : comment l'adolescent rêveur, un peu pataud, est-il devenu cet homme prétentieux et évidemment mal à l'aise ? Hélène fouille dans un tiroir de son bureau, en sort un paquet de Craven A qu'elle ouvre lentement avant de le tendre à son frère :

— Tu veux une cigarette ? Que s'est-il passé depuis notre dernier conseil d'administration ? Les résultats n'étaient pas fameux, mais Gallano avait l'air de penser qu'on pouvait redresser la barre.

— Gallano, Gallano... Ce n'est pas Dieu, Gallano ! grogne le jeune homme en tirant sur sa cigarette qui le fait tousser. De la dynamite, ces anglaises ! C'est simple, j'en suis à payer certains fournisseurs à cent cinquante jours, le découvert en banque s'est beaucoup creusé et, avant-hier, le directeur de la banque Barasse, ma banque principale, m'a mis en demeure de stopper l'hémorragie. D'une façon ou d'une autre, a-t-il dit.

Exactement ce que je redoutais après la guerre, ne peut s'empêcher de rager Hélène. Pourquoi ne m'a-t-on pas prévenue plus tôt ?

— Depuis des mois, j'espère que la situation va se redresser... Le lendemain, la semaine suivante... Cette fois-ci, je suis coincé.

— Qu'as-tu prévu ?

— Que la famille pourrait nous aider à passer le cap, laisse tomber Marc.

Hélène croit avoir mal entendu.

— La famille ? Tu veux dire qui ? Et pour faire quoi ?

Marc de Portallan se lève et marche dans le bureau à grands pas.

— La famille, ceux qui ont de l'argent… du terrain à vendre… Hauterive…

Hélène bondit de son fauteuil, livide. Elle croit revenir des années en arrière quand leur père exigeait de sa mère, Joséphine de Portallan, la vente des terrains de la propriété.

— Après tout, dit Marc, cette entreprise vous appartient aussi, à maman et à toi.

— Justement. Mais tu sais parfaitement que maman vit en partie des dividendes de la société. Quant à la fortune qui lui vient de ses parents, elle n'y touchera pas, et d'ailleurs, si elle le voulait, je lui recommanderais le contraire. Pour Hauterive tu es parfaitement au courant de la situation. Les terrains, aujourd'hui, appartiennent soit aux Rintier, soit aux Barutti, qui vivent assez chichement désormais, soit à Bernard qui laisse exploiter ses champs par Emilio.

— Et la bastide ?

— Il est hors de question que je vende la bastide. Tu en es propriétaire, mais pas plus que moi, qu'Albert Rintier ou Bernard. Grand-mère l'a voulu comme ça. De toute façon, j'ignore de quelle somme d'argent frais tu as besoin, mais j'imagine que la vente d'Hauterive servirait juste à boucher un trou, non ?

— Ce serait mieux que rien ! Il suffit que je manifeste ma bonne volonté auprès des banquiers. Je gagnerai un peu de temps.

Hélène est effondrée. Evidemment par ce qu'elle considère déjà comme le naufrage de l'entreprise familiale. Mais elle était depuis toujours préparée à cette issue douloureuse, déjà intégrée dans sa vie. Et ne plus conserver du tout de lien avec la société de son père représentait une perspective qui la soulageait plutôt. En revanche, le manque de caractère de Marc, sa légèreté, son côté combinard la touchent beaucoup plus.

Elle en fait un échec personnel, comme si elle n'avait pas su élever convenablement ce « petit frère ». Surtout, elle est hantée par l'idée que Marc pourrait ressembler à leur père, égoïste, malhonnête, odieux, indigne.

— Marc, tu n'es pas sérieux ! martèle-t-elle en élevant la voix. On ne joue pas au Monopoly ! Calmer les banquiers ? Mais le problème, le vrai, c'est comment redresser la société !

— Ne me parle pas sur ce ton, s'il te plaît, crie Marc. Je ne suis plus un enfant. Après tout, je n'ai que deux ans de moins que toi !

Et je croyais, pense Hélène, en avoir définitivement terminé avec les entreprises Portallan ! Ne plus devoir affronter Marc, en particulier pour des questions de fric ! Elle parcourt des yeux son petit bureau au mobilier américain en bois clair découvert au fond de la réserve d'un antiquaire, une table de travail, trois fauteuils, une bibliothèque, elle s'attarde sur les deux toiles modernes d'un peintre totalement inconnu égayant les murs blanc cassé. Aucun luxe. Mais un havre de tranquillité à peine troublé par le bruit montant de la rue aux heures de pointe. Elle a, sans raison, le sentiment qu'elle va devoir l'abandonner. Son existence risque de redevenir le torrent tumultueux et angoissant qui l'a chahutée pendant des années, jusqu'au moment où elle a retrouvé Sandro.

Je ne serai pas entraînée, se jure-t-elle, dans de nouveaux drames, je ne veux pas assumer d'autres reponsabilités que celles que j'ai choisies. Elle fixe Marc du regard.

— Nous n'allons pas garder cette société, dit-elle d'une voix tranchante. Nous allons en céder une partie ou, s'il le faut, la totalité. Nous n'allons pas nous laisser mettre en faillite. Je ne le supporterai pas, et Sandro non plus. Et je ne laisserai pas à mes enfants un tas de dettes. De ruines. Si Sandro en est d'accord, je vais te racheter ta part dans Hauterive, ce n'est pas réellement dans mes moyens, mais j'emprunterai. Seulement, ceci ne réglera rien, j'espère que tu en es conscient...

— Donc ?

— Donc, nous allons chercher un nouvel actionnaire. Immédiatement.

— Et qu'est-ce que je deviens, dans cette affaire ?

— Mon vieux, on va essayer de te maintenir à la tête de l'entreprise. Mais cette fois-ci, le pouvoir, tu devras au moins le partager.

Quel qu'il soit, un nouvel actionnaire, pense Hélène, n'abandonnera à Marc que des broutilles.

CHAPITRE 16

Hélène a décidé, pour la première fois depuis longtemps, de passer à Hauterive les vacances de Noël de cette fin d'année 1954. Les affaires en cours, au cabinet, sont peu nombreuses. François, Clément et Bernadette ont besoin de « changer d'air » et, par une sorte d'intuition, elle redoute que les réunions de l'ensemble de la famille à Vitrolles soient à l'avenir de moins en moins nombreuses. Elle ne peut s'empêcher de réaliser, sorte de pierre dure au fond de son ventre, que Maria et Emilio Barutti approchent des soixante-dix ans. Comme Gianni Monti. « Nous avons de la chance », répète Sandro quand, dans le cours de la conversation, ils en viennent à évoquer les années écoulées.

A ce moment-là, Hélène pense toujours à sa mère, elle aussi presque septuagénaire. Simone de Portallan, quelques années plus tôt et sans en prévenir quiconque, a finalement épousé son compagnon médecin. Cette union raisonnable et affectueuse, si elle a rendu furieux Marc, a beaucoup ému Hélène. « Tu ne comprends rien, a dit celle-ci à son frère. Maman ne sera plus seule, c'est très important. Montre-toi un peu généreux, ça te changera la vie ! » Effectivement, depuis lors, Simone ne se déplace qu'en compagnie de Robert Hamel. Tout le monde a adopté le médecin, y compris pour soigner les enfants.

Comme ils l'avaient prévu, Gina et Bernard de Portallan se sont installés à Marseille depuis que Vincent est en âge d'aller à l'école. Gina a pris un poste de professeur de français au lycée Montgrand après avoir accouché d'un autre fils, Thierry, aujourd'hui âgé de cinq ans. Ils ont loué un bel appartement dans un immeuble neuf, boulevard Michelet, juste avant la « Maison du fada », irrespecteuse appellation attribuée par les Marseillais à la « Cité radieuse » de l'architecte Le Corbusier. Dix-sept étages sur pilotis, une construction inspirée des ruches d'abeilles, près de cent quarante mètres de longueur de béton colorié destinés à mille sept cents personnes disposant sur place de tout ce que l'on pouvait trouver dans un quartier urbain, des services médicaux aux garderies, de la poste au ravitaillement.

Pendant des années, les Marseillais avaient accompli, le dimanche après-midi, le déplacement du boulevard Michelet, quelques-uns pour s'émerveiller de cette « révolution » esthétique et sociale, la très grande majorité pour visser, effondrés, leur index sur la tempe. « Oh fan ! disaient-ils, tu te vois habiter dans cet entassement de cagadous ? » Bernard de Portallan restait plus poli, mais il expliquait malgré tout qu'il avait loué près du rond-point du Prado pour ne pas avoir à passer plusieurs fois par jour devant la « Maison du fada ». Il ajoutait volontiers qu'on fournirait moins d'efforts, dans quelques siècles, pour sauvegarder l'immeuble de Le Corbusier que pour transporter par rail l'Hôtel de Cabre, la doyenne des maisons marseillaises, datant de 1535, mais qui gênait l'élargissement de la Grand-Rue. D'un bloc, sans en démonter une pierre et à la vitesse de dix centimètres à l'heure. En septembre, le spectacle avait ravi les Marseillais.

— Si nous voulons, dit au téléphone Gina à Hélène, que les cousins ne se perdent pas de vue, il faut leur aménager des vacances en commun.

— C'est bien pour ça, répond Hélène à son amie que je vais venir chercher Vincent et Thierry. Puis j'emmène tout le monde à la foire aux santons. Tu aurais dû avoir au moins une fille ! Cette bande de garnements est intenable ! Vous venez à Hauterive quand ? Demain ?

La bastide est maintenant équipée de tout le confort moderne. Mais Hélène serait prête à abandonner réfrigérateur, cuisinière, machine à laver et moulin à café électrique pour ressusciter la vieille Mireille qui a disparu l'hiver précédent. Elle se rappelle avoir pleuré sur son épaule quand sa grand-mère était morte. Ce dont elle avait trouvé confirmation dans le cahier – les cahiers, en fait – tenus par Mireille depuis toujours d'une écriture soignée, et qui répertoriaient avec minutie les événements familiaux dont la gouvernante avait eu connaissance. Hélène avait lu, les larmes aux yeux, ces pages émouvantes dans leur simplicité et leur générosité. De temps en temps, elle avait éclaté de rire tant les réflexions de la gouvernante étaient empreintes de ce naturel provençal qui forge les récits involontairement comiques. Mireille n'avait qu'une nièce éloignée. Hélène, sans remords, avait conservé les cahiers.

La mort de Mireille avait laissé vide l'immense bastide. Hélène ne pouvait en confier la surveillance lointaine à ses beaux-parents ou aux Rintier. Il était également exclu de fermer portes et fenêtres plus de quelques mois. Elle avait imaginé de proposer à Gianni Monti une sorte de place de gardien, mais elle ne savait comment s'y prendre. Elle ne voulait pas peiner le vieux leader syndical. A soixante-dix ans, celui-ci était toujours dynamique, mais trouverait-il cette fonction digne de lui ? Gianni habitait à la ferme où il aidait Emilio, mais il y avait une énorme différence entre le statut de paysan et celui de gardien. Hélène avait décidé de parler de ce problème à Maria pendant les fêtes de Noël.

Hélène gare la grosse 11 CV Citroën près de l'église des Réformés. Quand elle doit tourner le volant de la lourde berline, elle regrette amèrement sa Peugeot décapotable, mais les enfants, les paquets, les valises imposent désormais des véhicules plus spacieux. Et Sandro s'est empressé de lui laisser la « traction » pour se rabattre sur une petite Simca Aronde plus maniable, et d'ailleurs plus moderne de lignes.

Comme chaque année début décembre, les baraques de la foire aux santons ont envahi le haut de la Canebière, du côté nord. Des minuscules « santons-puces » aux grands personnages habillés, les fabricants qui, pour la plupart, viennent d'Aubagne, font assaut d'originalité, de délicatesse et de précision. Le spectacle qu'ils présentent au passant vaut à lui seul le déplacement. La crèche la plus belle est évidemment celle qui, disposant de beaucoup de place, peut donner l'illusion de la perspective avec des santons de bonne taille au premier plan et des sujets de petit format vers le fond du décor.

Quant au « mobilier » de la crèche, l'étable, les puits, les ponts sur les rivières de papier d'aluminium, les moulins, le fin du fin consiste non pas à l'acheter tout fait mais à le réaliser soi-même avec du carton, de la colle, des bouts de bois, du bouchon râpé, un pinceau et des tubes d'aquarelle. L'entreprise demande à peu près autant de jours qu'en mettent les lentilles pour germer et former les petits massifs destinés à égayer le paysage, avec les plaques de mousse découpées dans la nature et les bouts de branche transformés en arbres plantés dans les accidents du terrain, un relief façonné, sous le papier marron, grâce à de vieux livres tirés de la bibliothèque.

— J'ai vérifié, dit Hélène. Nous avons besoin d'un meunier de taille moyenne, d'une poissonnière que j'ai retrouvée cassée dans son emballage et de quelques moutons. Regardez aussi s'il y a de beaux santons habillés pour compléter la collection de ma grand-mère.

Les enfants s'éparpillent en criant et Hélène en profite pour allumer une de ses quelques Lucky Strike quotidiennes, sous le regard réprobateur d'une dame au visage pincé. Puis elle s'assoit sur un banc et remonte autour de son cou le haut de son duffle-coat beige. En même temps que le tabac au goût de miel, elle savoure, telle une enfant à la veille d'un long congé scolaire, cette première journée de vacances. Comme elle en a désormais pris l'habitude dès qu'elle ne travaille pas, elle est vêtue d'un pantalon de flanelle, de mocassins à la ligne sportive et, puisqu'il fait froid, d'un gros pull à col roulé de laine blanche. Vivement, pense-t-elle, que nous ne soyons plus obligées de nous habiller systématiquement de robes ou de jupes, les pantalons sont quand même plus pratiques. Le mistral piquant l'amuse. Ces dix jours à Hauterive vont être merveilleux, imagine-t-elle. L'étang doit être bleu d'acier, ourlé de vagues blanches serrées.

Le téléphone avait été installé depuis peu chez les Barutti et, l'avant-veille, elle avait prévenu Maria de leur arrivée en fin d'après-midi. Hauterive était maintenant dotée d'un chauffage central au mazout et il suffisait à sa belle-mère de pousser les radiateurs pendant quelques heures pour amener les pièces du bas et quatre ou cinq chambres à une température acceptable. A ceux qui regrettaient les chaleurs élevées des appartements du centre-ville, Hélène dispensait des cours d'hygiène campagnarde. « Nous nous chauffions au bois, avec les cheminées qui se trouvent dans toutes les chambres ou presque, et le soir nous mettions des bouillottes dans les lits, leur disait-elle. Nous avions moins de rhumes. » Alors, souvent, François secouait la tête avec tendresse, prenait sa main et lui murmurait : « Evidemment, c'était beaucoup mieux de ton temps. Vous faisiez aussi moins de fautes d'orthographe, non ? Et vous mangiez plus proprement ! Tu sais que je peux vérifier ? Gianni, lui, il me raconte tout ! » Hélène riait et enfouissait son nez dans le cou de son fils. Il fallait en profiter parce que bientôt elle n'oserait plus. Bientôt il y aurait une jeune fille qui couverait François du regard et qui n'apprécierait pas ces démonstrations d'affection.

Sans y prendre garde, elle allume mécaniquement une autre cigarette, qu'elle s'empresse de jeter. Elle se lève pour se réchauffer, part à la recherche des enfants qu'elle retrouve une vingtaine de mètres plus loin. Elle achète les santons qu'ils ont choisis, puis ils remontent en se pressant vers la voiture. La Canebière est l'artère de Marseille la plus célèbre, pense Hélène, mais elle n'est sûrement pas la plus belle. Les superbes immeubles construits un demi-siècle plus tôt renforcent même l'hétérogénéité de l'ensemble et les devantures des magasins suintent le tape-à-l'œil. « Nous allons arriver à la nuit tombée, dit-elle. C'est dommage. »

La Citroën avale la route à bonne allure. Elle tourne dans le chemin de terre – toujours le même, le macadam n'étant heureusement pas arrivé jusque-là, pense Hélène. De loin, on distingue vaguement sur la gauche les lumières de la Ferme des agneaux et, en face, vacillantes entre les arbres, celles d'Hauterive.

— Le grand salon est allumé, crie Clément, et ma chambre aussi ! C'est bonne-maman qui est venue ?

— Heureusement qu'elle est là, sinon nous serions restés à Marseille. A mon avis, nous allons tous dîner ensemble, avec bon-papa et l'oncle Gianni.

— Et papa et maman ? demande Thierry.

— Ils ne seront là que demain. Comme Sandro. Pour ce soir, c'est moi qui commande.

— Bon, alors, faut faire mèfi ! dit Vincent en riant.

— Vincent ! Tu crois que ça plairait à tes parents, ce vocabulaire ?

La grosse voiture roule sur les graviers. Le bruit familier semble venir d'une autre vie. La lourde maison se découpe sur le fond de nuit bleu marine. Rassurante comme un vieux chandail, protectrice. L'odeur du feu de bois se mêle à celle de la terre et de l'iode. Hélène farfouille dans les cheveux ondulés de Bernadette.

— Tu sens ? demande-t-elle à sa fille. Jamais tu ne respireras cette odeur ailleurs.

La gamine hoche la tête, visiblement préoccupée.

— Oncle Bernard nous emmenera promener à la plage, maman ? Il nous racontera des histoires ?

Je pourrais te les raconter moi-même. Je les connais par cœur, et Gina également, mais ça ne serait pas de jeu, songe Hélène en souriant. Personne n'y pensera, mais il faudrait transcrire ces contes, pour nos arrière-arrière-petits-enfants, au XXIe siècle.

Emilio, Maria et Gianni avaient délaissé depuis quelques heures la ferme pour « remettre en route », comme ils disent, la vieille bastide. La maison est agréablement tiède. Les cheminées ont été garnies de grosses bûches de pin qui flambent en crépitant. Des bouquets de fleurs sont disposés partout. Hélène a l'impression de ne s'être jamais absentée. Les embrassades terminées, les enfants les plus grands ont ramassé les valises dans la voiture et investi les chambres. Puis tous sont venus s'égailler dans les salons du rez-de-chaussée.

— Bien ! dit Hélène à Maria en riant. Si nous voulons avoir un instant de tranquillité avant le dîner, je ferais aussi bien de leur trouver quelques jeux. Qui a envie de faire une partie de Monopoly ? François, tu veux bien aller voir dans le placard à jouets ? Prends des cartes et des dominos, aussi. Je te nomme chef de meute.

— Maman, y a que des garçons, ici ! J'ai personne pour jouer, pleurniche Bernadette en tirant sur ses tresses.

— Eh bien, c'est toi qui as de la chance, claironne Maria. Nous allons toutes les trois à la cuisine préparer le repas avec bon-papa et l'oncle Gianni. C'est fou ce qu'elle me ressemble, non ? ajoute-t-elle en se tournant vers Hélène.

Celle-ci approuve gravement ce qu'elle juge une sympathique approximation. Elle passe de la table à la cuisinière, soulève les couvercles.

— Je ne sais pas ce que tu as mitonné, Maria, mais on se croirait en Toscane. Ah ! Voilà un gratin d'aubergines ! Et ça ! Mais ce sont des supions à frire ? On va manquer, c'est sûr… A propos de Toscane, nous aimerions bien partir quelques jours à l'étranger, avec Sandro, au moment des vacances de Mardi gras. On pourrait peut-être vous laisser les enfants ?

— Bien sûr ! se réjouit Maria. Ah, les voyages maintenant ! Profitez, mes petits ! Mon plus grand voyage, je l'ai fait à pied pour venir d'Italie… Mais, celui-là, je peux te dire que je ne le regrette pas. Et ma grand-mère, que j'ai à peine connue, elle disait que sa plus lointaine sortie, chaque année, c'était quand, au début des beaux jours, elle descendait sa chaise du premier étage dans la rue. Elle regardait passer les gens. Et tu te rends compte, maintenant ! L'an prochain, nous aurons des avions à réaction, la « Caravelle », c'est ça ? Malheur, presque huit cents kilomètres à l'heure ! Incroyable ! C'est formidable, ce progrès.

D'un geste de la main, Maria englobe les appareils électro-ménagers, le téléphone mural, les radiateurs, la voiture qui se trouve toujours devant la porte, la direction vague de l'aéroport.

— Et même les premiers accouchements sans douleur, sourit Hélène.

— Ça, remarque Maria sombrement, du point de vue de la religion…

— Ttt, ttt, intervient Hélène, « tu accoucheras dans la douleur », n'est-ce pas ? Mais il faut lire toute la Bible, Maria, il est aussi écrit « tu gagneras ton pain à la sueur de ton front », et je n'ai pas vu l'Eglise s'opposer au remplacement du travail humain pénible par la machine. Heureusement, d'ailleurs. En tout cas, moi, si c'était à refaire… Sans hésitation, et sans confession, tu vois !

Assis de part et d'autre de la grande table de la cuisine, Emilio et Gianni jouent aux cartes – la belote de comptoir, disent-ils, qu'on peut jouer à deux –, un verre de vin rouge à portée de la main.

— Déjà du vin ! gronde Maria. Vous allez finir par vous empéguer !

— Ma belle, on est des retraités, maintenant, riposte Gianni dans un rire tonitruant. Enfin, je parle pour moi, parce que Emilio, il faut bien qu'il cultive !

— Ouais ! Heureusement que toi et le petit Rintier vous en prenez votre part, et heureusement que j'ai trouvé des ouvriers agricoles à Vitrolles, parce que sinon, l'exploitation, je la ferme, rit Emilio. Je mets plus que des moutons, et c'est terminé. Je te signale que je suis en train de gagner, mais je t'accorde la revanche demain, à la pétanque.

Hélène regarde attentivement les deux hommes, détendus, gaillards, portés à la plaisanterie ; Maria qui s'active en chantonnant.

— Vous savez d'où vient la pétanque, au moins ? demande-t-elle. Oh, c'est très précis ! En 1910, un joueur de boules de La Ciotat, perclus de rhumatismes, ne pouvait plus accomplir ses pas d'élan. Il devait se contenter de regarder les autres. Jusqu'au moment où il décida de lancer la boule, immobile, les pieds joints, « les pieds tanqués ». On l'appelait Jules le Noir, il devait être très brun sans doute. En rigolant, un spectateur traça un cercle autour de ses pieds. L'ancêtre de la pétanque était né. Mis à la mode, en quelque sorte, par des retraités arthritiques, les collègues de Jules le Noir !

Tout le monde éclate de rire.

— Je ne te crois pas, dit Emilio, mais l'histoire est drôle !

— Tu as tort, elle est véridique… Moi, dit Hélène lentement, comme si elle réfléchissait, un retraité, j'en chercherais volontiers un pour s'installer ici, à la bastide. Pour surveiller. Eviter les cambriolages. Bricoler ici et là.

Elle s'est tournée vers le mur et déplace des casseroles. Elle ne regarde pas le groupe derrière elle. Sans doute le silence qui se prolonge est-il occupé par un échange de coups d'œil.

— Tu veux que je prépare une vinaigrette ? demande sur un ton volontairement distrait Hélène à Maria, au bout d'un moment.

— Oui, oui, répond celle-ci. Oui, oui…

Sans se déplacer, Hélène voit que Gianni a posé son jeu de cartes sur la table. Emilio a agi de même. Le vieux contremaître s'est levé et pioche une cigarette dans son paquet de Gauloises bleues.

— Un retraité, tu dis… Mais il s'agirait de faire quoi ? demande-t-il.

Hélène a toujours été impressionnée par la grande carcasse de Gianni Monti. L'âge de l'homme n'y change rien. Quand il est debout devant elle, il bouche tout son champ de vision, elle n'apercoit plus qu'une partie du plafond et, à droite ou à gauche, les extrémités de la cuisine. La chevelure, plus rare, est d'un blanc sans ombre. Les rides du visage, profondes, donnent à sa peau bronzée une allure familière, curieusement douce.

— De faire quoi ? C'est difficile à dire, murmure Hélène avant de reprendre d'une voix plus forte : non, c'est très facile, en réalité. Il s'agit d'agir comme chez soi, ni plus, ni moins. Ouvrir les volets, les fermer, manger, dormir, chauffer… Pourquoi ?

— Parce que… parce que je vais réfléchir. Tu me trouverais trop vieux, Hélène ? demande Gianni.

La jeune femme éclate de rire. Gagné ! pense-t-elle. Je n'ai vexé personne, et Gianni a même l'air heureux.

— Trop vieux ? Mais au contraire ! Tu ne crois pas que je confierais cette maison à un gamin ? L'expérience, Gianni, l'expérience ! La confiance ! Tu as bien dirigé des équipes de l'huilerie. Si mes souvenirs sont bons, dit-elle en riant, avec tes amis de la CGT, tu as même pris la direction de l'entreprise, au lendemain de la guerre ! Alors…

— Hélène ! Pas cette vieille histoire, sois gentille ! s'amuse l'ancien leader syndical. Si j'achète toujours *La Marseillaise* de temps en temps, c'est par fidélité. Enfin, par fidélité à ma propre jeunesse… Encore que, tu sais, cette rébellion qui débute, en Algérie, elle vaut sans doute qu'on s'engage.

— Ah, ça ne va pas recommencer ! intervient Maria. Tu vas m'expliquer, Gianni, en quoi tu peux intervenir, toi l'Italien de naissance, dans un conflit entre la France et certains de ses départements !

Le rire d'Hélène cascade et elle se penche pour embrasser Maria dans les cheveux.

— Mais non, Maria, il a raison ! Si on te suivait, il ne faudrait jamais se mêler de rien. Il a raison. Si les choses se compliquent, il faudra bien prendre position.

Les enfants les rejoignent en chahutant. Ils interrompent leur discussion sur un « ça nous rajeunit » d'Emilio qui ajoute à voix basse pour ne pas être entendu par Maria : « Et ça s'arrose ! » Il tend les verres, Gianni les remplit en clignant de l'œil. Maria n'insiste pas, secoue la tête en signe de consternation et hausse les épaules. Elle annonce un gratin, des tartes aux pommes – « Non, Gianni, le navarin de mouton, c'est pour demain. »

Les enfants applaudissent. Les plus petits dînent à la cuisine avant les adultes, François et Vincent. Maintenant, par exemple. Bien sûr, ils pourront rester quelques instants avant de monter se coucher. Oui, ils mettront le couvert dans la salle à manger. Oui, oui ! Ils me donnent le tournis, pense Maria, mais pourvu que ça dure encore longtemps ! Elle regarde Emilio avec tendresse. Emilio, largement responsable de ce bonheur qui n'arrête pas de s'étendre. Comme infini.

CHAPITRE 17

Bernard de Portallan a dépassé la cinquantaine. Pourtant, malgré quelques rides, quelques fils blancs dans sa chevelure châtain un peu longue sur les oreilles et dans le cou, avec sa dégaine vestimentaire et sa minceur musclée, il ne les paraît pas. « Je n'ai aucun mérite, dit-il volontiers, je dévore tout et n'importe quoi sans grossir. Et, à Hauterive, j'adore prendre de l'exercice. » Et puis, pense-t-il sans le dire, je dois rester accessible pour mes enfants et mériter Gina, cette épouse dont il est toujours éperdument amoureux. Et quinze ans de moins… Quant à la fluidité de ses tenues, personne, même au journal, ne lui demande d'explication. Il ne pourrait d'ailleurs en fournir aucune. Pourquoi préfère-t-il les chemises décolorées à col très souple, les vestes trop grandes à la poche de poitrine égayée par quelques stylos, les cravates fantaisie nouées à la diable, l'ensemble d'ailleurs d'une propreté rigoureuse ? Quand Gina se permet une remarque – « Comment fais-tu pour porter les mêmes chaussures depuis dix ans ? » – il ouvre des yeux étonnés. « Mais elles sont confortables et brillantes comme des sous neufs ! Je ne vais quand même pas les jeter ? »

Aujourd'hui, alors qu'il entame quelques jours de vacances à Hauterive, il a ressorti d'un placard une canadienne marron oubliée là depuis la guerre. « Elle me va à ravir », explique-t-il sans rire. Gina hoche la tête. Nous ne sommes pas invités au bal, pense-t-elle. Mais si tel était le cas, il serait capable de s'habiller de la même manière. La jeune femme a gardé un aspect sauvage, qui tient à ses yeux en amande, à son nez fin et un peu aquilin. Elle porte maintenant les cheveux assez courts, ce qui semble amincir encore sa silhouette. Son amour pour Bernard s'apparente à une sorte de vénération. En réalité, depuis la fin de son adolescence, elle a toujours été émue par l'extrême générosité du cadet des Portallan, sa capacité d'écoute, cette attention permanente pour son entourage, la paix qu'il semble répandre autour de lui. Avec une franchise déroutant même ses meilleurs amies, elle avoue vivre près de Bernard une aventure « à l'eau de rose ».

— Monsieur le rédacteur en chef, votre gazette va pouvoir se passer de vous ou bien la parution est-elle interrompue ? demande-t-elle à Bernard en fermant les serrures de la grosse valise contenant les vêtements de Vincent et Thierry.

— Ne te moque pas. J'aurais dû choisir l'éducation nationale, moi aussi, et les vacances scolaires. Prêts au départ, les garçons ? J'imagine, de toute façon, que les placards, à Hauterive, doivent être pleins de chandails et autres chaussures.

Gina trouve un peu petite la 203 Peugeot que Bernard s'obstine à conserver. Mais elle a fini par comprendre : son mari n'est pas avare, mais étranger de façon radicale à ce qui coûte inutilement de l'argent. Une voiture à quatre places est suffisante pour quatre personnes. Tant qu'elle roule, inutile de la changer. Son père était pareil, racontait Maria. Le vieil Alfred avait préféré les chevaux à l'automobile aussi longtemps que son épouse ne s'était pas fâchée. Si Gina avait insisté, Bernard se serait sans peine rallié à ses raisons, mais elle n'en voyait pas l'intérêt. N'ayant jamais eu beaucoup d'argent à dépenser, et surtout disposant déjà de tout, à quoi aurait-elle affecté des revenus supplémentaires ? Comment imaginez-vous, ajoutait-elle, pince-sans-rire, que nous ayons pu devenir gros propriétaires terriens ? Au reste, même en additionnant les salaires d'un professeur et d'un journaliste, on ne risquait pas de s'engager sur la voie de la fortune.

— J'ai promis à Hélène de monter des gâteaux. Tu t'arrêteras chez Castelmuro ?

Hauterive reprend vie. Les portes claquent. Les enfants crient. Les escaliers résonnent de cavalcades joyeuses. Hélène écoute avec émotion ce roulement ancien qu'elle croyait avoir oublié. Elle ferme les yeux et voudrait s'endormir sur ce rêve qui la réchauffe. Elle entend Bernard crier à la cantonade :

— Qui veut un petit cassis bien frais ou un pastis ? Après, on se met à table. C'est une bénédiction, ces frigidaires ! Vous vous souvenez des pains de glace ? L'été, pour ne pas les voir fondre, on avait à peine le temps de les ramasser au passage du camion.

Les enfants disposent les assiettes et les couverts sur la grande table, Gina prépare des salades à la cuisine, Sandro, qui a passé sa matinée à confectionner des brochettes avec de minces lames coupées dans des roseaux verts, entretient les braises de la cheminée, Hélène part à la recherche des verres et des serviettes de table. Chacun met la main à la pâte, même si Maria Barutti a déniché à Vitrolles deux jeunes filles qui, à tour de rôle, acceptent d'accomplir quelques heures de « ménage » par jour.

— Je me demande, dit Bernard que le retour à Hauterive pour Noël a rendu disert, où mes parents trouvaient l'argent pour salarier trois personnes en permanence. Ça ne me viendrait pas à l'idée, aujourd'hui. D'ailleurs, je n'y parviendrais pas financièrement. Et en outre, je ne trouverais pas de candidat, surtout à la campagne. Qui veut rester à la campagne ? Même pas nous ! Vous avez observé tous les changements, en venant de Marseille ? Nous vivons dans un autre monde. Par exemple, Gina : as-tu téléphoné à tes parents pour leur dire que c'était l'heure de déjeuner ? Avant, il fallait y aller à vélo.

Maria et Emilio surgissent en compagnie de Gianni. Ils portent deux énormes faitouts.

— Des alouettes sans tête pour ce soir, claironne Maria Barutti. Vous m'en direz des nouvelles. J'ai compté large. Ta maman va nous rejoindre, Hélène ? Et les Rintier ?

— On verra, répond Hélène. Nous ne risquons pas de mourir de faim, si je comprends bien.

Les enfants ont été rassemblés à l'extrémité de la table qui leur a toujours était dévolue, aussi loin que remontent les souvenirs d'Hélène. Sans s'en rendre compte, comme elle le fait depuis des années maintenant, elle prend place au centre, à l'endroit qu'occupait toujours sa grand-mère. Bernard s'assoit en face d'elle, sans doute sur la chaise de son père, Alfred. Maria est à sa droite et Emilio à la droite d'Hélène.

— Je suis bien content de cette trêve de fin d'année, dit Bernard. De trêve en ce qui me concerne, du moins, car pour le reste… Les réfugiés arrivent d'Indochine, les Vietnamiens et les « petits Blancs » comme ils disent, en rangs serrés. Et ce n'est pas fini ! On compte accueillir en deux ou trois ans au moins trente mille personnes. Avec ce qui s'est produit sur le port pendant la guerre…

— On ne pouvait pas soutenir cette guerre, intervient Gianni Monti.

— La « sale guerre »… Oui, bien sûr…, répond Bernard. Mais les gens rentrant d'Indochine savent bien que les dockers ont refusé de charger les armes avec lesquelles nos soldats devaient les défendre… Je ne critique pas, Gianni, je me serais sans doute comporté de la même façon.

Encore une fois, Marseille avait frôlé l'explosion sociale. En 1950, les conséquences de la guerre s'atténuant progressivement, le trafic du port avait enfin dépassé son niveau de 1938, puis il avait augmenté régulièrement chaque année. Il y avait du travail en abondance. Mais les responsables économiques n'étaient pas aveugles. Pétrole mis à part, beaucoup plus de la moitié du tonnage du port était le fait des colonies. Y compris des transports liés à la guerre d'Indochine. Les communistes marseillais, déçus par l'évolution politique nationale, avaient trouvé dans le combat contre la « sale guerre » une raison « révolutionnaire » de se mobiliser de nouveau. Les affrontements avec les forces de l'ordre, sur le port, avaient été violents.

Aujourd'hui, chacun sait surtout que la fin de la guerre d'Indochine ne marque pas le terme, mais le début d'un processus historique beaucoup plus ample. Cet avenir angoissant, des syndicats au patronat, de la Chambre de commerce au petit atelier d'Endoume, de la Belle-de-Mai à Saint-Giniez, tout le monde le devine, mais personne n'en parle. Et l'inquiétude, l'agressivité, la fureur pour le moment captive tissent un silence oppressant.

Ceux qui, du sommet à la base de l'appareil de production ou de distribution, ont vécu à l'abri de multiples protections commerciales, sentent approcher la libération des échanges, internationaux et en tout cas européens. L'Europe, par exemple, va s'organiser, et cette Europe verra disparaître les droits de douane. Les courants privilégiés établis entre la France et la plupart de ses colonies, particulièrement africaines, pour de grands produits de base comme les arachides, risquent d'être détournés. Ou de se tarir, les fabricants s'installant sur place. Les colonies ? Qu'en sera-t-il dans quelques années ? La fin de l'Indochine française, le statut d'autonomie interne accordé à la Tunisie, annoncent pour ce pays, ainsi que pour le Maroc, une indépendance très proche. Et l'Algérie ? Et l'Afrique équatoriale et occidentale ? Dans combien de temps ? Centre géographique, économique, d'une union coloniale, Marseille pourrait un jour, malheureusement, devenir une métropole périphérique, à la vocation incertaine, de l'union européenne en formation.

La flambée de violence de la Toussaint, en Algérie, a été interprétée, par les familiers de cette autre partie de la France, d'une seule façon : la guerre d'indépendance a débuté. Or, depuis 1946, les Algériens musulmans viennent en métropole comme ils l'entendent, ce qui d'ailleurs est parfaitement logique. Ils y viennent d'autant plus volontiers que l'industrie locale, particulièrement le bâtiment et les travaux publics, manque de bras. En sept ou huit ans, quinze mille Algériens ont fait souche à Marseille et dans ses alentours. Pour la plupart d'entre eux, les emplois sont précaires et l'habitat, de fortune. Et, le 1er mai 1950, quelques centaines de partisans du mouvement indépendantiste de Messali Hadj ont défilé derrière la bannière verte de l'Islam.

— Nous allons vivre une année décisive, dit Bernard de Portallan. Ce qui se passera en Algérie va conditionner notre existence. Et peut-être celle de nos enfants s'il y a une guerre…

Hélène bondit, interloquée :

— Tu es fou, Bernard ! Une guerre en Algérie ? Pour s'opposer à l'indépendance ? Comme en Indochine ? Mais c'est absurde !

— Sais-tu que l'Algérie est française depuis 1830 ? intervient Bernard sans élever le ton. Que dans certaines familles, il y a cinq générations enterrées là-bas ? Que la libération de la France est aussi partie d'Algérie ? Ce n'est pas l'Indochine, vois-tu, ni l'AOF… C'est beaucoup plus compliqué.

— Ce qui est beaucoup plus simple, dit Gianni Monti d'une voix lasse, c'est que ces conflits, même si on les gagne sur le plan militaire – et rien n'est moins sûr, voir l'Indochine –, on les perd sur le plan politique. Que peut-on, après les tanks, contre une volonté d'indépendance partagée par l'ensemble d'une population ?

Le silence s'établit autour de la table. Grand-mère, pense Hélène, aurait sans doute remarqué gentiment, vingt ans plus tôt, qu'il ne s'agissait pas d'une discussion pour veille de Noël, quand la paix du Seigneur descend sur la terre. Mais Hélène n'avait pas envie d'interrompre la conversation.

— Attendez ! prévient-elle. Le problème, le premier problème, n'est pas de savoir si on peut gagner cette guerre sur le terrain – et j'espère qu'il n'y en aura pas au-delà des drames récents – pour finalement la perdre autour d'une table de négociation, mais bien de savoir pourquoi nous interdirions par les armes l'indépendance des Algériens.

— Et évidemment, parmi les Algériens, tu ne ranges pas les Français – enfin les Algériens, je sais pas comment il faut les appeler – originaires de métropole. Il y a plus d'un siècle.

— J'aimerais bien, sourit Hélène. Mais, pour le coup, j'ai peur que ce soit totalement utopique. Je ne te comprends pas, mon oncle Bernard : si les choses s'enveniment, si ces événements se transforment en conflit entre la France et la rébellion algérienne, tu vas défendre – comment peut-on appeler ça ? – l'Algérie française les armes à la main ?

Bernard de Portallan reste silencieux. Il pense à l'occupation de la France quelques années plus tôt. Il pense à sa participation à la Résistance, à ses copains résistants que les collabos appelaient des « terroristes ». Il pense aussi à ses amis journalistes d'Oran, à la famille Gamier qui vient d'acheter une maison près de chez eux boulevard Michelet, aux deux jeunes grouillots du *Provençal* dont les parents possèdent des épiceries dans la banlieue d'Alger. « Des épiceries ! Toutes petites ! Pas des Uniprix, mon frère ! » Bernard se sent écrasé.

— Non, dit-il finalement. Mais tu ne peux pas raisonner comme ça !

— Et pourquoi ? demande-t-elle, trop abruptement, elle s'en rend compte.

— Et si les jeunes appelés doivent faire leur service en Algérie ? Et défendre, comme tu dis, l'Algérie française ? Ils désertent ?

Hélène, à son tour, devient silencieuse. Pour la première fois, pense-t-elle, un différend m'oppose à Bernard. Une lourde peine l'étreint et quelques larmes lui montent aux yeux, qu'elle réprime d'un reniflement.

— Je suis trop entière, sourit-elle. Tu m'excuses ? Tu as raison, c'est très compliqué. Les choses ne sont pas toujours blanches ou noires. Tiens, j'ai soif, donne-moi un peu de vin…

Hélène laisse passer quelques secondes en dégustant le bandol rouge. Elle hésite, comme sur un chemin escarpé.

— Bien sûr, dit-elle, on doit servir le drapeau, on ne peut pas conseiller de déserter.

Elle n'en est pas sûre du tout.

— Allons nous occuper des courses au village. Tu n'es pas fâchée ?

Bernard a passé son bras sur les épaules d'Hélène. Ils marchent vers la terrasse du côté de l'étang. En ce milieu d'après-midi de décembre, le ciel est déjà d'un bleu soutenu. La flamme d'une torchère localise la raffinerie de Berre. La surface de l'eau est encore secouée d'un reste de largade. Dans une heure, ce sera le calme plat. Ils regardent le rivage en contrebas. Le plongeoir de bois construit par les Américains après la guerre a disparu progressivement, rongé par l'eau et le sel. De même que le plan incliné qui permettait de mettre à sec la vedette avec laquelle ils avaient profité de tellement d'heures de promenade. Quant à l'embarcation elle-même, personne n'en prenant suffisamment soin, elle s'est petit à petit détériorée. Tirée sur le rivage, elle a fini par rouiller, puis à se désagréger par plaques. Dans le petit port – « il va falloir le désensabler avant l'été », dit Bernard – les trois pointus bougent à peine au gré des vaguelettes qui viennent mourir contre le quai de ciment.

— Nous pourrions consacrer quelques dimanches du mois de mai au calfatage, non ? demande Hélène. Vous passerez vos vacances d'été ici ?

— Sûrement. C'est merveilleux pour les gosses, Gina peut voir ses parents, et moi je ne me sens jamais aussi bien qu'à Hauterive. Et vous ?

— Probablement aussi. On ira peut-être au col de Vars chez des amis, juste quelques jours. Ça ne s'arrange pas, l'étang, avec ces raffineries, qu'est-ce que tu en penses ?

— Non. Et je redoute pire encore. L'an dernier on a dû importer plus de huit millions de tonnes de pétrole destinées à ces trois raffineries. Le triple du tonnage traité il y a cinq ans. Les tankers augmentent de volume, on étend Lavéra. On évoque beaucoup l'avenir de la région en tant que zone industrielle. C'est très bien pour la mécanique, la chaudronnerie, la réparation navale, mais pour nous… Je ne sais pas si nos oliviers ont encore un avenir. On monte à Vitrolles faire les courses, ou on va à Rognac ? C'est la même distance. Tu ne m'as pas répondu, Hélène, tu es fâchée, à cause du déjeuner ?

Hélène secoue la tête en riant. Elle n'est pas fâchée du tout. Elle agite la main vers le large, se tourne pour contempler la barre de roches blanches au-delà des cyprès, désigne la direction des marais salants. Comment se fâcher ? Dans un cadre pareil qui aimante notre affection à tous depuis si longtemps ? Avec toute notre famille autour de nous, Gina, Sandro, les enfants ? Elle serre la main de son oncle, se demande pourquoi sa mère n'est pas encore arrivée en compagnie de son mari. Elle a beaucoup de mal à penser à ce brave Robert Hamel comme au mari de sa mère. Qui ne s'appelle plus Simone de Portallan, mais Simone Hamel, alors qu'en réalité son nom est Magnan. Grotesque, grogne-t-elle encore, cette histoire de nom pour une femme mariée. Beaucoup de réformes à envisager pour donner aux femmes leur place dans la société ! Elle sourit, enlève quelques feuilles mortes sur une tige de géranium.

Elle ne s'était rendu compte de rien. Surtout pas des années qui passaient. Il y avait François, puis Clément et Bernadette. Ses enfants qui se confondaient avec sa propre jeunesse. Sandro, son mari, qui avait été son compagnon de jeux, ici même à Hauterive, aussi loin que remontaient ses souvenirs. Maria et Emilio qu'elle voyait toujours jeunes et alertes. Rien n'avait changé, mais tout était différent. Elle se laissait envahir par une sorte de drogue, d'élixir d'éternité, dont Hauterive serait le flacon. Ou, encore mieux, la coupelle fumante dans laquelle un prophète avait mêlé les âmes et les âges.

— Nous partons seuls, ou nous emmenons les enfants ? demande-t-elle à Bernard. En ce qui concerne Sandro, il est crevé, je le laisse finir sa sieste. Et Gina ?

— Elle est à la ferme avec sa mère. Je crois que tous les gosses, sauf François, l'ont accompagnée.

Ils ramassent quelques paniers dans l'arrière-cuisine. La première vitesse de la 203 de Bernard craque un peu. Ils examinent en s'éloignant l'état des volets de la bastide. Oui, il faudrait les repeindre, mais à qui le demander ? Je ne t'ai pas parlé de Gianni, dit Hélène, j'ai eu cette idée. On ne peut pas laisser cette maison à l'abandon, c'est idiot. Tu ne reviendras pas y habiter, Bernard ? Le journaliste ne sait pas. Plus tard. Peut-être. Comme elle. D'ici la retraite, nous avons le temps...

Ils stoppent la voiture sur la place de l'église, en face du minuscule marchand de journaux et de tabac. A gauche en descendant la rue, la seule rue de taille normale, il y a le boucher, celui du haut du village. « Paradou de père en fils », se présente l'actuel commerçant qu'Hélène a connu en culottes courtes. On ne prend pas la charcuterie chez lui, n'est-ce pas ? murmure comme d'habitude Bernard à l'oreille d'Hélène, que le rituel amuse. En revanche, à côté, chez le grand épicier, on achète tout sauf les fruits frais. Et sauf les légumes, qui poussent à la ferme. « Madame Hélène ! Depuis le temps ! On vous croyait fâchée ! Et les nistons ? Pétan, ça pousse, on les voit même pas. » Alors, ils remontent en voiture et suivent la route vers le bas du village en traversant le passage à niveau, ouvert la plupart du temps. « En bas », prétendent-ils, le boulanger est meilleur. Donc, ils garent la voiture devant chez lui, font provision de gros pains, achètent de la salade de museau au second boucher du village qui ne se réconciliera jamais avec celui « du haut ».

— Qu'est-ce qu'ils boivent tes enfants ? De la limonade ? demande Bernard.

Ils entrent chez le marchand de vin, choisissent aussi quelques bouteilles en s'informant de la santé de la famille Pégon – un nom qui a toujours amusé Hélène. « J'attends que Louis ait fini l'armée, dit le père. Après je prends ma retraite. Enfin pas tout de suite, il faut qu'il se forme… » Hélène regarde Bernard, et ils éclatent de rire. Pégon aussi, qui ignore pourquoi. Hélène trouve qu'ici la vie garde une autre saveur. Mais tous les jours, toutes les semaines, résisterions-nous ? demande Bernard. Elle est d'accord, mais quel dommage ! Et puis, il faudrait en reparler dans quelques années, quand les villes deviendront impossibles, que l'essentiel sera l'espace et le silence ! Et le bon air ! rage Hélène en insultant intérieurement les pétroliers. Qu'est-ce que nous avons oublié ? interroge-t-elle. Les bouteilles de butane ? Mais c'est trop tard, j'ai laissé les vides dans la cuisine. Demain. Ce n'est pas loin.

Ils boivent un panaché au café du marché, décoré de guirlandes et d'étoiles argentées, envahi par la fumée lourde du tabac brun. Des cartons peints de couleurs vives annoncent un grand loto pour le 25 décembre au soir. « On gagnera des lièvres, des lapins, des grives ! ! ! » Avec tout ce qu'ils auront avalé quelques heures auparavant ! songe Hélène, ravie de cette escapade au village.

— Comment ça va, Bernard ? Tu te fais rare ! dit Riton, lui aussi patron « de père en fils ». Et toi, Hélène ? Et les enfants ? Putain, ils nous mangent la soupe sur la tête, on rajeunit pas. Ça vous plaît, mon arbre de Noël ? Je suis été le chercher à Gémenos.

— Ça nous plaît, Riton, ça nous plaît. Mais il est complètement embroucané, ton bar.

— Nous, ici, on la sent pas, la fumée ! Le reste du temps, on vit au grand air !

Quand ils sortent, quelques instants plus tard, la nuit est d'un noir brillant. Les maisons du village ressemblent à celles de la crèche.

CHAPITRE 18

Hélène Barutti-de Portallan descend les escaliers de l'immeuble de la rue Vacon. Cet été 1956 s'annonce torride. La chaleur lourde, épaisse, la cueille comme une gifle dès qu'au sortir du porche ventilé elle s'avance sur le trottoir. Elle se félicite d'avoir laissé depuis le début du mois de juillet les enfants à Hauterive où Gina s'est également installée pour toute la durée des vacances d'été. Gianni, toujours vaillant malgré les années, assure depuis dix-huit mois maintenant un gardiennage de la propriété particulièrement efficace. Le boucher Paradou « de père en fils » ayant demandé à Hélène « comme un service » d'embaucher à Hauterive une de ses nièces durant l'été, et Maria Barutti ne pouvant se résoudre à laisser une autre personne s'occuper de la cuisine, la grande bastide a retrouvé une vitesse de croisière soutenue, que les enfants rendent nécessaire.

Hélène, vêtue d'une jupe droite en gabardine crème et d'un chemisier de soie bleu marine, se dirige vers la DS 19 garée à une cinquantaine de mètres. Elle n'a pas pu résister à l'attrait de la voiture révolutionnaire de Citroën et elle a obtenu, grâce à l'énergique parrainage d'un de ses clients, l'un des premiers modèles livrés à Marseille l'hiver précédent. Cette passion pour les voitures, dit-elle souvent, est heureusement le seul vice hérité de mon père. Elle se montre intarissable sur les qualités techniques du véhicule, et le maniement simplifié de la boîte de vitesse, la suspension hydraulique lui procurent le même plaisir qu'un jouet à un enfant.

— La Vieille Charité, s'il vous plaît ? Ne te retourne pas. Prends-moi en voltige au deuxième croisement.

A la voix, Hélène reconnaît Hocine Ahmed. Elle obéit, en se demandant pourquoi son vieux camarade kabyle, qui vient de la dépasser, prend de telles précautions. Hocine, dont la silhouette est restée légère, presque aérienne, glisse le long du mur des immeubles, ralentit, tandis qu'Hélène perd quelques secondes à attendre la montée de la supension. Puis la voiture bondit, accélère. Hélène tourne cinquante mètres plus loin à angle droit, freine brutalement. Hocine est déjà dans la DS, enfoncé dans son fauteuil, la tête tout juste au niveau de la vitre avant.

— Roule, dit-il. Si j'étais suivi, ce qui est probable, je ne le suis plus. On va où tu veux. Tiens, prends par la Corniche. Tu as gardé la main, ma belle aristo !

— Qu'est-ce que tu trafiques, Hocine ? s'amuse-t-elle. On est en guerre ?

— Ne rigole pas, c'est à peu près ça !

Hélène sent un vide se créer dans sa poitrine. Non ! Pas la guerre ! Elle se tasse un peu à son volant, cherche une cigarette dans le vide-poche de la voiture. La DS roule vers le Vieux Port. Dans quelle histoire le Kabyle se trouve-t-il compromis ?

— Tu ne vas pas me dire que tu continues la contrebande de cigarettes ?

— Non, pas du tout, murmure Hocine avant de poursuivre quelques secondes plus tard : FLN…

— Quoi, FLN ?

— Le FLN… L'Algérie… Tu connais quand même !

— Tu es suivi par le FLN ?

— Non, j'appartiens au FLN. J'ai des responsabilités, ici, à Marseille.

Hélène met un moment à assimiler la confession d'Hocine. Elle se sent brutalement épuisée, et seule la conduite maintient chez elle un semblant de conscience.

— Ah bon ? finit-elle pas dire, le plus légèrement possible. Pendant la guerre, j'avais le sentiment que tu te sentais d'abord français.

Hocine Ahmed allume à son tour une cigarette, regarde par la fenêtre de la DS l'eau bleu cobalt striée de vagues blanches et, au loin, les îles.

— C'est vrai. Mais les choses changent, nos idées s'affirment, on évolue, on vieillit. L'Algérie, ce n'est pas la France. Personne n'y peut rien. Même si, du côté français, on s'était comporté autrement, si on avait réformé et partagé, le résultat serait sans doute le même. Même si nous n'étions plus considérés comme une colonie, il resterait la différence. Ce qui ne m'empêche pas de t'aimer… comme une sœur, je veux dire.

Hélène a arrêté la voiture à hauteur du Club des dauphins, une piscine d'eau de mer creusée dans les rochers. Ils claquent les portes de la DS. Le vent atténue un peu la forte chaleur.

— L'Algérie sera indépendante, non ? Pour ma part, je le souhaite, dit Hélène. J'ignore si nous sommes différents. Peut-être. Sans doute. Et où commence la différence, ce qu'elle implique. Bon ! Nous n'avons pas la même culture, la même religion. Cette différence est-elle déterminante ?

Je sais seulement, pense Hélène, que si cette volonté d'indépendance est partagée par les neuf dixièmes de la population, donc par la quasi-totalité de la population d'origine arabe, il n'y a pas d'autre solution. Logique, morale, démocratique.

— L'Algérie sera indépendante, aucun doute, sourit Hocine Ahmed. La question est : quand et comment ? La guerre sera-t-elle longue et meurtrière ? La réconciliation sera-t-elle possible, après ?

Hélène laisse le silence s'installer. Elle ne connaît

pas les réponses aux questions d'Hocine. Elle connaît seulement la position officielle du FLN, rendue publique à de multiples reprises déjà : pas de cessez-le-feu tant que l'indépendance ne sera pas reconnue.

— Vous pensez gagner cette guerre ? demande Hélène.

— Fausse question, sourit Hocine. On ne peut pas juger les évolutions seulement en termes militaires. La France ne pourra pas contrôler militairement toute l'Algérie. Et puis, surtout : nous, Algériens, que pouvons-nous, de toute façon, faire d'autre que combattre pour notre liberté ? Alors...

Le regard d'Hélène s'attarde sur les collines de Marseilleveyre, les roches blanches et le vert sombre de la végétation. La paix aurait un pays, et ce serait le mien. Et une capitale, ici, entre la mer et le soleil. Comment, pourtant, nous regarderons-nous désormais ? Ainsi, la guerre a de nouveau planté ses crocs en France ! Depuis la fin de l'année 1954, Hélène s'efforçait de croire sans trop d'illusion à la version officielle de la guerre, une simple « opération de police ». Elle se rend compte aujourd'hui qu'elle cherchait surtout à fuir la réalité. En dix-huit mois d'ailleurs, elle avait revu Hocine Ahmed à deux reprises seulement. Et celui-ci, réalise-t-elle, s'était débrouillé pour déjeuner en sa compagnie loin de la porte d'Aix. Comment, désormais, nous regarderons-nous ?

— Qu'est-ce qui était aussi urgent, Hocine ? demande-t-elle d'une voix brisée.

Le Kabyle détourne les yeux, semble vouloir épouser tout le paysage, revient vers Hélène.

— J'ai besoin que tu m'aides... A cacher quelqu'un quelque temps. Tu peux dire non. Mais j'ai besoin de le savoir vite. Pourquoi je m'adresse à toi ? Parce que j'ai confiance. Tu sais te taire. Et tu es capable d'accepter.

Cacher quelqu'un quelque temps. La phrase, comme un papillon, volette dans l'esprit d'Hélène. Elle semble légère, elle se laisse porter par le vent. Elle est anodine, presque poétique. On en ferait un refrain de chanson. Pourtant, Hélène ne s'y trompe pas. La phrase pèse son poids d'engagement. Elle équivaut à une sorte de quitte ou double. Pire. D'un côté, il y a ce simple mouvement de tête pour accepter la demande d'Hocine, de l'autre tout l'édifice bâti depuis plusieurs années avec Sandro, les enfants, leur quiétude à tous et son propre équilibre. La raison lui dicte de refuser. Ce qui n'entamera en rien sa propre histoire, ne réduira pas ses sacrifices passés. Ne l'entamera pas ? Et pourtant, si ! Inutile d'occulter cette conviction essentielle, cette part essentielle d'elle-même : l'accord nécessaire entre les idées et les actes, le poids de la conscience.

— Je connais les règles, murmure-t-elle. Donc je ne te demande pas de qui il s'agit. Ni ce qu'il a fait. Seulement du temps dont il a besoin.

— Dont elle a besoin, corrige Hocine en souriant. Je pense une bonne dizaine de jours.

— Ah...

Elle sourit aussi, poursuit :

— Merci de ne pas me l'avoir dit avant. Qu'il s'agissait d'une femme. J'aurais pu accepter pour ce seul motif. Hauterive, c'est impossible. L'appartement en ville également. Il y a une solution : une vieille construction en ruine, sur le terrain de Vitrolles, près des marais salants. Plus personne n'y va. C'était un abri de chasse. Si réellement il s'agit de dix jours... Avec des provisions et deux bidons d'eau...

— Tu pourras l'accompagner ? C'est plus prudent pour tout le monde.

— Où se trouve-t-elle ?

— Chez un ami, en ville, depuis hier soir. Mais elle est recherchée. Et nous, nous sommes sous surveillance. Je pense qu'ils nous laissent aller et venir pour savoir qui nous contactons. Ne t'inquiète pas. J'ai pris des précautions, tout à l'heure.

Hélène se sent en même temps dense et légère. Comment appelle-t-on ce que je viens de décider ? Elle chasse la question d'un revers de la main.

— Merci, dit Hocine.

— Je le fais pour moi, tu sais, dit Hélène d'un ton volontairement drôle, comme si elle cherchait à conjurer les périls qu'elle sent rôder. Un peu pour toi, mais très peu. Merde, alors ! Dire que j'aurais pu tomber sur n'importe qui, pendant la Résistance. Eh non ! Un futur Algérien ! Le problème, Hocine, c'est que, dans un cas pareil, je ne suis pas sûre de pouvoir me mettre sous la protection de la Bonne Mère. En principe, oui… Mais va savoir !

Hélène avait, à la nuit tombée, récupéré une jeune femme en fichu bleu, au bas de la rue de la République. La circulation automobile était encore dense, les piétons nombreux. La jeune femme avait tourné deux fois autour du lampadaire, à la vue de la DS, ce qui constituait le signal de reconnaissance.

L'avocate s'était contentée de prévenir Sandro et François de son retour tardif. En quittant la rue Vacon, elle avait fait provision d'eau minérale, de biscottes, de boîtes de sardines, de biscuits, de tomates et de fruits. Elle avait également acheté une serviette de toilette et un canif à usages multiples.

La jeune femme, une Algérienne d'une trentaine d'années, ne portait aucun bagage, simplement un sac à main. Elle semblait très calme. En s'asseyant dans la DS, elle avait simplement dit :

— Merci. Je m'appelle Aïcha. Ça ne vous ennuie pas si je ne parle pas ? Je suis épuisée.

— Non, avait dit Hélène. Mais là où nous allons, il n'y a pas de lit. Vous allez dormir sur un matelas de vieilles aiguilles de pin.

Aïcha avait replié son foulard, secoué ses cheveux noirs, s'était renversée dans le fauteuil de la DS en allumant une cigarette – une Gauloise, Hélène s'en était rendu compte à l'odeur.

Elle avait roulé à vitesse raisonnable. Elle se souvenait de sa première « mission » pour la Résistance, quand on lui avait demandé de convoyer un inconnu jusqu'à l'auberge abandonnée de la Sainte-Baume. Décidément, elle ne montait pas vite en grade !

Au lieu d'entrer sur le domaine par le chemin habituel, elle avait bifurqué un kilomètre avant le croisement. L'allée conduisait directement aux marais salants. On l'empruntait au moment de la récolte. Le seul endroit d'où l'on pouvait apercevoir le pinceau des phares était l'arrière de la Ferme des agneaux. Mais, à cette heure-ci, Maria et Emilio devaient dormir.

Le vieux poste de chasse où elle et Sandro avaient si souvent caché leurs amours d'adolescents se découpe un instant dans la lumière. Hélène éteint aussitôt les phares.

— Voilà, vous êtes rendue. Une seule personne pourrait venir jusqu'ici, un vieux fermier du nom d'Emilio. Vous lui diriez que c'est Hélène qui vous a conduite ici, et qu'il me téléphone. Mais je suis persuadée que vous allez plutôt souffrir de la solitude. Venez.

Les murs de pierres dépassent le sol d'un mètre à peine. La pièce est en partie enterrée. Le toit consiste en un assemblage de branches d'arbres, de planches, liées les unes aux autres par des fils de fer. Dans un coin, le « lit » confectionné par Hélène et Sandro, en entassant des aiguilles de pin et des genêts coupés, a bien résisté au temps.

— Heureusement, vous n'affronterez ni la pluie ni le froid. Economisez l'eau, je vous apporterai d'autres bouteilles dans deux jours. Evitez de sortir en plein jour, on ne sait jamais. J'ai deux bouquins dans la voiture, vous les voulez ? Vous avez encore des cigarettes ? Bon courage.

Hélène reprend la route. Mentalement, elle établit la liste des besoins d'Aïcha, si elle restait là une dizaine de jours. Un gros bidon d'eau, du savon, quelques vêtements de rechange, une couverture, par exemple. La cachette est bonne. En cette période estivale toutefois, elle ne paraît pas d'une totale sûreté. Il arrive à des vacanciers – pourtant en général regroupés du côté de la plage – de s'aventurer jusqu'aux marais. L'Algérienne pourra certes les voir arriver de loin. Mais Hélène pense qu'Hocine serait bien avisé de trouver à sa protégée une autre planque. En entrant dans Marseille, elle regarde sa montre. Quelle explication donner à Sandro ? Faut-il lui dire la vérité ? Elle hésite, pour la première fois. Que le chirurgien soit partisan de l'indépendance algérienne, elle n'en doute pas. De là à soutenir les réseaux FLN, il y a un pas que Sandro n'aimerait sans doute pas voir Hélène franchir.

Elle n'avait rien dit à son mari. Et d'ailleurs, après cet épisode, Hocine ne l'avait plus mise à contribution. Il s'était à nouveau fondu dans la nature, n'avait plus donné signe de vie. Hélène suivait dans la presse les développements de ce que tout le monde appelait maintenant la « guerre d'Algérie ». A la fin du mois d'octobre 1956, l'avion transportant de Rabat à Tunis cinq des principaux chefs de la rébellion, dont Ben Bella et Khider, avait été intercepté au-dessus de la Méditerranée par la chasse française. Certains avaient conclu un peu vite que le FLN ne s'en remettrait pas, qu'un coup décisif avait été porté aux « fellouzes ».

— Je ne suis pas dans les secrets d'Allah, sourit Hocine Ahmed, mais le mouvement a pris trop d'ampleur pour s'interrompre maintenant. Nous avons des bases arrière, nous avons quadrillé le terrain, ce n'est pas ça qui va nous arrêter.

Le Kabyle, par téléphone, avait donné rendez-vous à Hélène devant l'Alcazar, le haut lieu du café-concert, de la variété et de l'opérette. Hélène y était venue avec Sandro pour le tour de chant d'un artiste qu'ils adoraient, Georges Brassens, et dont ils écoutaient régulièrement les disques. Tout ce que la France comptait de vedettes du music-hall avait défilé devant le redoutable public – Maurice Chevalier s'était même, paraît-il, fait virer – de ce « temple » construit en 1857, incendié puis reconstruit en 1873, à la remarquable marquise de verre et de fer forgé surplombant l'entrée. D'Aristide Bruant à Raimu, en passant par Tino Rossi, Montand ou Fernandel, chacun espérait la « consécration » de l'Alcazar, le sanctuaire laïc placé sous la protection lointaine de la Bonne Mère.

Hocine semble guilleret. En tout cas, il donne bien le change, ne cherchant plus à se cacher ou à interrompre une éventuelle filature. Maintenant, ils boivent un café en bas du cours Lieutaud. Un mistral coupant a nettoyé le ciel, le soleil brille comme en été, mais les Marseillais ont ressorti leurs vêtements d'hiver et avancent contre le vent, le nez dans leurs écharpes.

— Tu vas me faire repérer, non ? demande Hélène qui préférerait autant ne pas avoir à rendre de comptes à la police.

— Je ne crois pas. Ils m'ont abandonné. Pour un moment en tout cas. Et puis, tu as quand même le droit de revoir un vieux camarade de la Résistance ?

— Bien sûr, mais ce n'est pas ainsi qu'ils raisonnent. Ce qu'ils se disent, c'est que nous avons l'habitude des réseaux, des missions, etc. Et, au fond, tu m'invites à boire le café pour prendre de mes nouvelles ?

Hocine Ahmed sourit.

— Ecoute, je ne peux pas me confier à beaucoup de monde.

— Je m'en doute.

— Tu es contente de ta nouvelle voiture ? La DS ?

— Oui, pourquoi ?

Le Kabyle sourit toujours.

— Parce que j'ai besoin de faire passer en Suisse une petite valise. Dans une bonne voiture, avec un bon chauffeur.

Hélène a compris. Elle sait exactement de quoi il s'agit.

— De l'argent, c'est ça ? Les fonds collectés dans la région marseillaise auprès de la communauté algérienne ? Et, naturellement, tu as pensé à moi ! Tu as des archives, Hocine ? Je suis fichée comme quoi, chez vous ? Agent de transmission ? C'est ça qu'on retrouvera, un jour ?

— Non, tu n'es pas fichée. Et d'ailleurs, tu serais plutôt rangée sous la rubrique « sympathisants ». Ce qui n'est que moyennement compromettant.

Hélène va devoir maintenant informer Sandro. Elle ne peut pas disparaître pendant une douzaine d'heures pour aller à Genève et en revenir sans autre explication. Question secondaire, au fond. Son malaise n'est pas lié à la réaction probablement négative de son mari. Son malaise tient à la nature même de l'acte qu'on lui demande d'accomplir. Elle n'a pas peur. Elle a déjà pris des risques plus importants, du point de vue physique. Mais elle n'a pas complètement disséqué la signification et les limites de cet engagement en faveur de l'indépendance algérienne. Et, en même temps, elle s'en veut de chercher à établir une frontière entre ce qui est « acceptable » et ce qui ne l'est pas. Elle voudrait pouvoir se montrer entière, n'avoir aucun état d'âme. En vérité, elle se sait – heureusement ! – incapable de porter les armes contre des soldats français. Mais, en revanche, cet argent qu'elle va transporter ne servira-t-il pas, en partie, à acquérir des grenades qui tueront des soldats français ? Et en protégeant Aïcha, il y a quelques mois, n'aidait-elle pas – peut-être, mais la possibilité était réelle – une poseuse de bombes, responsable de plusieurs attentats ? A l'opposé, refuser toute aide à Hocine et à ses camarades, cela ne signifiait-il pas qu'elle choisissait le camp adverse, celui qui faisait la guerre en Algérie pour maintenir une colonie ? Une colonie ou un morceau du territoire national, des départements français ? Une partie de la nation ? Elle n'y croyait pas, même si elle aurait bien aimé trouver une consistance à ce concept de nation élargie, multiethnique et multiculturelle. En quoi d'ailleurs une telle idée excluait-elle celle d'Algérie indépendante et de nation algérienne ?

Hélène se rend compte que, depuis plusieurs minutes, elle n'a pas quitté des yeux la rue, son trafic, ses passants, le jeu des flaques de soleil sur le trottoir. Hocine, sans doute, ne lui a pas adressé la parole, respectant sa réflexion.

— Je dois procéder de quelle façon ? demande-t-elle.

Sandro est assis dans un des grands fauteuils de cuir vert bouteille du salon. Celui-ci est meublé de manière résolument moderne, à la différence de la salle à manger contiguë, à laquelle ils ont conservé un style provençal bon enfant. Le médecin, dont les yeux désormais sont prolongés vers les tempes par une multitude de petites rides, a refermé son journal et regarde Hélène avec attention.

— Je ne crois pas, dit-il, qu'il s'agisse d'une bonne décision. Mais je me garderai bien d'essayer de t'influencer. Le problème n'est pas de rester ou de ne pas rester fidèle à des convictions. En ce sens, tu as parfaitement raison de soutenir l'indépendance algérienne. Simplement, nous devons tenir compte du fait que nous ne sommes plus les mêmes, dans un environnement lui-même bouleversé : tu n'es plus en 1943, tu as quelques années de plus, tu as des enfants, les priorités ont été modifiées, le monde a changé et pour nous le temps à venir s'est réduit. Voilà pourquoi je crois que tu aurais dû refuser ce transport de fonds. Mais…

Sandro s'est levé. Il est vêtu d'un blue-jeans – une mode venue des Etats-Unis, qu'il adopte dès son retour chez lui, ou pendant les week-ends – et d'un gros pull à col roulé. Il marche à travers la pièce, la tête un peu penchée comme il en a l'habitude quand il réfléchit. Elle le trouve beau.

— Mais, dit-il en souriant, l'essentiel n'est pas encore là. L'essentiel est que je t'aime. Donc j'épouse tes ambitions, et je les appuie. Tout ce que tu décideras sera bien et, dans la mesure de mes moyens, je t'apporterai mon concours. Tu es plus importante que n'importe quel conflit, que toutes les résistances, que toutes les révolutions. Tu comprends ?

Hélène rentre le menton dans sa poitrine pour cacher l'émotion qui l'envahit. Les déclarations d'amour de Sandro, avec les années, ont pris d'autres formes, mais elles l'émeuvent toujours autant. Elle se lève, va vers lui et lui tend les lèvres.

— Ici ? murmure-t-il quand il sent les mains d'Hélène se glisser sous son pull. Tu es sûre ? Mais les enfants ?

— Toute la ville dort, mon amour. Sauf toi et moi.

CHAPITRE 19

— Je trouve cette vente scandaleuse ! tonne Marc de Portallan. Comment as-tu pu imaginer que les Huileries reviendraient à ce gros tas ? M. Robert Baral ! Notre père doit se retourner dans sa tombe !

Hélène Barutti laisse son frère se calmer. L'idée de ne plus être propriétaire de l'entreprise le rend malade. Que celle-ci aille en outre à un cousin éloigné, du côté de sa mère, encore davantage. Pour Hélène, il s'agit au contraire d'un merveilleux soulagement, après des années de difficultés, et même d'angoisse.

— Sois gentil, ne me parle pas de notre père. Et montre-toi plus convenable quand tu parles de Robert. Qu'est-ce que tu lui reproches, finalement ? D'avoir réussi et de le montrer ?

Le père de Robert Baral, Henri, avait, bien longtemps avant la guerre, imaginé d'implanter en Afrique les techniques de fabrication du savon de Marseille. Après tout, l'huile de palme fournissait une matière première parfaite. Henri adorait le Togo et l'Afrique en général. Toute la famille avait quitté le Vieux Port sous les quolibets, ou presque, de la bourgeoisie locale. « Il veut devenir roi nègre ? Grand bien lui fasse ! » Henri avait créé un premier atelier dans la banlieue de Lomé. En fait, il avait immédiatement réussi, mais à une toute petite échelle. Il avait vivoté, à l'aise, et cela lui suffisait.

Son fils, Robert, avait une dizaine d'années de plus qu'Hélène. Au lendemain de la guerre, alors qu'il approchait de la quarantaine, il s'était installé aux commandes de la société. Nourri d'économie étudiée dans une université américaine, il croyait à la technique, à la gestion, à l'action commerciale, et tenait les Marseillais de souche pour d'indécrottables prétentieux. Les Savonneries togolaises s'étaient développées rapidement. De temps en temps, Robert revenait à Marseille, saluait la famille et quelques connaissances dont il rigolait en douce. Il voyait aussi deux amis banquiers et, sur leurs conseils, plaçait astucieusement son argent sans en prévenir quiconque. Il avait construit une sorte de palais près de Lomé, et baptisé La Canebière la voie goudronnée conduisant de la route à l'entrée de sa propriété. Robert Baral fabriquait la même chose, les huiles, les savons, que l'industrie marseillaise, mais il y parvenait à moitié prix. Le reste, pour lui, relevait de la littérature. Aucun personnage politique français n'aurait séjourné au Togo sans intriguer pour être invité chez Robert Baral.

Baral aimait bien Hélène. Il en avait même été amoureux sans jamais le montrer. Dans sa jeunesse en effet, le cousin, plutôt grassouillet et sans aucun charme, avait été un peu complexé. Avec le temps, la réussite, les compliments et les coups d'œil langoureux des candidates au mariage et à la fortune, ce léger travers s'était estompé. Il avait donc convolé en justes noces à trois reprises.

En même temps, il gardait pour Hélène une tendresse touchante et une admiration tout à fait gratuite. Quand celle-ci avait téléphoné au Togo, à la fin de l'année 1956, pour lui présenter la situation désastreuse des Huileries réunies, il avait simplement dit : « J'étais au courant. Le milieu est tout petit. Je me demandais quand tu te déciderais à m'appeler. On va voir ça. Je viens. » Il était venu dans le plus grand secret. Il avait étudié tous les documents, longuement discuté avec Gallano. Puis il était rentré chez lui,

« pour réfléchir ». « Ne t'inquiète pas, mon Hélène, avait-il ajouté. Je vais sauver ce qui peut encore l'être. Je suppose qu'il faut essayer de garder Marc ? »

Hélène n'en espère pas plus. Les Huileries réunies sont exsangues. Bernard de Portallan a même vendu une vingtaine d'hectares près de la route, à Vitrolles, pour colmater quelques brèches. Toutes les relations de Marc ont été mises à contribution. Les banquiers sont allés à la limite de leurs possibilités, souvent par amitié pour Hélène. Mais la triste réalité est là : depuis la guerre, le nombre d'huileries et de savonneries n'a cessé de diminuer. A partir de 1950, les fermetures se sont accélérées. Entre 1930 et 1955, le nombre d'employés dans cette industrie a été divisé quasiment par trois. Ce qui se produit dans le secteur des corps gras est malheureusement à l'image du reste de l'industrie marseillaise traditionnelle. Au début des années 50, le commerce du blé, du sucre, des oléagineux, ne représentait plus que 7 % du trafic du port, alors qu'il en avait assuré la puissance à la fin du siècle précédent.

Pour une fois, le frère et la sœur déjeunent ensemble dans un restaurant de coquillages, place Castellane. On leur donne, au premier étage, une table isolée. Ils attendent l'arrivée de leur énorme plateau d'huîtres, d'oursins et de moules, pour entrer dans le vif du sujet. Hélène trouve Marc encore plus tendu que d'habitude, mais elle sait que les soucis causés par une entreprise peuvent conduire leurs responsables à un point de rupture.

— Calme-toi, Marc. Je t'en supplie. Ta vie n'est pas en jeu. Robert va renflouer la maison et, bien sûr, en prendre le contrôle. Mais, malgré tout, il s'agit de la famille. C'est quand même moins désagréable que si débarquaient des financiers hollandais. Tu sais, le Marseille que nous avons connu est en train de changer complètement…

La crise de Suez avait agi comme un révélateur aveuglant. Même ceux qui se refusaient depuis des années à prendre en compte l'évolution internationale avaient été obligés d'admettre la force des choses. Les grosses compagnies de navigation, par exemple, avaient depuis longtemps rationalisé leur exploitation pour tenir compte, entre autres, du développement de l'avion. La fusion des deux « grands », Fabre et Fraissinet, dès 1955, avait matérialisé ce changement d'époque. A Suez, en novembre 1956, la France et la Grande-Bretagne avaient dû plier bagage et admettre qu'elles n'étaient plus réellement des « grandes puissances ». Quant à la nationalisation du canal – et à sa fermeture, pour temporaire qu'elle fût –, elle allait entraîner, tout le monde en était certain maintenant, une véritable révolution dans les routes maritimes, le tonnage des navires, l'équipement portuaire, l'activité économique même de Marseille, donc son équilibre social. L'âge d'or était en train de prendre fin, mais Marc refusait de le voir.

— Je ne comprends pas ton attitude, laisse tomber celui-ci, l'air dégoûté. Tu réagis comme maman. On dirait que cette entreprise ne vous appartient pas. Que finalement, vous êtes contentes de vous en débarrasser.

Intérieurement, Hélène approuve. Elle n'a jamais envisagé la situation sous cet angle, mais admet être en effet plutôt satisfaite de s'écarter définitivement des Huileries.

— Au fond, répond-elle lentement, nous n'en avons jamais vraiment parlé, toi et moi. Peut-être à l'époque étais-tu trop jeune. Mais papa nous a fait beaucoup souffrir. Surtout maman, comme tu imagines. Alors, sans doute les Huileries sont-elles, en ce qui nous concerne, marquées d'une sorte de faute originelle. Nous acceptons sans mal d'en abandonner la propriété. En vérité, j'y trouverais même un grand soulagement !

— Merde alors ! tonne Marc. Vous en avez de bonnes ! Ton patrimoine part en fumée et tu applaudis ?

— Non. Je ne vois pas les choses de cette façon. Je n'ai jamais pensé aux Huileries, ou à l'une quelconque des entreprises de mon père, de notre père, comme à une composante de mon patrimoine. Pas du tout. Hauterive, oui. C'était à notre famille. Les Aygalades appartenaient à la famille Camoin et notre père avait plutôt escroqué la vieille dame en l'achetant. Et puis après, la collaboration…

— Hélène ! Ça remonte à combien d'années, tes histoires ? L'acquisition des Aygalades ? Papa était plus jeune que nous aujourd'hui ! Et la collaboration ! Bientôt vingt ans !

Hélène note que Marc parvient à dire « papa » en parlant de Sébastien de Portallan. Elle en est, elle, totalement incapable.

— Vingt ans ? Enfin, pas tout à fait. Pour moi, c'était hier. Mais je te l'accorde, la perte des Huileries ne me fera pas verser une larme.

— Tu en prends à ton aise !

— Mais Marc, tu es jeune, tu as fait des études, tu vas continuer à travailler avec Robert Baral. Son groupe se développe. Il a des intérêts, sans qu'on le sache, dans plusieurs grandes sociétés, y compris des sociétés marseillaises. Tu as peur de devenir salarié ? interroge-t-elle en souriant.

— Tu es idiote !

— Ça aussi, ça change. Notre grand-père vivait de ses récoltes, à Hauterive. Il avait des fermiers, des ouvriers agricoles. Dans sa jeunesse, il devait rallier Marseille en voiture à chevaux. Et puis, tu vois… Moi je suis avocate, et toi tu vas devenir directeur commercial. Et un jour Hauterive ne sera plus qu'une résidence secondaire, comme on dit maintenant. Une résidence secondaire ! Je n'aime pas cette expression.

Par la baie vitrée, Hélène contemple en contrebas le trafic de Castellane. L'époque n'est pas tellement lointaine où l'on pouvait traverser le rond-point sans trop se soucier de la circulation. Ou, au terminus de la piste cyclable du Prado, il y avait en sous-sol, outre des toilettes publiques, un cireur, un coiffeur et un commerce de bonbons. Peut-être le marché en plein air qui déroule jusqu'à l'église du Sacré-Cœur ses étals de légumes, de poissons, de fromages, de tissus, de casseroles, résistera-t-il à la concurrence des magasins à succursales.

La veille, en rentrant chez elle, elle avait été accueillie par un énorme vacarme provenant de la chambre de François. Bill Haley et Elvis Presley, le rock' n roll ! lui avait expliqué l'adolescent en changeant les petits microsillons sur le plateau de son tourne-disque. « Ça ressemble un peu au boogie-woogie, non ? » avait remarqué Hélène. « Non, pas du tout, écoute bien, répondait François, c'est un changement total, une autre musique, une autre société. Rock' n roll, ça veut dire balancer et rouler. Tu vois, il faut danser comme ça. » François se déhanchait, saisissait la porte par la poignée, dont il se servait comme de la main d'une danseuse imaginaire. « Eh bien ! disait-elle, on doit se crever complètement avec des rythmes pareils. » Et elle se rendait compte que son fils était franchement plus grand qu'elle. « D'ailleurs, insistait-il en déposant un baiser sur le front de sa mère, je voudrais bien que tu m'achètes des blue-jeans. Ce n'est plus à la mode, ces pantalons ! — Des blue-jeans en plein hiver ? Mais c'est de la toile ! — Oui, et alors ? » Alors, rien. Tout changeait. Les filles mettaient des ballerines de danse classique, des demi-pointes, comme chaussures, et des fuseaux de ski comme pantalons ! « Fais-moi danser, François, montre-moi comment je dois tourner. Tu as une petite amie ? » L'adolescent rougissait un peu. Bon, pensait la mère, je finirai bien par le savoir. Grâce à Clément ou Bernadette qui vendront la mèche. C'était drôle. Hier encore… Elle chassait les souvenirs d'un revers de main. Elle se sentait en même temps très adulte et parfaitement gamine.

Sandro me manque, pense-t-elle. En réalité, je ne peux pas me séparer de lui très longtemps. Elle revient à son frère, en face d'elle, qui, comme ils l'ont toujours fait, mange ses moules en les arrosant d'un peu de vinaigre.

— Elles sont bonnes, mais ne valent pas celles de l'étang, dit Marc.

— L'étang, tu sais, avec les saletés qu'ils déversent dedans, nous risquons de ne plus pouvoir manger de coquillages dans quelque temps. C'est honteux. Les pêcheurs sont fous de rage. Mais les raffineurs s'en moquent ! Je crois que je vais leur créer quelques ennuis… Tu ne viens plus beaucoup, à Hauterive…

Son frère lui semble avoir brutalement vieilli. Le cheveu est moins net, le teint plus gris.

— Non, c'est vrai. Je suis fatigué. J'ai trop de soucis. J'ai peur. Je devrais monter de temps en temps, marcher, me reposer, sortir en barque. Elle est encore en bon état, notre barque ? Je n'ai pas vu Albert Rintier, mon cher cousin, depuis cinq ou six mois. Comment va-t-il ?

Hélène secoue la tête. Elle se sent fautive. Marc, pour elle, serait presque un enfant de plus.

— Albert ? Je l'ignore. Je crois qu'il s'occupe de l'exploitation, mais ce n'est plus très rentable. Même les oliviers, qui sont superbes, ne rapportent pas beaucoup d'argent. Les gens veulent de l'huile bon marché. Je crois que l'huile d'olive est condamnée. Quant à la barque… Elle n'est pas vraiment en bon état. Le port commence à s'ensabler. Mais, cet été, François remettra tout ça en ordre. Tu sais que la vieille dame qui l'avait recueilli lors du bombardement, Germaine Lenti, est morte ? Ça l'a un peu secoué, même s'il n'avait vécu chez elle que quelques mois…

Elle s'interrompt en pensant aux grosses larmes d'enfant que François avait versées. Un deuil proche, l'apprentissage de la vie, de la mort.

— … Pauvre François ! Oui, reprend-elle, il a invité à Hauterive deux amis. J'ai l'impression qu'ils ont découvert des filles de leur âge, au village. Tu connais le rock' n roll ?

Marc de Portallan regarde sa sœur comme s'il s'agissait d'une extraterrestre.

— Le rock' n roll ? Bien sûr. C'est insupportable.

— Oui ? Eh bien je crois que nous devrions nous y habituer, parce qu'il y en a pour un moment.

— Penses-tu ! Une musique de sauvages ! Plus personne n'en parlera d'ici un an. Dans les cinémas, il y a des voyous qui cassent les fauteuils en dansant dessus ! François de Portallan, lui, ne casse pas les fauteuils, j'espère ? Avec le patronyme que tu lui as donné...

Il est incorrigible, pense Hélène, amusée. On ne peut pas imaginer plus conservateur, plus conventionnel. Plus emmerdant en fait. Comment s'étonner qu'aucune fille ne veuille le prendre en charge ? Elle cherche le nom de la dernière maîtresse qu'on lui a connue.

— Je ne t'ai pas demandé des nouvelles d'Elizabeth. Vous êtes toujours... fiancés ?

— Non. Elle voulait à tout prix m'épouser, c'était trop.

— Et tu l'as laissée se sauver ? Il faudrait peut-être penser à ta progéniture, mon vieux. Le nom des Portallan, puisque tu en parlais à propos de François...

— Arrête de te foutre de moi !

Ils rient. Hélène sent que, progressivement, l'angoisse de Marc commence à s'estomper. Il semble avoir admis la transmission de l'entreprise au cousin Baral. Peut-être même en est-il inconsciemment soulagé.

— Viens à Hauterive avec nous, le week-end prochain, dit Hélène. Tout le monde sera content de te voir. Tu veux que j'invite une amie ? Tu connais Isabelle Serain ? Elle est superbe, non ? Pas encore trente ans, célibataire, délurée, tout pour te plaire. Elle ressemble un peu à cette nouvelle actrice qui tourne dans *Et Dieu créa la femme*, Brigitte Bardot, c'est ça ?

— Tu joues les entremetteuses, maintenant ? Va pour Isabelle. Je la trouve très agréable. Donne-nous des chambres voisines. Bon, ça nous évitera de parler de politique, comme d'habitude. Tiens, au contraire ! Je vais lui parler de politique, moi, à Gianni Monti. Tu as vu la Hongrie ?

Hélène avait « vu ». Comme tout le monde. L'écrasement par les chars soviétiques, dix-neuf divisions mécanisées, de la tentative de libération de la population hongroise, au début du mois de novembre 1956. Probablement vingt mille morts. Pour avoir souhaité des élections libres. Puis la loi martiale, la répression.

Plus personne, pense Hélène, ne pourra désormais prétendre que le communisme est l'avenir de l'homme. Ceux qui – enfin ! – ont rendu leur carte du Parti ont eu raison. La vérité, dramatique, éclate au grand jour. Le communisme est une dictature. Seulement une gigantesque prison. Hélène a encore en mémoire quelques-unes des phrases du célèbre texte d'Aragon : « Merci à Staline. La France doit à Staline son existence de nation... Merci à Staline qui a rendu possible la formation de ces hommes garants de l'indépendance française... »

— Oui. C'est ignoble. Mais je crois que Gianni sera d'accord avec toi. C'est un homme bon, tu sais. Il croyait au communisme par générosité.

Comment autant d'individus, intelligents, charitables, dévoués, avaient-ils pu se fourvoyer avec une telle détermination ? Comment avaient-ils, de bonne foi, cru que le communisme bâtirait le Paradis grâce à la tyrannie ? Par quel mystère considéraient-ils le plomb en jurant qu'il s'agissait d'or ?

— Tu t'imagines que cette répression sauvage, en Hongrie, va ouvrir les yeux des gens ? grogne Marc. Je prends les paris. Ici, aux prochaines élections, il y aura autant de voix communistes qu'avant, autant de députés. Fermement convaincus que le grand danger qui menace la France, c'est l'armée américaine. « US Go Home », comme on voyait encore sur les murs de la ville il y a peu de temps !

Hélène hoche la tête. La guerre froide est devenue

la composante essentielle du monde. Les Soviétiques, s'ils n'attaquent pas, ne céderont pas un pouce de terrain le long du rideau de fer. Leurs agents travaillent tous les mouvements politiques du tiers monde. Hélène le sait bien : elle a été amenée à rencontrer, au cours des quelques missions accomplies pour Hocine, des communistes algériens. Entre l'Est et l'Ouest, la paix restera toujours fragile, à la merci d'un incident. Les armes nucléaires, accumulées de part et d'autre, rendent angoissant cet « équilibre de la terreur ».

L'Europe libre devrait s'unir de toute urgence. Après la Communauté européenne du charbon et de l'acier, Allemands, Français, Italiens et Bénéluxiens, s'apprêtent à mettre en œuvre le Marché commun et l'Euratom. Hélène suit les travaux des conférences ministérielles préparatoires aux traités avec attention. L'Union douanière, dont il est question, aura un effet d'entraînement politique considérable. En fait, en prévoyant à terme la libre circulation des hommes, des marchandises et des capitaux, les « Six » mettront le doigt dans un engrenage qui les conduira beaucoup plus loin, sans doute vers le fédéralisme. Probablement d'ailleurs cette perspective institutionnelle empêche-t-elle la Grande-Bretagne de rejoindre les continentaux. Hélène le regrette parce qu'elle est convaincue de la force de caractère et du courage des Anglais.

— Je crois que je vais devoir t'abandonner, dit la jeune femme en se levant de table. J'ai un rendez-vous au cabinet. J'ai été contente de te voir, Marc. Crois-moi, la solution qu'offre Robert Baral est la meilleure. Il va venir à Marseille assez rapidement, et nous pourrons conclure. Tu es d'accord ?

— Oui, dit-il la gorge un peu serrée. Je crois que tu as raison. En tout cas, je ne peux pas en vouloir à Robert.

— Tu vois maman, de temps en temps ? Je préférerais que tu l'informes toi-même de cette décision de vente. Ça la rassurerait.

Ils marchent sur le Prado, parmi les détritus du marché qui, en ce début d'après-midi, n'ont pas encore été nettoyés.

— On devrait se plaindre à Gaston, s'amuse Hélène.

Trois ans plus tôt, en 1953, Gaston Defferre avait été élu maire de Marseille. De l'avis général, il avait signé avec les Marseillais un long bail. Hélène lui avait envoyé un mot pour le féliciter. Il avait gentiment répondu. « Je suis toujours convaincu, lui avait-il écrit, que votre place est parmi nous. N'hésitez pas. » Elle avait souri. Un jour, peut-être.

CHAPITRE 20

— Tu crois réellement que le Général veut l'Algérie française ? demande Hocine Ahmed à Hélène Barutti. Ça m'emmerde beaucoup, parce que c'était mon idole.

Hélène soupire.

— Franchement, je n'en sais rien. Cette histoire m'étonne. Je vous ai compris, je vous ai compris... Ça veut dire quoi ? Moi aussi, je les comprends, les pieds-noirs ! Tu veux mon sentiment ? Il ne croit pas, et depuis longtemps, au maintien des colonies. Maintenant, après ce qui s'est passé sur le Forum, toute cette fièvre, cette réconciliation apparente, il pense peut-être qu'il y a une chance de réussir une véritable intégration. Avec, dans toute l'Algérie, comme il dit, des Français à part entière, dix millions de Français à part entière ayant les mêmes droits et les mêmes devoirs.

Hocine Ahmed se lève du muret sur lequel ils sont assis tous les deux, face à la mer, à la Pointe-Rouge. Quand Hélène a un peu de temps, il leur arrive de profiter de l'heure du déjeuner pour venir ici prendre un bain, manger un sandwich et fumer une cigarette.

C'est un banc de rochers ferrugineux qui a donné son nom à ce quartier du sud de Marseille, une sorte de petit village niché au bord de la plage, d'où l'on va vers les calanques. Les petites maisons de pêcheurs côtoient l'extrémité de la « campagne Pastré », dont l'entrée se situe un peu plus loin, à Montredon, et connue pour l'excentricité de son premier propriétaire qui y élevait des autruches.

Le Kabyle est toujours aussi mince, mais des fils argentés ont envahi sa chevelure courte et, quand il n'est pas rasé de près, les poils blancs de ses joues et de son menton le font paraître assez âgé. Il est vrai, songe Hélène, qu'il a dépassé la quarantaine. Et que je vais bientôt, moi aussi, atteindre ce cap.

Hocine agite les bras, comme s'il voulait distraire un enfant.

— Mais comment veux-tu que les métropolitains, les Français d'Algérie, acceptent que tous leurs députés soient arabes ? Une seule France ? Avec un quart de la population française ou presque, arabe ? Et demain plus encore ? Non, c'est impossible. Et puis, pour se marier, il faut être deux ! Nous, on veut l'indépendance.

— Si tu as raison, le Général vous la donnera l'indépendance ! Je souhaite que ce soit le plus vite possible. Je ne sais pas comment. Mais tu vois, lui, je lui fais confiance. Et puis ce pays était devenu une pétaudière.

Incroyable ! pense Hélène. Les événements du 13 mai ont eu lieu alors que la France, entre un Premier ministre démissionnaire et un autre qui n'était pas investi, n'avait plus de gouvernement ! Avec un rien de malchance, l'armée prenait le pouvoir, et pas seulement en Algérie. De malchance ? Sans de Gaulle, en réalité, l'armée prenait le pouvoir. D'ailleurs, Gaston n'avait pas hésité...

Defferre, effectivement, à la différence des excités appelant à réagir contre le « futur dictateur », avait assez vite rallié de Gaulle. Il avait en tout cas assuré partager les objectifs du Général en Algérie et, d'une manière générale, sa volonté de rendre à la France la place qui lui revenait dans le monde. La population marseillaise n'avait jamais été très « gaulliste ». Elle avait accueilli le retour de De Gaulle aux affaires avec une réserve prudente, plutôt favorable. La CGT, à tout hasard, avait essayé de « mobiliser » sur le thème un peu fumeux de la « vigilance », mais sa manifestation n'avait pas connu un grand succès. Les électeurs de droite étaient apparus assez divisés. Les plus virulents, mais les moins nombreux, regroupés dans quelques cercles, entendaient veiller au maintien de « l'Empire ». Les autres, qui souhaitaient, comme le patronat, préserver les intérêts traditionnels de la ville, penchaient bien sûr en faveur de l'Algérie française. Le général de Gaulle semblant pour le moment aller dans ce sens, leur attitude à son égard restait assez ambiguë.

Comme d'habitude, Marseille, lourd d'histoire, observe. La population algérienne, et plus généralement arabe, y est nombreuse. La ville, intuitivement, sait qu'elle sera la plus concernée des métropoles françaises par l'évolution de la guerre d'Algérie.

— Oui, vivement la paix, et le plus vite possible, dit Hocine. Les paras font de sérieux dégâts. Massu, à Alger, il n'y est pas allé avec le dos de la cuillère. Ils torturent.

— Ils font la guerre. Et ils pensent qu'ils doivent la faire de cette façon. Qu'on ne doit pas hésiter quand la torture permet d'éviter une bombe au milieu d'un café. Comme tu le sais, je suis radicalement contre, ça me dégoûte, mais voilà l'explication.

Pour Hélène, qui a repris le cours de ses pensées, l'arrivée un peu tumultueuse du général de Gaulle au pouvoir est le gage d'une sortie de crise rapide. L'Algérie devient une angoisse quotidienne. Marseille, en ce début d'été 1958, vit au rythme des attentats, des arrestations. Non seulement des drames qui se déroulent de l'autre côté de la Méditerranée, mais aussi de ceux qui ont lieu ici même, dans la ville et la région. Au mois d'avril, l'essentiel du réseau politique du FLN avait été démantelé par la police. Comment Hocine avait-il réussi à passer à travers les mailles du filet ? Lui-même l'ignorait. Mais une nouvelle organisation s'était presque aussitôt remise en place. La police, cette fois-ci, aurait du mal à s'y infiltrer. D'où l'idée, qui progressivement s'imposait, de regrouper dans des « cités » les Algériens disséminés à travers les multiples bidonvilles répartis sur le « territoire » marseillais, plus de cent kilomètres de périphérie. Nous allons, redoute Hélène, compliquer passablement les relations entre les communautés. Elle se rappelle ce que Gianni et Emilio lui ont raconté, bien des années auparavant, à propos des traitements infligés aux immigrés italiens, les « bàbi ».

— Moi, ils auront du mal à me « regrouper ». J'ai un travail régulier de chauffeur. J'ai fait une belle guerre. Je paye mon loyer. Je connais un avocat important, une relation du maire, une fille à particule félicitée par de Gaulle…

— Laisse tomber, Hocine. Je me demande si nous aurons encore le courage de rire, dans quelques mois. Si nous pourrons encore, toi et moi, nous promener à la plage comme maintenant sans qu'on nous regarde de travers. Ou qu'on nous insulte.

— J'aurai peut-être encore un voyage à te demander, dit celui-ci quelques instants plus tard. Je n'ai pas exagéré, hein ?

Hélène sourit. Il n'a pas exagéré, c'est vrai. Deux voyages à Genève. Pas de quoi paniquer. Pourtant, Hélène a dû s'inventer un client en Suisse, un chef d'entreprise connu quand elle dirigeait les Huileries, et qui envisageait aujourd'hui, officiellement en tout cas, des investissements personnels dans la région marseillaise. Elle avait sollicité ce dernier, évidemment sans lui avouer la vérité. A l'air faux cul d'Hélène, il avait compris : elle cherchait une façon de venir placer son argent en Suisse.

— Tant qu'on ne me repère pas…, dit-elle.

— Tu as peur ? On peut arrêter.

Elle hausse les épaules. Non, elle n'a pas peur. Simplement, elle n'a pas envie de tout gâcher inutilement.

— Je voulais te dire quelque chose, Hocine. Selon la façon dont va évoluer cette guerre, selon la politique de De Gaulle, je refuserai peut-être un jour de continuer ces missions. Si lui veut la paix, je ne peux quand même pas rester du côté de ceux qui entendent poursuivre la guerre. Tu devrais y penser aussi.

— J'y ai pensé, petite. Mais c'est moins simple pour moi que pour toi. On en a souvent parlé. A propos de l'engagement politique, du Parti communiste, etc. Tu connais les erreurs, mais tu les comprends. Dès lors…

Ils regagnent la voiture d'Hélène. Ils ne sont pas pressés et Hocine propose de boire un café, dans une sorte de baraquement peint de couleurs vives, au bout de la plage, près des abris réservés aux barques des pêcheurs. Tout est paisible, à une éternité du centre-ville. Un autre siècle. Elle aurait voulu habiter ici, plutôt qu'au boulevard Périer. Plus tard, peut-être. Sandro avait préféré ne pas s'écarter de l'hôpital. Sandro était plus important que tout.

Le patron du bistro, un personnage de comédie à la forte moustache, les regarde sans aménité.

— Tu vois, dit Hélène, c'est ce que je t'annonçais tout à l'heure. Pour le moment, il garde ses réflexions, demain il ne se gênera pas.

Elle est prête pour un autre transport de fonds, mais ensuite elle aura besoin de réfléchir. Hocine ne répond pas, acquiesce.

— Demain…, murmure-il, demain… Inch Allah !

— Emilio est mort. La nuit dernière. Il s'est senti mal. Puis le cœur s'est arrêté.

La voix de Bernard de Portallan résonne dans le combiné téléphonique, comme si elle sortait d'un tunnel. Emilio ! Hélène sanglote sans pouvoir répondre. Emilio ! Mais quel âge avait-il ? Elle compte sur ses doigts. Soixante-quatorze ans. Déjà ? A peine ! Mais ce n'est rien, soixante-quatorze ans ! Où est passé le temps ? Dans quel fleuve, vers quel océan a-t-il fui sans que personne se rende compte de rien ? Et, au bout, cette monstrueuse injustice.

— Maria ? interroge Hélène. Je vais venir, Bernard.

— Maria est prostrée, comme Gina. J'ai prévenu Sandro à l'hôpital, juste avant toi. Gina est déjà partie à la ferme. Je vais la rejoindre.

— Mon Dieu ! Sandro doit me chercher. Je raccroche.

Et la sonnerie retentit. Sandro est là, elle entend ses pleurs. Je sais, souffle-t-elle. Mon amour. Je suis avec toi. Elle parle sans savoir ce qu'elle dit. Il n'a pas souffert. Ça ne change rien pour nous, avec ou sans souffrance il n'est plus là. Ta mère compte sur toi, monte vite à Vitrolles. Sois courageux, je te rejoins. Les enfants, quelques dispositions à prendre ici.

Emilio. Elle grimpait sur ses épaules. Il l'installait sur le vieux cheval. Ils allaient jusqu'aux marais salants. Il aidait Joséphine de Portallan, sa grand-mère. Il était là, au moment de la déchéance du père. Il était si fier, le jour de leur mariage, si fier d'Hélène et de Sandro. Et si heureux. Mon docteur préféré, disait-il de son fils. Ma deuxième fille. Son costume impeccable, ses cheveux presque aussi blancs que sa chemise amidonnée. Elle secouait la tête, mais le rideau de larmes ne bougeait pas, continuait à brouiller les mouvements de la rue sur lesquels elle tentait de fixer son attention, à travers la vitre du salon. Elle n'avait jamais pensé qu'il pouvait mourir. Et Maria ! Seule ! Seule ! La mort, qui nous laisse seuls !

— Il sera enterré au cimetière de Vitrolles. Il avait tout prévu, dit Maria Barutti.

Effondrée dans un fauteuil de la grande cuisine de la ferme, la vieille dame est incapable du moindre mouvement. Elle regarde fixement le mur en face d'elle, où sont accrochées quelques-unes des peintures sur bois réalisées par Emilio dans sa jeunesse. Depuis quelques années, elle avait pensé à leur mort, à l'un et à l'autre. Mais elle réussissait toujours à chasser cette perspective de son esprit. D'abord, ni Emilio ni elle-même ne souffraient de la moindre maladie. Et surtout, se disait-elle, Dieu, qui a toujours été si bon avec nous, fera en sorte de nous rappeler ensemble à Lui. Maintenant, l'absence de son compagnon de toujours lui paraît insupportable. J'ai disparu, la plus grande partie de mon âme a disparu, et pourtant je suis obligée de me lever, de marcher, de parler, pense-t-elle. Et il faudra dormir, manger. Je ne veux pas. Je ne veux plus. Tu dois, maman, pour nous, disent Gina et Sandro. Viens jusqu'à la route, respirer un peu. Non, il va partir et je ne vais pas le laisser sans compagnie, vous comprenez.

Tous les gestes, toutes les petites manies, toutes les phrases habituelles d'Emilio, auxquelles elle ne prêtait plus attention, surgissent de nouveau, occupant la totalité de son esprit. Elle les répète, se confie à sa fille : « Il avait une véritable adoration pour Vincent, tu sais. Quand il le portait sur son dos, petit, il s'ébrouait comme les chevaux… Et maintenant. Regarde, sur le buffet, son paquet de tabac. C'est impossible. » Gina laisse sa mère pleurer sur son épaule. Elle m'a tellement consolée, quand j'étais enfant. Elle ne parvient pas à stopper ses larmes et cherche refuge auprès de Bernard.

Hélène gare la DS dans la cour de la ferme. Elle vient de Vitrolles où elle a pu, avec le curé, arrêter l'heure de la messe, le lendemain.

— Je ne sais pas, dit Sandro. Je ne sais pas ce qu'elle va décider. Rester seule, ici ? Ce n'est pas possible. Mais elle refusera d'abandonner tous ses souvenirs. Elle aura raison.

Ils font quelques pas dans le chemin. Hélène a pris la main de Sandro et glissé ses doigts entre les siens. Elle voudrait soulager la douleur de son mari, mais elle ne parvient qu'à mêler ses larmes aux siennes. Sandro la serre contre lui, penche la tête qu'il niche au creux de son cou :

— Heureusement que tu es là. Les enfants ?

— Ils sont prévenus. Ils sont grands, tu sais. Enfin, pas vraiment... Ils vont venir ce soir avec nos voisins, en voiture. Oui, les Prunier qui habitent au deuxième étage. Ils ont gentiment proposé de les conduire jusqu'ici. Ce n'est pas très loin...

Elle voudrait parler encore, trouver d'autres sujets, même inutiles, surtout inutiles. Eloigner autant que possible ce lent cheminement vers le cimetière du village, cette allée qu'elle a déjà trop empruntée dans le passé, ce tas de terre fraîche retournée dont elle connaît la couleur un peu orangée, surtout ce bruit des premières pelletées tombant sur le bois du cercueil. La naissance, la vie, la mort, pense-t-elle, ne sont qu'un seul et même instant qui s'étale sans réellement nous laisser le loisir de comprendre. Une existence, surtout si elle dure cent ans ? Seulement une infinie poussière dans l'éternité de l'Univers, entre les doigts de Dieu. La conscience de sa propre finitude serre un peu plus la gorge d'Hélène.

— Viens, dit-elle à Sandro. Marchons vers la bastide.

— C'était mon père. Je ne l'ai pas assez remercié, entouré. Je m'en veux.

— J'ai pensé la même chose quand grand-mère est morte. Tu n'es pas fautif. La vie est comme ça, qui nous propulse à droite ou à gauche. On pourrait choisir, bien sûr. Mais tu aurais choisi quoi ? L'agriculture, pour rester près de ton père ? Viens, mon amour.

En revenant du cimetière, Hélène et Bernard ont préféré voir les quelques proches, parents ou amis qui se trouvaient là, les rejoindre à Hauterive pour éviter à Maria Barutti, Sandro et Gina la collision des souvenirs. Cette année, l'été est dense, presque pénible. La chaleur semble s'être infiltrée partout pour combattre et annihiler le moindre souffle de vent. C'est une particularité de la Provence d'emmagasiner ainsi les degrés pour les distiller ensuite quand un vague courant d'air circule entre les collines ou que vient le soir réparateur. On imagine alors se trouver assis à côté d'un foyer, d'une forge, autonome, brûlant ceux qui l'approchent. Plus personne ne respire profondément de peur de laisser dans l'exercice une énergie vitale.

Accablé, Gianni Monti, qu'un âge avancé semble avoir transformé en tronc d'arbre raide et noueux, est prostré sur un banc, contre le mur, dans la partie ombragée de la terrasse. La chaleur broie sa peine à grands coups sourds, ainsi que le ferait un gigantesque marteau-pilon. Ses joues creuses, son regard rendu plus pâle par les années, sa chevelure blanche un peu clairsemée lui confèrent une attitude en même temps hiératique et attendrissante. Sur le visage du vieil homme, le doute quant à l'utilité de vivre encore a imprimé une sorte de douceur lisse. Comme si, depuis un navire cinglant vers la haute mer, il regardait une terre chérie s'éloigner définitivement.

Il pense à Maria, à la solitude qui va désormais écraser la pauvre femme. Il revoit le jeune cabri cheminer à ses côtés, joyeux de cette vie qui s'offrait malgré les privations, un demi-siècle plus tôt, sur la route les amenant, avec Emilio, du Piémont à Marseille. Comment la laisser seule, rangeant, dépliant et repliant les effets d'Emilio dans les armoires de la ferme, classant les photos jaunies, retrouvant par hasard des objets familiers oubliés au fond d'un tiroir ?

Et d'ailleurs, s'interroge Gianni, comment l'exploitation agricole que, vaille que vaille, Emilio avait réussi à maintenir, pourra-t-elle se poursuivre ? Gianni lui-même est totalement incapable d'assurer cette charge. A la Ferme des agneaux, Louis Rintier, qu'une santé devenue fragile maintient désormais dans un périmètre exigu autour du bâtiment, toujours sous le regard de Luce, a totalement laissé les rênes à son fils Albert. Celui-ci, âgé de trente-trois ans, s'est marié deux ans plus tôt à la fille d'un commerçant de Rognac, Suzanne Parel, dont le père avait créé et développé une quincaillerie-électro-ménager-mobilier où venaient se fournir tous les habitants du village.

Le père Parel, qui voyait sans plaisir sa fille unique abandonner un commerce très profitable pour une ferme à l'avenir problématique, avait un peu tordu le nez quand il avait appris l'heureuse nouvelle. Mais, après tout, Suzanne devenait aussi propriétaire terrienne, apparentée aux anciens châtelains locaux, ce que le charme indécis de la jeune femme n'avait nullement laissé présager.

Bonne commerçante, Suzanne Parel l'était sans doute. Agricultrice, certainement pas. Et Albert lui-même n'avait pas bénéficié dans ce domaine d'une formation très sûre. Mais il avait des idées. Formé dès son plus jeune âge à l'équitation, amoureux des chevaux et excellent cavalier, il estimait que les chemins compris entre l'étang, Rognac et Vitrolles pouvaient un jour fournir un complément appréciable de revenus à l'exploitation agricole. Gianni avait assez souvent parlé de cette perspective avec Albert. Il pensait que le jeune homme n'avait pas tort : le sport équestre pouvait se développer. Mais laisser reposer sur les seules épaules du jeune Rintier la totalité des cultures et de l'élevage de l'ancienne propriété des Portallan, même si celle-ci s'était aujourd'hui réduite des deux tiers, risquait de se révéler une erreur.

Le paradoxe, remarque Gianni amèrement, n'est-il pas que pendant plus de cinquante ans Emilio et Maria se soient battus pour constituer un patrimoine terrien alors qu'aucun héritier n'est susceptible d'en assurer la pérennité ? Le monde a beaucoup changé, personne ne pouvait le prévoir, pense l'ancien contremaître, en tout cas « dans nos milieux ». Mais chez les Portallan, personne ne s'était mieux préparé à cette révolution de la société française issue de la guerre. A peine quinze ans auparavant. Ce monde nouveau, que lui Gianni est de toute façon en train de quitter, a une particularité : il change de plus en plus vite. Il est épuisant.

— Venez manger quelque chose, Gianni, dit Bernard en tapant sur l'épaule du vieil homme.

— Je n'ai pas très faim, répond celui-ci. Mais je boirais volontiers un verre de vin. Bernard, puisque vous êtes là, et même si j'ignore complètement sa réponse éventuelle, accepteriez-vous que Maria vienne habiter ici, en tout cas pour quelque temps ? J'ai peur de la laisser seule à la ferme.

— Mais évidemment ! Je m'en veux de ne pas l'avoir proposé. Hélène sera d'accord, évidemment. Croyez-vous que Maria acceptera ?

— Je l'ignore, soupire Gianni en déployant son immense carcasse. Mais ce serait une bonne solution. Nous sommes vieux, tous les deux. Et un peu trop isolés, désormais. Nous veillerions l'un sur l'autre.

Bernard, pour la première fois sans doute, se dit qu'il n'a plus lui-même vingt ans. Il ne s'en rend pas compte, avec Gina, avec Vincent et Thierry. Du regard, il cherche ses fils. L'aîné, cette année, porte des pantalons longs. Il l'avait exigé à la rentrée scolaire précédente. « J'ai l'air de quoi, à treize ans passés, avec des culottes courtes ? » Gina avait rougi, ce qui allait très bien à sa beauté mate. Elle était désolée, elle aurait pu y penser plus tôt. De loin, Bernard voit Vincent, qui doit mesurer un mètre soixante-quinze, entourer de son bras les épaules de sa mère, protecteur, attentionné. L'allure, forcément sage et classique, que se donne le professeur de Portallan n'a en rien modifié le physique athlétique de Gina, son regard de feu. « Tes élèves garçons sont toujours amoureux de toi ? » demande de temps en temps Bernard. « Mais je n'ai que des filles ! corrige Gina. Les classes mixtes, malheureusement, n'avancent pas vite ! »

Et lui, Bernard, que deviendra-t-il ? Voyons, calcule le journaliste, quel âge aurai-je en l'an 2 000 ? Près de cent ans ? Cette gigantesque propriété aura été morcelée. La bastide, sans doute, tiendra toujours debout, mais est-ce bien sûr ? Et l'étang ? Que deviendra cet étang où il s'est si souvent baigné ? Depuis 1957, en raison de la pourriture qu'y déversent les raffineries pétrolières en toute impunité, la pêche est interdite. Temporairement, du point de vue officiel auquel personne ne croit. Les paysans existeront-ils encore, dans cette région que déjà se disputent les promoteurs de résidences de vacances, y compris à quelques kilomètres de l'étang, vers Sausset et Carry-le-Rouet, en dessous de la chaîne de l'Estaque ?

— Voulez-vous qu'Hélène lui fasse la proposition ? Préférez-vous lui en parler vous-même ? Je crois qu'une décision dès maintenant lui éviterait de rentrer seule à la ferme ce soir, propose Bernard.

Gianni Monti reste debout sans prononcer un mot, maigre, voûté, les mains dans les poches de son costume bleu marine fatigué et devenu un peu trop large, fixant au loin la surface de l'étang de Berre que la lumière violente finit par rendre blanche comme une plaque d'aluminium. Le vieil homme ne sait pas. Pour la première fois, il aimerait ne pas avoir à prendre de décision, donner en confiance tous pouvoirs à Bernard, ou Gina, ou Sandro. Se reposer sur ses proches, qui sont si peu nombreux. Il pense au cimetière, qu'il aimerait partager avec Emilio et Maria. Il se tourne vers Bernard.

— Oui, je vous fais confiance. Allez en parler à Maria avec Hélène. Je suis épuisé.

Quelques instants plus tard, Maria Barutti remercie les messagers. C'est un tel soulagement ! Elle n'ose pas, mais elle va malgré tout rester là. « Je te prépare une chambre, dit Hélène. Ne t'inquiète pas. Et puis, plus tard, tu choisiras, ce n'est pas la place qui manque. Emilio aurait été rassuré et grand-mère aurait été ravie. — Mais je n'ai aucun droit à habiter chez vous », sanglote la vieille dame que le chagrin a ramassée en une sorte de pelote, lourde, molle et arrondie. « Redresse-toi, maman, prends sur toi, je t'ai préparé un café », insiste Gina qui va chercher quelques vêtements et des affaires de toilette à la ferme.

« N'oublie pas de bien fermer les portes et les volets, il y a des cambriolages maintenant », répond sa mère.

Petit à petit, Maria semble reprendre pied tout en s'abandonnant à une lourde fatigue qui la cloue dans un fauteuil, les yeux fermés. Elle pleure encore, silencieusement. Sandro lui donne quelques gouttes d'un calmant – « mon fils, mon fils, qu'est-ce qui nous arrive ? » –, puis Gina la conduit vers sa chambre. Elle s'assoupit, tandis que les rideaux flottent sur un début de mistral.

— Dors, maman, murmure Gina. Nous sommes en bas et j'ai pris pour cette nuit la chambre à côté de la tienne.

CHAPITRE 21

Depuis près d'un an, la Ferme des agneaux est fermée. Une ou deux fois par semaine, Maria, qui habite désormais Hauterive sans en avoir vraiment pris la décision, se rend à pied en compagnie de Gianni Monti jusqu'à son ancienne demeure. Curieusement, elle a le sentiment d'accomplir une sorte de pèlerinage, alors que, la veille encore, elle investissait cette bâtisse, en prenait possession, la meublait, lui donnait vie, y élevait ses bébés.

Aujourd'hui, ils cheminent sans se presser, observant l'évolution de la végétation, surveillant l'envahissement des parcelles dévolues aux cultures maraîchères par les mauvaises herbes, regrettant l'état d'abandon dans lequel ils trouvent les oliviers. « Ce n'est pas trop grave, dit Maria, on pourra les tailler l'an prochain, et les mauvaises herbes, ça va, ça vient. » Gianni acquiesce, sans commentaire et sans illusion, s'arrête pour rouler une cigarette, mais surtout pour laisser se calmer l'irritation qui irradie son genou droit. A soixante-quinze ans, il ne peut malgré tout plus espérer grimper aux arbres.

Arrivés à la ferme, ils inspectent les alentours, ouvrent les fenêtres « pour aérer ». Selon la température, ils en profitent pour allumer un feu de cheminée, préparer du café, boire un verre d'eau. Maria Barutti, presque religieusement, passe de chambre en chambre, vérifie le bon fonctionnement des lampes électriques, tapote les dessus-de-lit. Elle a la gorge serrée et, de temps en temps, quand le souvenir d'Emilio devient trop brûlant, elle s'assoit et pleure quelques minutes. Gianni teste les robinets et les circuits sanitaires, bricole d'une main experte, ici un volet dont le bois a gonflé, là une serrure qui grince. Il en profite pour se servir, quand Maria a le dos tourné, un petit verre d'eau-de-vie, « histoire de tuer les microbes », dit-il à mi-voix.

— Mon Dieu, qu'allons-nous devenir ? demande Maria en repartant. Albert a pris en charge ce qu'il pouvait, mais la maison ?

Albert Rintier avait effectivement « hébergé » toute la volaille des Barutti dans ses propres poulaillers, regroupé avec les siens les quelques moutons conservés par Emilio, récolté les prunes et les abricots. Mais il n'avait pas eu le temps de s'occuper des oliviers supplémentaires, avait laissé en jachère les terrains maraîchers et abandonné les marais salants.

— Je ne sais pas, répond Gianni. Il faut en parler avec tes enfants. Pour le moment, l'essentiel est de ne pas laisser se détériorer les bâtiments et les chemins. Quant aux arbres, tu pourrais confier leur entretien à l'Espagnol qui habite à droite en allant vers Marignane. Il s'y connaît. Gomez, il s'appelle. Bien sûr, il garderait la récolte, moins quelques cageots de fruits et quelques litres d'huile, ta part – comment dire ? – de propriétaire.

— Quand même, quelle désolation ! se lamente Maria.

Mais elle n'entretient aucune illusion. Ni Sandro et Hélène, ni Bernard et Gina ne se reconvertiront à l'agriculture, que tout le monde juge condamnée, sauf les grandes productions que le Marché commun soutiendra. C'est en tout cas l'avis de ceux des commerçants qui continuent à s'arrêter régulièrement, avec leurs fourgonnettes, devant la bastide. Le boulanger tous les jours, le boucher et le poissonnier une fois par semaine, l'épicier le mardi et le samedi.

En revanche, le matelassier, un artisan de Saint-Victoret qui, depuis les années 20, promenait sa machine à carder dans tous les jardins du coin, leur a annoncé qu'il prenait sa retraite. « Mais comment allons-nous faire désormais ? » lui avait demandé Maria. « Mais comme tout le monde. Quand le matelas est sale, la laine tassée, vous jetez. On ne réparera plus rien, bientôt. Vous ne confectionnez plus de matelas avec du varech séché en plein cagnard, hein, comme pendant la guerre ? C'est fini, la guerre, ma bonne Maria ! »

— Tu as raison, Gianni. Puisque les enfants viennent passer le week-end, heureusement qu'on a inventé les week-ends si on a supprimé les matelassiers, eh bien, je vais les obliger à prendre une décision. Comment, je n'en sais rien.

— Hélène, je dois me planquer. Tout de suite, sinon ils me feront la peau dans la semaine. Il y a les flics, de votre côté, des sortes de services spéciaux, et puis, chez nous, il y a des clans. Pour le pouvoir demain, mais pour l'argent aussi, et tout de suite.

Hocine Ahmed est au bout du rouleau. Encore plus maigre que d'habitude, le teint gris et, surtout, le souffle un peu court.

— Je ne dors plus parce que je ne sais pas où dormir. Je passe mon temps à cavaler. Je n'ai pas mangé depuis deux jours pour ne compromettre personne. Il faut que je disparaisse durant une bonne semaine, ensuite je filerai par l'Italie, c'est arrangé.

— Il y a du monde accroché à tes basques ?

Hélène regarde autour de la DS les ombres qui traversent les cônes lumineux des lampadaires. Il est presque 10 heures du soir. Elle stationne dans le bas de la rue Breteuil.

— J'espère que non, dit Hocine sans conviction.

Hélène réfléchit. Il n'existe qu'un endroit pour

cacher le Kabyle. Hauterive. Et même s'il se promenait dans les environs de la propriété, sa présence au milieu d'une communauté algérienne dont l'importance a beaucoup progressé autour de l'étang de Berre ne surprendrait plus personne. L'année précédente, des attentats attribués au FLN ont été perpétrés contre certaines installations pétrolières.

— En route, dit Hélène. J'espère que nous ne subirons pas de contrôle d'identité. Bizarre, hein, de craindre le même pépin quinze ans plus tard ? Par l'autoroute, nous y serons en vingt minutes.

Au début du mois de septembre, de Gaulle avait annoncé que les Algériens décideraient « de leur destin ». Aussi Hélène était-elle certaine que l'indépendance, finalement, s'imposerait. Mais quand ? Heureusement, le Général était là. Hélène, depuis la guerre, lui vouait une admiration sans bornes qu'étaient loin de partager la majorité de ses proches ou de ses relations. Les plus virulents des partisans de l'Algérie française, parmi lesquels on trouvait bon nombre d'anciens résistants, avaient compris que de Gaulle n'épousait pas, ou n'épousait plus, leurs convictions.

La simple évocation de l'indépendance algérienne les mettait en transe. Et, dans les milieux d'affaires, notamment maritimes, côtoyés par Hélène, l'antigaullisme était devenu violent, agressif. Marc de Portallan, maintenu aux Huileries réunies par le cousin Baral, avait rejoint une bande d'excités qui promettaient de ne pas « accepter la trahison ». Baral lui-même, conscient de la place qu'il avait réussi à occuper au Togo, se montrait officiellement plus ouvert vis-à-vis des partisans de l'indépendance. A tout hasard évidemment, il avait préparé à Marseille, avec l'achat du petit groupe du cours Pierre-Puget, une position de repli. En laissant Marc de Portallan s'agiter, il donnait à croire que l'Algérie française avait son soutien, se ménageant ainsi les faveurs d'éventuels futurs partenaires de travail. « Je suis couvert devant-derrière », avait-il dit dans un éclat de rire à Hélène qui, une fois de plus, avait jugé que le cousin ne donnait pas dans la dentelle.

A cette première catégorie d'antigaullistes, s'en ajoutait une seconde, tout aussi déterminée, dont un jeune directeur de journal, Jean-Jacques Servan-Schreiber, venait dans un très long article de l'hebdomadaire qu'il avait créé sept ans plus tôt, *L'Express*, d'expliquer la conviction psycho-philosophique. De Gaulle, écrivait-il en substance à propos du dernier tome des *Mémoires* du Général, était une sorte de mystique mégalomane se moquant éperdument de toute pratique démocratique, tenté dans un délire sexuel mal contrôlé de « posséder » la France et les Français. Hélène était une lectrice régulière de *L'Express*. Depuis l'origine, elle en partageait les combats, à commencer par l'indépendance de l'Algérie. Elle jugeait cependant absurdes les analyses faisant de De Gaulle un despote ou un fasciste.

Sur l'autoroute, déserte à cette heure, Hélène vérifie que la DS n'est pas suivie. Désormais, le plus pratique pour parvenir à Hauterive après la fin de l'autoroute est de demeurer sur la grand-route en contrebas du plateau de Vitrolles. On parvient au début d'une large plongée vers l'étang de Berre. Au loin brillent les torchères de la raffinerie. Dans l'avant-scène, la masse plus sombre que, même de nuit, on distingue le long de l'étang correspond aux pinèdes.

Tout en roulant à bonne vitesse, Hélène observe les abords de la route. Ils sont envahis de constructions rudimentaires, de hangars de stockage assez vilains, de constructions en béton non terminées, à la destination mystérieuse. Juste avant d'arriver à l'entrée du chemin conduisant à Hauterive, un ferrailleur s'est installé, annoncé par un énorme panneau aux peintures agressives. Les empilages de carrosseries de voitures contribuent à détériorer un peu plus le paysage. Mais la presque totalité de ces abcès se sont développés sur les terrains vendus, à différentes époques, par sa propre famille.

— Nous arrivons, dit-elle en désignant d'un geste vague l'obscurité environnante.

— Tout ça, c'est à toi, comtesse ? Je ne suis jamais venu ici, finalement.

— Oh non, sourit-elle. Les Rintier possèdent une quarantaine d'hectares, les Barutti une bonne vingtaine, et nous, c'est-à-dire Bernard et les petits-enfants de Joséphine, une vingtaine aussi, plus la bastide. Le reste a été dispersé. C'est compliqué. Nous allons encore vendre pas mal d'hectares, sûrement. D'ailleurs, que pouvons-nous en faire ? Plus personne n'exploite, de notre côté, depuis la mort d'Emilio, mon beau-père.

— C'est dommage, je me serais volontiers transformé en agriculteur…

— Il fallait y penser avant, camarade. Dis donc, tu n'as pas d'arme sur toi, au moins ? Je suis désolée, les enfants peuvent monter, et si tu es poursuivi…

Hélène vient ranger la DS derrière la bastide. Elle ramasse quelques graviers qu'elle jette dans les volets de la chambre de Gianni Monti. Essentiellement pour le rassurer d'ailleurs, car le vieil homme a dû être réveillé par le bruit du moteur.

— Gianni ? C'est Hélène. Rien de grave. Je suis avec un ami. Ouvre-moi, s'il te plaît.

La lumière apparaît derrière les lourdes persiennes. Gianni entrebâille les volets.

— Je crois que Maria est également debout, dit-il. Nous descendons.

Ils se retrouvent devant la porte de l'entrée. Hélène présente Hocine à Maria et Gianni, qui examinent le Kabyle avec méfiance.

— C'est un ami, dit-elle. Nous étions ensemble dans la Résistance. Il est recherché. Autant que vous le sachiez : il appartient à l'encadrement politique du FLN. Il va passer quelques jours ici, vous voulez bien ? Je suis désolée de vous imposer cette… complicité, mais je n'ai pas d'autre solution.

Au regard échangé par Maria et Gianni, Hélène

comprend qu'ils se seraient bien passés de cette responsabilité.

— Quelques jours ? relève Maria. Mais il ne faut pas qu'il sorte, alors ? Tu veux que nous l'installions dans une chambre du deuxième étage ? C'est totalement vide. Nous lui porterons ses repas. Tu trouves que tu es très prudente, ma petite ?

— Je ne sais pas. Je ne me suis pas réellement posé la question. De toute façon, il n'arrivera rien. Et si quelque chose devait se produire, je serais la seule responsable. Bon, c'est parfait ! dit Hélène. Hocine, je te laisse. Tu es en de très bonnes mains. Ne commets pas d'imprudence et n'utilise pas le téléphone. Dix jours, tu dis ? Il faut éviter qu'il y ait du monde ici le prochain week-end, surtout des enfants. Je vais prévenir Gina et Bernard que nous ne venons pas.

La mine apeurée de Maria peine Hélène. La vieille dame, pourtant courageuse, continue à réagir comme si elle arrivait d'Italie et que l'essentiel était de ne donncr prise, par son comportement, à aucune critique, aucun soupçon. J'ai sûrement tort, pense Hélène, mais quelle autre possibilité ? Elle entoure de son bras les épaules de sa belle-mère.

— Tu apportes la guerre jusqu'ici ? interroge à voix basse Maria Barutti. C'est de la folic, ma petite fille. Tu as pensé à ta famille ?

— Je dois l'aider. Il s'est battu pour la libération de la France, il y a quelques années. Il veut une Algérie indépendante, ce n'est pas un crime, si ?

Gianni s'est avancé. Il est comique, ne peut s'empêcher de penser Hélène, avec son pyjama à rayures, ses pantoufles, la grosse veste qu'il a enfilée et ses cheveux blancs dressés sur le crâne. Il pose sa main, une main qu'Hélène trouve énorme, encore musclée, sur l'avant-bras de Maria.

— Ne t'inquiète pas, sourit-il en s'adressant à la veuve d'Emilio. Je suis là. Ta famille, notre famille, ne risque rien. Et puis, il faut aider les mouvements de libération… Je serais plus jeune, j'aurais bien rejoint Fidel Castro à Cuba !

— Surtout pour emmerder les Etats-Unis, c'est ça ? Décidément, tu es resté un indécrottable coco, s'amuse Hélène. Quoique cette révolution-là… Le stalinisme est peut-être soluble dans le rhum… Bien, il faut que je rentre à Marseille, il est très tard. Je te téléphonerai, Maria, mais je me contenterai de demander des nouvelles du nouveau mouton…

— C'est malin ! feint de se fâcher Hocine. Je sais que je perturbe votre existence, ajoute-t-il, tourné vers Maria et Gianni, merci beaucoup de m'accepter ici.

Hélène regagne Marseille. Au moment où elle monte dans la DS, Gianni, qui l'a raccompagnée, lui dit :

— Je ne sais pas quand nous pourrons en parler tous ensemble, mais il faut trouver une solution pour la ferme. Et pour l'exploitation agricole d'ailleurs. Maria se fait du souci.

Roulant à faible vitesse, laissant flotter son regard sur la campagne sombre trouée de temps en temps par le pinceau des phares d'une voiture doublant la sienne, Hélène réfléchit en allumant une cigarette. Elle se repose, le dos calé dans les fauteuils confortables de la Citroën. Son cabinet marche bien, mais elle intervient plus selon son cœur qu'en fonction de ses intérêts financiers. Ses journées sont longues. Heureusement, les enfants vont à l'école de succès en succès, et les soirées familiales, boulevard Périer, sont plutôt joyeuses, même s'il arrive à Sandro de sortir épuisé d'interminables opérations.

Elle ne sait que proposer concernant la Ferme des agneaux. La décision, évidemment, revenait à Maria, Sandro et Gina, mais ce qu'elle appelait « la tribu » fonctionnait d'une manière communautaire, et le problème de chacun devenait la préoccupation de tous. Même si elle n'est guère familière de la production agricole, Hélène est convaincue que l'exploitation du domaine d'Hauterive a fait son temps.

Sans y avoir prêté attention, elle se retrouve sur la Canebière, au carrefour du cours Lieutaud – qui d'ailleurs à cet endroit s'appelle le boulevard Garibaldi, mais tout le monde l'a oublié. Sur la droite, au départ des venelles qui filent vers la rue d'Aubagne, des plaques de lumière glauque annoncent des bars et des boîtes de nuit douteuses. La ville est en train de s'assoupir mais, par endroits, elle demeure tendue, presque violente. J'aimerais bien boire un demi de bière, pense Hélène, mais ce n'est pas un endroit pour se promener seule.

Le cours Lieutaud l'amène jusqu'au boulevard Baille, et elle bifurque à droite vers Castellane. En tournant autour de la place, elle passe devant sa banque, devant les deux cinémas, le César et l'Eldorado. Elle avait à plusieurs reprises assisté, dans cette dernière salle, à des réunions politiques particulièrement agitées opposant Defferre, le maire socialiste, et Fraissinet, son adversaire de droite, propriétaire de la compagnie de navigation portant son nom et du *Méridional*, le journal de la bourgeoisie. Encore que..., pense Hélène en garant sa DS le long du trottoir. Encore que la moitié de la bourgeoisie marseillaise soit derrière Defferre. Elle pénètre dans la grande brasserie qui fait l'angle du Prado.

C'est bien parce que c'est vous, mime, de loin, le tenancier. Il s'avance en souriant.

— Elle est seule, la belle dame, et elle aimerait boire quoi ? Un demi-pression ? Je vous le porte, et même je vous l'offre. Pourquoi ? Elle a la mémoire courte, Marais ! Et le parc Borély, quand on virait les boches ?

— Paulo ! Paulo ! dit-elle. Mais tu as grossi ! Qu'est-ce que tu fais ici ?

— Je gère mon bar. Avant c'était mon père. Je le savais que, de temps en temps, tu t'arrêtais ! Mais, bon, c'est difficile de se croiser, aujourd'hui, on n'appartient plus au même monde. Tu te souviens, au moment de la Libération, on avait dormi tous dans ton petit appartement, et tu nous avais sorti une bouteille de gnôle, c'était le bon temps, on avait tout sifflé, hein ? Et tu revois les autres ?

— Non, répond Hélène qui se garde bien de parler d'Hocine, j'ai tellement de travail.

— C'est comme moi, maugrée Paulo, en plus du bar, je fais de la politique. Avec le Général, toujours ! Je suis responsable de l'UNR pour tout le coin, le prochain coup je me présente. Tiens, je vais te chercher un autre demi et j'en prends un pour moi. Ça fait du bien de te rencontrer.

Hélène sourit. L'important de temps en temps est de rêver. Ai-je rêvé en noir et blanc ou en couleurs ? se demande-t-elle. Une question à mille francs. Enfin, ce n'est pas si simple, avec les nouveaux francs. A quoi ça va nous servir, cette connerie ? grognaient les gens. Deux zéros de moins, c'est juste bon pour couillonner les vieux qui n'y comprennent rien.

— Tiens, Marais ! dit Paulo en claquant le verre sur la table de Formica. Comment tu t'appelles vraiment, déjà ? Hélène, je sais. De, de, de… Por…

— Portallan. Marais, ça va très bien, tu sais. J'ai failli garder le nom.

— Ton père ?

— Non. A cause de moi, juste de moi. Pour rester celle que j'avais… construite de mes mains.

CHAPITRE 22

Hocine Ahmed avait été arrêté à la gare Saint-Charles, au moment où il prenait le train de Vintimille. Hélène l'avait appris par les journaux, assez mal renseignés cependant sur les réelles responsabilités du Kabyle. Moi de même, avait souri Hélène en songeant que son camarade n'avait pas oublié les règles élémentaires de prudence des agents clandestins.

Ahmed avait quitté Hauterive sans prévenir. Simplement, un matin, une dizaine de jours après son arrivée à la bastide, Maria avait trouvé la chambre rangée, les draps repliés sur le lit, la salle de bains attenante nettoyée. Comment s'était-il rendu à Marseille ? Tout le monde l'ignorait, y compris Hélène. Mais, surtout, comment la police, qui d'après plusieurs témoignages concordants s'était comportée comme si elle était prévenue de la venue du Kabyle dans la gare, avait-elle réussi à le coincer ?

Sa présence à Hauterive avait été détectée, ne pouvait s'empêcher de penser Hélène. Et ensuite, sans doute pour repérer ceux avec lesquels il prendrait contact, les policiers avaient jugé plus utile de le surveiller en lui laissant du champ. Quand il avait pris un ticket de train pour l'Italie, ceux-ci avaient préféré ne pas courir le risque de le perdre. Comment Hocine avait-il été repéré ? Par qui ? Pour parler plus simplement, qui l'avait dénoncé ? La venue du Kabyle à Hauterive n'avait pas plu beaucoup à Maria Barutti, mais une trahison de sa part était totalement exclue. En réalité, Hélène ne parvenait à soupçonner aucun des membres de sa famille, y compris Louis Rintier dont le courage n'était pourtant pas la qualité dominante et qui, en outre, devait certainement détester les Maghrébins. De là à trahir quelqu'un, pourtant !

— Qui est ce M. Coustan, que je dois recevoir dans l'après-midi ? demande Hélène à sa secrétaire.

— Je ne sais pas, il a pris rendez-vous par téléphone. Problèmes personnels, a-t-il seulement commenté.

Quelques heures plus tard, l'homme pénètre dans le bureau de l'avocate. Il s'agit d'un personnage rondouillard d'une cinquantaine d'années, doté d'une moustache comique, vêtu à la diable. Tout sourire, il tend la main à Hélène de Portallan, attend d'être invité à s'asseoir, puis enfin s'éponge le front à grands coups de mouchoir.

— Mon nom ne vous dit rien, et pour cause, Maître. Je fais des courses, je ne suis qu'un courant d'air. Je ne cesse de disparaître.

Hélène se demande si elle est tombée sur un doux fantaisiste.

— Mais, bien sûr. J'aimerais tellement pouvoir en dire autant. En quoi puis-je rendre service… à un courant d'air ?

L'homme redevient sérieux. Il se lève et s'approche d'Hélène.

— Je viens de la part du maire. Il souhaiterait vous rencontrer, discrètement, et il ne veut pas utiliser le téléphone.

— Le maire ? Ah bon ? Et pourquoi tant de mystère ?

— Je ne sais pas. Je porte la parole, et je rapporte la réponse. Quand j'ai dit discrètement, cela n'interdit pas un tête-à-tête public. Mais dû au hasard. Si par exemple vous vous trouviez tous les deux à la réception du *Provençal* dans une semaine, rien ne vous interdirait de vous écarter de la foule quelques minutes. Totalement différent d'un rendez-vous, à la mairie ou ailleurs.

— Bien sûr. J'y serai. Pour la forme, envoyez-moi un carton quand même.

L'homme sourit et retrouve ses mimiques de clown. Il agite les mains comme des oiseaux, souffle dedans. En surgit un bristol qu'il tend à Hélène en se courbant comiquement.

— Nous y avions pensé, Maître. Sinon nous serions incapables de faire de la politique. Au revoir, Maître. Que Dieu vous garde !

Comme Hélène lit le carton d'invitation, elle entend claquer la porte palière. Elle secoue la tête, perplexe. Une rencontre, mais par hasard ? On étudie, on dissèque, l'agenda du responsable de la cité. Mille paires d'yeux sont en permanence à l'affût. Donc, manifester la volonté de la voir, elle, Hélène Barutti, impliquerait un risque ? Un risque politique ?

Dix jours plus tard, coulée dans un tailleur de soie sauvage beige, épaules larges, jupe plutôt moulante à peine au-dessous du genou comme le veut la mode, l'avocate effectue une entrée remarquée dans les salons Massilia, rue Roux-de-Brignoles, une rue étroite quasiment parallèle au cours Pierre-Puget. Dans ce local prestigieux accueillant bals de l'X ou de Centrale au rez-de-chaussée, grands mariages bourgeois au premier étage, Gaston Defferre fête officiellement un record de ventes du quotidien et reçoit le « tout-Marseille ».

Hélène ne paraît pas la quarantaine qu'elle a franchie l'année précédente. Sa silhouette élancée, portée par des talons aiguilles, semble toujours aussi juvénile. Elle a adopté une coupe de cheveux extrêmement courte, à la Jean Seberg, que vient de révéler *A bout de souffle*, long métrage de Jean-Luc Godard. Celui-ci est unanimement considéré comme le chef-d'œuvre de la « Nouvelle Vague », nom de baptême donné par

L'Express à un groupe de jeunes metteurs en scène français talentueux. Son visage aux pommettes hautes, aux yeux noirs très fendus, s'en trouve mis en valeur. Sa peau mate légèrement bronzée semble, par sa luminosité, restituer le soleil emmagasiné durant tous ces dimanche passés à Hauterive à l'approche de l'été.

Les têtes se tournent sur son passage, les conversations cessent quelques instants, en hommage à la beauté qu'elle irradie. Elle salue quelques invités, échange deux ou trois phrases avec eux, se saisit d'une coupe de champagne au passage d'un maître d'hôtel.

— J'arrive trop tard, tant pis, entend-elle en reconnaissant la voix de Gaston Defferre. Comment me faire pardonner ?

Hélène se retourne en souriant et confie sa main au maire, qui la porte à ses lèvres. L'âge a coûté à celui-ci quelques cheveux et quelques rides. Mais il conserve ce charme moqueur et en même temps un peu embarrassé auquel elle a été sensible lors de leur première rencontre au lendemain de la guerre.

— Comment n'ai-je pas réussi à faire de vous une élue socialiste ? Vous résistez toujours ? Une vie consacrée à la veuve et à l'orphelin !

— C'est un peu ça..., sourit Hélène. Les bonnes causes, les causes perdues...

— Pas toutes, quand même, remarque le maire sur un ton ironique.

Quelques invités font cercle autour d'eux. Hélène Barutti se laisse courtiser, grignote quelques canapés, attend que Defferre, sollicité en permanence, prenne la direction des opérations.

— Excusez-moi, dit-il au bout d'un moment en se tournant vers ses voisins tout en saisissant Hélène par le coude. J'ai un service à vous demander, Maître, très chère consœur, reprend-il immédiatement en se penchant vers l'avocate qu'il entraîne fermement dans l'embrasure d'une des baies vitrées.

Personne ne les suit. Chacun a bien compris que le

maire entend échapper à la bousculade pendant quelques instants.

— Vous êtes très mystérieux, dit-elle en brossant drôlement ses cheveux courts vers l'arrière.

— Vous aussi, Hélène, répond-il en plongeant les mains dans les poches de sa veste. Vous aussi, et c'est la raison pour laquelle j'ai voulu vous voir.

— Mystérieuse ?

Le silence s'établit, comme s'il se cristallisait autour du long regard qu'ils échangent.

— Vous êtes repérée, Hélène. Vous ne pouvez pas continuer à aider le FLN.

La jeune femme est prise de court, le souffle bloqué. Elle avait toujours su possible une telle issue, mais elle se sent tout d'un coup d'une faiblesse extrême. Elle ne parvient pas à mettre de l'ordre dans ses idées. D'un côté, elle s'imagine enfermée pour de longs mois en prison, d'un autre, elle se demande qui a bien pu la dénoncer. Hocine, sous la torture ? Elle se refuse à croire à la torture dans des prisons françaises.

— Quelqu'un a parlé ? demande-t-elle à voix basse.

— Vous tenez tellement à le savoir ? Disons que vous étiez suivis…

L'information creuse une traînée de feu dans son esprit, et la douleur devient fulgurante.

— En d'autres termes, articule-t-elle avec peine, c'est moi qui ai conduit la police jusqu'à la gare…

Elle s'interrompt brutalement, consciente de dévoiler des secrets.

— Mais non ! Je suis presque au courant de tout, Hélène. De l'arrestation d'Hocine Ahmed à la gare Saint-Charles, de son séjour à Vitrolles, des transports de fonds que vous avez effectués pour son compte. Vous avez été surveillée depuis votre premier rendez-vous avec lui, je ne parle pas de la Résistance, mais des dernières années.

Hélène est effondrée. Ainsi, elle serait la responsable de l'arrestation du Kabyle. Pourquoi le sort recommence-t-il à s'acharner ? N'avait-elle pas assez payé, vingt ans plus tôt ?

— Pas de drame ! Ne vous rendez pas coupable de tout. La police aurait de toute manière réussi à localiser Ahmed. A une époque, les flics l'avaient laissé filer volontairement… Il est plus célèbre qu'il ne le croit, ce Kabyle…

Le maire continue à parler, d'une voix chuchotante, comme dans un confessionnal. Petit à petit Hélène retrouve son calme. Assumer, c'est tout. J'ai agi selon ma conscience, et aujourd'hui de quoi aurais-je peur ? Elle regarde autour d'elle et de ne constater la présence d'aucun uniforme l'amène à sourire.

— Merci. Vous avez réussi à me calmer. Mais pourquoi cette… démarche… de votre part ?

Defferre la regarde par en dessous, en baissant volontairement le front.

— Pourquoi ? Ah, ça, c'est autre chose ! La sympathie, peut-être… Je ne suis chargé de rien. Par personne. Mais j'ai fait savoir, ici ou là, que l'arrestation d'une courageuse et honnête résistante, une de mes amies, serait une erreur. Une injustice, plutôt.

— Vous avez fait savoir ? Mais à qui ?

— A ceux qui sont au courant. Qui sont au pouvoir. Aux reponsables de la sécurité qui, il y a quelques années, vous ont admirée. Qui n'ont pas très envie de vous voir dans le box des accusés. Qui préféreraient, comme moi, oublier ces… faux pas.

— Comment ça, des faux pas ? Mais j'assume complètement mes actes !

Le maire relève la tête et prend une posture sévère.

— Ah, mais ça suffit, Hélène ! Assez d'enfantillages ! Vous êtes pour l'Algérie indépendante, moi aussi, le général de Gaulle aussi, la plupart des gaullistes aussi. Cette guerre est en train de se terminer. Le FLN n'a plus besoin de votre aide. Que voulez-vous d'autre ? Aller absolument en prison ? Vous avez aidé des résistants algériens ? Bien, nous n'en parlons plus. Vous n'aurez pas de médaille, c'est tout !

Hélène allume une cigarette au briquet que Defferre lui a confisqué.

— Vous avez raison. Merci. Que dois-je faire, maintenant ?

— Ah, surtout rien ! Surtout rien ! Vous cessez de vous agiter dans tous les sens. Vous attendez que quelqu'un de plus proche du ministère de l'Intérieur vous le demande également.

— Mais votre intervention ne suffit pas ?

— Mon petit, je vais vous donner votre première leçon de politique, car je suis sûr qu'un jour ou l'autre vous nous rejoindrez. Mais rapidement, sinon on va penser que je vous fais la cour. Pourquoi pas, d'ailleurs ?

Hélène écoute, interloquée et amusée. Quand ils lui diraient, sur l'autre bord politique, à droite, qu'ils passaient l'éponge, ils considéreraient que, d'une certaine façon, elle était devenue leur débitrice. Impossible à éviter, cet échange de bons procédés, sourit le maire. On devient l'obligé de quelqu'un, puis ensuite on renvoie les ascenseurs. Ce n'est pas grave. Tout le monde agit de la même manière. On se prête main-forte. Il y a des choses qui se font sans les dire, qui se comprennent sans les écrire.

— On est bien d'accord, Hélène ? demande le maire comme s'il était fatigué de rabâcher les mêmes arguments.

De la main, Defferre appelle le maître d'hôtel et Hélène saisit une autre coupe de champagne. Elle sent une légère sueur couler entre ses omoplates, perler audessus de ses lèvres. Le vertige l'oblige à prendre appui contre le mur.

— Et Hocine Ahmed ? demande-t-elle à son interlocuteur.

— Je ne sais pas tout, répond-il en se dirigeant vers un groupe d'invités. Mais il est vivant. À bientôt, Hélène.

L'avocate est épuisée, mais soulagée. Elle laisse son regard se gorger du bleu qui, en cette fin de soirée, nimbe la pierre des immeubles, le goudron des trottoirs, le feuillage des arbres. Le cauchemar s'éloigne. Quant à la guerre elle-même, la plupart des analyses se rejoignent pour conclure à une victoire relative de l'armée française sur le terrain, ce qui n'empêchera nullement l'Algérie de devenir indépendante, associée ou non à la France. C'est, selon les gaullistes bien informés, le schéma que le Général, pressé d'être « débarrassé » du drame algérien, a en tête.

Les pieds-noirs, évidemment, envisagent la situation d'une tout autre façon, comme l'épisode sanglant des barricades dans le centre d'Alger, au début de l'année, l'a démontré. Ils s'estiment trahis. Dans les milieux extrémistes, y compris à Marseille, on évoque de plus en plus ouvertement la solution sécessionniste, qui recevrait probablement la caution d'une partie de l'armée décidée à ne pas « faillir », à ne pas accepter une « deuxième Indochine ».

Hélène se rend parfaitement compte qu'une partie de ses relations, même si elles ignorent son activité secrète, la tiennent à distance depuis que ses positions pro-algériennes sont connues. Elle a d'ailleurs perdu un certain nombre de clients. Nous risquons encore de nous déchirer, pense-t-elle. L'activisme de son frère en faveur de l'Algérie française lui cause quelques soucis. Visiblement, Marc de Portallan semble trouver dans son attitude, minoritaire, une sorte de revanche patriotique sur tous ceux qui ont condamné la trahison de son père durant la dernière guerre. Hélène regrette cette confusion redoutable. Elle souhaite simplement voir Marc cesser les discours vengeurs dont il est coutumier dans les dîners et les réceptions. Et arrêter de s'en prendre à François, qui ne servait pas en Algérie parce que son statut d'étudiant de première année à l'Ecole des ingénieurs de Marseille lui valait d'être sursitaire.

François. Son fils. La guerre. Elle venait à peine de prendre dans la sienne la petite main du garçonnet, alors que les bombes, en cet été 44, labouraient Marseille ! Il s'était passé si peu de temps. Avait-elle seulement vu grandir François ? Quelques mois plus tôt, son fils débouchait avec une tranquille assurance les bouteilles de champagne saluant sa réussite au bac math élem., sous l'œil attendri d'une Agnès blonde et élancée. Hélène avait détaillé furtivement la jeune fille qui, de temps en temps, se débrouillait pour glisser ses doigts entre ceux de François. Dans leur conduite, elle avait retrouvé les gestes, les coups d'œil, les sourires qu'elle échangeait avec Sandro. Vingt-cinq ans plus tôt ? Presque.

François, pensait-elle très sérieusement, méritait d'être courtisé. Elle le trouvait beau comme un dieu, grand, large d'épaules et étroit de hanches, affûté par les kilomètres de crawl accomplis dans la piscine du Cercle des nageurs, aux Catalans, ses cheveux châtains bouclés décolorés par l'eau et le soleil. Elle était fière et se sentait attachée à lui par toutes les fibres de son corps. Elle ne l'avait pas conçu, mais elle l'avait créé, ce qui revenait au même. La fierté, toutefois, n'empêchait pas un petit pincement de jalousie. Et ce n'était pas le bras affectueux et protecteur déployé par François autour des épaules de sa mère du haut de ses cent quatre-vingt-dix centimètres qui pouvait atténuer ce froissement sentimental.

Defferre ne s'était pas trompé. Quelques jours plus tard, sa secrétaire transmettait à Hélène un coup de téléphone « d'un certain Paulo de Castellane, un drôle de nom, vous ne trouvez pas, Maître, je n'ai pas osé faire répéter ». Paulo de Castellane s'appelait Paul Tchoukian, en réalité, comme la secrétaire ne pouvait pas le savoir. Il affirmait d'entrée de jeu à Hélène n'intervenir que comme intermédiaire – « mais oui, il m'arrive de ne pas blaguer ».

— A l'époque on l'appelait Laurent, m'a-t-il dit, chantonnait la voix de Paulo dans l'appareil. Il a ajouté que tu ne pouvais pas avoir oublié la Sainte-Baume. Il voudrait te revoir, un de ces jours, pour réchauffer vos souvenirs communs. Il a repris son véritable nom, Jean Cali, il fait partie des réseaux gaullistes. Des réseaux... de sécurité, disons parallèles. Tu vois ? Bien utiles, en ce moment, avec l'affaire algérienne. C'est un responsable important. Il a particulièrement en charge le Sud-Est, le plus gros morceau avec la région parisienne. A la brasserie, ça te va ? Vers 7 heures du soir ?

Elle avait retrouvé dans sa mémoire la silhouette mince, le visage clair et aigu, aux yeux gris froid, du résistant. A l'époque du parachutage d'armes réceptionné dans le massif de la Sainte-Baume, il avait une bonne trentaine d'années.

Laurent-Jean Cali n'a pas vraiment changé. Il semble toujours aussi glacial. Les cheveux blonds de l'ancien résistant sont un peu clairsemés et deux rides creusent les joues vers les commissures des lèvres. Une lame, se dit Hélène. Et pourtant, curieusement, la lame sourit. L'homme prend les deux mains de l'avocate entre les siennes et, après un instant d'hésitation, se penche pour l'embrasser par-dessus la table de la brasserie.

— Je suis content de te voir, Marais. Ça fait si longtemps ! C'était une belle nuit, hein ? On avait bu un whisky, c'est ça ? Il faisait un froid, dans cette auberge abandonnée !

Cali est très élégant, vêtu d'un strict costume de flanelle grise. Un peu trop habillé peut-être pour une telle brasserie, gorgée de néons et de cuivres rougeoyants. Ils s'assoient sur la banquette de moleskine, tout au fond du café. Paulo est allé chercher « une petite roteuse, allez, ça vaut bien ça ! ». Il a trinqué avec eux avant de s'esquiver.

— Tu sais ce que je fais maintenant ? dit, une demi-heure plus tard, Jean Cali.

— A peu près, sourit Hélène. Tu as gardé la même spécialité. Tu veilles à la sécurité du Général, en quelque sorte...

— On peut dire ça, s'amuse l'homme en desserrant

sa cravate bleu marine. A notre santé, Marais ! Aujourd'hui, notre souci principal, ce sont ceux qui s'organisent pour tenter de maintenir l'Algérie française. Dans le passé, je me suis un peu occupé des réseaux du FLN, aussi. Tu vois ?

— Je vois, dit Hélène d'un ton neutre, presque désintéressé.

Cali sort de sa poche un paquet de Gitanes, en propose une à Hélène, allume leurs deux cigarettes à un lourd briquet en or.

— Je ne vais pas tourner autour du pot. Marais, tu as beaucoup de chance. Nous sommes au courant de tes… interventions en faveur du FLN. Nous savons que tu as hébergé Hocine Ahmed à Hauterive. Je ne suis absolument pas d'accord avec tes choix, mais j'ai trop de respect et d'affection à ton égard pour te charger et t'envoyer en jugement. Nous sommes quelques-uns à penser la même chose. D'autant qu'Hocine Ahmed est peut-être pour nous une carte d'avenir, tu vois ce que je veux dire… Alors, on passe l'éponge, mais tu arrêtes.

Presque les mêmes mots que Defferre, songe Hélène. D'une certaine façon, elle ressent un certain soulagement. Elle a l'impression d'avoir joué dans une cour de récréation sous le regard des professeurs installés aux fenêtres du premier étage. Ai-je agi seulement par conviction, ou aussi par romantisme ? S'agissait-il d'une manière de ne pas vieillir ? De demeurer la révoltée, la rebelle, ce personnage qu'elle avait incarné sans le vouloir, mais qui lui allait bien ? Pourtant, ne plus combattre du côté des plus faibles constitue une intolérable démission.

— Je crois que tu n'avais pas d'autre contact qu'Ahmed, si ?

Hélène secoue la tête.

— Parfait. Laisse tomber tout ça. Si quelqu'un cherche à t'impliquer de nouveau, envoie-le promener. Et si tu es ennuyée, préviens-moi. Prends cette carte de visite : l'entreprise d'électro-ménager existe réellement, et elle m'appartient. Allez, un dernier verre ! Tu sais ce qui serait bien, Marais ? Un dîner, avec tous ceux du groupe encore vivants.

— Oui, dit Hélène en glissant la carte de visite dans son sac. Sûrement. Tu dois connaître de bons restaurants. Tu sais que j'ai épousé Sandro ? Oui, le médecin qui soignait ce blessé, à la Sainte-Baume.

— Je sais, sourit Cali. Je sais aussi que vous avez trois enfants, dont un que tu as adopté après la guerre.

Ils se sont levés. Paulo surgit, hilare.

— Ah non ! Le dernier, pour la route. Oh bouffi ! crie-t-il à l'adresse du jeune garçon de café. Remets-nous ça !

Hélène boit encore une coupe, embrasse les deux hommes. Je m'arrêterai un de ces jours, Paulo, c'est sur mon chemin. Elle trouve que Cali connaît trop d'éléments de sa vie, qu'ils ont tous gardé de curieuses habitudes.

— Tu devrais rejoindre l'UNR, dit Cali. Il y a du boulot. Plus utile que ton association de l'étang de Berre.

— Merde ! De ça aussi, tu es au courant ?

Il écarte les bras, comme en signe d'impuissance, de manière tellement incongrue qu'Hélène éclate de rire. Effectivement, elle a créé, à Vitrolles, une association des riverains de Berre à Marignane, pour lutter contre la pollution de l'étang. Elle a écrit, téléphoné, rédigé les statuts, réuni les adhérents à Hauterive. Les sociétés pétrolières dont les installations bordent l'étang se moquent totalement des tonnes de saletés qu'ils déversent dans l'eau. Certains jours, à Hauterive, quand souffle le mistral, l'odeur de pétrole est si forte qu'on en est écœuré. De larges nappes d'huile, résidus de raffineries, dérivent à la surface de l'étang ou viennent mourir sur les plages et dans les rochers en y déposant des plaques de goudron. On ne peut plus marcher pieds nus le long du rivage. Les oursins et les moules ont presque totalement disparu et les poissons se font rares. D'ailleurs, la pêche a été interdite il y a quatre ans, et les anguilles qu'on piège encore malgré la loi conservent un fort goût de pétrole.

Les premières démarches de l'association « Sauvons l'étang » avaient été accueillies avec le mépris le plus total par les sociétés pétrolières. Quant aux municipalités riveraines, elles étaient trop heureuses des rentrées fiscales et des emplois que procurent les industriels pour manifester le moindre mécontentement. Entre les intérêts économiques des différents villages et le sort de quelques résidents amateurs de bains de mer, les élus locaux avaient rapidement tranché.

Hélène est parfaitement renseignée par ses vieux amis de Rognac ou de Vitrolles. « Elle est fadoli, la Portallan, disent les conseillers municipaux. De quoi elle s'occupe ? En plus, elle y habite presque plus, à Hauterive. C'est fini, le temps des châteaux ! » Mais Hélène n'a pas la moindre intention d'abandonner. On dit que les pêcheurs de l'étang ont reçu de confortables enveloppes pour ranger définitivement leurs filets. Elle finira bien par savoir comment l'omerta a été organisée.

CHAPITRE 23

« Salope FLN ». Peinture noire sur le mur de pierre de la bastide. Au-dessous, une signature : OAS. Et, à côté, la porte-fenêtre volatilisée, la cuisine ressemblant à une caverne brûlée. Pellicule grasse de fumée, amas de détritus, meubles brisés et réduits à l'état de charbon.

Maria Barutti sanglote nerveusement dans les bras d'Hélène qui vient d'arriver. Les trois gendarmes tournent entre les murs sinistres, glissent, à l'extérieur, dans l'aube déjà claire, prennent des notes. La guerre est donc entrée jusqu'ici, pense Hélène. Le calme de la campagne, la verdure des arbres n'ont jamais arrêté les obus.

— Il était 4 heures et quelques minutes, dit Gianni Monti. Une explosion de l'autre monde. J'ai d'abord pensé au butane. Tout aurait pu flamber. Et nous, à quelques minutes près… Maintenant, on prend notre café de bonne heure, ici, dans la cuisine… On ne dort plus beaucoup, quand on vieillit.

— Plastic, dit sobrement un gendarme qui examine le chambranle de la porte. Heureusement que le butane était protégé par un mur porteur.

— Ne pleure plus, c'est fini, murmure Hélène en forçant Maria à s'asseoir sur une chaise miraculeusement entière.

Le gendarme se tourne vers Hélène.

— Qu'est-ce que ça veut dire, l'inscription sur le mur, madame de Portallan ? Salope FLN ?

— Pas la moindre idée, répond l'avocate. Ils ont dû se tromper de maison.

— C'est bien possible. On ne peut plus surveiller personne, de toute façon. Dans le coin, on est envahis d'Arabes.

Hélène se contient. Il est vrai que l'industrialisation progressive de la région, les travaux publics que cela nécessite y ont amené beaucoup de travailleurs maghrébins. Certains se sont installés dans des abris de fortune, d'autres effectuent des trajets quotidiens vers des cités de transit de la banlieue marseillaise. Les problèmes de logement que connaissait Marseille au lendemain de la guerre n'ont pour l'essentiel pas encore été surmontés. Mais le racisme sans équivoque du gendarme est, juge Hélène, insupportable. Envahis par les Arabes ? Oui, et français pour la plupart. Seulement, elle n'a aucune envie de voir le pandore s'appesantir sur la signification du message. Il lui suffit de regarder Maria. « Tu vois, semble dire la vieille dame, tu vois… Tu n'aurais jamais dû… »

— De toute façon, madame de Portallan, vous n'habitez plus ici, la plupart du temps ? reprend le gendarme, qui pousse du pied les gravats, prélève un morceau de plâtre noirci, prend les mesures de la pièce.

Hélène secoue la tête en signe de dénégation. Il faut, pense-t-elle en même temps, téléphoner à un maçon. L'OAS ! Mais qui est au courant de l'aide qu'elle a apportée au FLN ?

Quelques jours auparavant, l'Organisation de l'armée secrète qui s'opposait par les armes et le plastic à la politique algérienne du général de Gaulle avait frappé, à Paris, au domicile de plusieurs personnalités soutenant le chef de l'Etat. Depuis l'échec du putsch d'Alger, au mois d'avril 1961, les activistes multipliaient les attentats. La rébellion des quatre généraux, de certaines unités de parachutistes et de légionnaires, pour garder coûte que coûte l'Algérie à la France, avait fait trembler la métropole. De Gaulle était apparu en uniforme à la télévision pour stigmatiser la conduite du « quarteron » d'aventuriers et, pendant quelques heures, le pays avait oscillé au bord du désastre. Puis l'insurrection s'était effondrée faute de moyens militaires et de soutien populaire.

En réalité, rares étaient ceux, en métropole, qui croyaient encore à l'Algérie française. Mais à Marseille, la solution de la partition consistant à regrouper dans une partie de l'Algérie, en bord de mer, la population d'origine européenne, bénéficiait de certains soutiens. Marc de Portallan exploitait activement ce thème, au sein d'un petit milieu d'excités jugés par Hélène plus romantiques que dangereux. Puis, à la fin du mois de mai, les négociations officielles avec le FLN s'étaient ouvertes à Evian. La fureur des commandos de l'OAS ne connaissait plus de limites.

Pourquoi s'en étaient-ils pris à Hélène, dont le rôle, malgré tout, était resté assez secondaire ? L'avocate demeure perplexe, tandis qu'elle répond aux questions des gendarmes. De toute évidence, les terroristes ont évité de tuer. Ils ne se sont pas attaqués à son bureau, ou à son domicile marseillais. Ils se doutaient forcément, en outre, qu'à l'heure choisie pour l'explosion personne ne devait se trouver dans la cuisine d'Hauterive. Hélène ne comprend pas. En revanche, elle se trouve désormais particulièrement exposée. Comme sa famille tout entière. Elle pense à Clément et Bernadette et sent ses jambes faiblir. Elle est obligée de s'asseoir.

— Vous vous sentez mal, madame de Portallan ? Voulez-vous que nous appelions un médecin ? demande un gendarme.

Elle refuse, se saisit du verre d'eau tendu par Maria qui, progressivement, a retrouvé un peu d'énergie. Elle boit lentement. Elle sait comment elle doit agir.

Le jour, maintenant, est lumineux. Il fera chaud. Elle prépare du café pour tout le monde, téléphone à l'entreprise de maçonnerie, raccompagne les gendarmes jusqu'à leur camionnette.

— Ça va aller, Gianni ? demande-t-elle.

Le vieil homme hoche la tête en souriant.

— Ne t'inquiète pas, petite, répond-il. Maria reprendra le dessus. Mais, c'est très emmerdant, cette histoire. On ne va plus vivre tranquilles. Ni toi, ni nous.

De la porte d'Aix, Hélène gagne la préfecture. Le Bar Pierre, assailli par une jeunesse exubérante qui monopolise le trottoir à certaines heures de la journée, est pour le moment à peu près désert. Quand elle lui a téléphoné, Jean Cali a compris que l'avocate souhaitait le rencontrer vite. Elle n'a pas dit un mot de la raison de son appel. L'ancien résistant l'attend en lisant un journal à une table du fond. Un mince sourire traverse son visage émacié quand Hélène se dirige vers lui. Elle prend place sur la banquette et ils commandent des cafés. A l'approche de midi, les passants qui longent l'établissement se font plus nombreux.

— Ce n'est pas le bâtiment de Marseille que je préfère, dit Hélène en indiquant du menton la masse grise de la préfecture. On peut difficilement imaginer plus austère.

— Que se passe-t-il, qui me vaut le plaisir de te revoir ?

Dès que le garçon a déposé les consommations sur la table de marbre, Hélène entreprend de relater les événements qui l'ont conduite le matin même à Hauterive.

— J'avoue ne pas comprendre, finit-elle par conclure. L'explosion aurait pu occasionner des dégâts plus sérieux, c'est tout. Beaucoup de gens étaient au courant de mes… contacts avec le FLN ?

— Non, très peu, répond Cali. Et ceux qui le sont n'ont aucun intérêt à te… dénoncer, surtout à l'OAS. C'est notre principal problème, l'OAS, aujourd'hui. Ils vont tenter le tout pour le tout, mais l'indépendance algérienne ne va plus tarder. Et puis, surtout, pourquoi s'attaquer à toi ? Mystère. Tu sais que ton frère fricote un peu connement avec les ultras ?

— Non, Jean, non ! Je ne suis pas en adoration devant Marc, mais de là à l'imaginer en délateur ! En outre, je te signale qu'il n'est au courant de rien me concernant. Et ceux que j'ai informés, dans ma famille, sont au-dessus de tout soupçon.

— Sans doute, mais une imprudence…

Le silence s'établit, chacun laissant ses pensées cheminer à la recherche d'une piste.

— Je ne vois pas, finit par laisser tomber l'ancien résistant. Mais je saurai. Comme tu t'en doutes, nous avons réussi à infiltrer quelques types chez ces salauds. C'est bizarre. Ce plasticage n'entre dans aucun schéma, ne correspond à aucune stratégie. Ils s'en prennent à de gros poissons, maintenant. Ça a l'air d'un… accident. Ou d'une initiative isolée. Tu t'entends bien avec tes voisins, à Vitrolles ?

— Mes voisins ? Très bien. Tu n'exagères pas un peu ?

— On voit de tout, tu sais. Tu as oublié l'Occupation, toi. Tu me ramènes rue Grignan ? Ça fait une éternité que je n'étais pas venu ici. Ton fils, en revanche, doit y traîner souvent, non ? Les études marchent bien ?

La DS se faufile dans le trafic. Hélène consulte sa montre. Deux fois par semaine, elle essaie de revenir chez elle à l'heure du déjeuner pour s'occuper de Clément et Bernadette. La vie dont elle rêvait ! Vie familiale et vie professionnelle mêlées. Plus le temps de souffler. Juste celui d'être amoureuse, de réveiller Sandro au milieu de la nuit pour lui faire l'amour, de le traquer dans la salle de bains quand il prend sa douche, de lui imposer des siestes gaillardes quand les enfants désertent l'appartement le samedi ou le dimanche. Elle trouve son mari encore plus beau qu'à vingt ans. Tes infirmières t'ont quand même laissé quelques forces ?

demande-t-elle en riant. Méfie-toi. Trompe-moi et je me sers d'un de tes bistouris pour te couper le zizi !

Hélène Barutti regagne le boulevard Périer par la contre-allée du Prado. Ce quartier, entre Castellane et le rond-point du Prado, la place Delibes et le chemin du Rouet, tout autour de l'église du Sacré-Cœur, présente un curieux mélange de vieux immeubles à l'architecture sage, de constructions très récentes diversement réussies et, dans sa partie est ou sud, de témoignages de l'ancien Marseille qui, en dehors du centre-ville proprement dit, ressemble à un puzzle de villages. Les églises, les placettes y conservent un charme un peu désuet mais reposant. Souvent, entre deux constructions modernes de six ou huit étages, on découvre une maison basse au toit de tuiles, prolongée par un jardin, ressemblant plus à une petite ferme qu'à une demeure citadine. Les villages ont cependant perdu progressivement leur « spécialité » économique, les espadrilles à Mazargues, le nougat à Allauch, les pieds et paquets à La Pomme...

Le long du Prado même, les anciens commerces traditionnels, les grands garages voisinent avec des activités à la présentation plus tapageuse. Le néon côtoie les cagettes de légumes, les pizzerias embaument l'entrée des banques. Qu'elle serpente nerveusement rue Longue-des-Capucins ou qu'elle coule comme un large fleuve paresseux avenue du Prado, la vie marseillaise garde la même composition, hétérogène, contrastée, brouillonne. Les ruisseaux y charrient les mêmes vieux papiers, les mêmes morceaux de légumes. Les odeurs, légères ou puissantes selon les heures de la journée, transmettent les mêmes messages : la joie de vivre, la fureur du soleil, le choc des saveurs brutales.

Et ici, sourit Hélène, entre le chemin du Rouet ou les belles demeures du boulevard Périer, le régime demeure le même : il n'y a toujours quasiment pas d'eau potable au robinet. L'eau des immeubles est stockée dans des « caisses » et chaque appartement est doté d'un « filtre » – « Prends bien l'eau au filtre, hein ! » continuent à entendre les enfants. Le filtre est un réservoir de verre doté d'un petit robinet, surmonté d'une « bougie », pièce cylindrique d'une sorte de grès blanc qu'il faut nettoyer de temps en temps. « L'eau potable à la pile, ça sera pour plus tard ! » disent les Marseillais qui, à force de redouter en permanence la typhoïde, ont réussi à s'en prémunir oralement.

Le régime du quartier demeure le même, et la passion du dimanche identique. En début d'après-midi, ou certains soirs de la semaine désormais, le Prado, depuis Castellane, devient un épais mille-pattes. Habitants de la Belle-de-Mai ou de la rue Edmond-Rostand, d'Endoume ou de la Plaine, les Marseillais « vont au ballon », traduction locale et contractée d'un programme impératif : « Se rendre au stade Vélodrome pour assister au match de l'Olympique de Marseille. » La banlieue Nord occupe le virage Nord du stade Vélodrome, la bourgeoise plus ou moins fortunée les tribunes Jean-Bouin et Ganay, le virage Sud récupérant les petits budgets de Mazargues, de Bonneveine, de Cassis et des environs. Quarante mille spectateurs unis dans une seule passion : « Droit au but », comme le commande la devise du club.

Le véritable changement, ici, c'est l'automobile, marmonne Hélène en cherchant une place. Et encore ce quartier est-il troué de larges artères. Mais bientôt le stationnement devra être supprimé dans bon nombre de rues du centre-ville. Et d'ici quarante ans, au tournant du siècle ? On aura forcément interdit de posséder plus de deux voitures par famille ! Elle finit par se ranger sur un emplacement douteux, à une cinquantaine de mètres de chez elle.

Quatre ans plus tôt, Sandro et Hélène ont réussi à acheter l'appartement dont ils étaient locataires et, par chance, l'appartement un peu plus petit situé sur le même palier. En recomposant l'architecture de l'ensemble de l'étage, Sandro a pu y installer son cabinet. Quant aux enfants, ils disposent chacun d'une chambre. François, déjà, a fait comprendre à ses parents qu'il aimerait bien, un jour prochain, disposer d'un studio en ville. Quand tu gagneras ta vie, a souri Sandro. Le jeune homme avait fait la moue et regardé sa mère, attendant un soutien de sa part. « On verra. Mais c'est vrai, avait-elle dit en se tournant vers son mari, il commence à avoir normalement besoin d'un peu d'indépendance. » A l'évocation de la nature de l'indépendance dont il était question, Hélène n'avait pu s'empêcher de pouffer et les joues de François avaient viré au rouge cerise.

Aujourd'hui, comme d'habitude à midi, seuls Clément et Bernadette se trouvent là. Le garçon et la fille, qui plus tard seront sûrement très grands, ressemblent beaucoup à leur mère. Ils embrassent Hélène, filent se laver les mains, tandis que Pierrette, employée boulevard Périer depuis plus de cinq ans et logée dans une chambre au dernier étage, apporte à table les plats de hors-d'œuvre.

— Bouh ! Encore des légumes ! pleurniche Bernadette, dont les cheveux noirs sont maintenant tirés en queue-de-cheval.

— Crudités pour tout le monde, vous avez besoin de vitamines ! Et puis, ces petits artichauts sont délicieux ! Et ces carottes râpées, et ces tomates ! Tout vient de Vitrolles, de chez l'oncle Albert. Pas de mauvais engrais, rien que de la terre, de l'eau et du soleil.

— Ouais, grogne Clément, mais c'est toujours pareil. Et après, il y a un steak ? Avec des frites, au moins ?

Hélène sourit en dépliant sa serviette.

— De mon temps, on ne mangeait pas de frites. Depuis que je suis adulte, je me rattrape. C'est comme les pizzas. Alors, la classe ce matin ? Le devoir d'anglais de l'autre jour ?

— Tout juste. Heureusement que tu étais là..., s'amuse Clément.

Le repas se déroulait rapidement, gaiement. François téléphonait de temps en temps. Ou Sandro. Pierrette traînait aux alentours de la table, participant à la conversation. Après tout, elle avait elle aussi, comme elle disait fièrement, « élevé les enfants ». Puis Hélène vérifiait leur tenue, les obligait à se laver les dents, les accompagnait à la porte. Sion pour elle, et « les Jèses » pour lui n'étaient pas loin. Elle s'installait dans le petit salon – un bureau d'angle, trois fauteuils club, la télévision – et lisait quelques instants les journaux, *Le Provençal*, *Le Méridional*, *Le Figaro* et *Le Monde* de la veille. Les parcourait plutôt avant de fermer dix minutes les paupières. Elle ne dormait pas vraiment, reconnaissant les bruits de la rue, se laissant envelopper par le léger courant d'air institué entre les fenêtres. Puis Pierrette passait, par hasard, et toussotait. Hélène s'isolait trois minutes dans la salle de bains, révisant son maquillage.

N'eût été cet attentat ridicule, elle se serait considérée comme la plus heureuse des femmes. Elle avait le sentiment d'avoir déjà vécu une vie entière, complète, recevant et donnant tout ce que les rêves apportent pour, en réalité, compenser les rigueurs de l'existence. Observer depuis la fenêtre ses enfants remontant le boulevard Périer vers la place Delibes, puis les voir s'écarter l'un de l'autre sur un signe de la main parce qu'ils prenaient la rue Paradis chacun dans un sens, constituait un spectacle dont elle ne se lassait pas. Entendre François lui raconter sa matinée au téléphone, pour lui faire savoir en réalité qu'il pensait à elle, la mettait au comble du bonheur. Et Sandro qui claquait un baiser sonore dans l'appareil avant de lui murmurer quelques promesses coquines !

Avant de partir, elle passait par la cuisine, discutait avec Pierrette. Du repas du soir, du nombre d'invités le lendemain, de l'état du linge de maison, du parquet qui méritait la visite d'un cireur – « Nous n'en trouvons plus, madame, vous savez ! Mais mon beau-frère, si vous ne le déclarez pas... » Il y avait dans l'air cette immobilité douce qui est le fruit d'une végétation abondante, et de l'absence estivale, lorsqu'on ne sait plus si la ville est réellement habitée. Elle disait : « Allons Pierrette, il faut y aller ! » Probablement sur un ton que le manque d'entrain faisait ressembler à une plainte amusée. « C'est un mauvais moment à passer. Quand vous vous trouverez à votre bureau, vous serez reprise par la passion... »

C'était vrai. Elle devait préparer le dossier de locataires qu'un propriétaire sans état d'âme entendait expulser. Une famille avec trois enfants ! Tu as réellement trouvé ta voie, s'amusait Sandro. La veuve et l'orphelin ! Et toi ? interrogeait-elle. Pourquoi opères-tu les pauvres, à l'hôpital ? Ils ne savaient pas. Mais ils se sentaient mieux comme ça.

CHAPITRE 24

— Je t'avais dit de ne pas trop emmerder les pétroliers.

Jean Cali, pour une fois, a le visage ouvert par un large sourire. Il a donné rendez-vous à Hélène chez Paulo, tout heureux de retrouver un rôle de plaque tournante. Le tenancier se demande quelle est la raison de ces rencontres mais, en familier des réseaux, il se garde de chercher des explications.

Six semaines ont passé depuis le plasticage d'Hauterive. Il n'y a pas eu d'alerte supplémentaire, même si Maria vérifie en permanence qu'elle n'est pas suivie. Gianni, lui, veille simplement à ne pas trop s'écarter de son vieux fusil de chasse. Il garde en permanence quelques cartouches de chevrotine dans une poche de pantalon.

— Comment ça, les pétroliers ? A quel propos ?

— A propos de l'explosion, bien sûr.

Le sourire de Cali reste éblouissant. Quant à Hélène, ses yeux arrondis et son menton un peu pendant traduisent bien la stupéfaction qui l'a saisie.

— Tu ne vas pas essayer de me convaincre, dit-elle, qu'on s'amuse, dans de grandes sociétés, à jouer à la guéguerre ?

— Si je devais répondre simplement à la question que tu viens de poser, ce serait par l'affirmative. Oui, les grandes compagnies pétrolières ont toujours fait la guerre, et de manière beaucoup plus sérieuse qu'un simple plasticage. Tu es un peu naïve, Marais, mais c'est tant mieux. Cependant, en ce qui te concerne, elles n'ont pas agi directement.

Hélène, abasourdie, allume une cigarette, commande un autre café.

— Explique-moi. D'abord : est-ce que c'est terminé ? Est-ce que nous risquons un autre pépin ?

— Non, c'est terminé, dit Cali en se renversant contre la banquette de moleskine.

L'apparente tranquillité de l'homme rassure Hélène. Elle n'a pas affaire à un amateur, et la netteté de ses réponses constitue le meilleur des calmants.

— Je t'avais dit que ce plasticage ne correspondait à aucune stratégie, tu t'en souviens ? Je t'avais demandé aussi si tu t'entendais bien avec tes voisins. Tu ne t'entends pas bien, ma vieille, avec certains d'entre eux… Tu les inondes de lettres recommandées, tu organises des meetings devant leurs grilles, tu envoies des communiqués à tous les journaux, tu retardes des livraisons, j'en passe et des meilleures. Les pétroliers polluent sans doute l'étang, mais toi, tu les empoisonnes !

— Ça, c'est trop fort !

— C'est en rapprochant ce que je savais de ton comportement vis-à-vis des raffineries et l'incongruité de l'attaque contre Hauterive que j'ai décidé de me renseigner dans une direction particulière. S'il y a un endroit où les compagnies pétrolières parlent d'une part à des gens du FLN et d'autre part à des activistes, c'est bien l'Algérie, en ce moment.

— Tu rigoles !

— Pas du tout.

— Et alors ?

— Alors, disons, pour simplifier, qu'une fuite a dû se produire à propos des liens que tu entretenais avec Hocine Ahmed. Quelqu'un a fait le rapprochement entre la Portallan qui aidait le FLN et celle qui enquiquinait les raffineurs de l'étang de Berre. Alors, ils t'ont avertie par personnes interposées. L'OAS a accompli une petite mission, « parallèle » certes, mais bien en ligne avec la doctrine de la maison. Tu devrais arrêter d'emmerder ces sociétés. Elles ne sont pas toutes étrangères, ces sociétés, tu sais. Certaines, les françaises, sont dirigées par des gens du même bord que ceux qui ont passé l'éponge sur tes… frasques.

Hélène croit avoir mal entendu.

— Dis donc, Laurent-Jean, tu n'es pas en train de me faire chanter ? Ou d'essayer de me coller la trouille ?

L'homme sourit, comme un professeur amusé par les plaisanteries d'un bon élève.

— Mais non ! Ne monte pas sur tes grands chevaux. On ne va pas se disputer à propos de l'étang de Berre, dans lequel d'ailleurs je ne me suis jamais trempé.

— Moi, si ! C'est mon étang ! Je veux empêcher sa transformation en marécage. Parce que, comme tu ne le sais peut-être pas, il n'y a pas que les pétroliers ! L'EDF aussi s'y met. On va déverser de l'eau douce remplie de saloperies, l'eau turbinée de la Durance à la centrale de Saint-Chamas. De l'eau douce plus du limon et de la merde dans l'eau de mer de l'étang. Ça te dit quelque chose ?

Jean Cali lève la main dans l'espoir d'amener Hélène à baisser le ton.

— Qu'est-ce qui se passe ? Vous avez soif ? demande de loin Paulo.

Hélène reprend, plus bas :

— Seulement, tu vois, moi je ne fais pas partie des pêcheurs âgés de l'étang, dont les pétroliers ont acheté le silence pour cinq cents millions de francs. Il s'agissait d'anciens francs, parce qu'on était en 1957. J'ai fini par le savoir, en cherchant ! Putain, merde ! Si je continue, je vais devenir grossière. Non, je ne vais pas replier mon drapeau dans ma poche. Non, je ne vais pas arrêter !

L'homme, en face d'elle, écarte les bras. La « petite

Marais » a réellement un caractère d'enfer. Les années ne l'ont pas beaucoup érodé. Lui, Cali, n'est pas lié aux pétroliers, et il se fout complètement de l'EDF. En outre, il n'est pas loin d'approuver Hélène. Seulement, boulot-boulot.

— Mais au fond, rebondit celle-ci, tu es peut-être venu me transmettre un message ? Me demander de passer au point mort ?

— Heu…

— Alors, tu vas leur communiquer ma réponse… à tes employeurs aussi obscurs qu'énergiques. Ils ne vont pas utiliser les commandos de l'OAS longtemps parce que la guerre est bientôt terminée. Mais si malgré tout ils s'amusaient à ça, moi je leur plastique une cuve de fuel lourd, une cuve éloignée de l'étang mais proche de leurs bureaux. Et, deuxième chose, je vais continuer à emmerder les pétroliers et l'EDF. Tant que je vivrai. Tant qu'ils n'auront pas mis un terme à leurs saloperies.

— Tu ne boirais pas un petit rafraîchissement, Marais ? demande Cali, amusé. Je ne sais pas, un Coca, un pastis ? Regarde, c'est l'heure ! Midi, 7 heures, l'heure du Berger ! Je ferai passer le message. Ils vont être contents.

L'énervement d'Hélène commence à faiblir.

— Tu comprends, Jean, l'étang de Berre, toi, ça ne te dit rien. Plus de quinze mille hectares ! Avec des villages superbes tout autour. Martigues, tu connais ? Et ils prennent mon étang pour une flaque, une tache ! Ce sont eux, les taches !

Paulo s'est approché de la table, dès qu'il a constaté que les échanges devenaient plus détendus. Hélène fait bouffer ses cheveux courts, examine son maquillage dans un minuscule miroir tiré de son sac, allume une nouvelle cigarette.

— Va pour le pastis. Pas trop mouillé, hein ?

Ils éclatent de rire. Paulo s'est installé à leur table. Hélène pose une main sur l'avant-bras du cafetier, une autre sur l'épaule de Cali.

— Tu sais ce que je vais faire, Paulo ? Tu vas en parler aux compagnons. Je vais me lancer en politique, dès les prochaines élections, comme ça on sera dans l'obligation de m'écouter ! C'est bien ce que vous vouliez, il y a quelques années ? Il y a un candidat sérieux, en faveur du Général, dans le 8e arrondissement ?

— Tu galèjes, Marais ? demande Paulo.

— Oh que non !

Elle toussote en portant la main à sa gorge.

— Qu'est-ce que tu as mis là-dedans ? Tu fabriques du tord-boyaux dans ta cave ?

— Non, c'est un pastis d'entraînement, juste un peu relevé. Le vrai, le jaunar, la cuillère tient debout dedans ! Tu crois que tu vas faire campagne en buvant de l'eau de la gargoulette ? Santé !

Quand Marc de Portallan a besoin de la rencontrer, Hélène Barutti sent son cœur battre la breloque. Elle n'imagine pas qu'il puisse un jour être porteur d'une bonne nouvelle. Depuis la reprise des Huileries par le cousin Baral, les bureaux du cours Pierre-Puget ont été vendus. Le montant de la transaction n'a bouché qu'une partie du trou ouvert dans l'exploitation de l'entreprise par la négligence – l'incapacité, se dit souvent Hélène – de son frère.

De temps en temps, Hélène longe l'immeuble en voiture. La vision de l'emplacement rectangulaire plus clair laissé par les deux plaques de cuivre sur le mur de chaque côté de la grande porte vitrée déclenche en elle un léger vertige. Aucune tristesse, mais une sorte d'écho en creux, une absence ténue et un peu amère. « Tu habitais là avant ? » avaient un jour demandé Clément et Bernadette, sans doute renseignés par François. Elle avait acquiescé et expliqué qu'il s'agissait des anciens bureaux de son père, leur grand-père. Oui, il était mort. Pendant la guerre. Ils ne savaient pas, pour le moment, contrairement à François à qui elle avait tout raconté. Mais François portait le nom de Portallan : mieux valait le mettre au courant.

Pour l'heure, Hélène, au volant de la Citroën, descend la rue Mermoz, passe devant les anciens studios de cinéma, rejoint le Prado qu'elle traverse pour s'arrêter au début de l'avenue de Mazargues. Le café-tabac du coin est resté un lieu de rendez-vous pratique. Surtout pour Marc, d'ailleurs, désormais un des directeurs du groupe Baral dont l'état-major est installé dans une des belles demeures anciennes qui bordent la partie de l'avenue conduisant à la statue de David, en face de la plage.

En garant la DS le long du trottoir, Hélène prend conscience des transformations progressives de ce quartier, une pré-banlieue paisible. La ville continue à s'étendre au sud, déplaçant vers la verdure une petite ou moyenne bourgeoisie qui abandonne à l'immigration les grands ensembles trop vite construits du centre-ville et des marches du Nord. Les fermes du quartier voisin de Bonneveine, « la bonne avoine » en provençal, disparaissent les unes après les autres et laissent la place à des immeubles. Mais on croise encore des vaches dans les environs d'une petite église au patronyme curieux pour le bord de mer, Notre-Dame-des-Neiges.

Les Marseillais ne s'étaient pas montrés avares quant aux noms attribués à la Madone. A la veille de la Révolution, on ne comptait pas moins de cent quinze vocables différents dans le diocèse. Toutes les madones ne devaient pas connaître la même célébrité que Notre-Dame-de-la-Garde, mais quelques-unes d'entre elles avaient vécu des histoires qui valaient le détour. Notre-Dame-de-la-Bonne-Nouvelle, par exemple, à côté de l'Hôtel-Dieu, à qui les patients sortis guéris de l'hôpital offraient quelques bijoux : des bagues, des chaînes et souvent des montres. Une fois par an, on recouvrait la Madone de tous ces présents, et les montres étaient remises en marche en même temps, produisant un bruissement de « tic-tac » du meilleur effet. Ainsi la Vierge changea-t-elle progressivement de nom pour devenir Notre-Dame-des-Horloges. Ou Notre-Dame-des-Desnérados à Saint-Giniez : pour échapper à la folie lubrique des hordes de Sarrasins, les religieuses du couvent avaient préféré se couper le nez. Ou Notre-Dame-de-la-Douane, à la fontière du port-franc, qui devait sans doute protéger les contrebandiers. Ou Notre-Dame-de-la-Sécheresse, dans les environs d'Aubagne, qui interdisait, paraît-il, toute pluie si les pénitents oubliaient de venir jusqu'à elle « à pieds nus ».

Hélène rit toute seule de ces souvenirs approximatifs. En avance d'une dizaine de minutes, elle en profite pour déambuler sous les platanes complètement déplumés en cette période hivernale. Le vent semble s'engouffrer dans l'avenue et y acquérir une force décuplée. La campagne me manque, pense Hélène en remontant son col roulé sur son nez. Le mistral qui nettoie, ouvre les poumons, agite le sang, propulse les couleurs dans les globes oculaires comme s'il s'agissait de ballons pour enfants. Hauterive. Elle a le sentiment d'avoir abandonné, avec une légèreté coupable, la vieille demeure familiale. Mais comment tout concilier ? Elle se promet d'avoir prochainement une conversation avec Bernard, Gina et les Rintier.

Lorsqu'elle pousse la porte de verre du café, le son violent des guitares jaillissant du juke-box la fait grimacer. Elle reconnaît la nouvelle idole, un certain Johnny Hallyday. Ils portent tous des noms anglais, désormais, les chanteurs de rock, pense-t-elle. En ce qui la concerne, elle continue à préférer le jazz cool, californien, de Gerry Mulligan, qui balance élégamment. Ou Brassens et Brel.

— Tu veux m'annoncer une bonne nouvelle ? Que tu te maries, par exemple ? dit-elle à Marc de Portallan en l'embrassant sur les deux joues.

Ce jean-foutre est à peine plus jeune que moi, rumine Hélène sombrement mais, même si quelques rides traversent désormais son front, je n'arriverai jamais à le considérer comme un adulte. Elle trouve son frère horripilant, avec ses allures de toréador, ses voitures de luxe, ses avis tranchants et superficiels. Il semble ne pas avoir dépassé ce stade des quinze ans d'âge caractériel qui rend les garçons odieux. Et pourtant, à quinze ans, Marc était aussi gentil que distrait ! En raison même de sa faiblesse, Hélène ne parvient pas à se départir d'une certaine tendresse à son égard.

— Je ne me marie pas, mais je quitte la France, dit-il sur un ton de défi.

— Ah bon ? Quelle idée ! Mais où vas-tu ? Et pourquoi ? demande Hélène, ahurie.

— J'ai besoin de laisser quelques kilomètres entre Marseille et moi. Pour des raisons politiques, d'abord. Je me suis – comment dire ? – mis au service d'une noble cause qui…

— Ne me prends pas pour une imbécile, coupe Hélène. Il s'agit de quoi, de l'Algérie française ? De l'OAS ?

— C'est ça. Les événements risquent de mal tourner, en ce qui me concerne. Il vaut mieux que je change d'air.

— Sans indiscrétion, tu agis ainsi pour quelle raison ? Par conviction ?

— Pour ma patrie. De Gaulle est un traître.

Hélène considère une discussion sur ce thème avec son frère comme au-dessus de ses forces. Le mal est fait, de toute façon. Chacun ses convictions. Elle se demande seulement quelle part de reconquête, vis-à-vis de son propre père, entre dans le comportement de Marc.

— Je ne suis pas d'accord, dit-elle, mais peu importe. Pour des raisons politiques d'abord, m'as-tu dit il y a un instant. Il existe d'autres raisons expliquant ton départ ?

— Oui. Notre cousin Baral t'en parlera sûrement.

Hélène regarde son frère attentivement. Elle devine la gigantesque bêtise.

— Ne me dis pas que tu… lui dois de l'argent ? Enfin, que tu t'es servi dans la caisse ?

— C'est un peu ça, commente, gêné, Marc de Portallan. Les deux motifs de mon départ sont liés, voilà !

— Tu as détourné de l'argent pour approvisionner les caisses de ton… organisation ?

— Oui, nous devons préparer des bases arrière. Le combat va continuer, même si de Gaulle veut brader l'Algérie.

L'avocate secoue la tête, effondrée. Elle a rapidement évalué la situation et en a déduit que Marc n'avait pas pu commettre des actes très graves dans la clandestinité. Qui d'ailleurs confierait des responsabilités à un pareil loustic ? En revanche, il est certainement tombé sous l'influence d'activistes malhonnêtes qui l'ont escroqué. Elle a déjà parlé avec son oncle Bernard de cet aspect un peu particulier des luttes clandestines du moment. Et son frère, bien sûr, crétin solennel, n'a rien trouvé de mieux que de voler quelques millions d'anciens francs à Baral.

— Dis-moi, Marc, tu as… détourné beaucoup d'argent ? Je ne m'intéresse pas à la méthode. Elle ne doit pas être formidable puisque le cousin s'en est rendu compte, mais au montant. Montant que, bien sûr, tu as déjà remis à un correspondant dont tu ignores l'adresse ?

— C'est secret. Le montant ? Quatre cent mille francs, quarante millions d'anciens francs.

— Nom de Dieu ! jure Hélène, pourtant peu coutumière de ces écarts. Tu es réellement le roi des cons ! Qu'as-tu dit au cousin Baral ?

— La vérité.

— Tu es tombé sur la tête ! Tu lui as parlé de l'OAS ?

— Oui. Il est plutôt furieux. Il ne veut pas me garder.

— Il y a de quoi. Tu es timbré. Réellement timbré.

Hélène, de la main, fait signe au garçon. Elle a besoin d'un grand verre de bière pour retrouver son aplomb et déglutir. Quarante millions, se dit-elle, on les trouvera. Difficilement, à crédit, mais on les trouvera ! On remboursera. Mais Marc a réellement quinze ans d'âge mental, et ça, personne n'y changera rien. Pourquoi n'est-il pas simplement resté l'enfant, l'adolescent rêveur dont les absences et les oublis faisaient sourire tout la famille ? Quinze ans ? Son incapacité à se mouvoir dans le monde réel, pense-t-elle tout d'un coup, a pris des proportions dramatiques avec la trahison puis la mort du père. Il n'a pas surmonté le choc psychologique. Je l'ai vu évoluer, mais je n'ai pas compris. Il est devenu mythomane. Une bouffée de regret et d'affection l'envahit. Pauvre Marc !

— Tu comptes partir où ?

— En Suisse.

— Et vivre comment ? Tu crois que le cousin va te constituer un pécule ?

Marc de Portallan rougit et Hélène s'en veut de tourner son frère en ridicule. Celui-ci se rend certainement compte qu'il s'est collé dans un méchant guêpier.

— Je suis désolée…

— Ce n'est rien, grogne-t-il. Je dois être pris en charge par l'organisation.

— Tout le monde va te laisser tomber, mon pauvre Marc ! L'organisation, comme tu dis, mais aussi tes relations ici. La sagesse consiste à te faire oublier. En Suisse si tu veux. A ne pas rétablir de contact avec ces terroristes. A éviter de remettre les pieds à Marseille avant de longs mois, peut-être un ou deux ans. Et, donc, à trouver un travail là-bas. Je peux te donner un peu d'argent pour tenir quelque temps. Quant à ce que tu dois au cousin, eh bien, encore une fois, on tapera dans les terrains de Vitrolles. Si grand-père nous voyait ! Tu sais qu'il était propriétaire de plus de trois cents hectares ? A ce rythme-là, dans quelques années, il nous restera l'allée de platanes et trois plates-bandes de géraniums !

A peine plus de quarante ans ! pense Hélène. Et le domaine a littéralement explosé. Moins d'un tiers des terrains appartiennent encore à la famille au sens large.

Tout ce qui a été vendu a servi dans le meilleur des cas à des résidences secondaires, dans le pire à des ateliers de configuration repoussante. Ceux qui exploitaient la terre, à l'exception du seul Albert Rintier, sont morts ou n'ont plus la force de grimper sur un tracteur. Que décidera celui-ci, quand ses parents disparaîtront ? Hauterive n'est déjà plus habitée que par deux vieillards. La ferme Barutti est fermée. Marignane est devenu le deuxième aéroport de France. L'étang de Berre est pourri. Les routes s'élargissent. Les villages gagnent sur la campagne, si l'on peut encore appeler villages des aires de stockage de bouteilles de butane, des amoncellements de poutrelles métalliques, des entrepôts de grossistes en sanitaires.

— Quand pars-tu ? demande-t-elle d'une voix lointaine. Très vite, je suppose ?

— Oui. Notre bon Baral est furieux ! Donc, il vaut mieux que je m'esquive.

— Tu es incorrigible, Marc. A qui vas-tu donner ton adresse ?

— A personne, d'ailleurs je n'en ai pas… pour le moment.

Hélène secoue la tête. Qu'il parte ! songe-t-elle. Qu'il parte vite.

— Trouve quelque chose, en tout cas, à raconter à maman.

CHAPITRE 25

Ce 25 juin 1962, Hélène Barutti, comme de très nombreux Marseillais, anciens ou nouveaux, devait se le rappeler toujours.

Le quai de la Joliette n'est qu'une marée humaine : neuf mille rapatriés d'Algérie déboulant de sept navires deux fois trop chargés dans la même journée, perdus, abasourdis, ne comprenant pas, pour la plupart d'entre eux, pourquoi leur monde s'effondre, par quelle injustice ils se retrouvent coupés de leur passé et projetés dans un avenir indécis et fragile, vertigineux. Pour certains, ce port de Marseille dans lequel ils arrivent, ils l'ont déjà traversé une vingtaine d'années plus tôt, dans l'autre sens, cherchant à fuir la peste brune. Intolérable balbutiement de l'Histoire ! Les couples séparés, les enfants au bord de la crise de nerfs, les valises ouvertes, les vieux parents en larmes, la panique : Marseille redevient cette déchirure qui est comme une seconde nature, un tissu sous-cutané que la brûlure des guerres et des tensions met à vif de temps en temps.

Que bon nombre de pieds-noirs s'apprêtaient à abandonner l'Algérie après l'indépendance de celle-ci, qu'ils allaient atterrir à Marignane ou descendre sur les quais du port de Marseille, tout le monde s'en doutait. La ville, encore une fois, verrait une nouvelle vague de population rejoindre le chaudron. Mais quelques semaines avant la signature des accords d'Evian au mois de mars, de Gaulle estimait toujours que le nombre de Français d'Algérie décidés à rejoindre la métropole évoluerait entre cent mille et quatre cent mille personnes. En deux ou trois ans. Personne n'avait imaginé l'exode qui devait se déclencher à partir de la deuxième quinzaine du mois de mai. Entre-temps, il y avait eu les dizaines de morts de la fusillade de la rue d'Isly à Alger, la politique de la terre brûlée de l'OAS, la sanglante riposte du FLN. Entre-temps, le gouvernement, débordé, paniqué par l'arrivée massive des rapatriés, n'avait rien trouvé de mieux que d'exiger des compagnies maritimes la réduction de leurs rotations entre l'Algérie et Marseille, de seize à trois par semaine ! Une façon scandaleuse d'accueillir ces malheureux, à laquelle d'ailleurs les compagnies finiraient – elles s'y préparaient déjà – par ne plus se plier.

Hélène s'était mise en contact avec la Croix-Rouge et le Secours catholique, dès qu'elle avait appris dans quel labyrinthe plongeaient les arrivants sans famille d'accueil et sans ressources. L'antenne du secrétariat d'Etat aux Rapatriés, tardivement installée, était totalement débordée. Le hangar du môle J4, sur le port, avait été réquisitionné et vaguement aménagé. Dans la salle d'attente de la gare maritime de la Joliette, la chambre de commerce avait au dernier moment songé à retirer les gravures et affiches vantant les mérites de l'Algérie, ses plages et son climat.

Pendant des heures, les voyageurs attendaient qu'on veuille bien leur rendre – en ce qui concernait les hommes – les papiers d'identité remis aux autorités lors de l'embarquement. Ensuite, du port, les rapatriés devaient se rendre dans d'autres bureaux éparpillés dans la ville, remplir d'autres formalités dont ils ne saisissaient pas l'utilité. S'ils arrivaient le vendredi soir, il leur fallait attendre le lundi matin. Où ? Il n'y avait plus une chambre d'hôtel libre en ville, et les prix avaient soudainement emprunté l'ascenseur. On dormait dans les voitures. Quand on possédait une voiture.

Certains ne possédaient rien. Aucune résidence de repli. Aucune ressource financière. Ils étaient les « fiches roses », par rapport aux « fiches blanches » qui disposaient d'une résidence et avaient assez d'argent pour s'y rendre, et aux « fiches bleues » qui connaissaient un point de chute sur le territoire français mais se trouvaient dans l'incapacité matérielle de le rejoindre. Les fiches avaient été remplies dans les avions ou sur les bateaux. Elles devaient faciliter l'installation, l'orientation des rapatriés. Ceux-ci l'espéraient, en tout cas.

Ainsi l'homme qui s'appuie de l'épaule contre la grille, la tête penchée vers l'avant, le regard fixe. Il serre un papier entre ses doigts. Il est beaucoup trop chaudement habillé pour la saison, comme sa femme et leurs trois enfants, entre dix et trois ans, qui se tiennent par la main. C'est une façon d'emporter le maximum de vêtements. Deux énormes valises de carton durci sont posées au sol.

— Et nous devions être attendus ! dit-il d'une voix lasse à sa femme. Même pas un verre d'eau pour les gosses.

Hélène s'avance, sort de son sac d'épaule une bouteille de jus d'orange et des biscuits.

— Tenez, j'ai apporté ça. On est débordés, il ne faut pas nous en vouloir. Je vais vous aider. Vous devez partir tout de suite ?

— Partir ? Partir encore ?

La femme sanglote et les enfants entourent de leurs bras son bassin et ses jambes comme s'ils cherchaient à rejoindre une position ancienne, prénatale.

— Oui, nous devons partir. Dans deux jours. A Laval. Où ça se trouve, Laval, bordel de merde ? Personne n'en sait rien. La température extérieure même, ils veulent pas te la donner, ici ! A Laval !

Il passe une main fatiguée sur son front et regarde le document qu'il a froissé rageusement.

— Mais merci pour le jus d'orange. Il faut qu'on se rende à… à… C'est un nouvel immeuble… La Rouguière, un centre de transit, à l'est de Marseille. Les Caillols, on m'a dit.

— Vous avez là tous vos bagages ? demande Hélène.

L'homme la regarde, presque avec haine.

— Tous nos bagages ? Putain, mais vous êtes au courant de rien, alors ? Qu'est-ce qu'on avait, nous ? Un trois-pièces, et une voiture. J'ai mis ce que je pouvais emporter dans deux valises et j'ai foutu le feu à la voiture avant d'arriver à l'aéroport. Pas leur laisser la Dauphine, en plus !

— Je suis désolée, dit Hélène. Je m'appelle Hélène Barutti, je suis avocate, et je collabore avec le Secours catholique. Je suis là pour vous aider. Personne n'avait imaginé que vous seriez des centaines de milliers à arriver en aussi peu de temps. Mais on va se débrouiller.

— On a surtout l'impression qu'on dérange, grogne l'homme en calmant de la main les enfants qui pleurnichent. Mon nom est Raymond Benaïm, et voici ma femme Lara. Jean-Jacques, Brigitte et Samuel, ajoute-t-il en tapant successivement sur la tête des enfants. Ils sont crevés.

Hélène examine les enfants. Teint mat, yeux noirs et cheveux bruns comme leurs parents. Comme la moitié des Marseillais d'ailleurs, pense-t-elle en souriant. Il leur faudrait à tous une bonne douche. Lara, une grande et solide jeune femme au front haut et aux cheveux longs, âgée de trente-cinq ans environ, contemple avec gêne sa robe froissée, sa veste de laine et ses chaussures d'hiver poussiéreuses. Quant à Raymond Benaïm, il passe la paume de sa main sur son front déjà un peu dégarni, le long de ses joues creuses. Ses yeux, profondément enfoncés dans leurs orbites, concentrent toute la détresse du monde.

— Je vais vous accompagner, dit Hélène. Ce sera toujours ça d'économisé.

En même temps, elle réfléchit. Hauterive aux trois quarts vide. La ferme Barutti définitivement close. Elle change de conversation, pour se donner le temps de réfléchir.

— Vous aviez des amis, des relations, avec vous sur le bateau ? Vous avez pris leur adresse, leur numéro de téléphone ?

Raymond Benaïm sourit amèrement.

— Personne ne sait où se poser. Alors les adresses… Il n'y a que Krim, le harki, qui sait où aller. Celui-là, le malheureux, il a bien fait de filer vite. Même ici, il risque gros. Il y a Hernandez, aussi, qui va s'installer à Aubagne, chez sa sœur.

Ils ramassent les valises, lourdes comme des pierres, avancent dans le soleil, les semelles collées au macadam. La DS est garée à quelques centaines de mètres. Hélène, profondément perturbée, ne parvient pas à fixer son attention, qui semble s'échapper dans toutes les directions comme si elle avait ouvert la grille d'une volière. Tout pour fuir le problème qui l'accompagne depuis quelques minutes. Elle pense à la voiture, qu'elle va devoir remplacer, aux enfants, qui devraient se changer, à François qui est là, quelque part, en ville, elle ignore où, à Clément et Bernadette qui doivent jouer en récréation. Et Sandro ? Où se trouve Sandro ? Comment pouvons-nous avoir autant besoin l'un de l'autre et accepter de rester d'aussi longues heures séparés ? Décider sans lui ? J'ai souvent décidé sans lui. Mais nous nous ressemblons tellement. Que vont penser Gina et Bernard ? Maria et Gianni ?

— Quel était votre métier ? dit-elle pour échapper au piège de l'angoisse. C'était à Alger ?

— Je travaillais à la poste, et ma femme aux impôts. Ce n'était pas la fortune, mais on vivait bien. Enfin, jusqu'à la guerre. Après, petit à petit, c'est devenu l'horreur. Vous savez, même au moment d'Evian, on pensait rester, puis on a eu peur. On a tous eu peur. De l'OAS et des fellouzes. Et quand l'armée française nous a tiré dessus…

— L'agriculture, vous n'y connaissez rien ?

— Oh si ! répond-il, en riant pour la première fois. Mes parents étaient agriculteurs. Enfin, mon père s'occupait de l'exploitation d'un gros propriétaire, de la vigne, de l'olivier, du blé… Un super-contremaître, en quelque sorte, un métayer. On habitait même une ferme. Moi, ça ne me disait pas grand-chose de continuer, et Lara, elle, habitait Alger, le centre-ville…

— Mais vous n'avez jamais travaillé la terre ?

— Bien sûr que si ! Durant toutes mes vacances, jusqu'à ma majorité… Et plus tard, nous avons passé l'été chez les parents. Enfin, jusqu'au moment où ce n'était plus très prudent pour personne. Mais pourquoi me demandez-vous ça ?

Ils arrivent à la DS, posent les valises au sol. Hélène ouvre le coffre, les portières.

— Laissez ventiler quelques instants. C'est un four, là-dedans. Pourquoi je vous pose ces questions ?

Elle se rappelle les soirées estivales au cours desquelles Emilio et Maria évoquaient leur installation à Vitrolles, leur première rencontre avec Alfred et Joséphine de Portallan. La grande roue de l'existence tourne sous ses yeux, tandis que se déchaînent les moteurs de voitures, comme les éclats des pétards de la fête. Qui aurait prévu ce qui va, dans l'instant, se produire ?

— Si je vous proposais de prendre en charge une petite exploitation agricole dans la périphérie de Marseille ? Des légumes, des oliviers, l'entretien du territoire, aussi. Chez moi. Chez nous, mon mari, ses parents. Vous êtes logés, vous surveillez, vous me donnez quelques œufs frais, vous chauffez la maison quand nous montons de Marseille, l'hiver…

Raymond Benaïm pose ses coudes sur le toit de la DS, et son menton sur ses poignets réunis. Son regard semble perdu dans le flot de la circulation. Hélène remarque qu'un voile de sueur a envahi son front. Puis il cherche des yeux sa femme, mais semble ne pas la voir. Son visage s'est tout d'un coup adouci. Peut-être est-il en train de pleurer. De fatigue, les nerfs brisés.

— Oh oui papa ! claironne le petit Jean-Jacques.

— Laval..., murmure Hélène en tendant son paquet de cigarettes à Lara puis Raymond avant de leur présenter la flamme de son briquet. C'est loin. Chez moi, à Vitrolles, ça doit ressembler un peu à l'Algérie. Ces salauds de pétroliers ont pollué tout l'étang, mais l'eau est bleue, il y a des rochers blancs, des pins, des chemins de terre, des moutons. Du vent presque tous les jours. La campagne sent le thym et le silex... ou le pétrole quand le mistral se lève.

— Je ne sais pas comment vous remercier, dit Raymond Benaïm qui continue à regarder sa femme. Qu'est-ce que tu crois, Lara ? On va voir ?

— Bien sûr ! sourit la jeune femme en rassemblant ses mains jointes sur sa poitrine. Et tout de suite, si Madame a un moment. Vous êtes une vraie fée, pour nous tous. C'est Notre-Dame, vous voyez, les enfants, Notre-Dame-de-la-Garde ou Notre-Dame-de-Santa-Cruz, ça ne fait rien si ce n'est pas trop notre religion, vous faites une prière à l'une, vous traversez la mer, et c'est celle qui se trouve de l'autre côté qui répond. Tant pis pour le rabbin !

Hélène éclate de rire. Fantaisie théologique, pense-t-elle, mais sans erreur, quant au fond.

La foule s'écoule autour d'eux, des hommes avec des chapeaux, des femmes avec des manteaux, des enfants avec des jouets. Les valises, trop bourrées, sont consolidées avec de la ficelle. La chaleur est écrasante.

— On a eu de la chance d'embarquer, dit Raymond Benaïm. Trente-six heures, on est restés à quai, une nuit entière. On était partis, on ne savait pas si on allait arriver quelque part. On ne savait rien. Et ici, quand on est descendus de la passerelle, les soldats, les flics, les mitraillettes... Seigneur ! Mais qu'est-ce qu'on a fait ?

— Allez, monsieur Benaïm, du courage ! Mais

continuez à parler, votre accent m'enchante. Pas tout à fait comme nous autres, c'est comme ça que vous dites ? On y va ? A Hauterive, nous aurons le temps de discuter. Si le travail, l'endroit ne vous conviennent pas, eh bien, vous déciderez autrement. A Laval, à mon avis, personne ne vous piquera votre place… A supposer que vous soyez attendus.

La DS remonte vers la porte d'Aix. Les yeux ronds, la famille Benaïm contemple la foule, à dominante largement maghrébine, qui, au soleil, semble immobile.

— Ma parole, dit Raymond, tu vois ce que je vois, Lara, tu vois ? Ils nous virent mais ils sont là !

— Ttt, ttt, ttt… monsieur Benaïm. Ils, comme vous dites, ils sont là depuis longtemps, aussi. Vous voulez les virer ? Leur faire prendre le bateau dans l'autre sens ? Personne ne se sentirait mieux, croyez-moi. Si vous restez ici, vous apprendrez cette ville. Elle grogne, elle peut se montrer désagréable, elle peut donner des coups, mais, finalement, elle est généreuse et elle finit toujours par tendre la main. A tout le monde. A Marseille, nous venons tous de quelque part. A la deuxième ou la troisième génération, nous disons tous que nous sommes marseillais. Français aussi, bien sûr, mais en second !

La DS s'engage sur l'autoroute. Hélène en profite pour prélever une carte Michelin dans le vide-poches du véhicule.

— Ouvrez-la sur vos genoux, commande-t-elle à Raymond Benaïm, tandis que les enfants et Lara se penchent par-dessus le dossier. Vous voyez le tracé de l'autoroute, l'étang de Berre ? Vous voyez Vitrolles, et la route qui va vers Rognac, le bord de l'eau ? Voilà où nous allons. J'y suis née. Il y a quarante-deux ans. Aujourd'hui, à cause des enfants, je vis en ville. En vérité, un jour, de Marignane à Marseille, il s'agira d'une seule et même cité. Moins peuplée peut-être, mais plus grande que Paris. De toute façon, Marseille, c'est déjà plus étendu que Paris.

Hélène Barutti stoppe la voiture au moment où

s'amorce, depuis le plateau de Vitrolles, la plongée de la route nationale vers l'étang et la plaine. Malgré la raffinerie de Berre qu'Hélène a en horreur, cette verrue métallique aux pustules blanches formées par les cuves, le paysage, curieusement, conserve une beauté rustique. La mer, très bleue à cause du mistral, est striée de vagues crémeuses. Les pinèdes semblent concentrer tout le vert de la végétation alentour qui, elle, s'est abandonnée au soleil et somnole dans son or.

— Voyez, vous pouvez repérer le toit de la bastide. Elle s'appelle Hauterive. Vous y dormirez ce soir. Ensuite, nous aviserons. Là-bas, à gauche, ce sont les marais salants. Ils appartiennent pour l'essentiel à la mère de mon mari, mais plus personne ne s'en occupe, pour la plus grande joie des moutons… et des chasseurs qui, d'ailleurs, ne nous demandent pas notre avis. Tout au fond, sur la droite, vous voyez un bouquet de vert assez tendre : ce sont des tilleuls. Au milieu, il y a une ferme. La famille, encore. Mon oncle, ma tante, mon cousin Albert, les Rintier. Albert est le seul à exploiter la propriété, enfin, les propriétés…

Hélène continue à expliquer. Elle trouve un bonheur certain à présenter « sa » terre, « sa » famille, « son » histoire. Les Portallan, les Barutti, ces destins croisés, Bernard et Gina, Sandro et elle.

— Alors, vous êtes noble ? demande, intimidée, Lara.

— Euh, oui… Bien sûr, sourit Hélène. Mais la particule ne change pas grand-chose. Ce qui est important, c'est la générosité et la rigueur. Le reste… Vous allez rencontrer Maria Barutti, ma belle-mère, et Gianni Monti. On l'appelle oncle Gianni. Il est tellement merveilleux qu'on devrait l'anoblir, l'appeler de Monti, je ne sais pas. Je vais vous expliquer…

Ils remontent en voiture. Les enfants battent des mains. Vont-ils pouvoir se baigner ? Vous pouvez, dit Hélène, mais ce n'est pas très propre. Le pétrole…

J'ai créé une association… Si vous voulez, nous irons nous tremper du côté de la plage.

Les graviers crissent sous les pneus. Ce bruit familier apaise toujours Hélène, comme s'il matérialisait le passage d'une frontière en deçà de laquelle elle avait abandonné les meurtrissures et les dangers.

Gianni, qui a entendu la DS, vient les rejoindre. Il courbe sa grande carcasse vers les enfants, interroge du regard Hélène, qui raconte. Vous verrez, dit-il à Raymond Benaïm, vous vous sentirez bien, à Marseille. Vous êtes français, moi j'étais italien, et ils m'ont accueilli quand même. Seulement, les Marseillais, ils tordent un peu le nez, il faut s'y faire. Ils trouvent que tout le monde vient depuis des siècles s'installer chez eux. Mais en même temps, ils sont fiers : cela veut dire que leur ville est attrayante.

Malgré son âge, il se saisit d'une grosse valise avec facilité. Maria rejoint le groupe sur la terrasse. Mes pauvres enfants, dit-elle en s'adressant à la famille Benaïm, presque des immigrés comme nous, enfin pas tout à fait. Mais bien sûr, on va vous préparer deux chambres. Posez-vous, posez-vous. Elle indique les fauteuils de rotin.

— Les chambres qui ouvrent vers la plage, qu'est-ce que tu en penses Hélène ? Allez, les hommes, montez les valises. Lara, c'est ça ? Venez, ma petite, je vais vous donner des draps et des serviettes de toilette, et puis tout le monde à la douche ! Ensuite, on va mettre au four un gratin de courgettes et mijoter un lapin, enfin un ou deux. Vous aimez le lapin, les enfants ? Et la polenta, vous connaissez ? C'est de chez moi, en Italie.

La vieille dame a retrouvé une énergie insoupçonnée. Se dévouer lui communique une joie sans égale. Et puis ces jeunes gens, Raymond et Lara, ces enfants encore en bas âge, vont rendre à la vieille bastide une fraîcheur ancienne. Resteront-ils longtemps ? Hélène s'est contentée d'évoquer leur sort injuste et douloureux, l'abandon dans lequel elle les a trouvés, quai de la Joliette. Elle ressemble bien à sa grand-mère, Hélène ! Une Joséphine de Portallan-bis, avec cette bonté naturelle qui devient une élégance infinie, incopiable.

Maria Barutti oublie ses douleurs de hanche, prélève deux tabliers dans un placard. « Vous allez bien m'aider, ma belle, tout à l'heure ? » Lara Benaïm approuve gravement, émue aux larmes. Oui, elle sait très bien cuisiner, elle peut « faire des plats de là-bas ». Hélène accompagne toute la famille au deuxième étage, sort des draps et des serviettes de l'immense placard du palier, allume le chauffe-eau, mais pour le moment il faudra se contenter d'eau froide. Elle ouvre des penderies, tend des cintres.

— Tu as tout ce qu'il faut pour ce soir, ou veux-tu que j'aille faire quelques courses au village ? demande-t-elle à Maria.

— Le pain, peut-être. Mais pourquoi ne dis-tu pas à Sandro de venir dîner et d'en acheter au passage ? François peut garder les petits boulevard Périer, non ?

Quelle douceur ! songe Hélène. S'en rendent-ils compte, ces malheureux qui sortent de la guerre ? Les traumatismes sont longs à s'effacer. Elle pense à la libération de Marseille, à Sandro qu'elle cherchait sur le Vieux Port, dans la foule roulant de bonheur. Elle pense à Hocine Ahmed qu'elle ne reverra sans doute jamais.

Elle redescend au rez-de-chaussée avec Maria, laisse la paume de sa main glisser sur la rampe de bois. Comme chaque fois, elle retrouve dans ce geste une sensation enfantine.

— Je leur ai proposé d'entretenir l'exploitation et de vous donner un coup de main ici, dit-elle à sa belle-mère et à Gianni. C'est une bonne idée, non ? S'ils acceptent, bien sûr. Nous devons en discuter. Avec Gina et Bernard, aussi.

— Pour moi, répond la vieille dame, c'est mille fois d'accord. Ils ont l'air gentils, nous ne serons plus seuls, et la campagne sera de nouveau entretenue. Le petit Rintier, il est agréable, mais il ne s'en sort pas. D'ailleurs, il veut surtout monter une sorte de club d'équitation. Ce n'est pas avec ça qu'il va gagner sa vie.

— La culture, remarque Gianni, ça ne rapporte pas beaucoup plus, disait Emilio. Hélène, téléphone à ton mari, pour le pain…

Désormais, ils n'ont plus peur de parler du disparu. Avec la mort, il suffit d'attendre. Elle abandonne toujours en douce ceux qu'elle a beaucoup fait pleurer. D'ailleurs, l'escalier grondait sous la cavalcade des enfants qui surgissaient dans la cuisine, les cheveux trempés mais bien peignés, dans des vêtements propres sortis des valises, plissés dans tous les sens.

— Venez, disait Hélène, je vais vous montrer la terrasse, puis on descendra jusqu'à la mer.

CHAPITRE 26

Marseille bourdonne comme une énorme mouche verte attirée par l'épaisseur de l'air et la puissance des odeurs. En juillet et en août, la ville, souvent, devient épuisante et presque haïssable. La chaleur, que ne brasse plus le moindre filet de vent, semble se transformer au contact de la peau en croûte solide qui asphyxie progressivement l'organisme. Les poumons n'enserrent plus qu'une masse de vapeur brûlante. Le ciel blanc paraît vibrer et produire des ondes saturant les oreilles et le cerveau. L'immobilité, impérative pour qui veut conserver un souffle de force, fige la circulation, automobiles et passants. D'ordinaire. Mais aujourd'hui, ce n'est pas le cas. Pas du tout.

Hélène, qui a péniblement rejoint son bureau en début d'après-midi, est en nage. « Trempe », comme on dit ici pour trempé de sueur, ou « gonfle » pour gonflé. Elle a branché les deux ventilateurs de son bureau et laisse son cœur retrouver un rythme normal. En venant du boulevard Périer, elle a de nouveau vérifié la situation dramatique que traversent les rapatriés et, en conséquence, l'extrême tension qui règne dans toute la ville. Des massacres d'Européens, en ce début juillet, ont eu lieu à Oran. L'amplitude des retours vers la métropole s'est accentuée. Selon des estimations invérifiables, il y a en ce moment en ville entre deux cent cinquante mille et trois cent mille pieds-noirs.

« Marseille ne peut plus faire face » a titré quinze jours plus tôt *Le Méridional*, pourtant très attentif au sort des Français d'Algérie. C'est vrai : la ville est au bord de l'asphyxie.

Des cohortes de bus traversent en permanence la cité pour conduire directement les rapatriés du quai des Belges sur le port au Centre régional d'accueil, finalement déménagé de la rue Breteuil au parc Chanot pour éviter la paralysie du centre-ville. Les affrontements verbaux se multiplient, notamment avec les chauffeurs de taxis. Hélène a entendu l'un d'eux réclamer trois mille cinq cents anciens francs à une famille pour aller du port à l'Opéra, soit quatre fois le prix habituel. Les loyers ont brutalement bondi, les pas-de-porte frisent le scandale, ce qui n'empêche d'ailleurs pas certains propriétaires de refuser les familles de pieds-noirs.

Hélène est outrée par l'égoïsme que manifeste désormais, après avoir commencé par accueillir les pieds-noirs avec sa générosité habituelle, une grande partie de la population. Il est oublié le temps où, pour assurer les débarquements des premiers bateaux lourdement chargés, les ouvriers du port avaient accepté de travailler vingt-quatre heures sur vingt-quatre. Mais sans les approuver, elle comprend certaines irritations. Pour différentes raisons, Marseille n'a pas rattrapé, depuis la guerre, son retard immobilier, accentué par les démolitions dues aux bombardements. La pénurie atteint quasiment tous les quartiers. D'éventuelles priorités accordées au logement des rapatriés sont vécues – à tort bien sûr, mais comment l'éviter ? – comme des provocations par ceux qui reculent sur les listes d'attribution.

Surtout, l'énorme vague pied-noir d'Algérie, dont le volume avait été totalement sous-estimé par les autorités, vient s'ajouter à des arrivées en provenance d'outre-mer, ininterrompues depuis une dizaine d'années. Mouvements dont l'importance et la continuité avaient peut-être échappé au gouvernement central ou à la « grande presse » nationale, mais pas aux

Marseillais. De 1954 à 1961, douze mille rapatriés étaient arrivés d'Indochine. De la fin 1956 au mois de janvier 1957, à la suite de l'affaire de Suez, dix mille personnes avaient abandonné l'Egypte pour Marseille. Toutes n'étaient d'ailleurs pas des ressortissants français. Beaucoup d'Italiens figuraient parmi les nouveaux venus. Comme parmi les rapatriés de la période 1956-1957 en provenance de Tunisie – soixante mille personnes – au moment de l'indépendance. Un nombre presque équivalent de « pieds-noirs marocains » avaient rejoint Marseille pendant cette année-là. Et, en juillet 1961, les troupes françaises basées à Bizerte avaient affronté manifestants et soldats tunisiens : aussitôt, seize mille « pieds-noirs tunisiens » avaient regagné la métropole, c'est-à-dire Marseille.

Le problème n'était pas celui de l'intégration d'une large partie de cette nouvelle population dans le creuset marseillais « qui en avait vu d'autres », comme le soulignait Bernard de Portallan dans un éditorial récent du *Provençal*, mais bien plutôt celui d'une incapacité physique à remplir la mission historique de la ville. Jamais au cours des siècles passés les arrivants, en provenance du bassin méditerranéen depuis la nuit des temps ou d'Europe centrale durant la Seconde Guerre mondiale, n'avaient été aussi nombreux, sur une période aussi courte. Il n'y avait pas assez d'HLM, pas assez de villas, pas assez de routes, de souterrains, d'autobus, d'équipements collectifs. Pas de métro. Pas assez d'écoles et de terrains de sport. Pas assez d'eau. Un tout-à-l'égout partiel.

Marseille avait été laissé à l'abandon par les gouvernements successifs depuis la Libération. A Paris, pensaient les Marseillais, tout le monde se foutait de Marseille-la-rebelle. Marseille était trop loin. Il n'y avait pas assez de Marseillais parmi le personnel politique et la haute fonction publique pour « servir » la ville et la région. Les crédits allaient ailleurs, comme les honneurs. En revanche, c'était bien à Marseille que la misère de la décolonisation française était prise en compte, soignée, et par les Marseillais. De plus ou moins bonne humeur, ils avaient toujours tendu la main aux arrivants. Ceux qui habitent des rivages découpés, meurtriers, savent bien que des embarcations de sauvetage parviennent de temps en temps jusqu'à eux, s'échouent sur leur côte. Seulement, cette fois-ci, les naufragés étaient vraiment très nombreux.

Hélène Barutti est particulièrement sensible à cette colère montant de la rue, du centre-ville, des banlieues, et qui, malheureusement, trouve comme point d'application les familles de rapatriés déjà martyrisés par l'Histoire. Sa décision d'entrer en politique s'en trouve encore aiguisée. Mais pour le moment, chacun doit, à sa place, renforcer l'effort collectif. La sienne est déjà définie. Il lui a suffi de se rappeler la décision de Joséphine de Portallan durant la guerre. La vieille dame avait alors accueilli à Hauterive ceux qui, en particulier parce qu'ils étaient juifs, fuyaient l'Europe pour le Portugal, l'Angleterre et les Etats-Unis. Encore faut-il en discuter avec le reste de la famille, qu'elle doit rejoindre à Hauterive ce vendredi soir. Hauterive où se trouvent encore, parce qu'ils n'ont pas pris le train pour Laval, les Benaïm.

Mais la chaleur cloue Hélène dans son fauteuil. Elle va passer quelques coups de téléphone et – oui, décidément, elle leur demandera de venir au bureau, elle n'a pas la force de traverser la ville de nouveau – attendre François, Clément et Bernadette. Les persiennes sont croisées comme si ce frêle rempart, laissant passer un improbable courant d'air vers le reste du cabinet, limitait la température intérieure. Elle juge la chaleur pénible mais elle aime aussi cette sensation d'écrasement qu'elle assimile à un plaisir sexuel. Qui l'adoucit et la meurtrit, la laisse, vague et comme comblée, au bord du sommeil.

— C'est une bonne idée, dit Bernard de Portallan. Gina m'en avait déjà parlé. La grande différence avec l'époque de la guerre, quand ma mère a accueilli tous ces malheureux ici, c'est que nous n'avons plus le... personnel pour entretenir cette gigantesque demeure. Ni l'argent pour embaucher ce personnel. Et, comme tu le sais par ailleurs, Hauterive réclamerait quelques travaux, murs, toiture, etc.

Toute la famille est réunie sur la terrasse de la bastide, dans l'ombre des hauts murs. Simone, la mère d'Hélène, et le docteur Hamel, Luce et Louis Rintier, Albert et sa femme Suzanne dont le fils, Pierre, a aujourd'hui trois ans, Gina et Bernard, Hélène, Sandro, ainsi que François désormais associé aux adultes, Maria Barutti et Gianni Monti. Les plus petits sont partis jouer en emportant leur dessert. La famille Benaïm, discrètement, s'est retirée quand Raymond et Lara ont compris que leur propre situation allait être évoquée. Mais ils avaient joyeusement participé au déjeuner, d'ailleurs préparé en partie par la jeune femme : d'énormes paniers de crudités accompagnées d'anchoïade, des brochettes de bœuf et de mouton servies avec des pommes de terre à la cendre, des fromages et des glaces commandées la veille au pâtissier de Vitrolles. Le tout accompagné de blanc et de rouge frais, acheté par Sandro Barutti à un petit producteur de Vacqueyras, dans le Vaucluse.

Bernard de Portallan et Gina, comme Sandro et Hélène, vivent de leurs salaires, confortables certes, mais régulièrement absorbés par l'éducation des enfants et l'ordinaire quotidien. Leur capital, représenté par Hauterive, la ferme Barutti, ou la cinquantaine d'hectares leur appartenant encore, ne rapporte quasiment plus rien. Il leur coûte même de l'argent, entre les impôts et les travaux de réfection. Bernard sait que chaque année ils devront continuer à vendre quelques hectares pour préserver le cœur du domaine et la bastide. Quant aux Rintier, leur train de maison est réduit au strict minimum. Comme dit Louis Rintier quand il est seul, car il ne voudrait pas être entendu : « Sébastien avait raison, l'industrie constituait un meilleur placement. » Rien de moins sûr au demeurant :

l'industrie traditionnelle marseillaise se trouve maintenant prise dans un tourbillon fatal. Elle en sortira exsangue, tout le monde le sait.

Bernard trouve la proposition de sa nièce, dont il a toujours été très proche, utile et généreuse. La référence à sa propre mère l'émeut. Mais il doute de leur capacité à en assumer matériellement la réalisation. Ce qu'Hélène leur a suggéré est, dans l'ensemble, fort simple. Des familles de rapatriés sont en perdition, entre la Joliette et le parc Chanot, certaines prennent des trains pour nulle part, en reviennent quelques jours plus tard parce que rien ni personne ne les attendait à destination, dérivent sans domicile et sans travail en épuisant leurs dernières économies. Hauterive, en revanche, dispose de mutiples chambres vides. La ferme Barutti, déserte, est barricadée pour éviter les cambriolages. La propriété ne produit quasiment plus rien et d'ailleurs n'est même plus entretenue. Pourquoi ne pas ouvrir les portes à ces malheureux, le temps de leur permettre de retrouver un travail, un domicile ?

Bernard de Portallan est perplexe. Il n'est pas le seul. Maria Barutti, pourtant séduite par la suggestion d'Hélène, ne se sent plus très vaillante. A deux reprises, elle a dû appeler le médecin de Vitrolles, ce qui ne lui était jamais arrivé. Et elle voit bien que Gianni, de temps en temps, éprouve quelques difficultés à mouvoir sa grande carcasse. En outre, même si elle ne veut plus habiter seule la ferme, elle sent son cœur se serrer à l'idée de voir celle-ci – la chambre partagée avec Emilio, celles des enfants – occupée par des locataires. Mais comment retourner y vivre, alors que tout, chaque meuble, chaque geste, chaque bruit, lui rappelle l'homme adoré, le temps du bonheur ? Au moins ici, à la bastide, a-t-elle le sentiment de se trouver ailleurs tout en demeurant un peu chez elle.

Maria ne l'avouerait pas, mais elle a peur du temps à venir. Elle craint de devoir affronter de nouvelles épreuves, d'autres disparitions après celle d'Emilio. Elle voudrait regrouper toute sa famille, savoir Gina proche et Sandro à portée de voix, gâter ses petits-enfants. Mais tout a fui, parce que la société, aujourd'hui, n'est qu'explosion. Et encore ! se dit-elle. Personne ne se trouve à Paris ou à l'étranger. Ne regarde pas derrière toi, secoue-toi ! grogne-t-elle intérieurement.

— Dans un premier temps, dit Maria comme si toute l'assistance avait pu suivre son raisonnement silencieux, peut-être la ferme pourrait-elle être utilisée pour héberger quelques-uns de ces malheureux. On verrait par la suite. Qu'en pensez-vous, les enfants ? Je goûterais bien un canard dans ta gnôle, Gianni. Et toi, que crois-tu ?

— Que c'est une bonne idée, Maria, dit le colosse en souriant. Et puis, ils vont nous aider.

Gina et Sandro se regardent par-dessus la table. Hélène détecte dans cet échange silencieux un profond soulagement. La fille et le fils ont l'impression que leur mère reprend enfin du poil de la bête, que son deuil se termine.

Au Secours catholique, Hélène Barutti a pu isoler les cas familiaux les plus dramatiques. Elle a rencontré un couple, les Loriol, qui avec leurs trois enfants ont été hébergés dans une seule chambre, chez une vieille dame, du côté de la Plaine. Raoul Loriol a immédiatement accepté la proposition de l'avocate. Une ferme, près de l'étang de Berre ? Loin ? Non ce n'est pas loin, a-t-elle répondu en souriant. « Les enfants pourront courir, vous serez chez vous, le temps de vous retourner. Il y a du travail, un peu de tout. Des chemins à combler, des murs à consolider. Vous ferez comme nous dans le temps, avec ce que produit la ferme, les œufs, les poulets, les légumes, on assure l'ordinaire. »

Raoul Loriol et sa femme, Sophie, avaient les larmes aux yeux.

— Enfin quelqu'un de bon, avait-il murmuré.

Puis la voix de l'homme avait pris de l'ampleur,

comme si la perspective de retrouver un statut honorable libérait sa colère.

— Vous savez ce qu'on m'a fait, à l'arrivée à Marseille ? Ils avaient égaré ma carte d'identité. Quand ils m'en ont établi une autre, vous croyez pas qu'à nationalité, le fonctionnaire a tapé algérien ? Ça, ils m'ont fait ! A nous ! La rabia m'a pris, que le chef est venu tout de suite, et c'est lui-même qui l'a rédigée, ma carte !

— Allez, en route, avait dit Hélène ! Ils ne sont pas méchants, ils sont cons !

En un tout autre moment, elle aurait éclaté de rire. Mais l'homme était bouleversé.

— Je vais vous dire, moi, poursuivait Loriol, ceux qui approuvent les accords d'Evian, ils n'ont qu'à prendre notre place, moi je la leur file volontiers.

Le surlendemain, Hélène avait été alertée par sa correspondante du Secours catholique. Acceptait-elle d'héberger des personnes plus âgées ? Evidemment. Le seul problème était l'absence de médecin sur place. Mais Lucien Morena et sa sœur Georgette, à soixante-huit et soixante-cinq ans, étaient en excellente forme. Retraités, ils ne savaient où aller. Ils ne disposaient sur eux que de vingt mille anciens francs. Ils avaient tout abandonné, saisis par la panique. Même les vêtements allaient manquer. Hélène pouvait-elle s'en charger ? L'avocate, comme beaucoup de Marseillais, réalisait que la très grande majorité des pieds-noirs étaient, comme ailleurs en France, des gens modestes. Ou, pour parler plus simplement, que le « gros colon », représentant caricatural du Français d'Algérie, avait bien à tort envahi l'imaginaire collectif. La raison de cette aberration demeurait mystérieuse. Pourquoi, avec son administration, ses bureaux de poste, ses usines, ses petits commerces, l'Algérie n'aurait-elle pas ressemblé sociologiquement à n'importe quelle autre région ?

Quand Hélène les avait invités à grimper dans la DS, qu'elle avait claqué le coffre sur leur unique valise, le frère et la sœur avaient éclaté en sanglots. Hélène avait ravalé ses propres larmes, s'était obligée à plaisanter.

— Vous ne serez pas perdus ! Vous venez de Constantine, c'est ça ? Les Benaïm et les Loriol d'Alger. Vous aurez le temps d'envisager la suite des événements. Personne ne va vous bousculer. Vous nous aiderez, c'est tout. Savez-vous ce que nous avons décidé de faire, à Hauterive ? Une sorte de foyer d'accueil, pour faciliter l'installation en métropole de ceux qui n'y connaissent personne.

Elle évitait soigneusement d'évoquer l'absence de ressources matérielles des arrivants.

— Mais je ne vais pas pouvoir vous payer, disait Lucien Morena. J'ai bien ma retraite, mais je ne sais pas où je vais la toucher, maintenant. J'étais au service des eaux. Georgette, elle n'a pas travaillé très longtemps, elle aidait au restaurant. Elle a une petite pension de reversion de son mari. C'est pour ça que nous habitions ensemble. On réunissait nos ressources et on était moins seuls. Qu'est-ce qui va se passer, maintenant ? Quel désastre ! Quelle honte ! A notre âge ! Et les cimetières, qui va les visiter, les entretenir ? Ma famille, elle était en Algérie presque depuis le début. Plus d'un siècle !

Hélène écoutait. Quelle réponse apporter à ce monologue du vieil homme qui voyait sa vie s'effondrer au moment même où il attendait d'elle un surcroît de tranquillité et de chaleur ? Ce désarroi était poignant, étouffant. Par-dessus tout, il y avait – Hélène le sentait, presque dans ses propres fibres – cette incompréhension infinie, cette incapacité à réaliser l'inimaginable. Comme si un gigantesque fleuve était définitivement sorti de son lit, bifurquant sous l'influence de forces maléfiques vers un tracé imprévu, vers des contrées inexplorées. Elle interrogeait le vieil homme et la vieille dame, enfermés dans le silence depuis de longues heures. Quelle était la spécialité du restaurant ? La kémia ? C'est quoi, la kémia ? Vous nous cuisinerez ça. Vous savez tapisser, monsieur Morena ? J'ai de la chance. Justement…

Quand ils étaient descendus de la DS devant Hauterive, Maria Barutti était assise sur le banc de bois à côté de la cuisine. Elle avait étendu un torchon sur ses genoux. A sa droite, il y avait un cageot de haricots verts et à sa gauche une grande passoire dans laquelle elle déposait les légumes après en avoir rapidement sectionné les deux extrémités et ôté les fils qui demeuraient dans le torchon. Maria souriait et Georgette avait dit, comme si elle découvrait la lune :

— Mais elle prépare des haricots !

Hélène avait éclaté de rire. La contemplation de ce modeste travail culinaire semblait réconcilier la sœur et le frère avec l'existence. En fait, ils reprenaient pied dans le fleuve gigantesque. Ici aussi, on préparait des haricots ! C'était une très belle demeure, un peu imposante, mais on préparait des haricots. Oui, disait Hélène, il s'agit bien de ma belle-mère. Elle est assez âgée, comme Gianni qui n'est pas réellement mon oncle.

Une semaine plus tard, la bastide est pleine, la ferme Barutti occupée par les Loriol. Tous les volets sont ouverts. Des gamins courent de droite et de gauche. Ils ont trouvé de vieux jouets, des vélos grinçants, ils se baignent dans l'étang malgré l'odeur de pétrole. Maria Barutti et Gianni Monti règnent avec tact sur tout le groupe, ce qui n'est pas simple. De toute évidence, les pieds-noirs ont le goût et l'habitude de la vie publique et bruyante. De temps en temps, Maria gagne sa chambre et s'isole quelques instants, Gianni marche vers la plage.

Benaïm, qui semble effectivement très à l'aise dès qu'il s'agit d'agriculture, a nettoyé et fait fonctionner tout le matériel couvert de poussière qu'Emilio rangeait dans sa grange. Maria a éclaté en sanglots en entendant de loin le bruit du tracteur. Le poulailler et les clapiers ont été remis en état, le terrain où, dans le temps, poussaient les légumes, désherbé.

Hélène et Bernard ont rassemblé l'argent nécessaire à l'achat de bois, d'outils, de pots de peinture. Hauterive est devenue une ruche. Les hurlements volent bas, de temps en temps, mais les antagonismes semblent se dissoudre aussi rapidement qu'ils se sont noués. La bastide et le domaine reprennent vie, cela se constate à un certain désordre du mobilier de jardin dans les alentours immédiats de la maison, à la terre retournée des plates-bandes, à la peinture plus fraîche des volets ou des barrières, à une sorte de rumeur que l'on perçoit si l'on tend l'oreille.

Hélène, Sandro et les enfants ont élu domicile à Hauterive jusqu'à la fin du mois d'août, comme Gina, Bernard, Vincent et Thierry. Personne, et notamment pas les rapatriés installés sur le domaine, ne savent de quoi demain sera fait. A l'exception notable de la famille Benaïm qui a décidé de prendre en charge l'exploitation agricole et a déjà inscrit les enfants à l'école de Vitrolles. Raymond et Lara aimeraient bénéficier d'une certaine indépendance en s'installant à la ferme, mais tant que les actuels occupants, les Loriol, restent là, tant que Maria Barutti ne met pas sa vieille maison à leur disposition, ils sont décidés à ne pas poser le problème.

Hélène, soulagée moralement, mais totalement débordée, trouve encore le temps de « travailler », comme disent les politiques, sa future circonscription. Plus personne n'ignore maintenant qu'elle sera la candidate gaulliste lors de la prochaine consultation électorale. Son passé de résistante, son enracinement régional, son allure physique, sa conduite généreuse vis-à-vis des rapatriés compensent son choix politique. Le général de Gaulle ne sera jamais très populaire à Marseille. La guerre d'Algérie n'a, de ce point de vue, rien arrangé.

Mais il s'agit d'Hélène de Portallan-Barutti, dite

« Marais », mère de trois enfants dont un enfant orphelin à la suite des bombardements et adopté vingt ans plus tôt, avocate, dynamique, fonceuse. On la juge bien, dans l'électorat masculin, un peu « féministe », mais nul n'ose l'attaquer sur ce terrain-là car elle utilise alors un vocabulaire particulièrement cru qui traduit bien ses origines marseillaises, et qui d'ailleurs rassure « les mecs ».

On fait aussi courir sur son compte des rumeurs : elle serait une tenante de la préservation de la nature, un « croisé » de la chlorophylle, une gaulliste un peu originale n'hésitant pas à enquiquiner les sociétés pétrolières et l'EDF. Mais à Marseille, les « petits » qui n'ont pas peur des « gros », les électeurs les trouvent plutôt sympathiques. Et « la » Portallan-Barutti, épouse d'un rejeton d'immigrés italiens mais chirurgien connu, qui fait son marché au Prado en jeans et en blouson – « seulement le samedi, hein collègue, le reste du temps elle se met le tailleur ! » –, qui boit le pastis chez Paulo à Castellane, on trouve ça parfait. Il y a bien ces deux ou trois balèzes qui l'accompagnent quand elle serre les mains et qui n'ont pas l'air de diacres de l'église du Sacré-Cœur, mais bon ! On est à Marseille.

Il n'empêche, pense Hélène. J'ai une chance d'être élue. Hauterive n'est plus à l'abandon. Mais je ne vais pas créer un village de pieds-noirs au bord de l'étang de Berre. Il faudrait trouver une solution. Quand ?

Elle grignote les brochettes et les petites saucisses, des merguez, a-t-elle appris, que les Benaïm confectionnent et qui lui emportent un peu le palais.

CHAPITRE 27

François de Portallan allait avoir vingt et un ans. Sandro Barutti avait toujours considéré le garçon, qui pourtant ne portait pas son nom, comme son propre fils. Il avait même fini par oublier qu'il s'agissait d'un orphelin adopté par Hélène. Le jeune homme le dépassait aujourd'hui d'une bonne tête. Quand il entendait François l'appeler « papa », il ne pouvait s'empêcher de sourire. C'est une chance, c'est plutôt très drôle, pensait-il, d'avoir un fils aussi âgé. Presque toujours il recommençait ses soustractions. J'aurais donc eu, calculait-il, François à… Voyons ? Il comptait sur ses doigts. En vérité, comme il se sentait jeune lui-même, il avait désormais tendance à considérer son fils comme un frère cadet.

La proximité de sa majorité et de sa sortie en bon rang de l'Ecole des ingénieurs de Marseille avait conduit Sandro Barutti jusqu'au concessionnaire Vespa. Ce qui avait donné lieu à la première scène réelle entre Hélène et lui. Ainsi, il ne suffisait pas au chirurgien d'intervenir sur les scootéristes accidentés, il lui fallait encore tenter le diable en équipant son propre fils d'un de ces engins de mort ? Penaud, Sandro avait ressorti son carnet de chèques et, se gardant d'avouer qu'il espérait bien lui aussi profiter de la Vespa, s'était rabattu sur une Dauphine d'occasion.

— Une voiture, c'est plus facile, pour les filles, avait souri Sandro.

— Qu'est-ce que tu sais, toi ? avait répliqué François qui trouvait amusante mais un peu incongrue la réflexion de son père.

— Non, c'est idiot. Tu sors toujours avec la petite Tercet ? Marie-Sophie, c'est ça ? Mais au fond, ça ne me regarde pas.

— Pas tellement, mais enfin... Oui, elle est jolie, non ?

Sandro était un peu gêné, partagé entre la timidité naturelle du père et le franc-parler du médecin.

— Ravissante. Et vous..., disons vous sortez ensemble depuis six mois, maintenant ? Tu prends des précautions, j'espère ? Tu as ce qu'il faut ? Sois gentil, ne fais pas l'idiot. Et s'il y a un problème, tu n'oublies pas que je suis médecin, que je suis entouré de médecins. Dans toutes les spécialités. Un jour, on réglera enfin ces questions d'interruption de grossesse. Ta mère s'en occupe beaucoup, mais ça prendra du temps, les esprits sont très bloqués.

— Oui, je fais attention, ne t'inquiète pas, avait répondu François en se forçant à ne pas rire. Vous, vous les avez toujours voulus, les enfants ? Je veux dire, à part moi, bien sûr.

— Crétin ! S'il y en a un que nous avons voulu, que ta mère a voulu, c'est bien toi. Elle est très moderne, ta mère. Je ne sais pas pourquoi je dis ça.

— Moi, je sais. Parce que vous vous aimez. Ça me rassure, me donne confiance. Je vois d'autres situations, autour de moi. Les ménages merdiques, ça court les rues.

Sandro sourit, mais trouve que les jeunes commencent à s'autoriser beaucoup de libertés de vocabulaire.

— Donc, c'est Marie-Sophie qui recevra avec toi, le jour de ton anniversaire ?

— Pourquoi, on fait une fête ?

— Si vous voulez. Le dernier goûter d'enfants

offert par tes parents… Ici ou à Hauterive, comme tu veux.

— Ici, c'est plus facile. Hauterive, c'est chouette, mais il faut pouvoir héberger ceux qui ont trop bu. Et la maison est toujours pleine, non ?

Sandro pense qu'effectivement le temps est venu d'avoir une conversation avec les rapatriés hébergés à Vitrolles. La meilleure solution, songe-t-il, serait l'installation de la famille Benaïm à la Ferme des agneaux. Le médecin reste évidemment attaché à la maison où il a grandi, mais si les Loriol, comme il est probable, quittent Vitrolles dans quelques semaines, celle-ci sera de nouveau laissée à l'abandon. Maria et Gianni ne retourneront pas y habiter. Nous n'allons pas transformer cette demeure qui fut vivante, gaie, en tombeau. Maman comprendra. En revanche, songe-t-il, le frère et la sœur Morena, Lucien et Georgette, constitueraient une excellente compagnie pour ma mère et mon « oncle », à la bastide. Quant aux autres occupants d'Hauterive, ils devraient désormais pouvoir se reconvertir. Les emplois ne manquent pas, même à Marseille et dans sa région.

— Mais au fond, dit Sandro à François, as-tu déjà une idée de la branche dans laquelle tu vas chercher du travail ?

— Je ne suis pas très fixé. La construction aéronautique peut-être. Il y a d'importants développements prévus, à partir de la SNCASE, dans la zone de Vitrolles. Ce serait drôle. J'habiterais à Hauterive, et je pourrais presque aller bosser à pied. Tout le coin va s'industrialiser, avec l'arrivée des pieds-noirs.

— Ah bon ?

Sandro grogne des paroles incompréhensibles en préparant deux whiskies à l'eau gazeuse. S'industrialiser ! Ce salopard de Sébastien – Dimitri avait raison, cette horrible nuit, rue Paradis, je l'ai bien oublié, mon ex-futur beau-père ! – avait vu juste. L'industrie, en bordure, sur les terrains mêmes, de l'exploitation agricole ! Moins sensible qu'Hélène à cette détérioration du cadre de leur vie d'enfants et d'adolescents, Sandro prend cependant conscience chaque semaine un peu plus, en « montant » à Hauterive, du progrès de la tôle ondulée sur les champs d'oliviers. Processus irréversible. Ne dit-on pas que, dans les dix-huit mois à venir, une usine d'olives en bocaux va s'installer à Vitrolles ? Et d'où viendront les olives ? Du Maroc, comme d'ailleurs les propriétaires qui, il y a peu de temps encore, habitaient Rabat. Je ne comprends rien à cette nouvelle logique, se dit le médecin. Et pourtant, je ne suis pas un vieillard, mais tout, décidément, va trop vite. S'il pouvait en aller de même pour les progrès médicaux !

— Sais-tu ce que nous devrions faire, puisque les petits sont à Hauterive avec Gina et Bernard ? demande Sandro à François. Aller dans quelques minutes chercher ta mère qui a passé l'après-midi à son cabinet, puis nous irions dîner à la Pointe-Rouge, chez Roger. Ce n'est pas un trois-étoiles, mais le poisson est délicieux, le service fantaisiste et les courants d'air bien agréables. Je téléphone à Hélène tout de suite.

— Combien as-tu invité de personnes ? Cent quarante ? Mais tu es fou, François ! dit Hélène qui a, de toute façon, décidé de ne pas s'inquiéter. Comment connais-tu autant de monde ?

— Oh, c'est très facile. Si vous n'aviez pas décidé, de votre côté, de réquisitionner une salle à manger pour inviter quelques-uns de vos amis, j'aurais pu aller jusqu'à deux cents ! Non, c'est une plaisanterie. Tu sais quelle est la taille de cet appartement ?

— Euh…

— Voilà, tu t'es trahie, maman, sourit-il. C'est là qu'on reconnaît ceux qui ont toujours vécu au large. Tu juges ça beaucoup plus petit qu'Hauterive. C'est sûr, aucune comparaison possible. Mais cet appartement représente près de quatre cent mètres carrés quand on ouvre les portes de communication entre les deux parties de l'étage.

Hélène se souvient des réceptions à Hauterive. Tout était préparé en cuisine par le personnel de la propriété ou des « extras » amateurs venus des villages voisins qui, ensuite, assuraient le service. On sortait des armoires les nappes, les services de porcelaine, l'argenterie, les verres. On confectionnait des bouquets avec des fleurs des champs et des branches de verdure. On cassait les barres de glace dont on disposait les morceaux dans tous les récipients que l'on trouvait y compris les baignoires. Aujourd'hui... Vaisselle, nappes, couverts sont livrés en caisses de bois et repartiront de même le lendemain. Les tréteaux et les planches destinés aux buffets ont déjà été montés. Quant à la nourriture, elle arrivera, en même temps que la brigade de serveurs en vestes blanches, au dernier moment. C'est plus simple et moins drôle, pense Hélène en pointant avec son crayon la liste qu'elle a établie.

Les premiers invités surviennent peu après 20 heures. Entrée de l'immeuble transformée en vestiaire, paliers dotés de chaises et de fauteuils, hall de l'appartement dont on a repoussé vers une chambre la plupart des meubles : de gigantesques gerbes de glaïeuls ont été disposées partout, donnant à l'immeuble une unité champêtre et joyeuse. Ce n'est pas La Réserve sur la Corniche, pense Hélène, et nous ne fêtons pas, comme mon père à l'époque, mon premier million. Les robes du soir, chez les jeunes filles, sont malgré tout assez nombreuses. Comme les smokings pour les garçons, smokings dont certains, de toute évidence, ont déjà servi au père et aux frères.

Hélène est vêtue d'une robe de cocktail en velours noir, assez courte et très décolletée. Elle sait son buste et ses épaules superbes. Le hâle qu'elle a gardé de l'été lui donne une allure sportive et décontractée encore accentuée par ses cheveux sombres très courts. Quand il voit sa femme sortir de la salle de bains,

Sandro, occupé à passer ses boutons de manchettes, est saisi d'une brutale bouffée de désir.

— Que tu es belle, souffle-t-il dans le cou d'Hélène en la serrant contre lui. J'ai envie de toi.

— Tu crois que c'est le moment ? Nos invités arrivent et je viens à peine de terminer de me maquiller.

— Mais je n'en veux pas à ton maquillage, dit-il, la voix rauque, en la repoussant vers le lavabo de la salle de bains.

Il infiltre ses mains sous la robe d'Hélène, fait glisser le slip de dentelle noire jusqu'au sol. Hélène se hisse sur le lavabo, les jambes ouvertes, elle aussi gorgée de désir. Leur étreinte, fulgurante, leur arrache des plaintes simultanées. Pendant un moment, ils ne bougent pas, à la recherche de leur souffle. Puis Hélène secoue ses cheveux et cherche des lèvres la bouche de Sandro.

— Sois gentil, mon amour. Je n'y vois plus rien. Trouve-moi ma culotte. Ah, aussi ! Je reste à ta disposition toute la soirée, si tu as encore un coup de foudre.

Ils rient, se recoiffent. Elle s'occupe du col amidonné de la chemise de Sandro, il vérifie l'ordonnancement de la robe d'Hélène, passant une main amoureuse dans son dos.

— Mais tu n'as pas de soutien-gorge ?

— Non, et j'observe que ça ne t'a pas gêné, il y a cinq minutes..., répond-elle, ironique. Allez, mon amour, en route pour les cérémonies. Nous avons raté les premiers invités !

Tandis qu'ils se dirigent vers l'entrée de l'appartement, se frôlant de la hanche pour maintenir aussi longtemps que possible leur cache-cache intime, les invités surgissent dans le couloir, se dirigeant vers le salon. Des amis de François dont ils connaissent la plupart et qui se présentent néanmoins en multipliant les compliments et les remerciements.

— Toutes ces filles sont ravissantes, dit Sandro à

voix basse. Ouïe ! C'est ma cheville, que tu viens de frapper ! Ce n'est pas vrai ?

— Tu es un obsédé sexuel. Personne ne me fait l'amour en regardant quelqu'un d'autre cinq minutes après, tu as compris ? Mais voilà le cousin Baral ! Comment vas-tu, cousin ?

Robert Baral, toujours gentiment enrobé, le teint rose, surgit de l'entrée. Il porte une curieuse veste de soie mordorée à ramages, aux revers de smoking brillants, et une chemise à jabot qui semble fleurir la base de son cou. Seule son extrême gentillesse, pense Hélène en l'embrassant sur les deux joues, l'empêche de paraître ridicule.

— Tu te rends compte ! dit-il en riant. Vingt et un ans ! Tu ne les parais même pas !

— Tu es idiot, mais adorable, répond Hélène. Tu es venu seul ?

— Oui, mais j'espère bien me marier ici, ce soir. Encore une fois ! La quatrième ! Il doit certainement y avoir des jeunes femmes à la recherche d'un homme d'âge mûr très fortuné, non ?

— Décidément, tu es insortable, Robert ! Tu as des nouvelles de Marc ? Non ? Il est casé, en Suisse, dans une compagnie de transports routiers. J'espère qu'il va se faire oublier. Tu as été merveilleux dans cette affaire. Je ne saurai jamais comment te remercier.

— On trouvera bien, ne t'inquiète pas. Je me mets en chasse de ma fiancée. A tout à l'heure.

Sandro se tourne vers Hélène.

— Il est adorable mais complètement cinoque, non ?

— Il joue à ça. Je ne m'y fierais pas, murmure Hélène. Mais qui voilà ?

— Maman, tu connais Marie-Sophie Tercet ?

La jeune fille qui accompagne François est grande, mince et blonde, les yeux presque violets. Ses cheveux flottent sur ses épaules. Ses pommettes très hautes semblent creuser ses joues. Elle rougit et avance vers Hélène des doigts de pianiste. Mon fils a bon goût, pense-t-elle, mais j'espère qu'il ne s'agit que d'un flirt. Pourquoi, d'ailleurs ? s'interroge-t-elle avec une grande honnêteté. Elle préfère ne pas répondre à cette question.

— Bien sûr. Mais allez savoir où je vous ai rencontrée ! dit-elle malicieusement. Soyez la bienvenue. Vous êtes étudiante aussi ?

— Oui, en médecine. Mais je n'en aurai pas fini cette année !

— Certes, j'en sais quelque chose ! s'amuse Hélène. Eh bien, j'espère vous revoir bientôt, en dehors de cette agitation, je ne sais pas, à la campagne un dimanche.

Au sourire de François, Hélène comprend qu'il n'avait jamais osé espérer une invitation de cet ordre. Bon, tant pis, pense Hélène. Ou tant mieux. Il faut être moderne. Si je veux continuer à voir mes enfants quand ils grandiront, il faut se plier aux nouveautés de la société. Ils ne passent pas leur temps à se caresser la main, et quand ils viendront à Hauterive je ne vais pas leur donner des chambres séparées. En même temps, elle pense à Sandro, à leur étreinte ardente, et une bouffée de fièvre l'envahit.

— Tu as trop chaud, maman ? demande François.

— Pas du tout, sourit-elle. J'adore ce genre de chaleur.

Elle va de groupe en groupe, flottant sur un nuage de félicité. La ville, en ce début d'automne, est encore tiède malgré la tombée de la nuit. Par les fenêtres ouvertes sur le boulevard Périer et vers l'arrière, au-dessus du jardin dont bénéficient les propriétaires du rez-de-chaussée, elle semble absorber le brouhaha de la soirée. Les garçons en veste blanche, un peu congestionnés malgré tout, circulent avec des plateaux chargés de coupes de champagne, de verres de whisky et de jus d'orange. Hélène se demande si elle va résister à la tornade qui s'annonce quand, après le buffet, les haut-parleurs se déchaîneront sur des musiques qu'elle connaît aujourd'hui presque par cœur : Elvis Presley, Bill Haley, les Platters, et ce groupe anglais qui déclenche des crises d'hystérie à travers l'Europe, les Beatles, dont on copie également – il suffit à Hélène de porter son regard sur l'assemblée – l'inégalable coiffure.

Elle s'arrête près de Bernard, en grande conversation avec son fils Vincent. Elle prend soudain conscience que celui-ci a dix-huit ans. Il ressemble à Gina, ce qui en fait un assez beau jeune homme, aux yeux noirs fendus et au nez légèrement busqué. Mais il a hérité la dégaine nonchalante de son père et, de toute évidence, son peu de goût pour les costumes correctement repassés.

Tant qu'ils avaient été enfants, l'écart d'âge qui séparait Vincent de François n'avait pas été sensible, et les deux cousins jouaient souvent ensemble. Puis le fils d'Hélène avait été plus attiré par les filles et les surprises-parties que par les dés de Monopoly. Depuis un an ou deux, Vincent avait à son tour quitté les jeux de l'enfance pour d'autres divertissements. Il avait décidé de devenir journaliste comme son père et, dans ce but, de préparer une licence de lettres, d'apprendre l'anglais. Pour l'heure, il était en train de présenter à son père, sous le regard soupçonneux de sa mère, une jeune fille rousse à la frimousse délurée et aux petites dents sauvages. Hélène la connaissait déjà. Elle l'avait vue parmi la bande de copains et de copines qui évoluait autour de François.

Puis les adultes passent à table, laissant la jeunesse monter à l'assaut des buffets. Le salon qu'Hélène s'est réservé est lui aussi envahi de fleurs. Il y a une vingtaine d'invités, la famille et des amis proches. Sandro a réussi à se faire expédier des langoustes de Corse en s'adressant à un patient restaurateur près de Calvi, particulièrement reconnaissant depuis l'opération qu'il a subie. Hélène est interrogée sur sa future carrière politique. A-t-elle une chance ? « Une femme, vous croyez vraiment que les hommes vont accepter ? –

Mais les femmes votent aussi, ma chère Luce, répond Hélène. Je gagnerai, et cela servira d'exemple. D'ailleurs, je ne crois pas devoir me heurter à un trop gros calibre socialiste. Pourquoi ? » Une idée, comme ça, sourit-elle. Entre le champagne et le bandol, on en arrive aux confidences.

— Je vais vous en raconter une bien bonne, glisse Robert Baral dans un silence. On nous a pris pour des rigolos, nous les Baral, parce que nous avions décidé de nous installer en Afrique. Eh bien, il y a sûrement certains de vos amis qui sont devenus mes salariés, depuis trois jours, et d'autres mes locataires. Je viens de racheter la Compagnie immobilière Notre-Dame. On ne sait jamais, si je dois revenir définitivement à Marseille, j'aurai au moins de quoi me loger.

La stupéfaction se lit sur les visages des convives. Sans doute en raison du naturel m'as-tu-vu du cousin Baral, finalement plus comique que désagréable, mais en raison surtout de ce que cache cet instant de silence : l'évaluation par les uns et les autres de la fortune à la tête de laquelle se trouve Robert. L'Immobilière Notre-Dame, d'après les rumeurs, possède une bonne centaine d'appartements dans les meilleurs quartiers de Marseille. En ce sens d'ailleurs, Baral se comporte comme la plupart des « grandes familles » de la ville qui abandonnent les secteurs traditionnels de l'industrie et du commerce, devenus aléatoires, pour investir dans la pierre. Ce qui n'est pas d'une folle originalité, n'assure pas le développement ultérieur de la cité, mais garantit le capital.

— Je sais bien que je vais te choquer, dit Robert en se tournant vers Hélène, mais ton de Gaulle, avec ses indépendances partout, il va peut-être nous obliger à rentrer nous aussi. Même si, en Afrique noire, ils s'en foutent, de l'indépendance.

— Ça m'étonnerait, et puis tu simplifies. De toute façon, un peu plus tôt, un peu plus tard… C'est fini, les colonies. Partout. Quant aux pays d'Afrique dirigés par les Blancs, tu verras…

— Je crois qu'Hélène a raison, intervient Bernard de Portallan, même si je ne partage pas sa fougue gaulliste. Et surtout pas depuis que le Général veut faire élire le président de la République au suffrage universel en modifiant la Constitution par référendum. On va mettre en place un système boiteux.

— Mais pas du tout ! rectifie Hélène. Il faut un lien direct entre de Gaulle et le peuple.

— De Gaulle si tu veux, en raison du passé. Mais après lui ? C'est mal foutu. On risque d'avoir des majorités parlementaires différentes des majorités présidentielles. Et on risque d'avoir à l'Elysée quelqu'un qui se prendra pour le roi.

La soirée avance. La conversation se déplace vers Hauterive et l'accueil des rapatriés. On félicite le « clan » pour son courage. Hélène dit :

— Nous leur devions bien ça. Nous le devions aussi à grand-mère.

CHAPITRE 28

Le général de Gaulle n'avait pas hésité. Son Premier ministre soumis à la censure de l'Assemblée nationale, il avait dissous celle-ci, fait approuver quand même par référendum l'élection du président de la République au suffrage universel, et convoqué des élections législatives. Il en attendait comme d'habitude la confirmation du lien l'unissant à la population française. C'était énervant pour bien des politiciens et des commentateurs, mais, avec l'âge, le Général était de moins en moins enclin à céder aux parfums nostalgiques de la IVe République.

Hélène, depuis des mois, se doutait que les événements tourneraient de cette façon. Elle avait simplement accéléré la campagne dans son quartier, aidée par quelques proches, dont Paulo. « Les électeurs que je ne connais pas, disait-elle en riant, sont les faux électeurs, qui votent mais qui sont morts, ou ont déménagé. » Elle avait quadrillé son secteur et, pour tout dire, elle en avait découvert une bonne partie. On emprunte les grands axes, les petites rues autour de son domicile, mais on se promène rarement sans raison dans les impasses à l'autre bout de son arrondissement. Ainsi, de part et d'autre du Prado, en montant vers Vauban ou en allant vers le Rouet et Cantini, en se dirigeant vers Mazargues, avait-elle pris conscience de l'allure encore très villageoise de ce Marseille-là.

La totalité de Marseille, rectifie-t-elle mentalement, n'est en réalité qu'une juxtaposition de quartiers, de villages différents. Une bonne centaine, avait-on calculé. Quoi de commun entre l'Estaque et le centre-ville haussmannien, entre la vallée de l'Huveaune et la Joliette, entre Belsunce et Château-Gombert ? Le cœur, en fait. Celui de la ville qui bat derrière les histoires et les cultures diverses, de la même manière. Et cette diversité semble accentuer encore la taille de la ville. Avec ses trente-cinq kilomètres de rivage, ses quinze à vingt kilomètres de profondeur, ses particularismes tranchés mais tranquilles, Marseille, déjà trois fois plus étendu que Paris, donne l'impression d'un monde en soi.

Bien sûr, depuis la guerre, de grands immeubles avaient poussé, mais, dans certaines rues, la norme restait la petite maison individuelle à deux étages, collée aux voisines, avec un jardinet devant et derrière. Même si les commerçants disaient à Hélène leurs craintes concernant « l'ouverture des Uniprix partout », les boutiquiers, le crémier, le cordonnier, le boucher, le droguiste, restaient les maîtres du trottoir.

— Vous voyez bien, souriait Hélène, personne ne va vous déloger !

— Oh, mais on sait bien comment ça marche, allez ! Il paraît qu'il suffit de donner aux œuvres – vous voyez ce que je veux dire ? – et on a tous les permis qu'on veut. C'est plus du commerce, ça, putain, c'est de la concussion ! Et la concussion, à Marseille, c'est comme les tournois de boules, tous les dimanches, tu en as !

Elle avait ri, visité tous les étages, bu plus de mominettes que de raison – « elle est pas fière, la petite, mais à ce rythme elle aura le bec en zinc », disaient-ils quand elle avait tourné le dos –, elle avait laissé sa carte et son programme partout, tenu de multiples réunions dans des salles de café, des bibliothèques, des préaux, sur des terrains de pétanque. Les colleurs d'affiches de l'UNR avaient été énergiques et habiles.

Nul ne pouvait échapper au visage d'Hélène, regard joyeux, cheveux courts, grand sourire, sur fond bleu et blanc. En petit sur les poteaux téléphoniques, en gros sur les murs y compris ceux qui étaient protégés par la loi, le moyen pour recouvrir, durant la nuit, les programmes des concurrents. « Vous n'exagérez pas un peu ? » avait demandé l'avocate, gênée de se croiser en permanence dans tous ces miroirs. « Madame, on fait dans la politique, pas dans la décoration », s'était-elle entendu répondre.

Hélène était parvenue à retenir un nombre incalculable de noms et de prénoms, mais elle était encore étonnée quand un inconnu la saluait dans la rue. « Vous pouvez intervenir pour le petit, il voudrait rentrer à l'administration ? » Evidemment, elle ne détenait pas ce pouvoir. Sans doute ne serait-ce jamais le cas. Mais elle promettait d'aider. « Allez voir Untel de ma part. Tenez, je vous signe un petit mot. » Elle tentait de parler de grande politique, de la nécessité d'institutions françaises fortes, de la décolonisation, du rôle de la France dans le monde, du Marché commun agricole qui allait beaucoup aider la région. Sur l'Algérie indépendante, elle rendait coup pour coup dans les réunions publiques. L'attentat du Petit-Clamart contre de Gaulle, de ce point de vue, lui rendait service. Essayer de tuer le Général, quand même ! Les antigaullistes les plus virulents ne pouvaient approuver.

D'un point de vue historique, les gaullistes n'étaient pas très bien implantés à Marseille. Essentiellement en raison d'un attachement durable de l'électorat de droite et du centre à des partis plus classiques, le CNI ou le MRP. Mais la contrepartie, en quelque sorte arithmétique, du refus d'une fraction de la bourgeoisie de rejoindre l'UNR était le caractère « populaire » que conservait, dans la ville, le gaullisme.

Aux réunions se retrouvaient toutes les catégories socio-professionnelles de la cité : des membres des professions libérales ou des ouvriers, des anciens de la Résistance et des jeunes nés au début de la guerre, des femmes et des hommes. Pour tous, la nécessité du redressement, la condamnation du régime des partis rendu responsable de toutes les difficultés du pays dans le passé, la planification économique et même l'économie mixte, les responsabilités internationales du pays tenaient lieu de patrimoine culturel commun. Elle redécouvrait ce qu'elle avait abandonné après la guerre : le compagnonnage. Les « compagnons » parlaient carré, ne craignaient pas les affrontements avec les « cocos », levaient volontiers le coude quand ils se retrouvaient.

— Et on va gagner ? demande, épuisée, Hélène à Paulo, à la veille du scrutin, après la dernière réunion tenue dans l'établissement de celui-ci, à Castellane. Donne-moi un grand whisky avec beaucoup de glace.

— Maman, tu as été formidable, commente François, approuvé de la tête par Sandro. Le socialiste, tu l'as mis minable !

— Au moins, tes études te servent à quelque chose. Je l'ai mis minable ?

— On va gagner, et peut-être du premier coup ! s'esclaffe Paulo en tapant sur la table de la paume de la main.

Il se penche à l'oreille d'Hélène.

— C'est drôle, hein ? murmure-t-il. Gaston, il n'a pas essayé de trop t'emmerder. Ça n'a pas l'air de le gêner, que tu sois élue.

— Attends, je ne lui dispute pas son secteur et je ne cherche pas à lui prendre la mairie ! Et puis je me suis battue ! Et puis les femmes comprennent de quoi je parle, et elles vont me faire élire !

— La mairie ? Tu es sûre ? Tu le lui as promis ?

Ils éclatent de rire.

Hélène Barutti-de Portallan, dite « Marais », avait été élue. Bien élue : majorité au premier tour et félicitations immédiates de son principal adversaire, le socialiste. Le communiste avait également téléphoné.

Il avait remarqué sur un ton guilleret : « Dans votre quartier, ma belle, je fais de la figuration, je me présente pour l'honneur. Ici, le jour où il y a un communiste qui passe, c'est que la Bonne Mère a créé un Soviet. » Puis, vers 21 heures, Defferre lui-même avait réussi à la joindre.

— J'aurais préféré que ce soit avec notre étiquette, mais je ne désespère pas, avait-il plaisanté. En tout cas, bravo. Je vous ferai les honneurs du Palais-Bourbon. C'est un drôle de monde, vous verrez. Mais vous allez être très courtisée.

A 11 heures du soir, Hélène abandonne le téléphone à François qui, opérant avec beaucoup de diplomatie, réussit à remercier tous ces interlocuteurs pour leurs vœux et, sans fâcher ceux-ci, à préserver l'intimité de sa mère. Elle se rend à la brasserie de Paulo où son équipe de campagne l'attend pour partager des pieds et paquets venus spécialement d'Aix-en-Provence, arrosés d'un superbe vin rouge de Vaison-la-Romaine, légèrement frais. Pour que l'assemblée soit plus tranquille, Paulo a fermé les portes vitrées. Mais en raison de la lumière, la vingtaine d'invités dînent en vitrine. Le nez contre la glace, les passants reconnaissent Hélène et, hilares, essaient de mobiliser son attention par des grimaces et des applaudissements. De temps en temps, la nouvelle élue se tourne vers la rue et salue en agitant les doigts.

— Te voilà célèbre, dit le patron du café. Si tu veux faire ton métier correctement, essaie de ne pas devenir ministre tout de suite. C'est comme ça qu'on oublie sa circonscription… et qu'on se fait bananer le coup suivant.

Il se lève pour décrocher le téléphone qui sonne derrière le bar, au milieu des bouteilles d'apéritif. Il sourit et, de loin, invite Hélène à le rejoindre. Il met la paume de la main sur l'appareil et chuchote :

— Ça va te faire plaisir, c'est notre patron, Marquet, le secrétaire général du Rassemblement.

Hélène écoute en allumant une cigarette, le visage ouvert sur un large rire.

— Je vous remercie. Vous savez, je dois tout à ceux qui m'ont accompagnée ici, ils ont été merveilleux, ils ont abattu un travail énorme. Et au Général, bien sûr ! La photo où il me serre la main et que vous avez vue dans les journaux ? C'était juste après la Libération, quand il était venu à Marseille.

De nouveau, elle écoute, presque hilare.

— C'est sûr, je ne suis pas très commode. Vous vous habituerez, vous verrez. Oui, ceux qui vous ont renseigné l'ont fait correctement. J'ai un dada : la propreté de l'étang de Berre. Et je continuerai à emmerder les pétroliers et l'EDF. Mais nous avons le temps. Merci encore de votre coup de fil. Je vous rendrai visite à Paris le plus rapidement possible.

Elle raccroche et avale une gorgée de vin rouge quand elle regagne la table. Elle se tourne vers Jean Cali, toujours aussi discret, et vers Paulo.

— Il est quand même plutôt sympa, le patron !

Cali produit une moue dubitative.

— Ne t'y fie pas trop. C'est un chef de bande, et il ne donne pas dans la philanthropie. Il dit qu'il passe son temps à casser des œufs, et ça le fait rigoler.

Hélène, une fois de plus, lève son verre. Trinque avec Sandro qui, visiblement très heureux, laisse à son épouse la gloire de la soirée. Le regarde en lui promettant silencieusement une fin de nuit qui amène du rouge sur les joues du chirurgien.

— A Marseille ! dit-elle. A la France, bien sûr, aussi !

Elle se rend compte que, comme tous les Marseillais, elle a fait passer sa ville d'abord. Un réflexe. Il n'y avait plus de guerre, donc il convenait de rétablir les priorités naturelles. Voter des textes de loi pour le pays ? Evidemment ! Mais en tenant compte des intérêts des Marseillais.

Au-dessus du comptoir s'étale largement la photo officielle de l'équipe de l'Olympique de Marseille.

Déjà, Hélène sait que pour conserver un semblant de crédibilité il lui est interdit de demander : « Il s'agit de quel sport ? Le football ? » A Marseille, on peut tout se permettre, sauf ne rien comprendre « au ballon ». Clément, qui jouait en minimes à l'OM, lui avait rapidement expliqué, quand la campagne électorale avait débuté, les subtilités du jeu, la fonction des différents acteurs, lui avait vanté les gloires anciennes des « blanc et bleu », Andersson et Ben Barek – « Oui maman, des vrais Marseillais aussi, comme Aznar, Dard, Scotti… » Elle était allée assister à deux matches de son fils, l'un aux Caillols, l'autre au stade de l'Huveaune. Elle trouvait que, pour des minots, ils castagnaient facilement, mais elle se gardait bien de rendre publics ses commentaires. Après le match et la douche, elle avait offert aux enfants et à leurs parents des morceaux de pizza, achetés aux vendeurs ambulants qui longeaient les lignes de touche, et des Coca de la buvette. C'était que, la semaine suivante, ils jouaient la première place à Sainte-Marthe, et on risquait de ne pas rigoler ! Pas plus que contre l'US arménienne, il y a un mois, putain !

Ce soir, elle se tourne vers Paulo et toute son équipe :

— Pour la saison prochaine, ils pensent déjà à des transferts ?

Elle vient de marquer un point : on emploie « ils » quand l'avenir du club n'est pas brillant, « nous » quand l'OM a gagné. En ce moment les résultats sont convenables, sans plus.

Elle devait s'habituer à cette idée : quitter Marseille quelques jours par semaine, durant les sessions parlementaires. Abandonner Sandro et les enfants. Clément avait maintenant treize ans et Bernadette, onze à peine. Ils étaient bien petits pour se débrouiller seuls. « Mais nous avons Pierrette, avait souligné Sandro. Quand tu seras absente, au lieu de dormir en haut dans la chambre de service, elle n'aura qu'à s'installer à l'étage.

De toute façon, François va libérer une chambre, non ? » Elle avait souri. Cette peau de vache était en train de lui dire qu'on n'avait plus besoin d'elle ! Sandro s'était renseigné : les députés ne participaient pas à la totalité des débats, sinon ils délaissaient trop leur circonscription. Allons, elle serait encore à Marseille la plupart du temps !

En tout cas, sans savoir s'il s'agissait d'une offre sérieuse ou d'une éventualité courtoise au moment où se formait le gouvernement, elle avait gentiment écarté un poste de secrétaire d'Etat qu'un cacique du mouvement avait évoqué devant elle. Elle devait encore apprendre, et elle ne pouvait s'établir en permanence à Paris, avait-elle expliqué. L'obligation de devoir fréquenter assidûment la gare Saint-Charles et l'aéroport de Marignane lui donnait un peu la nausée. Elle se consolait à la perspective de surveiller régulièrement Hauterive et l'étang de Berre depuis un poste d'observation privilégié. Les nappes de pétrole, avait-elle pensé, je vais les repérer immédiatement, et désormais, les coups de téléphone d'un député, ces salopards des compagnies pétrolières ne vont pas pouvoir les écarter comme ça ! EDF de même, ces seigneurs dédaigneux !

Hélène était remontée comme un ressort. A Cali, son ancien compagnon de la Sainte Baume, qui la pressait de se calmer puisqu'elle entrait maintenant dans un autre monde, plus conventionnel, soumis à un certain nombre de règles tacites, elle avait vertement répliqué :

— Mais je m'en fous ! Tu dis que je mène un combat personnel ? Et comment ! Je ne suis pas du tout décidée à me calmer. Je vais réunir des journalistes, à Paris, raconter la pollution passée, actuelle et future de l'étang, les coups tordus dont les pétroliers sont coutumiers, les gigantesques mensonges de l'EDF orchestrés par les X-Mines qui tiennent cette entreprise. On ne s'est pas battus pour préserver la démocratie et finalement la remettre à un corps de technocrates qui n'en fait qu'à sa tête sans rendre de comptes.

Jean Cali avait souri. Le groupe UNR, le gouvernement se préparaient de beaux jours. « La » Portallan allait leur faire voir du pays. C'était le problème, avec ces suffragettes : elles n'envisageaient pas la politique de la même façon que les mecs, elles pensaient que la société avait été organisée par les mecs et pour les mecs en oubliant la moitié du corps électoral et les enfants, elles parlaient un langage plus vrai, moins codé. Alors, lorsqu'en outre elles présentaient un passé héroïque, lorsqu'elles avaient suffisamment d'intelligence, de caractère, de savoir-vivre et d'aisance matérielle pour s'asseoir sur les questions d'argent, se moquer des frontières sociales et des prétendues hiérarchies, on pouvait s'attendre à tout !

Cali s'en amusait d'avance. Lui, il observerait ça de loin, il vivait dans l'ombre. Il veillait sur de Gaulle et le gaullisme... De temps en temps, il racontait certaines anedoctes au Général qui, paraît-il, se détendait quelques instants. Le Général serait très heureux d'entendre parler d'Hélène de Portallan-Barutti, dite « Marais », la Marseillaise boutefeu, la rebelle. Il aimait bien les rebelles, le Général. A condition qu'ils se rangent de son côté.

Hélène n'appréciait pas particulièrement Paris. La ville était trop grande pour elle. Et puis, quand on est marseillaise... Elle avait trouvé un beau studio au coin de la rue du Cherche-Midi et du boulevard Raspail. Elle pouvait effectuer à pied le trajet entre son domicile et l'Assemblée. Elle se trouvait sur la route d'Orly, et pas trop loin de la gare de Lyon.

Quand on la conduisit à son banc, dans l'hémicycle, elle ne parvint pas à croire qu'elle entamait une deuxième carrière. Son esprit, son cœur restaient à Marseille. Bernadette marchait sur le trottoir vers Notre-Dame-de-Sion, ses cheveux noirs ramenés en queue-de-cheval. Clément enfourchait son vélo pour rejoindre « Provence », le collège des Jésuites, son sac de foot sur le dos. François avait emprunté la voiture de sa mère. A cette heure-ci, Sandro était en consultation, entouré des internes de l'hôpital.

La ville allait se déployer, claquant des ailes comme un gigantesque oiseau. Le soleil monterait, se mélangerait à l'eau des tuyaux d'arrosage, retomberait en comètes minuscules et fugaces. Sa voisine, rue Vacon, l'appellerait « Maître » et lui demanderait un conseil juridique – « pour son neveu ». Combien entretenait-elle de « neveux », la pétulante Mme Grassi, la virevoltante Lulu ? Facilement un par semaine, imaginait Hélène.

— J'ai la santé, Maître. Et puis c'est bien agréable, non ?

Sainte Vierge ! Marseille ! Hélène riait.

III

1965-1967
LA POINTE-ROUGE

CHAPITRE 29

Le directeur général adjoint regarde Hélène Barutti avec cet air de commisération ironique propre à l'administration française à partir du grade de chef de bureau.

— Vous n'imaginez malgré tout pas, Madame la députée, qu'Electricité de France va modifier son programme au nom d'éventuels… prétendus… dommages causés à… un étang ?

Hélène est pendant une demi-seconde transpercée par un souvenir qu'elle aimerait revivre. Au moment de la libération de Marseille, elle bouclait son revolver dans son étui avant de se glisser en rampant dans le caniveau du parc Borély pour repérer les mitrailleuses allemandes. En bout de ligne de mire, des cibles désignées, comme l'abruti qui la reçoit aujourd'hui.

— C'est pourtant, exactement, ce que j'imagine, Monsieur le directeur de l'EDF…

— Voyez-vous, Madame, EDF mène la politique de la France, et la politique de la France ne peut pas tenir compte d'une propriété privée, fût-elle celle d'un député, sourit le quinquagénaire gris et glacé qui fait face à Hélène.

Au bout de six mois de démarches diverses entrecoupées de rendez-vous décommandés à trois jours de distance et le refus, évidemment non formulé, du président et du directeur général de la recevoir, Hélène a fini par se retrouver, en ce mois de juin 1965, dans le bureau du numéro trois de la société nationale. Elle sait ce que celui-ci a dû dire à sa secrétaire quelques instants plus tôt : « Allons recevoir la Marseillaise excitée ! Encore une qui défend la marine à voile ! Et bien sûr, pour qui sont les corvées ? Pour moi ! C'est que Madame est députée gaulliste, n'est-ce pas ! »

Elue deux ans et demi auparavant, Hélène a eu maintes fois l'occasion de se frotter à ceux qui se définissent eux-mêmes comme de « grands serviteurs de l'Etat », et qui passent, après l'ENA ou, en l'occurrence, après la filière X-Mines contrôlant EDF, des cabinets ministériels aux multiples sociétés publiques peuplant le paysage économique français. A Matignon ou au ministère de l'Industrie, elle n'a jamais pu se faire entendre des ministres eux-mêmes ou de leurs conseillers. Quand, au cours d'une réception, elle a réussi à expliquer en quelques minutes au Premier ministre le saccage de l'étang de Berre qui se préparait, elle ne s'est attiré qu'un : « Voyons, voyons, Hélène, ce n'est pas si grave ! » C'est tout juste si le professeur ne lui a pas tapoté la joue.

Jean Cali, son ami de la Résistance, s'était montré plus explicite, six mois auparavant.

— Hélène, tu ne peux pas t'attaquer à EDF. Et je vais te raconter pourquoi. Le Général voulait la bombe, et pour cela il fallait de l'énergie atomique dont le plutonium était presque un sous-produit. Alors EDF est devenue le sanctuaire absolu. Petit à petit, un Etat dans l'Etat. Intouchable. EDF n'applique pas la politique du gouvernement français, désormais. C'est le gouvernement qui applique la politique de l'EDF, et crois-moi, nous n'avons encore rien vu ! A l'EDF, ils se prennent pour Dieu, c'est simple ! Alors, laisse tomber.

— Jamais, avait répondu Hélène. Ce n'est pas dans mes habitudes.

A Marseille, évidemment, elle n'était parvenue à aucun résultat. On s'abritait derrière Paris. Quant à

Defferre, il avait eu, avec sa candidature à la présidentielle, bien d'autres soucis. Elle avait tenté de fédérer les maires des villages bordant l'étang, de Martigues à Berre en passant par Rognac, Marignane ou Vitrolles, autour d'une réaction commune. Elle avait rédigé une sorte de « charte », mais les querelles de clocher avaient bloqué les signatures. Ce qui avait beaucoup fait rire les responsables régionaux de l'EDF. Et, sans doute, les responsables nationaux, dont celui qui, en face d'elle, contemplait ses ongles ras et ses poignets de chemise amidonnés.

— Mais enfin, reprend Hélène d'une voix blanche, vous savez bien ce que va signifier l'usine hydro-électrique de Saint-Chamas et la canalisation de la Durance vers l'étang de Berre ! En débit, deux mètres cubes d'eau douce contre un mètre cube d'eau salée venu de la mer ! La partie est jouée, pour les poissons et les coquillages ! Mais il y a pire ! Les dépôts limoneux, évidemment. Tous les scientifiques sont d'accord : le fond de l'étang va remonter de deux mètres tous les dix ans. En 2050, il n'y aura plus d'étang mais une plaine...

— En 2050 ? Et alors ? On cultivera... Je plaisante... J'ignore de quels... scientifiques de bazar vous parlez. Les prévisions des vrais scientifiques, ceux de chez nous, sont totalement différentes. Et puis, franchement, au point où en est cet étang par la faute des compagnies pétrolières qui l'ont transformé en bac à huiles usagées, je pense qu'un peu d'eau douce ne peut pas lui faire de mal, au contraire.

Hélène serre les poings. La morgue du directeur est insupportable. Tout le monde connaît la raison du choix d'EDF de déverser les eaux turbinées dans l'étang au lieu de les expédier à la mer ou vers leur destination naturelle, le Rhône : officiellement, un meilleur « tracé » assurant avec une plus grande dénivellation de terrain une production plus importante, mais en réalité un coût sensiblement moindre des travaux. Qu'un désastre naturel soit en gestation, les responsables d'EDF s'en moquent. Pourtant, le principe même de la mort de la faune et de la flore de l'étang est facile à comprendre : l'eau douce, plus froide et plus légère que l'eau salée, restera en surface et ne se mélangera pas avec elle, sauf les jours de grand vent, de mistral. Elle empêchera l'eau salée de s'oxygéner, donc de vivre et d'entretenir la vie.

En face d'elle, l'homme reste silencieux. Du regard, il semble procéder à l'inspection méticuleuse du mobilier de son bureau. Une façon de signifier qu'il a suffisamment perdu de temps. D'ailleurs, en penchant son buste vers l'avant et en fixant enfin son regard dans celui d'Hélène, il prend un ton guilleret pour dire, les bras écartés :

— Voilà... Madame la députée, je crois que nous avons fait le tour de la question. Si vous n'avez pas d'autre... euh... On m'attend dans une réunion d'ici quelques instants, vous savez ce que c'est...

Il tapote du doigt la mince chemise de couleur déposée au centre de son bureau :

— Je garde évidemment votre dossier, qui sera transmis au président dans les heures à venir. Mais j'ai bien peur que tout espoir se révèle... infondé.

Hélène n'aime pas être congédiée. Elle se jure de retrouver le directeur un jour, au coin d'un bois, et de lui rendre la monnaie de ses insolences. Mais, pour l'heure, elle est bien obligée de se retirer. L'homme la raccompagne sans un mot vers la batterie d'ascenseurs, lui tend une main rapide et neutre. Il lui adresse un vague sourire de courtoisie, visiblement soulagé d'avoir expédié sa corvée.

A quarante-six ans passés, Hélène Barutti-de Portallan conserve, malgré les pattes-d'oie qui prolongent ses yeux et les quelques rides qui traversent son front, un visage aigu, un peu sauvage. Sa chevelure courte, dans laquelle elle tolère, grâce à la technique sans faille de son coiffeur, quelques fils blancs du meilleur effet, la rajeunit étrangement. Des courses à pied quasi quotidiennes d'une bonne heure, à Marseille, sur le

Prado, ou dans les jardins du Luxembourg à Paris, lui permettent d'entretenir une silhouette musclée, sans excès de poids. Les regards masculins lui confirment le charme qu'elle continue d'exercer. Tout juste regrette-t-elle que son âge – et son métier – ne lui permettent pas de tester cette nouvelle mode, aux jupes de plus en plus courtes. Elle la trouve, tant qu'à porter des robes, plutôt gaie. Elle préfère les tailleurs-pantalons, dont elle est devenue, pour des raisons de commodité, une adepte fidèle, mais elle aimerait de temps en temps, pour une soirée ou une autre, envoyer sa rigueur vestimentaire par-dessus les moulins.

Dans le miroir de l'ascenseur, elle rectifie d'un ongle précis une glissade de maquillage sous une paupière, fait gonfler ses cheveux et finit par tirer la langue à son reflet en expirant profondément. « Et voilà pour ce cataplasme ! dit-elle à mi-voix. Je ne vais pas m'énerver. Je savais bien que je n'obtiendrais rien. Qué tronche d'àpi ! » Elle sourit à la résurgence de cette vieille insulte marseillaise, d'origine mystérieuse puisque l'àpi, en provençal, signifie le céleri. De réunion de quartier en conversation électorale de bistro, Hélène a enrichi son vocabulaire local et laissé son accent s'alourdir un peu dès qu'elle pose le pied sur le quai de la gare Saint-Charles ou sur le tarmac de Marignane. « Tu ne trouves pas que c'est de la démagogie ? A Paris, tu n'as pas d'accent », a remarqué Sandro en souriant. « De la démagogie ? Je dirais plutôt du défoulement ! Ça fait un bien, si tu savais ! Trois jours de Paris et je me ruine la tête, moi ! » Ils avaient éclaté de rire.

Hélène est d'autant plus furieuse à l'égard de l'EDF que le forfait de la société nationale vient relayer celui des compagnies pétrolières. Au moment où il n'était plus exclu d'amener d'ici quelques années les raffineurs-pollueurs à limiter leurs monstrueux rejets. La folie des dirigeants commence en effet à gêner tous les responsables économiques et politiques, régionaux et nationaux. La raffinerie de Berre, par exemple, qui à ce jeu malsain bat de peu La Mède et Lavéra, déverse par jour dans l'étang près de huit tonnes de résidus divers.

Hélène avait, après des années de bataille et malgré les rebuffades, beaucoup contribué à cette prise de conscience. La pollution de l'eau par les hydrocarbures n'était pas chimiquement irréversible. A condition d'entreprendre des efforts sérieux d'épuration, de filtration et d'élimination des déchets, il serait possible en une bonne dizaine d'années d'assainir l'étang. La seule façon d'obtenir un résultat identique avec EDF était d'interdire à l'entreprise de se débarrasser dans l'étang de ses eaux turbinées.

Hélène commençait à se sentir moins seule. La préservation de la nature, de ses richesses non renouvelables, l'ambition d'une économie à croissance raisonnable, sans gaspillage et sans destruction, réunissaient désormais des petits groupes de scientifiques. Des chorales de rêveurs ridicules, en fait, ironisaient les bien-pensants, partisans des positions dominantes. La fréquentation quotidienne du monde politique et administratif n'avait pas suscité chez l'avocate un surcroît d'indulgence à l'égard des personnages qui en occupaient la scène. Dans leur majorité, des acteurs ridicules, mais dont la sagesse commandait de se réjouir – ou de se contenter – parce que la démocratie était le seul système acceptable.

Evidemment, ses relations avec le mouvement gaulliste s'étaient compliquées le lendemain même de son élection. Elle trouvait que les députés UNR étaient obligés d'avancer au pas cadencé et que le « Rassemblement » – elle utilisait l'appellation de l'après-guerre – laissait peu de place au débat interne, aux discussions de la base. Il y avait du caporalisme dans la conduite du parti qui relevait, jugeait Hélène, de gaullistes aux convictions récentes, plus opportunistes qu'historiques. Mais elle se souvenait des discussions avec Gianni Monti et Bernard de Portallan : un parti politique condamne les individus à s'effacer. A avaler des couleuvres, ajoutait-elle, lucide et désabusée.

Hélène, toute gaulliste qu'elle fût, n'avait en tout cas pas pardonné au Général lui-même d'avoir claqué la porte de la Communauté européenne au nez de la Grande-Bretagne en 1963. Elle ne voyait pas l'avantage de construire l'Europe sans les Anglais, à moins d'imaginer maintenir en leur absence, sur le Vieux Continent, un leadership temporaire et parfaitement illusoire face à la puissance des Soviétiques. Un jour ou l'autre, disait-elle, nous accepterons ces Anglais dans le Marché commun, parce que nous y serons obligés. Nous aurons perdu du temps, de l'énergie et du crédit. Ils défendront leurs intérêts et ils auront raison. Quant à nous, nous devrions leur être reconnaissants d'avoir accueilli quelques résistants il y a vingt ans et d'avoir combattu pour la libération de la France quand nous n'étions plus en état – en état seulement ? – de le faire. Il y a vingt ans. Hier.

Cette année 1963, songe Hélène en s'installant deux heures plus tard dans l'avion qui la ramenait à Marignane, resterait d'ailleurs à jamais celle de l'assassinat de John Kennedy, celle du retour à l'intolérance. Puis, presque immédiatement, en janvier 1964, Gaston Defferre était apparu derrière la silhouette de « Monsieur X » lancé par *L'Express* à l'automne 1963 pour tenter de batter de Gaulle à l'élection présidentielle de 1965.

Quand elle avait, par la suite, interrogé le maire sur ses ambitions, Hélène avait trouvé Defferre assez évasif, et manquant pour le moins de conviction. Pierre Mendès France avait déjà refusé ce rôle de challenger. Battre de Gaulle était plus facile à dire qu'à faire, et une telle issue, en soi problématique, ne pouvait s'envisager que grâce à une alliance avec le Parti communiste. Sans doute Defferre, tout en refusant de confier à Hélène ses états d'âme, était-il également conscient du danger inhérent à ce contrat politicien. Ce qui ne l'empêchait pas, depuis, de mener sa campagne sur le thème de la réunion du centre et du socialisme. Certes, la formule fonctionnait bien à Marseille depuis des années. Mais dans un système municipal, échafaudage plus complexe et plus souple qu'une élection présidentielle au suffrage direct.

— Madame Barutti, votre ceinture s'il vous plaît, dit l'hôtesse en se penchant vers elle. Nous allons arriver. Vous dormiez ?

Hélène secoue la tête. Non, elle ne dormait pas. Elle sourit à la jeune femme qui, comme ses collègues, femmes ou hommes, est aux petits soins pour la députée, habituée de la ligne. Généralement, le commandant de bord vient lui serrer la main avant le décollage. Les uns et les autres font en sorte qu'elle puisse occuper le siège lui permettant de sortir de l'appareil la première.

— Je suis un peu fatiguée, c'est tout, dit Hélène. Et je rêvais... J'ai été élevée là, juste en dessous ou presque.

L'hôtesse hausse les sourcils. Elle ne comprend pas ce que la députée veut dire, mais elle se garde bien de demander des explications. Juste en dessous ? Par acquit de conscience, elle jette un regard à travers le hublot, puis s'éloigne rapidement.

La Caravelle arrondit sa procédure d'approche au large de l'Estaque. Comme chaque fois que le vent impose ce trajet, Hélène s'abandonne à un instant d'émotion devant la beauté de ces roches blanches parsemées de vert sombre et dégringolant dans une mer que le soir rend bleu marine. Dans quelques secondes, en se penchant vers l'allée centrale, elle pourra contempler sur sa droite la longue barre de Vitrolles et le piton ocre du village. Le vent secoue l'appareil qui glisse vers la piste en bordure de l'étang. Et dire, songe Hélène, qu'ils vont encore agrandir cet aéroport, gagner des centaines de mètres sur l'eau. Tu ne peux pas vouloir une chose et son contraire, ma belle ! soupire-t-elle tandis que les roues tambourinent sur le ciment. Venir de Paris en un peu plus d'une heure et maintenir, comme disait grand-mère, un « champ d'aviation » en herbe.

Derrière l'odeur forte du kérosène, Hélène croit reconnaître les senteurs d'iode, de pin et de silex. Une illusion ? Elle ne sait pas. La mémoire, pense-t-elle, nous transmet des messages qui effacent la réalité, présente ou même ancienne. Cette minuscule partie du monde, dût-elle être massacrée et empuantie, conservera toujours pour moi les parfums de mon enfance et de mon adolescence. Est-ce la raison pour laquelle je me bagarre ? Pour qu'Hauterive ne change pas ? En fait pour ne pas vieillir ?

Elle retrouve sa DS sur le parking. Avant de regagner Marseille, a-t-elle le temps d'aller embrasser Maria et Gianni ? Allons, elle a décidé cette semaine de s'accorder quelques jours de repos ! L'UNR parviendra bien à vivre sans elle, et Sandro saura l'attendre une heure de plus. Elle gagne la vieille route qui longe les anciens marais salants, aujourd'hui à l'abandon. Malgré toute sa bonne volonté, Raymond Benaïm, qui désormais occupe avec sa famille, et à la satisfaction de Maria, la Ferme des agneaux, n'a pas réussi à les remettre en exploitation. Les ouvriers saisonniers ont presque disparu et, de toute façon, le coût de l'heure de travail condamne l'entreprise artisanale des salines. « Un jour, ce sera comme ça pour tout, vous savez, a dit le fermier à Hélène. Enfin, ne vous inquiétez pas, nous, nous sommes très heureux. Les enfants disposent de l'essentiel. Quand ils seront adultes, ils verront bien... » Hélène avait pensé : je sais, je sais... Les parents Barutti tenaient le même raisonnement. C'est de cette façon que j'ai épousé Sandro.

Elle sourit encore tandis qu'elle bloque le frein à main devant la bastide, à une dizaine de mètres de la table autour de laquelle Maria et Gianni, le frère et la sœur Morena prennent le frais.

— Eh bien ! dit Hélène, hilare, en les embrassant tous, que buvez-vous exactement ?

— De l'anisette, répond Gianni. A notre âge, plus

rien de grave ne peut nous arriver. Quatre-vingt-un ans, tu te rends compte ?

Hélène ne répond pas, elle ne veut pas répondre. Elle ne veut pas savoir ce que cela signifie. Elle se laisse aller dans son fauteuil de rotin, ôte ses chaussures, allume une cigarette, et son regard fuit au loin vers ce paysage si familier qu'il lui semble l'envelopper comme une seconde peau.

— Alors, ce sera une anisette pour moi aussi. Je descends tout juste de l'avion. Les jours sont longs, c'est formidable.

Maria s'est levée, est déjà revenue, apportant un verre dans lequel elle verse un peu d'alcool qui se brouille au contact de l'eau et des glaçons. Elle époussette la table, tape sur les coussins pour leur donner du volume, repousse du pied quelques graviers. Elle s'affaire comme si l'arrivée d'Hélène était l'événement le plus important de son existence. Nous allions dîner, dit-elle. Nous dînons tard, en cette saison, pour profiter du soir. Elle ajoute que rien ne les presse, que les couleurs, lorsque la nuit tombe, deviennent assez mystérieuses.

— Figure-toi que les Mimet, oui, ceux de Rognac, sont passés nous voir, commence Gianni, que Maria interrompt aussitôt pour poursuivre elle-même le récit.

Georgette et Lucien Morena approuvent de la tête, essaient eux aussi de glisser quelques mots dans l'histoire. Hélène écoute, les yeux mi-clos. La vie d'Hauterive au cours de la dernière semaine, dans ses moindres détails : un tricot serré de minuscules incidents, de brèves rencontres, de papotages de magasin. Le flot s'écoule, paisible et prévisible, qui la berce. Elle a le sentiment de bénéficier pendant quelques minutes d'un sas de décompression. Ici, malgré les agressions de l'industrialisation, aucune voiture ne démarre au feu vert en laissant de la gomme sur la chaussée. Son organisme retrouve un rythme normal de fonctionnement.

Elle n'a pas très envie de rejoindre Marseille. Rien

ne l'empêche de passer la nuit à Hauterive. Mais il y a Sandro, qui lui a manqué toute la semaine. Il y a Clément et Bernadette. Et François, peut-être aussi. Il sait que sa mère rentre ce soir. Serait-il venu l'embrasser, l'attendrait-il en compagnie de sa fiancée du moment ? Du moment ? Il s'agit de la même fiancée depuis longtemps déjà, songe Hélène en fronçant les sourcils. Vingt-quatre ans, c'est ça ? Ingénieur, spécialiste en informatique, une voie nouvelle. Un petit appartement à la Pointe-Rouge, pour profiter de la mer tous les jours. Un cabriolet Alfa-Romeo, et cette fiancée, les cheveux au vent. Comment s'appelle-t-elle, déjà ? Va-t-il me quitter comme nous avons quitté Maria et Gianni, qui depuis un moment me regardent en redoutant le moment où je rentrerai à Marseille ?

CHAPITRE 30

Quelques jours plus tard, Gaston Defferre renonçait à l'élection présidentielle. Ce n'était une surprise pour personne, et en tout cas pas pour Hélène. « Je préfère ne pas me présenter, lui avait-il dit au téléphone peu de temps auparavant, puisque je ne parviendrai pas à amener les centristes sur mon nom. Quant à réintroduire les communistes dans le jeu en devenant leur candidat, donc leur prisonnier, il n'en est pas question. »

Les Marseillais d'ailleurs n'avaient guère manifesté d'enthousiasme à l'idée de voir leur maire abandonner le Vieux Port pour l'Elysée. Flatteur peut-être, ce couronnement, mais de quelle efficacité était-il porteur ? Comme si les problèmes, avaient-ils grogné, n'étaient pas suffisants ici sans aller pastisser ailleurs ? Et puis, ce n'était pas très malin, cette candidature ! Il n'avait aucune chance, Gaston, contre le Général. De Gaulle serait élu. Résultat, il aurait ensuite Marseille dans le collimateur. Or la situation de la ville n'était pas brillante.

En onze ans, de 1954 à 1965, la population avait augmenté de près d'un tiers, passant de six cent soixante mille personnes à huit cent cinquante mille. Le million demain. Un raz de marée. Parallèlement, tandis que se terminait l'époque coloniale et en partie pour cette raison même, les industries traditionnelles marseillaises, huileries, savonneries, raffineries de sucre, amenaient le pavillon. La ville vivait des activités mécaniques et métallurgiques liées au port, des travaux publics et du bâtiment, parce qu'elle avait accumulé dans ces deux domaines des décennies de dangereux retard, et évidemment du pétrole et de la chimie.

Marseille côtoyait le désastre. En donnant le change sans doute, mais cela ne trompait pas les responsables locaux. La ville d'où, dans le passé, on contemplait le monde entier, tout là-bas, au bout des lignes maritimes, la ville qui, à l'inverse, faisait rêver les habitants d'un empire cossu, cette ville se consumait autour d'activités banales, ordinaires, rudimentaires presque. Parmi lesquelles la recherche scientifique et industrielle, cette clef de l'avenir, ne tenait qu'une place marginale.

— Tout va changer, maman ! sourit François. Le déclin est derrière nous ! On va même assister au contraire. La Californie française, elle va naître ici ! Entre Marseille et Fos-sur-Mer !

La ville avait acheté, longtemps auparavant, pariant sur une liaison avec le Rhône domestiqué, de vastes terrains près de ce village, Fos, à quelques kilomètres à l'ouest, entre Port-de-Bouc et Port-Saint-Louis-du-Rhône, où l'on trouvait encore des vestiges romains. Mais – heureuse coïncidence – les penseurs économiques de l'administration parisienne avaient découvert, au début des années 60, que la révolution industrielle se produirait au bord de l'eau. Non pas, comme on l'avait d'abord imaginé, pour amener les matières premières des ports vers l'intérieur des terres, grâce au Rhône par exemple, mais pour installer les usines sur les quais, à l'arrivée même des bateaux. D'ailleurs, encore une fois, le pétrole ne montrait-il pas la voie à suivre ? La fermeture du canal de Suez avait accéléré la réflexion des sociétés pétrolières : l'avenir appartenait aux grands tankers doublant le cap de Bonne-Espérance. Seulement, aucun port méditerranéen ne pouvait accueillir des bateaux de trois cent mille tonnes.

Il suffisait de faire d'une pierre trois coups, avait résumé le gouvernement. La ville de Marseille creusait d'immenses darses à Fos, capables d'héberger les plus grands navires imaginables. On lui promettait en contrepartie d'installer au bord de l'eau la sidérurgie venue de Lorraine. Conséquence : la chambre de commerce et d'industrie de Marseille s'apprêtait à abandonner son historique concession portuaire, car seul l'Etat, à travers une structure à créer, était capable de gérer pareille affaire.

— Tu sais, j'éprouve plus que des doutes, à propos de Fos-sur-Mer, répond Hélène Barutti à son fils. J'envie ta passion. Seulement... On s'emballe, on s'emballe, mais on va en quelque sorte vider Marseille de sa substance pour bâtir un gigantesque satellite, qui ne sera jamais réellement Marseille.

— Au moins cent mille emplois, maman ! Tu te rends compte ? Toutes les industries vont devoir s'installer à Fos, par la suite !

— Oui, cent mille... Peut-être pendant le chantier, mais après ? bougonne Hélène. Quant à notre autonomie de décision, ici, j'ai bien peur qu'elle soit terminée. Defferre lui-même est assez réticent, je le sens bien. De toute façon, il est impossible de ne pas foncer. Il s'agit probablement, je le souhaite en tout cas, de la grande chance de Marseille dans la perspective de l'an 2000. Si tu m'emmenais au restaurant ? Puisque nous sommes en Californie ! Tu me chalerais dans ton cabriolet...

François éclate de rire.

— Je te transporterais, tu veux dire ? Tu parles marseillais, maintenant ? Chaler, c'est plutôt pour les vélos et les mobylettes. Mais c'est une excellente idée. Tu veux qu'on déjeune près de chez moi, à la Pointe-Rouge ? On y est en dix minutes.

Hélène se laisse tomber voluptueusement dans le fauteuil de cuir de la Giulietta rouge décapotée. Je rajeunis, pense-t-elle. J'ai roulé moi aussi en cabriolet, mais il s'agissait d'une 203 Peugeot, une antiquité. Elle regarde discrètement le beau profil de François, ses bras musclés et bronzés sortant des manches de la chemisette blanche, ses cheveux bouclés décolorés par l'eau de mer et le soleil. Il doit être cerné par les filles ! A la tendresse qu'Hélène éprouve pour son fils adoptif s'ajoute une sorte de fierté. Clément n'a que quinze ans et patauge encore dans l'adolescence. Quant à Bernadette, si elle n'est plus tout à fait une enfant, elle n'est pas encore une jeune fille.

— Tu te sens heureux, à la Pointe-Rouge ? Tu sais que nous avons souvent pensé habiter là-bas ?

— Ah bon ? Et pourquoi pas ? Vous ne voulez plus rester boulevard Périer ?

— Je commence à trouver qu'il y a beaucoup de circulation. Et puis, la mer… Tu sors toujours en bateau ?

— Dès que je dispose d'un moment.

Hélène a du mal à imaginer l'existence de son fils. Elle n'en souffre pas vraiment, mais ne plus savoir quand – et, ajoute-t-elle, dans quels bras – il se réveille, ce qu'il mange pour son petit déjeuner, comment il s'habille, à quoi ressemble son bureau, qui il rencontre dans la journée, quelles sont ses joies et ses peines, ses amis et ses amies, lui semble une injustice. Elle n'imagine pas détenir le moindre crédit, mais elle trouve que cette période durant laquelle l'échange entre parents et enfants devient un échange entre adultes est décidément trop courte. Hier encore, elle conduisait François en culottes courtes jusqu'au collège de l'avenue du Prado. Aujourd'hui elle ne le croise qu'un jour ou deux par semaine. Et encore, reconnaît-elle, je suis privilégiée. Il aurait pu rester aux Etats-Unis, où il était allé apprendre l'anglais pendant six mois dans une université de Géorgie, parce qu'il y aurait rencontré sa future femme.

— A quoi penses-tu, maman ?

— Que tu aurais pu te marier aux Etats-Unis.

— Hein ? Mais pourquoi ?

— Comme ça. Ne t'inquiète pas, je vais très bien. Où allons-nous déjeuner ?

— Je t'invite à La Cigale. C'est moins bon que le Père Brun sur le Vieux Port, mais il a quelques tables face à la mer, sous des parasols. Ils préparent le riz comme à Venise, à l'encre. Et des petites sardines roulées dans des feuilles d'épinard. Ça te suffira ? Un peu de poulpe en salade pour commencer, et un fromage de chèvre qui vient du pont du Gard. Pour le dessert...

— Parfait, parfait... Arrête, je n'ai déjà plus faim, sourit Hélène. Ce n'est pas vrai, d'ailleurs, j'ai un appétit d'ogre. Paris, c'est mortel, tu te nourris d'agitation. Mais c'est bon pour la ligne. Tu n'as jamais envisagé de t'installer à Paris ?

François éclate de rire en garant sa voiture sur le petit parking, au-dessus de la plage où flemmardent quelques baigneurs. Il se penche par-dessus la mince rambarde de fer.

— Viens voir pourquoi je n'envisage pas de m'installer à Paris, dit-il à sa mère. Regarde ces petites !

— Eh bien, ça rétrécit, les maillots de bain ! Il y a même une petite, comme tu dis, qui a perdu le haut de son bikini ! s'amuse Hélène en admirant quelques sirènes à la peau déjà chocolat qui grignotent des raisins et lisent des romans-photos.

— Oui, et c'est plutôt agréable. Enfin, je parle pour moi... Ah, voilà le patron ! Marcel, je te présente ma mère, Hélène Ba...

— Oh, mais je reconnais très bien ta mère ! Vous êtes même ma députée, madame. C'est un bien grand honneur, pour mon cabanon, de vous avoir ici. Si j'avais su, j'aurais nettoyé les mallons, fait un peu plus propre. Remettez-vous, remettez-vous !

Marcel, dont les avant-bras sont décorés de superbes tatouages, balaie les tables et les chaises de grand coups de torchon en se dirigeant vers la double porte vitrée qui donne sur un vaste balcon.

— C'est simple, chez nous, mais vous allez m'en

dire des nouvelles, dit-il en écartant les fauteuils dont il vérifie la propreté. C'est Zize qui fait la cuisine, enfin Louise... ma femme, enfin tout comme... Elle peut venir boire le pastis avec nous, qu'elle a voté pour vous aussi ? J'ai pas de champagne... Si j'avais su... Moi j'ai toujours été gaulliste !

Hélène est essoufflée pour lui. Elle voudrait lui dire de se calmer, qu'ils ont le temps, qu'elle reviendra, qu'elle aimerait passer un moment de vacances avec François. Elle sourit. Elle acquiesce quand il demande, d'un ton affirmatif : « Trois pastis, alors ? Plus Zize, c'est sûr ! » Puis il surgit de nouveau, accompagné d'une petite bonne femme rouquine, aux cheveux frisés dans tous les sens, au fessier rebondi dans un short un peu serré, qui embrasse Hélène sur les deux joues et lui dit : « Vous êtes mon idole. » Il se confond en présentations, pose le plateau, remplit les verres, moitié pastis et glace, moitié eau, présente le menu à Hélène.

— C'est pas pour vous obliger à choisir tout de suite. Ce que vous allez manger, en plus, c'est moi qui déciderai. Mais c'est pour que vous me dédicaciez la carte, après le repas vous risquez d'oublier... A Marcel et Zize, c'est ça... Oh, cheudeu, ils vont pas nous croire, les collègues ! Allez, à votre santé, madame ! J'espère qu'il va être élu, le Général. Heureusement qu'il s'est retiré, Gaston ! Quelle cagade, cette histoire ! Qu'est-ce que vous en pensez ?

Hélène comprend surtout qu'elle ne coupera pas à quelques minutes de discussion. Elle soupçonne Marcel d'être un de ses électeurs types. Sans doute a-t-il voté pour elle aux législatives, mais aux municipales, c'est une autre affaire : Gaston est très bien à la mairie.

— Qui vous croyez qu'ils vont présenter, maintenant, les socialistes ?

La députée n'en a pas la moindre idée. De toute façon, il va falloir faire campagne, ici, à Marseille. La ville n'a jamais été gaulliste, et l'apport pied-noir n'a pas, de ce point de vue, amélioré la situation. Les Marseillais, rappelle Hélène, ont voté « non » au référendum d'octobre 1962.

— Finalement, maman, tu ne le savais pas il y a cinq ans, mais tu aimes la politique ! dit François quelques instants plus tard, quand ils se retrouvent enfin seuls.

Hélène se renverse dans son fauteuil, qu'elle déplace pour faire face au soleil. Aime-t-elle la politique ? Elle ne s'est jamais posé aussi simplement, aussi brutalement, la question. Au fond, elle a été conduite à se mêler de politique pour défendre l'étang de Berre et, au-delà, ce que l'on commence à appeler, comme aux Etats-Unis : l'environnement. Elle l'a fait au sein du parti gaulliste, non par adhésion à un corps de doctrine au reste imprécis dans bien des domaines, mais par une sorte de vénération pour le Général lui-même et par dégoût pour la ratatouille politicarde qui depuis des années affaiblissait le pays. Quant au domaine social, ou en ce qui concerne la modernisation de la société, ses idées sont plus à gauche que celles de la très grande majorité des électeurs et des élus gaullistes.

— Je ne suis pas toujours à l'aise à l'UNR, dit-elle en souriant à François. Où l'on se fiche totalement de l'environnement, d'ailleurs, comme partout. Mais il y a de Gaulle. Et puis, de toute façon, je ne serais à l'aise dans aucun parti politique. Je suis plutôt du genre à me dévouer, une dame des œuvres, une girl-scout, tu vois. Une associative, quoi. Ce qui ne répond pas complètement à ta question, n'est-ce pas ?

François picore avec gourmandise sa salade de poulpe, sert un peu de bandol rosé dans les deux verres :

— Goûte ce vin, maman, tu vas adorer. Non, tu n'as pas tout à fait répondu. En gros, ce qui t'intéresse n'est pas pris en compte et ton parti ne te convient qu'à moitié. S'il n'y avait pas de Gaulle...

— C'est à peu près ça, reconnaît Hélène. Pour être

honnête, je devrais ajouter que certains choix du Général dans le domaine européen me heurtent plutôt…

Elle laisse sa phrase en suspens. Le plus dur sans doute, pense-t-elle, est de se rendre compte que l'action politique consomme une énergie gigantesque sans déboucher la plupart du temps sur des résultats pratiques, visibles. De quelle façon puis-je influencer le cours des événements ? Quel est mon poids réel ? Elle n'a pas mis très longtemps à se rendre compte que la puissance déterminante, en France, était l'Administration, et son prolongement, les entreprises publiques. Qui n'obéissait pas toujours, pas souvent même, au pouvoir politique. L'Administration avait vu passer depuis la guerre trop de ministres, trop de partis, trop de gouvernements, pour suivre les ordres, mettre en application les textes. Elle imposait une centralisation extrême qui étouffait les initiatives et les particularismes régionaux. Pour couronner le tout, l'administration française souffrait de narcissisme aigu.

— Je n'aime pas tellement la politique, en vérité, dit Hélène. En tout cas, pas de la manière dont je la pratique. Je crois que je préférerais être maire d'un gros village, construire un préau d'école, améliorer les vestiaires du stade, ouvrir une bibliothèque, organiser une garderie pour que les femmes puissent travailler, faire en sorte que le personnel municipal compte autant de femmes que d'hommes… Du concret. Nous sommes élus pour améliorer le sort, la vie, de nos contemporains, corriger les injustices. A la place que j'occupe aujourd'hui, je me sens très loin des réalités.

Hélène est heureuse de parler, d'être obligée d'analyser ses propres réactions. Durant les sessions parlementaires, son rythme de vie devient infernal. Elle n'a quasiment plus le temps de discuter avec Sandro, avec Bernard de Portallan, avec Gina, comme elle en avait toujours gardé l'habitude. Elle a le sentiment de s'appauvrir, coincée par les débats en commission, l'étude des documents, la participation aux réunions de son groupe politique, les multiples contraintes de la vie publique parisienne. Or nous devrions, se fustige-t-elle, devenir compétents dans tous les domaines, nourrir notre réflexion de rencontres avec des spécialistes, des professeurs, des chercheurs, des praticiens, des responsables syndicaux, nous informer des expériences étrangères. Du moins parvient-elle à préserver un lien solide avec sa circonscription, s'obligeant à traîner, quand elle est à Marseille, chez les commerçants, au marché, à la sortie, le dimanche matin, de l'église du Sacré-Cœur sur le Prado, assurant sa permanence, rue Mermoz, avec application, veillant à s'arrêter régulièrement chez Paulo, à la frontière de son arrondissement, tenant ici et là de petites réunions à propos d'un problème d'actualité.

Ces contacts lui permettent de prendre le pouls de la population marseillaise, qu'elle sent nerveuse, fourmillante, fiévreuse, angoissée même. Hélène connaît bien sa ville, qui, comme le sang, circule dans ses propres veines. Et cette ville se sent amoindrie, presque éjectée d'un centre européen dynamique vers une périphérie mouvante, incertaine. Defferre se démène. On perce des tunnels, on construit des voies rapides et des rocades, on s'attaque enfin à l'abcès des terrains vagues en plein centre, on fait jaillir du sol, trop vite, des HLM de qualité médiocre. Une sorte de frénésie, de panique, saisit la cité qui semble nager, en s'épuisant, à contre-courant.

— Si nous profitions, cet été encore, de la bastide ? demande François. Je sais bien que l'environnement, comme tu dis, se détériore, mais c'est agréable quand même. Et puis Maria serait ravie. J'ai téléphoné à Bernard. Tu sais qu'il ne va pas tarder à prendre sa retraite ? Soixante-trois ans ! Il ne les paraît pas. Vincent et Thierry ont très envie de passer quelques semaines à Hauterive.

Hélène contient difficilement la bouffée de chaleur affectueuse qui envahit sa gorge. Elle avait évidemment envisagé cette possibilité avec Sandro, mais elle n'avait pas osé en parler à François, ni à Clément et

Bernadette. Elle savait que Gina, de toute façon, resterait un mois au moins avec sa mère, mais elle n'imaginait pas que les deux garçons, à vingt et un et dix-huit ans, aimeraient séjourner à Hauterive. Hélène avait eu peur de s'entendre répondre : « Mais à Hauterive, il n'y a rien à faire ! On va s'emmerder toute la journée ! »

— Ce serait formidable ! répond-elle, la voix mal assurée. Tu ne vas pas t'ennuyer ?

François est en train d'allumer une Gauloise bleue, à l'odeur âcre et piquante, qui rappelle à Hélène des souvenirs de guerre.

— Pas du tout, dit le garçon. Si nous sommes tous là, ce sera très gai. Je crois que les Sires seront à Vitrolles et les Magnan, qui ont fait construire un tennis, à Saint-Victoret. Je peux transporter deux petits dériveurs pour tirer des bords sur l'étang. Et puis on a toujours le ping-pong, les boules et les parties de belote !

— Je vois, murmure Hélène qui se demande pourquoi un léger rose teinte les joues de son fils. Tu disais ?

— Euh... Je disais que... euh... si vous n'y voyez pas d'inconvénient, je viendrais volontiers... accompagné...

— Ah, tu veux inviter un copain ? coupe Hélène, qui se pince pour ne pas éclater de rire. Mais bien sûr !

François semble carrément mal à l'aise.

— Euh... C'est-à-dire que le copain...

— Porte plutôt des jupons ! complète Hélène, secouée d'une quinte de toux, les larmes aux yeux.

A la réaction de sa mère, le jeune homme comprend que la réponse est positive. A son tour, il éclate de rire.

— Il s'agit toujours de Marie-Sophie Tercet ? demande Hélène.

— Comment le sais-tu ?

— Seigneur ! Tu me prends pour le ravi de la crèche ? Elle est ravissante. C'est sérieux ?

— Je ne sais pas encore. Mais c'est suffisamment sérieux pour durer depuis deux ans. Elle est interne à la Timone.

— Ah, ça me rassure ! Si par hasard tu attrapais froid, je ne sais pas, en dormant à poil…

— Maman !

Hélène se penche à travers la table et embrasse son fils sur la joue.

CHAPITRE 31

La Canebière, pense Hélène qui, venant de Castellane pour se rendre à Hauterive, traverse la célèbre artère, est bien à l'image de Marseille. Elle porte témoignage des bouleversements que les siècles et les cultures ont imprimés à la ville. Elle était la voie majestueuse exprimant la richesse de la cité dont elle drainait l'activité vers le Vieux Port, et autour de laquelle s'organisaient les institutions publiques et commerciales comme le monde des grandes et des petites affaires. Puis, quand le port s'était déplacé vers la Joliette et au-delà, la Canebière avait d'année en année vu se réduire son rôle prestigieux. Initialement axe économique et politique est-ouest, elle était devenue une sorte de frontière sociale et démographique nord-sud. Elle avait dans le temps unifié la cité, elle était en train d'en symboliser la démarcation.

Depuis 1928 la Canebière réunissait en fait, sur un kilomètre, l'ancienne Canebière elle-même qui arrivait au port et avait été tracée à l'emplacement d'un chantier de cordiers travaillant le chanvre – *canebe* en provençal –, la rue Noailles et les allées de Meilhan. C'était à la même date d'ailleurs que l'ancienne orthographe avait été rétablie, en supprimant un des deux « n » ajouté par la coutume, pour une obscure raison, au nom d'origine.

Un jour prochain, songe Hélène, j'emprunterai

comme d'autres, pour traverser la ville, le tunnel sous le Vieux Port. Que deviendra la Canebière, rendue célèbre par le théâtre, le cinéma, l'opérette et la chanson ? Oubliera-t-on aussi, à quelques encablures du fort Saint-Jean, la vieille cathédrale de la Major qui, selon certains historiens marseillais, aurait contenu la plus extraordinaire collection de reliques imaginable ? Hélène sourit en s'efforçant de se rappeler les précisions qu'elle avait trouvées à ce sujet dans un livre ancien : « ... des pierres de la crèche de Notre-Seigneur, de celles de son sépulcre, du bois de la vraie croix, le bout d'une épine de la couronne de Jésus-Christ, des arêtes des poissons dont il rassasia les cinq mille hommes sur la montagne, un morceau du voile de la Sainte Vierge, le crâne de saint Lazare renfermé dans une magnifique châsse, une côte de sainte Magdeleine, une dent et des poils de la barbe de saint Pierre... une larme qui tomba des yeux du Sauveur sur le tombeau de Lazare. » L'exagération, quand il s'agit d'une bonne cause, n'est qu'une manière de mieux exprimer son admiration.

Hélène gare sa voiture et s'apprête à effectuer quelques courses dans le bas du cours Saint-Louis. De ce côté-ci de la Canebière, à la différence de la rive nord où la population immigrée, essentiellement italienne d'abord, arménienne ensuite, maghrébine enfin, s'était installée, prévaut un accent à couper au couteau, voluptueusement défendu par des commerçants qui ont transformé le quartier en plateau de comédie. Au nom, sans doute, de César et des siens.

La Canebière et ses deux rives ! Hélène, en souriant, se rend compte qu'elle agit comme la très grande majorité des Marseillais depuis des lustres, depuis que plus personne ne se promène sous les arbres du haut de l'avenue : elle choisit automatiquement le trottoir de droite, quand on « monte » vers l'église des Réformés. Qu'elle « redescendra » aussi sans emprunter celui qui lui fait face. Curieusement, le sort a tranché contre les immeubles qui bordent le côté nord de la

Canebière dans sa partie inférieure. Ils ont quasiment tous été reconstruits au XIXe siècle, sans effort architectural particulier, à l'emplacement de belles demeures du XVIIe. L'Histoire sans doute tenait à conserver équilibrés les deux plateaux de la malchance. Pour élargir la Canebière dans sa partie supérieure, ce furent donc les immeubles XVIIe, mais côté sud, qui cédèrent aux lois de l'urbanisme. En tout cas, il est loin le temps, qu'elle n'a pas connu, où, sur les allées de Meilhan, fleurissaient les enseignes des guinguettes, des salles fleuries pour « noces et banquets ».

Ma Canebière a mal vieilli, regrette Hélène qui succombe à la nostalgie comme beaucoup de Marseillais. Ce carrefour avec le cours Saint-Louis reste peut-être le centre géodésique de la ville, le grand magasin Baze attire sans doute une clientèle énorme, les vieilles rues qui hachent le quartier conservent évidemment un charme bariolé, mais le cœur de la cité commence à battre la breloque. Mon père racontait, se souvient-elle, qu'il s'arrêtait de temps en temps, lorsqu'il était jeune, au Grand Café Noailles pour rencontrer des clients. Il en tirait des descriptions enthousiastes qui valaient presque le tableau brossé par Théophile Gautier du « Café Turc », à l'angle de la rue Beauvau.

Elle sourit à cette évocation, si éloignée du visage que présente désormais la Canebière délaissée par les architectes, avec ses magasins quelconques, ses cinémas agressifs, ses cafés ordinaires. Un jour ou l'autre, pense Hélène, il faudra bien, en effaçant la frontière sociale, rendre son lustre à ce qui était notre tremplin vers le monde. « A Paris, j'ai vu au moins cinquante Canebière ! » rectifiait M. Brun en déclenchant chez César un formidable éclat de rire. Du moins, sourit Hélène, n'y dresse-t-on plus, place de la Bourse, la guillotine comme durant la Révolution…

L'agitation régnant chez Baze la dissuade, en cette fin d'après-midi, de compléter les achats qu'elle a promis de ramener à Hauterive, où toute la famille est maintenant installée depuis dix jours. Tant pis, se dit-elle. Une nouvelle grande surface vient d'ouvrir à Marignane. Nous irons y remplir le coffre de la voiture. Le dernier commerçant à effectuer la tournée des maisons éloignées est le boulanger de Vitrolles. Les autres n'ont plus le temps, et les prix qu'ils sont obligés de pratiquer deviennent dissuasifs. Et puis, il s'agit d'une autre civilisation, reconnaît Hélène, mélancolique : le supermarché devient, en même temps qu'une forme de loisir, un accélérateur de consommation. Le regretter serait inutile et idiot. Car le supermarché facilite aussi la tâche de celles qui, en même temps, travaillent et font marcher la maison.

Le trajet entre Marseille et Hauterive est aujourd'hui très bref, une quinzaine de minutes à peine, trois fois moins de temps, calcule Hélène, qu'avant-guerre, même avec les bolides que possédait mon père. L'industrialisation a profondément transformé le paysage de la région. Saint-Victoret, Marignane, Vitrolles, Rognac et au-delà, vers Berre ou Aix, les villages ont grossi, ont débordé sur les champs, se sont dotés, à la périphérie, d'immeubles collectifs à trois étages, de parkings, de ronds-points. Les petites villas, modestes mais pimpantes, se sont multipliées, sans attaches visibles avec le style provençal sinon quelques tuiles mécaniques.

Les voitures et les semi-remorques pullulent. Une trentaine d'années plus tôt, on flânait au volant. Aujourd'hui la conduite réclame une attention sans faille. Hélène secoue la tête, accablée, ralentit, passe le coude par la vitre ouverte. Elle aspire une profonde bouffée d'air, recherchant à travers les odeurs perverties par la chaleur encore forte à cette heure les pointes de thym, de silex, de pin et d'iode qui ont enchanté sa jeunesse. Elle croit les retrouver, mais se demande s'il ne s'agit pas du seul produit de son imagination. Ce qui domine tout, en fait, ce qui écrase tout, ce sont les relents d'essence. Pas simplement celle des raffineries, celle aussi, plus sournoise, des moteurs automobiles.

Cinquante mètres avant la bifurcation qui, par l'antique chemin de terre régulièrement nivelé mais vierge de tout goudron, mène à la bastide, des fondations de béton et quelques madriers métalliques annoncent une future installation industrielle. Deux camions de quinze tonnes sont d'ailleurs arrêtés en bordure de la route. La raison sociale peinte sur les portières ne laisse pas de doute : Ateliers Métallurgiques Provençaux. Hélène stoppe sa DS à quelques mètres des chauffeurs qui fument une cigarette, assis sur des rouleaux de fil électrique, se présente.

— Le chantier va durer combien de temps ? demande-t-elle.

— Deux mois si tout va bien, c'est de la construction légère.

— Et il y aura combien d'employés ?

— Probablement une quinzaine. Ça fait de l'emploi, dans le coin. Les AMP ont d'autres installations. A Martigues, à La Fare, à La Ciotat…

Ça fait de l'emploi, se répète Hélène en s'asseyant au volant. Bien sûr. Mais pas à Marseille même. Elle tourne à petite vitesse dans le chemin de terre et aperçoit la silhouette de Sandro, en jeans loqueteux, blanchis par les lavages, les pieds glissés dans des espadrilles poussiéreuses. Comiquement, son mari lève le pouce comme un auto-stoppeur.

— Je ne prends pas les clochards, annonce-t-elle par la portière en riant. Où vas-tu dans cet accoutrement ? Qué caramantran ! ils diraient, à Marseille. Mais enfin, monsieur, vous êtes plutôt bel homme, je vous embarque !

— Je savais que je te retrouverais par là et que tu me ramenerais à la bastide. Marseillais pour Marseillais, fa caou, je coule l'eau !

— Oui. En ville, la chaleur est intenable. Si je n'avais pas été obligée de passer à ma permanence…

Qu'as-tu fait de ta journée, à part la sieste, qui sans moi n'est pas une vraie sieste ?

Sandro se penche pour l'embrasser dans le cou et elle frissonne au contact de ses lèvres que la sueur rend humides.

— Tourne à gauche, dans le premier sentier, souffle-t-il.

— Dans le sentier ?

— Oui, celui qui va à l'agachon…

— Sandro ! Tu ne vas pas me culbuter dans les aiguilles de pin comme il y a trente ans ? Il n'a peut-être même plus de toit, notre abri !

— Te culbuter ? C'est exactement ce que je compte faire dans la minute qui vient.

Ils sortent de la voiture en riant comme des collégiens, écartent les mauvaises herbes qui ont envahi l'entrée de la cahute. L'intérieur de l'abri n'a pas beaucoup changé. Ils roulent sur l'épaisse couche de végétation brûlée par la chaleur. Hélène cherche le sexe de Sandro.

— C'est toi qui restes sur le dos, s'amuse-t-elle. Les aiguilles de pin…

— On vous attendait plus tôt, dit Maria Barutti un peu après. Qu'est-ce que vous avez fait ?

— J'étais en retard, sourit Hélène. La circulation…

Elle pouffe, le rose aux joues, embrasse Clément et Bernadette, Maria et Gianni.

— Tout le monde est sur la terrasse, ajoute Gianni Monti. J'ai arrosé il y a une heure, pour donner un zeste de fraîcheur. Un four, toute la journée !

— Je me change et je vous rejoins, claironne Hélène, puis elle ajoute à l'oreille de Sandro : accompagne-moi, pour voir si tu es toujours capable !

A son tour, le chirugien rougit.

Quand elle surgit sur la terrasse quelques minutes plus tard, Hélène est revêtue d'un vieux short beige, d'espadrilles bleues et d'un tricot marin rayé, trop grand pour elle. Les cheveux mouillés et démaquillée, elle semble rajeunie.

— Quelle superbe table ! Ah, mais nous avons les Rintier, ce soir. Comment ça va, Luce ? Et Louis ? Albert et Suzanne, c'est une bonne idée de nous avoir rejoints.

Dix-huit personnes ! La table avait été dressée sur des tréteaux, recouverte de draps blancs. Avec stupéfaction, Hélène retrouve un service de vaisselle en céramique verte qu'elle avait totalement oublié et qui ne doit plus avoir servi depuis vingt ans au moins.

— Mais d'où sortent ces assiettes ? s'émerveille-t-elle. Je les croyais disparues.

— Pas du tout, rit François qui, pliant sa grande carcasse, embrasse sa mère dans les cheveux. J'ai fouillé dans les vieux buffets de la dépense, que plus personne n'ouvre jamais. C'est nous qui avons fait la tambouille, avec Marie-Sophie.

— Ah, Marie-Sophie, comment allez-vous depuis hier ? Je suis partie tôt ce matin, et vous dormiez encore. Qu'est-ce que vous nous avez préparé de bon ?

— Un gaspacho pour commencer, puis des farcis, aubergines, courgettes, oignons et poivrons avec une grosse salade, des fromages de chèvre à l'huile d'olive et aux herbes. Et une glace, mais je l'ai achetée au village !

Parfaitement intégrée dans la famille, cette petite ! pense Hélène en couvant d'un regard admirateur la beauté blonde et élancée de la jeune femme. Maligne, en plus. Ici, futur médecin ou pas, rien de tel que quelques plats mitonnés pour mettre tout le monde de son côté.

— J'ai téléphoné à Pégon, dit Bernard de Portallan en embrassant Hélène, enfin Pégon-le-fils, tu sais il a toujours sa boutique de vins et alcools au village, pour qu'il vienne nous livrer. Au train où nous descendons ce petit Vacqueyras bien frais, on ferait aussi bien de brancher un pipe-line !

Hélène serre contre elle Gina, qui lui pince l'oreille en murmurant :

— A moi, ta copine d'enfance, tu ne racontes pas que tu as traversé des embouteillages. Je lis tout sur ton visage. Il est bien trop reposé, ton visage, pour quelqu'un qui s'est énervé au volant.

Vincent et Thierry, les deux garçons de Gina et Bernard, tiennent ce qu'ici on appelle « le bar », une longue table roulante de bambou et rotin, chargée de verres, de seaux à glaçons, de bouteilles de vin, de pastis ou de whisky.

— Le choix est réduit, rit Vincent, mais toujours de qualité, ma chère tata. Qu'est-ce que je te sers ?

— Ma chère tata ! La tata va dévoiler tes secrets, mon cher neveu, si tu t'obstines à m'affubler de ce nom ! Tu sais ce que j'ai appris, à Marseille, par hasard ? Que la jeune Manon, oui Manon d'Etournelle, montait te voir ici dans quelques jours ! Ce qu'ignorent sans doute tes parents, pour le moment ? Je me trompe ? Bon, à part ça, tu peux me préparer un pastis, mais allongé. Je t'en bouche un coin, hein ?

— Manon d'Etournelle ! Tu ne t'emmerdes pas, dis donc, le frangin ! commente Thierry de Portallan. Tu fais tes coups en douce, en plus !

Hélène circule de l'un à l'autre, va vers les Morena, Lucien et Georgette. Alors que toute la famille a adopté des tenues résolument décontractées – « du vieux dans lequel on se sent bien », avait coutume de commenter Bernard de Portallan qui n'était jamais habillé autrement –, le frère et la sœur Morena sont restés fidèles à leurs vêtements légers mais d'un conformisme ancien. Lui ne quitte jamais sa chemisette de nylon à col militaire ouvert en V, son pantalon de coton au pli impeccable et ses mocassins soigneusement blanchis tous les jours. Elle semble disposer d'une collection de robes droites sans manches, au convenable décolleté en carré, invariablement imprimées de fleurs multicolores diverses. La mise en plis de Georgette est aussi parfaite que la raie sur le côté arborée par Lucien. Ils ressemblent, pense Hélène en les embrassant aussi, à un catalogue de vente par correspondance. Ils ont l'air heureux, désormais, en tout cas tranquilles. Toujours disponibles, affectueux et organisés, ils me rassurent et rassurent Maria Barutti. Lucien Morena utilise avec prudence une inépuisable 403 Peugeot dont Hélène a fait l'acquisition pour Hauterive et qui, semaine après semaine, bénéficie de soins dignes d'une automobile de collection.

— Vos enfants nous ont chassés de la cuisine, dit Georgette Morena avec un bon sourire. Cette jeune fille paraît avoir de réels talents culinaires. J'ai espionné à plusieurs reprises et, ma foi, le fumet était délicieux.

— Et vous, Lucien, pas de problèmes ? La 403 marche bien ?

Lucien Morena, dans une mimique qui fait toujours rire Hélène, rassemble les doigts de sa main devant la bouche et leur applique un baiser sonore.

— Un bijou, madame Barutti, un bijou ! Plus longtemps que nous autres, elle vivra, cette voiture !

Hauterive émet la même musique que dans mes souvenirs d'enfant, pense Hélène qui, quelques instants plus tard, place chacun autour de la table dans un ordre quasiment immuable avec, comme sa grand-mère, le souci de rassembler « les jeunes » à l'extrémité du plateau le plus proche de la cuisine. « Ils sont entre eux, disait toujours Joséphine de Portallan, et en outre, ils aident et participent au service. » A travers la table, elle adresse un clin d'œil à Bernard. Selon les usages, celui-ci invite à sa droite Maria Barutti et, à sa gauche, sa sœur Luce. Cette existence qui retrouve ses racines malgré les années et les disparitions, cette pérennité que façonnent les vieux murs, ces destins qui s'emboîtent les uns dans les autres, comme au commandement d'un Dieu prévoyant, rendent Hélène plus dense, plus épaisse. Et si j'étais grand-mère bientôt ? songe-t-elle en suivant du regard Marie-Sophie et François qui s'activent autour de la table.

Elle se sent d'une solidité à toute épreuve, en même temps fière et énergique, débordante d'expérience et de générosité. Mon avenir est ici, pense-t-elle, au centre de cette famille et de cette région. Pourquoi cette intuition brutale, alors que la vie publique nationale la presse chaque jour un peu plus, que les propositions de nouvelles responsabilités se multiplient ? Elle l'ignore. Mais peut-être la transmission de pensées a-t-elle joué puisque Bernard de Portallan profite d'un instant de silence pour annoncer :

— Je crois que Gina et moi sommes décidés à revenir nous installer à Hauterive dès que je serai à la retraite, dans moins de deux ans maintenant. Gina prendra un poste de professeur à Aix, c'est réellement très proche. Thierry effectuera le trajet en voiture avec elle. Quant à Vincent, il sera encore étudiant, ou déjà engagé dans la vie active…

— C'est une formidable idée, Bernard ! sourit Hélène. Qu'en dis-tu Gina ?

— Tu sais, je supporte de moins en moins bien la grande ville. Et puis, tout est en train de changer, la rapidité des transports, les moyens de communication, les loisirs avec la télévision… Bernard veut écrire. Il sera mieux ici, et moi aussi.

— Bernard ? Que nous as-tu caché ? demande Luce Rintier, dont la discrétion finit souvent par devenir pesante. Des romans ?

— Sans doute. Des livres pour enfants. Des livres d'espoir et de rêve. La politique, la prétendue grande actualité, j'ai donné ! Vous voyez tous ces cheveux blancs ?

Comme il le dit souvent à Gina, Bernard « n'a plus très envie de faire des journaux ». Cette passion, à la frontière de l'engagement, de la réflexion et du service, malgré tout suffisamment illusoire pour ne pas se laisser gonfler comme une grenouille, a comblé son existence. Mais aujourd'hui, le sentiment qu'il éprouve quotidiennement de tourner sur le même manège, d'assister aux mêmes événements simplement scandés de musiques différentes, de rencontrer les mêmes personnages affublés de masques divers, d'attendre, toujours attendre, des idées nouvelles et résolument novatrices, le laisse désemparé et désenchanté. J'ai le bon âge, pense-t-il, pour tourner la page. De toute façon, mon successeur piaffe d'impatience. Je trouverai d'autres combats, mieux en rapport avec mes désirs et mes moyens. Il se tourne vers Maria Barutti, puis vers Gianni.

— Vous allez devoir nous faire un peu de place, mais ce n'est pas ce qui manque, n'est-ce pas, belle-maman ?

CHAPITRE 32

Par la pinède, Hélène, Bernard, François et Marie-Sophie Tercet gagnent la Ferme des moutons. La journée sera caniculaire. C'est la raison pour laquelle ils n'ont pas traîné au lit. Ils sont vêtus de tenues de cavaliers assez fantaisistes et ont prévu de sortir, en compagnie d'Albert Rintier, cinq des huit chevaux du club créé par celui-ci quelques mois plus tôt. Avec la température que l'on attend, ramener les chevaux dans l'ombre de leurs boxes avant midi devient un impératif.

A la surprise générale, y compris celle de ses parents, Albert, qui atteint aujourd'hui la quarantaine, a bien mené sa barque. Beaucoup mieux en tout cas que son cousin Marc de Portallan, le frère d'Hélène, semble-t-il définitivement fixé en Suisse après ses fantaisies financières à la direction des Huileries réunies.

Sans doute l'agriculture ne constituait-elle pas pour cet homme doux et discret une vocation dévorante. Mais, bien conseillé, il avait eu la sagesse d'abandonner certaines cultures comme le blé dur et l'élevage des moutons, risqué et peu rentable. En revanche, il avait conservé les champs d'oliviers, les fruits et les légumes pour lesquels il s'était assuré des débouchés locaux. Certains préféraient encore, heureusement, l'authenticité du goût au calibrage des productions et à leur emballage. Enfin, il avait réalisé son rêve :

s'occuper de chevaux. Lui-même bon cavalier, il avait créé, autour d'une vaste carrière dégagée à proximité de la ferme et d'anciennes écuries retapées, un « Eperon provençal » qui fonctionnait essentiellement avec des groupes scolaires du coin durant la semaine, mais qui surtout ne désemplissait pas le samedi et le dimanche. Les tarifs étaient raisonnables, Albert inculquait aux débutants de solides principes, conduisait les reprises et les promenades dans les pinèdes ou au bord de l'étang. Il pensait d'ici peu de temps prendre en pension deux ou trois chevaux de propriétaires. Il ne voulait pas dépasser le seuil au-delà duquel il serait dans l'obligation d'embaucher.

« Nous nous contentons de peu », disait volontiers Albert Rintier, en souriant à sa femme Suzanne qui n'avait pourtant pas l'air de souffrir de la moindre privation. Les deux enfants du couple, Martine et Paul, fréquentaient l'école de Rognac. Plus tard, ils rejoindraient le lycée à Aix. La ferme, dont la partie la plus petite était réservée à Louis et Luce Rintier, les parents, disposait de tout le confort moderne. Mais il y avait dans cette famille une volonté concertée quoique tacite de n'exprimer que des goûts simples. Ils ne gagnaient pas beaucoup d'argent, n'économisaient rien, dépensaient peu sans paraître se priver. Simplement, ils aimaient les légumes du jardin, les gratins de pâtes, les lapins, les poulets et les œufs de la basse-cour, le vin de la coopérative et leur 2 CV Citroën.

— Que répliquer à cela ? dit Hélène à Marie-Sophie, tandis que le petit groupe approche de la cour de la ferme. Ce sont des sages, mais ils ne le savent pas. Il deviendra sûrement plus difficile de faire partager ces principes – mais, je répète, ils ouvriraient des yeux ronds si on leur parlait de principes – à leurs enfants.

— Ah bon ? s'étonne la jeune fille. Il s'agit d'une vie très agréable, au contraire !

— Vous croyez ? répond Hélène. Je suis plus campagnarde que vous, j'ai été élevée ici, mais refaire les litières tous les matins, entasser le fumier assez loin de la maison, donner les rations trois fois par jour, jouer au vétérinaire ou au maréchal-ferrant, et j'ajoute, monter à cheval même lorsque vous n'en avez pas envie, je me demande si je tiendrais le coup. Et puis, de temps en temps, je préfère le champagne au petit vin de pays, le loup grillé à l'anguille un rien pétrolée de l'étang.

La jeune fille rit, tandis qu'Hélène passe son bras sous le sien.

— Allez, à cheval ! Vous vous débrouillez très bien, m'a dit François.

Les cavaliers étrillent leurs montures devant l'écurie, les sellent, puis les mettent au trot quelques instants dans la carrière.

— Tout va bien ? demande Albert. Vous avez resanglé ? Nous allons vers Rognac, puis nous longerons la barre rocheuse. S'il ne fait pas trop chaud, nous pousserons jusqu'aux marais salants pour galoper.

— Et dans le calme, s'il vous plaît, dit Bernard de Portallan en riant. Notre chirurgien préféré n'a pas de matériel pour opérer à la ferme. C'est formidable ton idée, Albert, je ne m'étais plus assis sur un cheval depuis cinq ou six ans ! Et toi, Hélène ?

— A peu près autant. J'avais souvent pensé reprendre des chevaux à Hauterive, mais tu vois...

Elle n'a pas eu le temps. Le temps est passé. C'était il y a quinze ans, au début de son mariage avec Sandro. Hier. Elle regarde François qui a conduit sa monture contre celle de Marie-Sophie. Les deux chevaux tentent de se mordre les oreilles. Hélène pense que Clément et Bernadette, eux, n'ont pas appris à monter, mais ces vacances constitueront une bonne session de rattrapage. Hélène est heureuse de ces quelques semaines qui les réunissent tous et qui abolissent les années. Elle n'est plus Madame la députée, Sandro n'est plus médecin, ni Marie-Sophie d'ailleurs, Bernard n'est plus rédacteur en chef et Gina professeur, François n'est plus ingénieur. Ils redeviennent des enfants et des parents, même s'ils restent tous des adultes.

La veille encore, après le dîner, ils avaient, délaissant la télévision et ayant pris soin de s'enduire de produits anti-moustiques, organisé un tournoi de belote sur la terrasse. Y compris Clément et Bernadette, Thierry et Vincent, tout le monde avait effrontément triché. Les parties s'étaient terminées peu avant 1 heure du matin. Bernard avait dit que s'il n'était désormais plus possible de prendre des bains de minuit dans l'étang, comme dans le temps, eh bien, il ne restait qu'une seule solution : construire une piscine. Le devis avait été bâclé entre deux tournées de whisky-coca, et la décision pouvait être considérée comme ferme, scellée par un dernier « chicoulon ». Sandro, lui, avait confié à Hélène que « laisser les enfants boire autant » ne semblait guère raisonnable. Mais c'était l'été et c'était bon de se retrouver. La bastide revivait. Maria et Gianni contemplaient, ahuris, toute cette marmaille qui levait le coude et parlait fort. Les Morena frère et sœur n'auraient pas laissé leur place pour un empire. « Demain soir, on danse ! » avait prévenu François.

Maintenant, sur les quelques centaines de mètres de bon terrain plat, un ancien chemin, qui bordent la route, le groupe déroule un petit galop cadencé. Belle allure, admire Hélène, le regard vers Marie-Sophie dont les jambes, parfaitement immobiles, disent la qualité de cavalière. Je surveille beaucoup cette jeune fille, juge-t-elle aussitôt, en rage contre elle-même. Ce qui ne l'empêche pas, quelques secondes plus tard, d'évaluer son éducation familiale, ses qualités intellectuelles, ses capacités professionnelles. Tu te souciais moins, ma belle, se reproche-t-elle aussitôt, de ce genre de problèmes quand tu courais le guilledou avec Sandro, le fils des fermiers de la famille.

Hélène profite de la balade pour examiner en détail la propriété, ce qu'elle n'a pas eu le loisir de faire depuis longtemps. Les chevaux empruntent des sentiers qui, dans le passé, appartenaient à Hauterive, mais qui aujourd'hui relèvent du domaine public et conduisent à des villas ou des ateliers. Les trois quarts du terrain, désormais, sont passés dans d'autres mains et Hélène se doute que le rétrécissement de la propriété n'est pas terminé. Les champs d'oliviers, comme tirés au cordeau, annoncent une récolte abondante. Elle écoute Albert présenter les travaux qu'il a entrepris, les dépenses correspondantes, les difficultés rencontrées désormais pour recruter des saisonniers.

— Grand-père a eu le nez creux de se débarrasser des vignes, dit Albert en riant. La piquette se vend de moins en moins, et les Batiut qui avaient acheté une trentaine d'hectares, je crois, arrêtent l'exploitation.

— Et avec les Benaïm, sur la Ferme des agneaux, tout se passe bien ? demande Hélène.

— Aucun problème. Je leur laisse la responsabilité complète du terrain Barutti. Tout est nickel. En réalité, Raymond, lui aussi, ne vit que des oliviers. Pour le reste, il s'agit surtout d'une agriculture de subsistance. Bien sûr, il vend un peu de tout, des fruits, des légumes, des poulets, des œufs aux ambulants des marchés, mais ça ne va pas chercher loin. Ça fait bouillir la marmite, ils ne vivent pas trop mal. Les enfants vont à l'école à Rognac, sauf l'aîné, Jean-Jacques, qui est pensionnaire à Marseille.

— Les marais salants ?

— Définitivement abandonnés, dit Albert Rintier. Benaïm entretient les alentours qui me sont très utiles pour les promenades à cheval. Les cavaliers adorent ce coin. Malgré tout, fais mèfi quand on y arrivera : Lara, la femme de Raymond, s'est lancée dans l'élevage des abeilles. Elle commence à vendre du miel. Elle a de drôles d'idées…

— Que veux-tu dire ? Pourquoi pas du miel ? demande Hélène.

— Je dis qu'elle a de drôles d'idées parce qu'elle pense qu'il existe une petite place pour des produits très artisanaux, du miel de producteur par exemple, ou du savon rustique à la lavande, ou des sachets d'herbes de cuisine, ou de l'huile d'olive vierge, que sais-je encore ? Elle m'a souvent parlé de tout ça, et j'y réfléchis de plus en plus… Qui sait ?

Hélène écoute avec attention. D'abord parce que les « drôles d'idées » de Lara Benaïm ne sont pas forcément farfelues. Dans certaines études sociologiques réservées à des milieux très restreints, on commence en effet à voir apparaître des tendances nouvelles : retour à la nature, recherche d'authenticité, refus de l'uniformisation. Elle se dit aussi qu'elle n'a jamais prêté une attention particulière à Albert Rintier, et probablement s'agit-il aujourd'hui d'une de ses plus longues conversations avec lui, mais l'adolescent mal à l'aise, le jeune homme silencieux et ingrat, est devenu un adulte carré, disert, attentif aux autres et manifestant un grand bon sens. Si quelqu'un doit un jour assurer la pérennité de cette exploitation agricole, sous une forme ou une autre, ce sera lui.

Les cavaliers longent les premiers murets de la Ferme des agneaux. Hélène s'attend à en voir sortir Emilio ou Maria. Ou Sandro déjà étudiant alors qu'elle n'était que lycéenne. Ou Gina coulant des regards de biche vers Bernard de Portallan, parfaitement inattentif. Mais c'est Lara Benaïm qui surgit sur le pas de la porte, tandis que ses trois enfants viennent prudemment au-devant des chevaux.

— Raymond est à Marignane. Vous vous arrêtez quelques instants ?

Les cavaliers ont mis pied à terre. Ils attachent leurs montures par un licol aux anneaux fixés dans le mur et leur donnent à boire dans des seaux. Le soleil, déjà haut, est impitoyable. Ses rayons lacèrent tout morceau de peau non couvert comme le ferait la lanière d'un fouet. De grosses mouches tournent autour des oreilles des chevaux, dont les flancs sont humides. Hélène, imitée par ses compagnons, se dirige vers un robinet qu'elle ouvre en grand avant de plonger son visage sous le jet. Elle observe le ciel, presque aussi blanc que la barre rocheuse de Vitrolles, les cyprès totalement immobiles, comme figés, et dont le vert sombre a viré au noir.

— Il ne faut pas trop s'attarder, note-t-elle en regardant sa montre. Nous allons arriver tard, pour les chevaux. L'idéal serait d'appeler au téléphone quelqu'un à la bastide, Sandro par exemple, et qu'on vienne nous chercher en voiture chez les Rintier. Lara ? Albert m'a parlé de vos projets, de vos... intuitions agricoles disons, je serais très heureuse d'en discuter avec vous un de ces jours. Vous passez à Hauterive ?

Un beau sourire ouvre le visage de Lara Benaïm.

— Ah, ça vous paraît intéressant ? Raymond est adorable, mais il ne me prend pas au sérieux.

— C'est un mec, Lara. Il pense que les femmes ont la tête comme un pois chiche et que nous n'avons pas à nous mêler d'affaires importantes. Il nous faudra du temps pour les amener à accepter la vérité : nous sommes meilleures qu'eux dans la plupart des domaines, claironne Hélène en éclatant de rire. Mais j'ai tort. Non pas de le penser, mais de le dire comme ça ! Bien, je vous attends, Lara.

Après s'être désaltérés, les cavaliers remontent en selle et, au petit trot, regagnent la Ferme des moutons. Ils accomplissent au pas les cinq dernières minutes de trajet.

— Aujourd'hui, même au pas, ces pauvres chevaux ne risquent pas de sécher, dit Albert. On va les arroser de la tête aux pieds avant de leur donner à manger.

Au bout de la terrasse de graviers, sous un platane, les plus jeunes disputent des parties de ping-pong.

— Nous allons nous doucher, crie de loin Bernard, préparez l'apéritif. L'exercice, c'est épuisant, et on sent le cheval à dix lieues !

En se retournant, il peut apercevoir la grande allée de platanes allant de la fontaine aux angelots jusqu'à la vieille grille. Il n'a pas oublié ce chuchotement de l'eau dans le bassin de pierre. Du pouce, en un geste mécanique, il suit la cicatrice au menton que lui a value, enfant, un de ses multiples plongeons dans la vasque.

— Les garçons ! crie-t-il à l'intention de Vincent et de Thierry. Puisque vous avez fait la grasse matinée, c'est sans doute vous qui nous avez préparé le déjeuner.

— Tu ne crois pas si bien dire, répond Vincent qui, en maillot de bain et pieds nus, marche sans la moindre difficulté sur les graviers de la terrasse. Viens voir, avant de prendre ta douche, le foyer que nous avons construit en deux heures.

Dans un renfoncement du mur, en contrebas, ils ont en effet élevé un foyer de gros cailloux liés les uns aux autres par une sorte de mortier de ciment et de terre, recouvert d'une large grille.

— De vrais scouts ! s'amuse Bernard. Et vous nous faites cuire quoi ?

— Mixed grill !

— Qu'es aco ? s'étonne le père. Mixed grill ?

— C'est de l'anglais !

— Oh ! Ça, je sais ! Quand même !

— Alors, répond Thierry en ayant l'air de chercher dans sa mémoire, un peu de bœuf, un peu de mouton, un peu de porc, un peu de saucisse, un peu de poulet, des patates et des tomates. Des herbes. Une sauce au piment. C'est tout. Plus une grosse salade. Qu'est-ce que tu comptes nous mitonner, papa, lorsque ton tour viendra ? Tu n'as jamais préparé la cuisine, si ? Tu n'écoutes pas Hélène ? Il faut partager les corvées ménagères ! Maman prétend que tu es incapable de mettre de l'eau à chauffer sans te brûler. Et que tu le fais exprès…

— Percé à jour, mon cher beau-frère ! s'amuse Sandro. Nous ne pouvons rien cacher aux enfants quand ils deviennent des adultes. Ils ont retenu une masse d'informations sans les comprendre et puis, un jour, avec l'âge, ils emboîtent d'un coup sec les pièces du puzzle.

— Je ne vais pas te laisser philosopher sur mon dos. Va donc les aider à cuisiner, je file me doucher.

Sandro Barutti avait lui aussi adopté la tenue locale : vieux short effrangé, espadrilles portées en savates, chemisette de l'immédiat après-guerre. Il veillait à rester mince, surveillait son régime, jouait au tennis dès qu'il le pouvait. Il continuait à avoir beaucoup de succès auprès des jeunes femmes de l'hôpital, mais sa fidélité souriante à Hélène de Portallan lui valait, selon ses interlocutrices, des soupirs de regret, des mimiques ironiques ou des commentaires envieux. Il continuait à donner l'impression de rêver, la tête toujours un peu penchée sur le côté.

Il comprenait et appuyait le combat mené par Hélène contre les pollueurs de l'étang de Berre, mais quand il se trouvait, comme aujourd'hui, entre le feu du soleil et l'ombre fraîche de la bastide, il considérait que son bonheur restait total. Le pétrole et l'eau douce de l'étang ne dilueraient jamais cette sorte d'ivresse dense et profonde qui l'avait submergé quand il avait retrouvé Hélène et qu'ils s'étaient mariés. Malgré l'exécution de Sébastien de Portallan. Puis il y avait eu ces larmes versées au moment des accouchements, ces enfants dont il était si fier, cette tendresse infinie, cette confiance totale entre Hélène et lui. Je lui dois tellement ! se répétait-il souvent, et encore maintenant.

Il entend sa mère l'appeler, de loin :

— Sandro ? Viens m'aider, s'il te plaît.

Sans doute n'a-t-elle besoin d'aucun secours, sinon celui de sa présence. Il devine la silhouette de Maria, dans l'entrée de la vieille bastide austère aux volets vert foncé. Un peu tassée, frêle, les jambes plus minces. En approchant il distinguera les veines bleues sous la peau désormais transparente des mains, il devra élever la voix sans en avoir l'air et elle se laissera aller sur son bras. Il voit passer Gina, qui agite la main et crie : « Vincent, Thierry, où êtes-vous ? » Gianni Monti surgit de la cuisine, raidi par les rhumatismes, en portant des bouteilles de vin dans un panier. Un vieux contremaître immigré coulant une retraite méritée dans une bastide du XVIIIe siècle. Sandro rit tout seul. De la vie. De leur chance. Il lève les yeux vers le ciel, murmure quelques mots qu'emporte la largade en train de se lever sur l'étang. Il ne connaît pas le village piémontais dont ses parents étaient originaires. Le village existe-t-il encore ?

— Maman, dit-il en s'approchant de Maria, mais au fond, avec cette volonté que vous aviez, papa et toi, de ne nous parler qu'en français, tu as dû tout oublier de l'italien ?

Maria le regarde en souriant :

— Mais non, répond-elle. A ton père, la nuit, en rêve ou à voix haute, je ne lui parle toujours qu'en italien.

CHAPITRE 33

— Une vraie misère ! On a gagné, mais c'est juste, soupire Paulo, ce lundi de décembre 1965, trois jours avant Noël.

Accoudé à son comptoir, celui qui se présente volontiers comme le « lieutenant » d'Hélène Barutti et – du moins l'espère-t-il – son prochain suppléant, prépare deux cafés et des tartines beurrées. Il dispose avec attention sur le zinc briqué comme une pièce de collection la soucoupe et la tasse destinées à la députée. Celle-ci, assise sur un tabouret, est venue directement de son appartement à Castellane pour entendre un premier bilan des réactions des habitants du quartier au deuxième tour de l'élection présidentielle.

— Tu vois, Marais, poursuit le patron de la brasserie, le Général, les Français l'aiment beaucoup quand ils sont dans la panade, puis quand ça va mieux, ils préfèrent le voir repartir chez lui, à Colombey. C'est comme ça, il faut s'y faire !

Par quel mystère, s'interrogeait Paulo, Mitterrand avait-il été préféré à de Gaulle par 45 % des Français ? Comment ce politicien type d'une IVe République que l'on vouait unanimement aux gémonies quelques années plus tôt, et qui, lui-même, présentait une carrière ambiguë, était-il ressuscité ? Lorsque Gaston Defferre s'était retiré, avant l'été, la gauche n'avait réussi à convaincre aucun de ses grands leaders d'affronter de Gaulle. François Mitterrand, début septembre, avec le soutien – officiel quelques jours plus tard – du Parti communiste, s'était finalement lancé dans la bataille. Au nom du combat « contre le pouvoir personnel », qui n'était d'ailleurs que le pouvoir donné au président de la République par une Constitution très largement approuvée par les Français.

— Et, tu crois pas, il arrive à 45 % ! Ils sont fadas ! Ils s'en rendent compte, ce matin, les électeurs, qu'ils sont fadas !

Hélène hoche la tête. Ce n'est pas si simple. Bien sûr, on rappelait le Général quand on en avait besoin. Bien sûr, de Gaulle n'avait pas réellement « fait campagne » et nul n'avait apprécié, à ce sujet, l'impact nouveau de la télévision. Mais il existe d'autres façons de lire les résultats. Le renforcement d'un antigaullisme viscéral lié à l'indépendance de l'Algérie et représenté par Tixier-Vignancour : n'importe qui, au second tour, plutôt que de Gaulle. Ou la naissance d'une autre forme d'antigaullisme viscéral avec la crise ouverte par de Gaulle contre le Marché commun à la fin du mois de juin, et la politique de « la chaise vide » : Lecanuet au premier tour, mais certainement pas, au deuxième tour, un de Gaulle qui, en outre, tonne contre les alliés atlantiques traditionnels de la France, des alliés à qui l'on devait tant vingt ans plus tôt.

Et puis, il y a cette impression vague, ténue, indicible, que le monde change vite, que les idées nouvelles ne sont pas suffisamment prises en compte, que la jeunesse attend, en France ou ailleurs, d'autres manières de gouverner. Hélène continue à vénérer le Général, mais elle reconnaît qu'il « date un peu » et que son entourage ministériel manque pour le moins de charisme et de modernisme.

— Tout ça, tu vois, sent un peu la naphtaline, le conformisme état-bourgeois. Il ne suffit pas de s'en prendre aux Américains pour avoir l'air jeune. J'aimerais bien disposer d'une analyse du vote des électeurs de moins de trente ans... En revanche, qu'ils soient allés chercher Mitterrand, alors là !

Constatant la présence de leur députée au comptoir, plusieurs habitants du quartier sont entrés et entourent maintenant Hélène. Timides au début, les interventions deviennent naturelles, plus colorées. Hélène sourit, parce que ce goût très marseillais, très latin, du commentaire, se retrouve à peu près à l'identique le lendemain d'une élection ou d'un match de l'OM. Un match qui n'est pas « refait » en marchant sur le Prado à la sortie du stade, ou au comptoir un peu plus tard, reste amèrement incomplet. Et une élection sans exégèse longue et arrosée ressemble à une bouillabaisse sans rascasse.

— En tout cas, ça va le faire réfléchir, le vieux ! rugit le propriétaire du magasin de cycles, un ancien champion départemental du nom de Ferrera. L'extrême droite vote avec les cocos, les partisans de Barbu avec les fédéralistes européens, et tu manques être battu ! Plus cette histoire de pilule anticonceptionnelle ! Avec 54 % des électeurs qui sont des électrices ! Moi la pilule, je suis pour, mais c'est pas tout le monde !

— Je vous suis mal, monsieur Ferrera, répond Hélène. Mais la pilule, en tout cas, évitera beaucoup d'horreurs ! Savez-vous que dans notre beau pays les avortements sont presque aussi nombreux que les naissances ?

D'un signe de tête, Paulo appelle Hélène à prendre le récepteur de téléphone derrière le comptoir. Elle écoute, prononce quelques mots. Elle revient un moment plus tard à la conversation générale.

— En tout cas, dit-elle d'une voix presque furieuse, si la France avait voté comme Marseille, de Gaulle aurait déjà quitté l'Elysée. On vient de me communiquer des chiffres précis : ici, Mitterrand a eu six points d'avance sur le Général.

Les verres claquent sur le comptoir, les tasses dans les soucoupes. En quelques secondes, le silence devient presque gênant. Puis Paulo paraît sortir d'un mauvais rêve.

— Bon, on ne suit pas un enterrement, coquin de sort ! Ce n'est pas demain qu'il remplace le Général, Mitterrand ! Hein, Marais ?

Hélène allume sa première cigarette de la journée.

— Bien sûr ! Il ne manquerait plus que ça ! rétorque-t-elle.

Elle ne croit pas que Mitterrand puisse menacer de Gaulle. Mais elle pense que l'alerte a été sérieuse et que le Général n'est plus très jeune. L'UNR fournira sans doute un successeur. Mais évidemment pas un remplaçant.

Noël doit se dérouler à Hauterive, comme chaque année ou presque. En raison du nombre de participants aux différents repas, la préparation des plats a été répartie entre les adultes, celle de la décoration entre les enfants et les adolescents.

Marseille et la campagne environnante semblent blancs de froid, comme statufiés par un mistral qui aurait apporté la neige sur laquelle il avait galopé pendant des centaines de kilomètres. Hélène, le nez plongé dans le col de fourrure de son manteau, de gros gants fourrés aux mains, marche très vite d'un magasin à un autre. Elle éprouve les plus grandes difficultés à se concentrer sur la liste des courses qu'elle consulte de temps en temps. Elle ne se sent pas, comme d'habitude à la veille de Noël, insouciante et réconciliée avec l'univers entier. Clément l'inquiète. Ses notes, au collège, sont à peine moyennes. Et, à l'Olympique de Marseille, le garçon ne figure plus que rarement dans l'équipe première des cadets du club. Il écarte toute question, se replie dans un silence maussade, alterne les périodes d'abattement ou d'excitation. Elle avait commencé par mettre cette période d'absence sur le compte d'un premier amour malheureux. Mais une rapide enquête avait infirmé cette éventualité. Mis au courant par Hélène, Sandro avait attribué à une croissance éruptive les perturbations de comportement de leur fils.

Mais les deux époux Barutti avaient été très pris, au cours de ce dernier trimestre – « comme si nos métiers respectifs n'étaient pas assez absorbants », disait le chirurgien – par le déménagement à la Pointe-Rouge qu'Hélène avait fini par réussir à imposer. L'avenue Chancel, où ils venaient de s'installer, tenait du chemin vicinal. Elle était bordée de jardins et de jolies villas de la première moitié du siècle et aboutissait à l'extrémité de la campagne Pastré.

Hélène ne cherche pas à nier ce qui l'a poussée jusqu'à cette frontière sud de Marseille, ultime étape avant la Madrague de Montredon et les calanques. La mer est proche, les voiliers courent au large, l'étroite corniche en bord de plage permet de respirer l'odeur du varech. Quand le mistral se déchaîne, les pare-brise des voitures se couvrent aussitôt de sel, et d'ailleurs les carrosseries résistent mal à ce traitement maritime.

Le quartier semble sortir, tout empaqueté, du siècle précédent. Les pêcheurs, vrais et faux, sont aussi nombreux que les travailleurs citadins. Les maisons basses s'étalent entre les chemins. Il n'y a pas d'immeubles. Le long du rivage, les cabanons aménagés ont remplacé bon nombre d'abris pour bateaux. Qui ont eux-mêmes souvent succédé aux constructions sommaires que les pêcheurs avaient élevées pour préserver, d'un jour à l'autre, leur matériel, se reposer ou s'abriter du mauvais temps. Diable, c'est que les familles avaient voulu, le dimanche, partager les plaisirs du père ! On avait donc agrandi, ajouté une cuisine, de façon à pouvoir y dormir le samedi soir. On avait même transporté de la terre à dos d'homme pour créer des jardinets sur ou entre les rochers. On avait planté des pins et des figuiers, et surtout des treilles, sur la « terrasse », pour éviter les insolations. Une civilisation était née. Certains historiens marseillais du siècle précédent prétendaient que le cabanon, par la joie de vivre communicative qu'il suscitait, détournait les hommes du cabaret, développait la vie en famille et entre amis, et qu'en cela il constituait une sorte d'école de vertu. D'ailleurs, ajoutaient-ils, excessivement optimistes, on ne s'y saoulait pas.

A la Pointe-Rouge, la ville vient se frotter, presque précautionneusement, à l'ancienne civilisation marseillaise, celle qui conserve avec naturel et sans exubérance les traditions populaires de la cité. Autour du port, le village se déploie en catimini. Un des multiples villages qui composent les quartiers de Marseille. Certaines impasses ne sont même pas goudronnées, les habitantes âgées s'habillent encore de noir, un ancien atelier continue à fabriquer des faïences vernissées. Un peu plus loin, à la Madrague, le prêtre de la chapelle des pêcheurs a jugé plus hygiénique d'inviter, en gros caractères peints sur le mur, les promeneurs à « pisser ailleurs ». La ville semble lointaine et, d'une certaine façon, elle l'est. En avançant le long de la mer, on distingue à peine la Corniche qui conduit au Vieux Port. En se tournant, on suit les collines blanches de Marseilleveyre, le début du cirque enserrant la cité et dont les gradins, qui s'écartent vers la Sainte-Baume et la chaîne de l'Etoile, tombent à nouveau dans la mer, à l'Estaque, du côté nord de la ville. Hélène, évidemment, retrouve, en se laissant bercer par les vagues et envahir par l'odeur de l'iode, tout ce qu'elle a dû abandonner à Hauterive.

Quand elle le peut, délaissant le centre-ville et l'avenue du Prado, Hélène emprunte la Corniche le plus tôt possible, par le Pharo, pour regagner la Pointe-Rouge. Au loin, elle aperçoit les îles, Ratonneau et le château d'If, longe le vallon des Auffes avant de couper derrière Malmousque pour ressurgir à l'anse de la Fausse-Monnaie, et atteindre le vallon de l'Oriol et le port du Prophète. Puis, au Roucas Blanc, elle laisse sur sa droite le Palm Beach, une piscine où elle était assez souvent venue se baigner au début des années 50 et dont l'eau de source est glacée, puis la plage de La Pelle, club de la bonne bourgeoisie marseillaise.

Elle atteint alors le parc Borély, la Vieille-Chapelle, démolie un siècle plus tôt, mais qui a donné son nom au quartier, le dernier avant la Pointe-Rouge en bordure de mer.

Le mistral semble déchirer l'eau en lanières blanches moussues qui viennent fouetter l'air, très haut au-dessus des rochers de la Corniche, et inonder la chaussée. Malgré le froid, Hélène ouvre la vitre droite de la DS, celle qui donne sur le large. Aucun voilier ne s'est hasardé en mer. Elle s'arrête en arrivant à la Pointe-Rouge, achète du pain et des cigarettes, vérifie que les courses ont bien été faites par Pierrette, écoute les doléances des uns et des autres. « On est bien contents de vous avoir sous la main, madame Barutti, dit l'épicière, comme ça, si vous nous faites payer trop d'impôts, on se rattrape tout de suite sur le prix des marchandises ! » « Laisse Madame le… la députée tranquille ! » gronde le mari. « Entre femmes on se comprend, mon bon ! réplique-t-elle. Ce pourpre, confie-t-elle à Hélène en désignant son époux, ce pourpre, il sait rien faire de ses mains. Il arrête pas de me crier dessus, voilà tout ce qu'il fait ! Pour le reste… »

Hélène arrête la DS dans la ruelle, ouvre le portail métallique, flatte de la main l'épagneul blanc et roux qu'elle a appelé Pitre en souvenir de son enfance. Elle range la voiture sous un des deux grands pins de cette partie du jardin qui entoure la bâtisse et s'étend sur plus de cinq mille mètres carrés. « Tu ne te sens pas trop à l'étroit ? avait plaisanté François lorsqu'il était venu visiter la maison. Compter brutalement en mètres après avoir compté en hectares… » Pitre multiplie les cabrioles autour d'elle. Elle sait que tant qu'elle ne lui aura pas consacré trente secondes il ne se calmera pas.

Bernadette vient l'aider à porter les paquets qu'elle a sortis du coffre. Les seins de la jeune fille pointent fermement sous le pull et ses hanches ont pris de la rondeur. Elle a les yeux gris de son père et des cheveux d'un châtain argenté, « blond vénitien », dit l'adolescente orgueilleusement. « Une curiosité, dans ma famille comme dans la tienne, sourit souvent Sandro. Tu es sûre que... ? » Hélène embrasse sa fille qui a dû s'asperger d'eau de Cologne à la mandarine, une spécialité locale.

— Alors, vous commencez à vous habituer, ici ? Ça change du boulevard Périer, non ? Tu verras, dès qu'il fera beau... La plage, le bateau, les promenades dans les calanques... Tiens, attrape ce couffin. Heureusement qu'il traînait dans le coffre de la voiture, pour les courses. Où est ton frère ?

— Dans sa chambre, répond Bernadette. Il a l'air fatigué. Il s'est allongé.

Hélène s'est relevée brusquement. Ce gamin, pense-t-elle, tourne de moins en moins rond. Si Sandro ne veut pas l'examiner, je vais le faire recevoir par le généraliste du quartier.

— Tu sais ce qu'il a ? demande-t-elle à sa fille.

— Non. Il rentre plus tard qu'avant, de temps en temps. Il s'endort, aussi.

La maison, construite au début du siècle, large au sol, couverte de tuiles rondes, compte deux étages. Le deuxième est celui de Bernadette, de Clément et de Pierrette, la gouvernenante-cuisinière qui, finalement, a adopté la famille. Hélène grimpe les marches, dépose son sac et sa veste légère dans sa chambre du premier étage et emprunte de nouveau l'escalier pour atteindre la retraite de Clément. Elle pousse la porte de la chambre du jeune homme. Celui-ci dort sur le dos, tout habillé, la lèvre supérieure et le front recouverts d'une sueur perlée, une mèche de cheveux en bataille. Elle le trouve très pâle. Des doigts, elle effleure les tempes de son fils. Il n'a pas de fièvre, note-t-elle, c'est déjà ça. Le plus simple est de le laisser dormir.

Sandro l'attend au bas de l'escalier, dans le hall desservant le salon, le bureau partagé avec son mari, la salle à manger, la cuisine et ce qu'elle continue à appeler « la dépense », cette pièce, si possible fraîche, où l'on stockait la nourriture dans le temps. Désormais, à côté des aliments, il a fallu dégager de la place pour les différentes machines à laver, la table à repasser, les paniers à linge. Comme elle avait vu Maria Barutti les préparer, elle y fait également sécher, sur un fil métallique tendu, des rondelles d'aubergine qui constituent ensuite un merveilleux accompagnement pour les plats de viande.

Selon son habitude, le chirurgien, aussitôt rentré, a enfilé un vieux jeans et un gros pull, puis, en éclairant vaguement l'extérieur, il a nettoyé quelques plates-bandes, arrosé une terre beaucoup trop sèche depuis trois semaines, rentré des bûches pour allumer un feu dans la cheminée du salon. Il essuie ses mains sur son pull, époussette les brindilles qui y restent accrochées, embrasse Hélène au coin des lèvres. Elle le trouve un peu froid, préoccupé.

— Il faut que je te parle, dit-il. Allons dans le bureau un moment. Tu veux un whisky avec de l'eau ?

Hélène hoche la tête. Elle subodore de sérieux ennuis. Sandro a gardé l'habitude de noyer les mauvaises nouvelles, les petites mauvaises nouvelles, dans le flot de la conversation ordinaire. Elle trouve d'ailleurs cette pratique un peu hypocrite. Qu'il juge nécessaire aujourd'hui de s'en écarter dit assez la gravité de la situation.

— Ecoute, ce n'est pas très grave. On soigne ça très bien, mais... j'ai la conviction que Clément se drogue.

— Quoi ?

Hélène a jailli de son fauteuil. Mais elle est prise de vertige et sent ses genoux trembler.

— Drogué ?

— Oui. En vérité, j'en suis certain. Je l'observe depuis deux semaines, j'ai compulsé mes bouquins, j'ai consulté un spécialiste, je ne peux pas me tromper, les indices, les symptômes concordent. Il ne se pique pas, j'ai regardé. A mon avis, il fume de la marijuana et, dans une mauvaise hypothèse, il a commencé à se coller de la cocaïne dans le nez...

— Oh, non ! Seigneur, pourquoi ? Ça se soigne, bien sûr, mais c'est très long, très dur, une désintoxication… Mais pourquoi ? De quoi manque-t-il, ici ? Nous l'entourons d'affection, il ne manque de rien…

— Arrête, tu n'es pas responsable ! En revanche, à partir de maintenant, nous le devenons ! A mon avis, il n'a pas plongé depuis très longtemps. Il t'a demandé de l'argent, en plus de ce que nous lui donnons ? A moi pas, en tout cas. Tu n'as pas remarqué de disparitions, de billets, de bijoux, que sais-je ? C'est cher, la drogue…

— Non, dit Hélène. A moins qu'il ne se soit attaqué au petit coffre de notre chambre… Je savais qu'elle arrivait chez nous, cette saloperie ! Je le savais ! Dans les écoles, même ! Tu t'y connais, toi ?

— Pas très bien. Autant qu'un médecin lambda.

Hélène s'est assise dans le canapé. Penchée vers l'avant, la tête posée sur ses bras repliés, elle regarde fixement le tapis. Elle ne parvient pas à débloquer son esprit qui fonctionne comme un disque rayé : drogue, marijuana, drogue, cocaïne, drogue, marijuana… Puis elle revoit Clément bébé, en culottes courtes, qui sourit. Et le disque rayé tambourine de nouveau à ses oreilles. Mais qui lui a vendu de la drogue ? Qui lui a fait goûter cette saleté ? Où ? Quand ? Elle sent la colère l'envahir soudain, la rebelle prendre le dessus. Ils le remettront sur pied, ce gosse. Les salauds qui ont essayé de le pourrir ne perdent rien pour attendre.

— Quand tu m'as parlé de ses notes, de ses difficultés à se maintenir dans l'effectif de l'OM, je n'ai absolument pas pensé à ça. Et puis, un jour, je lui ai trouvé les pupilles un peu dilatées. A ce moment-là, j'ai commencé à le surveiller.

— Qu'allons-nous faire, Sandro ?

— Dans l'immédiat, nous renseigner pour trouver le meilleur spécialiste. Je voudrais bien, également, savoir quel est le salaud qui fournit ça à Clément. Il suffit de le suivre. Pour le moment, il ne se méfie pas. Dès que nous aurons localisé le début de la filière, eh bien, nous parlerons à Clément tous les deux. Nous ne devons pas le braquer. Ce n'est pas très grave, tu verras.

Il s'approche d'elle. Pour la première fois depuis la guerre, ils sont menacés dans leur propre chair. Elle s'appuie contre sa poitrine, se laisse aller. Ce chirurgien a déjà sauvé des vies. Il réussira, encore une fois. Elle a confiance, mais elle se sent extrêmement faible. Seule, une petite lumière tremblote, là-bas, tout au fond de sa conscience : à la couleur de la flamme, elle reconnaît la vengeance.

Hélène se demande comment va se passer Noël. Parviendra-t-elle à ne pas attirer Clément dans un coin pour lui tirer les vers du nez, découvrir sa petite provision de « h » ? Mais elle veut tellement tenir le vendeur qu'elle se sait prête à attendre des heures, des jours. Comme un chasseur.

CHAPITRE 34

— J'ai besoin de toi, François.

Hélène, finalement, a décidé d'informer son fils aîné, et de lui demander de suivre, pendant quelques jours, les déplacements de Clément.

Elle raconte au jeune homme tout ce qu'elle sait. François semble totalement ahuri.

— Pas de problème, dit-il, je vais prendre trois jours de congé. Merde alors ! Tu sais, ce n'est probablement pas très grave.

Hélène lui caresse les cheveux. Ils sont tous bien gentils de chercher à la rassurer. Elle sourit pauvrement.

— Nous devons juste savoir, ton père et moi, qui il rencontre et où. Ne tente pas d'entrer en contact avec les salauds qui l'approvisionnent. Simplement, tu les repères, tu les photographies mentalement, tu notes leurs habitudes, leurs horaires. Tu files ton frère, qui ne se rendra compte de rien, mais pas ses interlocuteurs qui doivent être des professionnels.

François, dès la première semaine du mois de janvier, s'est mis à étudier l'emploi du temps de Clément. En réalité, à moins de ne pas se présenter au collège – ce que les Jésuites n'ont pas la réputation de tolérer —, et sauf si le commerce de drogue est organisé à l'intérieur de l'école, les possibilités de Clément sont réduites : la sortie des cours, le soir uniquement puisqu'il est maintenant demi-pensionnaire, ou les jours de congé.

Depuis quelques minutes, François suit de loin Clément, assis de guingois sur son cyclomoteur. Il ne note aucun arrêt bizarre, avant le rendez-vous de la bande de jeunes dont fait partie son frère, à la grande brasserie de la Pointe-Rouge. François est resté dans sa voiture. Quelques instants plus tard, tous les adolescents sont agglutinés autour de leurs engins mécaniques, dans la demi-lumière déversée par les lampadaires bordant la plage. Leur occupation principale, pour tout observateur attentif, ne laisse aucun doute.

— C'est là qu'ils fument leur saleté, murmure François en suivant le manège des gamins. Et je sais, en prime, où ils planquent leurs provisions ! Maman peut toujours chercher dans sa chambre ! Les minuscules coffres à outils des mobylettes ! Même pas fermés à clef ! Au milieu des chiffons sales et des rustines !

Il en sait assez pour le moment. Sans allumer ses phares, il décolle son Alfa du trottoir et revient vers le centre-ville. Une ou deux cigarettes le soir, autant durant la journée, planqué dans les toilettes très aérées du collège, Clément est sans doute déjà bien intoxiqué, pense François. Quant à la cocaïne, si cocaïne il y a ce qui est probable, elle doit être réservée aux premières surboums auxquelles le gamin participe, le samedi soir. Comment parvient-il à se payer tout ça ? s'interroge le jeune ingénieur.

Quelques jours plus tard, un samedi après-midi justement, Clément conduit involontairement François jusqu'au bar Pierre, place de la Préfecture, rendez-vous traditionnel de la jeunesse de la ville qui envahit la salle et le trottoir en face du café. Clément se mêle à différents groupes, pénètre quelques instants plus tard dans la brasserie, en ressort. Si le trafic s'opère ici, par exemple dans les toilettes de l'établissement, impossible de savoir quel est son fournisseur, juge François, condamné à observer la scène de loin. Celui-ci pourtant, même s'il n'a jamais touché à la drogue, sait que les revendeurs évitent de garder leur marchandise et encore plus de la manipuler dans des endroits clos, sans échappatoire. Et les propriétaires de café veillent particulièrement à l'application de cette règle.

Un quart d'heure plus tard, Clément, accompagné d'un jeune homme élégant vêtu d'un blouson de daim fauve, s'écarte de la brasserie. Je ne parviendrai jamais, songe son frère, à remonter une piste quelconque. Ou bien, il s'apercevra de ma présence. Les deux garçons, détendus, visiblement en train d'évoquer des perspectives souriantes, cheminent sans se presser vers la rue de Rome. François pense qu'il est servi par la chance.

A quelques mètres de là, rue Fongate, il sait, parce qu'il l'a lui-même fréquentée quelques années plus tôt, qu'une cave-discothèque ouverte dès 2 heures de l'après-midi continue à attirer un grand nombre de seize-vingt ans, garçons et filles. Ceux et celles des quartiers cossus comme des quartiers populaires. On y danse, et surtout on y drague sans retenue excessive. On peut tout y acheter, depuis des disques volés jusqu'à des nuits torrides avec des prostituées de dix-huit ans. Il suffit de découvrir, dans la pénombre alourdie de fumées d'origines diverses, le bon interlocuteur. François, aujourd'hui, n'a plus aucune chance de pénétrer dans ce club sans être repéré. On me prendrait, sourit-il, pour un flic novice ou un mac égaré. Il sourit encore, quelques secondes plus tard : Clément et son copain s'engagent effectivement dans la porte étroite qui, par un escalier douteux, conduit à la cave.

Le repérage n'est pas plus facile qu'en face du bar Pierre. De petits groupes d'adolescents entrent et sortent en permanence. Je perds mon temps, juge François au moment même où son frère et le garçon au blouson de daim surgissent sur le trottoir et, sans hésiter, reviennent rue de Rome, qu'ils descendent vers la Canebière. Ils pénètrent sous un porche, un peu avant le début du cours Saint-Louis. François, en passant, ne distingue aucun mouvement dans la pénombre du passage. Dans la bonne tradition des romans policiers, il achète un journal et, adossé au mur d'en face, il se prépare à attendre.

Il n'a pas le temps de commencer à lire. Clément et son copain sont déjà de retour dans la rue. Il replie lentement le quotidien, pour leur laisser prendre un peu d'avance. C'est à ce moment-là que surgit du porche un jeune homme pressé, en blouson de cuir. Tandis qu'il en remonte la fermeture Éclair, François réussit à distinguer assez nettement les traits de son visage, le menton lourd, la bouche mince, les cheveux bruns courts, les arcades sourcilières légèrement proéminentes des boxeurs. Intuitivement, l'ingénieur pense qu'il s'agit du vendeur. De toute façon, que risque-t-il ? Il sait où retrouver Clément. L'autre, en revanche… Il emboîte le pas, nerveux, glissant, de l'homme. Un boxeur, se répète François.

Le blouson de cuir esquive les passants venant en sens contraire. Il a repris la rue de Rome et tourne à gauche pour rejoindre le cours Lieutaud. Maintenant, me voilà coincé, grogne François. Effectivement, quelques instants plus tard, l'homme s'installe au volant d'une TR 3 jaune paille avec hard-top bleu. Le moteur anglais ronfle âprement. François note le numéro d'immatriculation.

— Avant d'aller plus avant, dit-il le soir même à sa mère, j'aimerais bien savoir à qui appartient cette voiture et où habite son propriétaire. Tu peux obtenir ces renseignements, non ?

Hélène acquiesce. Cali, Jean Cali. Un jeu d'enfant, pour lui. Hélène n'aura rien à demander officiellement.

— C'était peut-être un client du club, reprend François, un mac, je ne sais pas… Déblayons d'abord cette piste.

Jean Cali a préféré ne pas rencontrer Hélène chez Paulo. Les deux anciens résistants se retrouvent au New York, sur le Vieux Port. L'ancien « Laurent » est toujours tiré à quatre épingles. Son costume bleu sombre à gilet contraste avec la tenue sportive de la députée, un tailleur-pantalon de tweed et des chaussures plates. Discrètement, le gérant de la grande brasserie est venu saluer Hélène et a pris lui-même la commande. « Vous êtes mes invités, évidemment », a-t-il dit.

— Je suis heureux de te revoir, Marais. Tu as raison de les secouer un peu, à Paris ! Le Général, ça va, mais l'entourage ! Dis donc, dans quelle histoire te retrouves-tu encore ? Ce n'est pas un enfant de chœur, ton client !

— Ah bon ? Ecoute, je cherche à vérifier en douce la… qualité des relations de mes enfants. Alors ?

Cali regarde Hélène dans les yeux.

— La qualité ? C'est un petit voyou, ce garçon. François a raison : il s'agit d'un boxeur. Louis Pietrucci, dit Loule. Déjà un an de prison pour vol. Mais surtout, on le soupçonne de revendre de la drogue. Les flics le surveillent. Il a trop d'argent pour un inactif. Tu ne peux pas m'en dire plus ?

— Oui, je peux. Il s'agit de Clément, mon deuxième fils… Il consomme, lui.

— Aïe ! Il consomme… Oh, l'autre aussi, sûrement. C'est comme ça, souvent, que tu deviens revendeur. Quand, pour payer ce dont tu as besoin, tu te trouves obligé d'entrer dans le circuit. Clément, hein ? Seize ans, non ? Je peux t'aider ?

— Sûrement, dit Hélène, qui réfléchit à la meilleure façon d'agir désormais. Quelque chose m'intrigue, malgré tout : où Clément trouve-t-il l'argent ? Tu crois qu'il est déjà passé au stade de la revente ?

— Je ne sais pas. Il y a beaucoup de… façons de se procurer de l'argent, Hélène. Tiens, voilà son adresse. Que veux-tu faire ?

— D'abord, si je suis sûre que Pietrucci est son

fournisseur, parler à mon fils et le faire soigner. Après…

Jean Cali se penche vers Hélène.

— Tu ne vas pas t'amuser à régler seule ce genre de problèmes, Hélène… Cette fois-ci, Marais, presque comme pendant l'Occupation, il s'agit d'un ordre ! Le Pietrucci en question, il traîne beaucoup avec Zé Baldarian, un des rares rescapés de l'affaire du *Combinatie*. Tu te souviens ?

La députée sourit. Qui aurait pu oublier cet épisode de la guerre des gangs, au début des années 50 ? Pour ceux qui n'avaient pas été abattus par des confrères, il s'était terminé au tribunal, en 1956, avec la distribution de quelques peines légères de prison. A l'hilarité générale. Le *Combinatie* en effet était un cargo hollandais transportant vers Marseille des cigarettes américaines de contrebande. Il avait été attaqué par des pirates commandés par un truand américain travaillant pour le compte d'un gros caïd local. Seulement, le tribunal correctionnel de Marseille, devant lequel l'affaire avait été portée, s'était déclaré incompétent en matière de piraterie. Ceux qui avaient été arrêtés par la police avaient été jugés simplement au titre d'une « importation frauduleuse ». On s'était beaucoup tiré dessus pour le contrôle de la marchandise. Mais, prétendaient de mauvais esprits, comme celle-ci avait été transportée par un bateau effectuant le service régulier du château d'If et baptisé *Notre-Dame-des-pêcheurs*, tout était rentré dans l'ordre.

— Baldarian ? Il s'agissait d'un deuxième couteau, à l'époque, non ? demande Hélène. Il est toujours là ? Ne me dis pas que vous utilisez ses troupes de temps en temps ?

Cali toussote discrètement en examinant ses ongles impeccables.

— Tu sais, la main-d'œuvre spécialisée est rare. Alors, pour les services d'ordre, la protection des colleurs d'affiches… Même toi, tu en as probablement bénéficié, Hélène. Tu ne le sais pas, c'est tout.

Hélène Barutti se demande si elle a raison de poursuivre cette carrière politique qui, souvent, lui donne la nausée. La conséquence la plus évidente de son emploi du temps surchargé, de ses absences répétées, est l'intoxication de son fils, cette maladie qu'il va falloir soigner, cette brutale rupture de l'harmonie familiale. Depuis que Sandro lui a fait part de sa malheureuse découverte, elle s'accable de reproches. Elle regrette même d'avoir déménagé à la Pointe-Rouge, soupçonnant les nouvelles relations de Clément d'être à l'origine de la dérive de celui-ci. Elle n'écoute Cali que d'une oreille distraite.

— ... pas se frotter à ces gens-là, finit-elle par entendre. C'est dangereux. Nous ne sommes plus à l'époque de la guerre. Tu es députée. Si tu veux, je peux me renseigner.

Elle approuve de la tête. Se renseigner, bien sûr. Comment Clément parvient-il à payer son fournisseur ?

Clément ne paie pas son fournisseur.

Entraîné par un ami, il avait goûté aux cigarettes de marijuana. Il en avait acheté quelques-unes. Puis on lui en avait donné. Qui ? Pietrucci. Le voyou l'avait emmené dans des boums où on fumait, en écoutant Dylan et les Stones. Pietrucci ne lui demandait pas d'argent. C'est là qu'il avait essayé, plus tard, la cocaïne. Et le LSD, un produit de synthèse extrait de l'ergot de blé et de certains champigons. Gratuitement aussi.

L'adolescent, quand ses parents, sans élever la voix, sans l'accabler de reproches, le préviennent qu'ils sont au courant, ne cherche pas à mentir. Il a commencé à fumer des joints six mois plus tôt. D'accord : il a aujourd'hui beaucoup de mal à s'en passer. Il trouve agréables, selon les circonstances, la rêverie dans laquelle il plonge ou l'excitation qu'il parvient à susciter. Mais il lui arrive aussi de se sentir épuisé, fébrile. Depuis peu, il se met de temps en temps à trembler, et il respire une minuscule pincée de poudre. Minuscule, réellement ? demande doucement Sandro. Non, Clément ne ment pas. Sandro explique. En médecin et en père affectueux. Le sevrage sera difficile, mais il ne faut pas reculer. Faire preuve de faiblesse signifierait accepter une dépendance de jour en jour plus grande. Avec une seule perspective, le gouffre. Des doses plus importantes, d'autres drogues plus dures, le mélange avec l'alcool. Une vie foutue en l'air. La mort, peut-être.

— Le mieux serait de voir mon ami Mauret, dit Sandro. Tu connais Pierre ? Tu l'as vu souvent à la maison. C'est un formidable médecin. Tu peux l'écouter, te confier à lui.

Hélène relaie Sandro. Elle parle avec gentillesse, aussi tendrement qu'elle le peut. Elle voudrait attirer Clément dans ses bras, le bercer, l'endormir. Effacer ces six derniers mois. Sa voix prend la chaleur de son ventre pour consoler son enfant, mais en même temps, la fureur monte en elle, dure, glacée. Quel est le salopard qui, derrière Pietrucci, fournit Clément ? Depuis quand donne-t-on la drogue au lieu de la vendre ? De quoi s'agit-il ? Un chantage à son encontre ?

Plus tard, ils marchent jusqu'au bord de mer, Sandro et elle. Silencieux. Des pierres. Elle cherche sa main, elle se laisse aller, lourde et douloureuse, contre son épaule.

— Qu'est-ce que cela signifie, Sandro ? Pourquoi des voyous qui vivent de la drogue en feraient-ils cadeau à Clément ?

— Je me pose la même question, mon amour. On – mais qui est « on » ? –, on veut tenir Clément et, au-delà de lui, toi ou moi, toi et moi peut-être ? Je crois que je vais avoir une conversation sérieuse avec le dénommé Loule.

Hélène fourrage les cheveux de son mari en souriant. Elle aime l'inconscience fondamentale de Sandro.

— Oui… Nous allons surtout commencer par réfléchir. Tu es très courageux, mais tu n'as plus l'âge de te mesurer à un costaud de vingt-cinq ans, en particulier s'il est armé d'un couteau. Les années passent, mon amour. Garde ta vigueur pour un autre usage.

Ils pouffent, probablement pour chasser l'angoisse qui les étreint.

— Je t'ai parlé de Cali, non ? demande Hélène. Il peut sûrement savoir de quoi il retourne. J'ai l'impression qu'il est difficile de ne pas accéder à ses demandes.

— Je le croyais engagé en politique, surtout.

Décidément, son Sandro est parfait.

— C'est exactement ça. Du côté gaulliste, comme moi. Seulement, moi, je fais partie des idéalistes. Lui, il a participé au retour au pouvoir du Général. Et, à mon avis, tout ne s'est pas déroulé comme on le dit dans les ouvrages pieux. Il fallait le préparer, ce retour. Sur le terrain.

Certainement, pense-t-elle, Cali finirait par connaître la vérité. Sans ouvrir de rixe avec un demi-sel teigneux de la bande de – comment s'appelle-t-il déjà ? – ah, oui : Baldarian !

CHAPITRE 35

— Monsieur Baldarian ? Hélène Barutti. C'est ça... Députée. J'aimerais vous rencontrer assez rapidement. Rien de très grave.

Sa conversation téléphonique avec le truand aujourd'hui officiellement à la tête de deux « établissements » modestes du quartier de l'Opéra, Hélène est capable de la répéter mot pour mot. Elle n'avait rencontré aucune difficulté pour lui parler. « Je suis Hélène Barutti, avait-elle seulement annoncé au cerbère qui filtrait les appels. Députée des Bouches-du-Rhône. » Baldarian devait fumer beaucoup. Il avait une voix rauque, à peine relevée d'une pointe d'accent.

— Votre coup de fil est un honneur, madame, lui avait-il répondu avec un aplomb monstre. Puis-je vous inviter à déjeuner ? Chez Fonfon, par exemple, vous connaissez sûrement.

— Pourquoi pas ? Si, malgré tout, vous pouvez intervenir auprès du patron pour qu'il nous évite les photographes...

Le caïd avait ri, produisant dans l'écouteur un bruit bizarre. Une lime sur un morceau de bois. De toute façon, s'était dit Hélène, au vallon des Auffes ou ailleurs dans Marseille, notre rencontre sera connue. Elle s'en moquait.

Au volant de sa DS, elle roule sur la Corniche. En réalité, depuis quelques jours, tout s'était déroulé vite. Jean Cali avait repris contact avec elle. Il avait confirmé le lien entre Loule Pietrucci et Joseph Baldarian, dit Zé. Il avait surtout fait exploser un pan de passé au visage d'Hélène. Zé Baldarian, au lendemain de la guerre, et à la demande de celui-ci, avait repris en main une grande partie de l'empire de Simoni. Antoine Simoni, le mauvais génie de Sébastien de Portallan, l'élu du Panier, l'ancien « patron » politique de Marseille, le sordide collabo, avait fui en Espagne au début de l'été 44, pour éviter le peloton d'exécution. Il vivait aujourd'hui en Catalogne, avait précisé Cali, dans une luxueuse villa à quelques kilomètres de Tarragone, au sud de Barcelone. Mais quel âge avait-il donc, cette ordure ? Dans les soixante-quinze ans, et bon pied bon œil, paraît-il, avait soupiré celui que, pour simplifier, Hélène avait catalogué parmi les « barbouzes » opérant dans la mouvance du gaullisme.

Hélène se sent suivie, épiée, tandis qu'elle gare sa voiture. Sans doute les abords de l'endroit où se tient le caïd sont-ils, de jour comme de nuit, soigneusement quadrillés. Ce qui n'empêche pas, comme on peut de temps en temps le constater à la lecture des quotidiens régionaux, de sanglants règlements de comptes résultant de « guerres de succession » sans fin. Les gardes du corps de Baldarian, que la députée ne parvient pas à repérer parmi les promeneurs peu pressés ou les contemplatifs apparemment ensommeillés, doivent surtout chercher à savoir si Hélène n'est pas, volontairement ou non, suivie… ou protégée. Mais elle est seule. Et sans arme, sourit-elle en pensant à ce vieux colt américain qui, depuis la guerre, n'a pas quitté son emballage de chiffon graisseux, au fond d'une boîte à chaussures. Elle a prévenu Sandro et François de sa démarche et de son rendez-vous. Cali n'a pas été mis dans la confidence. Il sera toujours assez tôt.

L'homme qui se lève à son entrée dans le restaurant est grand, lourd, l'estomac proéminent. Ses cheveux gris sont disposés avec soin pour cacher une calvitie avancée. Malgré les verres de lunettes légèrement fumés, Hélène note le regard clair, pesant. Aussi pesant que si toute la volumineuse carcasse du truand y trouvait un point d'aboutissement. Il est vêtu de gris sombre, d'une chemise blanche à col et poignets mousquetaires amidonnés. Un président de fédération industrielle, sourit Hélène intérieurement, peut-être un membre influent du Rotary. Et tout cas quelqu'un qui « a de la surface ».

Tandis qu'elle lui tend la main, il s'incline un peu, sourit à peine. Elle se sent jaugée, disséquée. Sûre de ne pas le baisser, elle a fixé son regard dans celui de Baldarian. Le contact de leurs paumes est glacial, mais plus long que ne le veut l'usage, comme s'ils cherchaient, par ce geste, à tester leur énergie et leur volonté.

— Je ne pensais pas avoir un jour l'honneur de vous rencontrer, dit le truand en aidant Hélène à s'asseoir.

— Moi non plus, répond-elle sur un ton enjoué.

Ils saluent le patron. Celui-ci, discrètement, est venu leur souhaiter la bienvenue : dans ce coin de l'établissement, ils ne seront pas dérangés, explique-t-il avec un geste circulaire. Ils commandent une coupe de champagne, décident d'éviter la fastueuse bouillabaisse mais de partager un loup et une bouteille de château-simone. En allumant une cigarette, Hélène se penche vers le caïd.

— J'ai souhaité vous voir, monsieur Baldarian, pour une affaire très personnelle.

— Je vous écoute.

— Un de mes fils, Clément, se drogue. A mon avis, rien d'irrémédiable pour l'instant, mais je veux que cela cesse…

L'homme prend le temps de lever son verre de champagne sans cependant chercher à trinquer avec son interlocutrice.

— Ah… J'en suis désolé. Mais pourquoi me parlez-vous de cet… accident ?

— Vous avez bien compris, monsieur Baldarian, que mon problème n'était pas de mener une enquête policière, ou parlementaire ? Je vous parle de ce grave souci parce que vous êtes le fournisseur de mon fils.

— Voyons, madame la députée ! feint de s'emporter Baldarian.

— Je ne voudrais pas que nous perdions notre temps… Je sais, souligne Hélène de la voix et du geste, je sais que vous êtes le fournisseur. Je ne parle pas du petit revendeur… Mais en réalité, c'est encore autre chose qui m'intéresse…

— Oui ?

— Pourquoi lui faites-vous cadeau, ou quasiment cadeau, de sa consommation ? Vous avez décidé de devenir charitable ?

— Vous m'étonnez. Je ne comprends pas. Vous êtes certaine de ne pas vous tromper d'interlocuteur ? Votre personnalité m'incite à ne pas me fâcher, mais quand même !

Hélène se renverse dans sa chaise.

— Très franchement, monsieur Baldarian, je me moque de vos compliments. Nous vivons – en tout cas il n'en ira jamais autrement en ce qui me concerne – dans deux mondes séparés. Je ne suis pas mon père, dont vous connaissez évidemment la funeste histoire. Simplement, aujourd'hui, nos existences se croisent, et il dépend de vous que nous nous séparions… en bons termes. Que nos existences ne fassent que se croiser. Donc, je veux savoir pourquoi vous avez placé mon fils sous l'influence de la drogue. Le petit Pietrucci ne s'amuserait pas à ça sans être couvert.

— A supposer que je vous aide, par… quelques conseils, à régler votre problème, où se trouve mon intérêt ? dit le truand sur le ton aimable d'un négociant en gros fortuné.

Hélène sourit.

— D'abord, vous évitez de déclencher la guerre,

donc vous évitez beaucoup d'ennuis. Je ne suis pas sans moyens, monsieur Baldarian. J'ai un passé, des amis.

Le truand la regarde fixement, puis fait signe au maître d'hôtel de remplir leurs verres.

— Vous allez goûter ce vin délicieux… Je suppose, madame Barutti-de Portallan, dite « Marais », que vous faites allusion à vos relations dans les services d'action gaulliste, les services « action » tout court, les anciens du 13 mai, etc. Ou dans les réseaux de votre… ami Hocine Ahmed.

— Hocine ! Dieu du ciel ! s'étonne de bonne foi Hélène. Je l'ai totalement perdu de vue. Où se trouve-t-il ? Je l'ai même cru mort, malgré ce qu'on m'avait dit !

— Il n'est pas très poli, après les risques que vous avez pris pour lui… Il se trouve à Alger, depuis l'indépendance. Il n'a pas changé de… spécialité. Les réseaux, lui aussi…

Hélène regarde fixement Baldarian.

— Non, il n'est pas très poli, après les risques que j'ai pris… Mais vous ne me tenez pas, avec cette vieille histoire, monsieur Baldarian. Ceux qui comptent sont au courant. Pour le reste, il s'agit de ma conscience. Vous venez, en revanche, de me communiquer une excellente nouvelle… concernant la santé d'Hocine. Quant à mes relations dans les services, c'est exact. Nous ne disposons pas des mêmes moyens, mais une guerre entre nous serait coûteuse. Et pourquoi, finalement ? Pour protéger qui ?

Tout d'un coup, la députée sait exactement ce qu'elle cherche. Comment n'y a-t-elle pas pensé ? Nous n'en finirons donc jamais ! jure-t-elle intérieurement. Nous n'en finirons jamais ? Oh que si ! Nous allons en finir rapidement.

— Pour protéger Simoni ? Je ne me trompe pas, n'est-ce pas ? Il n'est plus rien, Simoni ! Laissez-moi deviner, monsieur Baldarian. Vous représentez ses intérêts ici, sans doute depuis la disparition un peu brutale de ce petit voyou de Ruli…

— C'était vous, la liquidation de Ruli ?

— Monsieur Baldarian ! Vous n'y pensez pas !

Le truand n'appelle même plus le maître d'hôtel. Il remplit les deux verres, tandis qu'Hélène allume une cigarette. L'un et l'autre se sentent pris au jeu de cet accord qu'ils dessinent avec précaution, mais qui n'aura jamais existé.

— Simoni voulait se venger, dit Baldarian d'une voix neutre, à peine audible. Il avait imaginé ce moyen. Transformer votre fils en loque, le conduire jusqu'à la mort, le laisser se consumer sous vos yeux.

La réponse ne surprend pas Hélène.

— Et vous vous prêtiez à cette… saloperie ?

L'homme écarte la remarque d'un geste, par lequel il semble en même temps s'excuser, renvoyer l'acte au passé et à la fatalité.

— Je n'ai pas envie de discuter de morale, dit-il d'une voix lasse. Je me fous de la morale. Je suis âgé, et c'est trop tard. Simoni considère que vous et votre famille l'avez volé. Vous, spécialement.

— Je ne l'ai pas volé. Me justifier m'importe peu, mais pour votre… tranquillité dans l'avenir, je vais malgré tout vous expliquer. Vous connaissiez l'association entre Simoni et mon père. Après la mort de mon père, à la Libération, je me trouvais… détentrice d'un certain nombre de biens, dont j'ai ignoré l'origine pendant des semaines voire des mois. Les uns, Simoni en était propriétaire et leur contre-valeur se trouve chez un notaire depuis 1945, Simoni le sait par l'intermédiaire de Ruli. Les autres étaient le produit de vols, ou d'acquisitions dans des conditions honteuses, durant l'Occupation, par Simoni, sa bande… et mon père. Il s'agissait, en réalité, de biens juifs. Je les ai rendus, ou j'ai rendu l'argent qui en était la pauvre contrepartie. Non pas à leurs propriétaires, malheureusement, mais à l'Etat d'Israël. Rien de ce que j'ai géré, après la guerre, n'appartenait à Simoni, ni de près ni de loin… Si Simoni considère qu'il aurait dû pouvoir garder ce qu'il a ignominieusement volé sous l'Occupation, libre à lui. Il aurait dû s'associer à l'Etat, aux musées nationaux, que sais-je… Eux ne s'emmerdent pas, ils conservent tout ! Il est mal tombé, Simoni, tant pis. Tant mieux.

Baldarian, regarde Hélène en souriant.

— Pas de doute, dit-il, vous êtes une drôle de bonne femme. Vous agirez comme bon vous semble, madame la députée. En ce qui me concerne, votre fils ne trouvera plus la moindre quantité de drogue, gratuite ou payante, auprès des revendeurs qui agissent à Marseille – non pas pour mon compte, je vous l'ai dit, mais pour le compte de… connaissances. Je vous en donne ma parole.

Hélène sourit, fait signe à Baldarian de remplir son verre.

— J'aimerais bien prendre un café.

— Evidemment ! Où avais-je la tête ? Ah oui, ajoute-t-il comme s'il était sur le point d'oublier un détail, Simoni vit dans une villa au bord de la mer, en Espagne, vous êtes au courant ? Bien sûr… Trois kilomètres exactement après la sortie de Tarragone, vers le sud. Il n'y a qu'une maison à cet endroit, blanche, moderne, à volets vernis, façade à arcades. Impossible de se tromper. On y accède par un chemin de terre d'une bonne centaine de mètres. Gardée ? Non, pas spécialement. De toute manière, à l'heure de la sieste, tout le monde dort. Lui et les domestiques. Je ne sais pas pourquoi je vous dis ça…

— Il ne vient jamais en France ?

— Non, du moins autant que je sache. Il y a des… courriers.

— Ce n'est pas mon affaire, excusez-moi.

— Je crois que nous nous sommes tout dit, n'est-ce pas, en ce qui concerne votre… problème ? Je peux vous interroger sur la politique ?

Ils commandent des cafés, et la tranquillité, l'apparente sérénité de leurs propos semble à Hélène totalement incongrue. Elle hoche la tête pour inviter son interlocuteur à poursuivre.

— Comment une résistante vit-elle la sortie de la France de l'OTAN ? demande-t-il. C'est incroyable, non ? L'indépendance est-elle à ce prix ?

Hélène pense que Baldarian n'en est pas à une contradiction près, mais sans doute le fait d'administrer une partie de l'ancien empire de Simoni n'empêche-t-il pas une certaine affection à l'égard des Etats-Unis. Mis à part l'électorat communiste et certains nationalistes forcenés, rares sont en vérité ceux qui approuvent la décision du Général de quitter le commandement intégré de l'Alliance atlantique. De Gaulle, dont elle connaît l'argumentation, utilise surtout la vive opposition que l'engagement massif des troupes américaines au Viêt-nam, en juillet 1965, a suscitée dans le monde entier.

— Vous n'irez pas le répéter partout, mais je juge cette histoire grotesque. Nous continuons à avoir un ennemi, et il se trouve de l'autre côté du rideau de fer. Que nos troupes fassent partie, en cas de conflit, d'un dispositif organisé, y compris sous commandement américain, en quoi est-ce surprenant ou choquant ? Qui dirigerait les opérations, en Occident, si un conflit devait éclater ? Les Américains, bien sûr. Et risquent-ils de nous entraîner en Europe dans une guerre dont nous ne voudrions pas ? J'en doute.

Le patron s'était approché discrètement de leur table. Il avait saisi le premier blanc, dans la conversation, pour leur proposer un alcool. Hélène avait souri.

— Non, avait-elle répondu. Mais peut-être un fond de champagne ?

Trois semaines plus tard, François était parti à l'étranger, où il devait passer quelques jours de vacances en compagnie de Marie-Sophie. Ils avaient décidé de visiter la Toscane. Hélène n'avait pas particulièrement prêté attention à ce déplacement. Clément mobilisait toute son attention. L'adolescent d'ailleurs fournissait, soutenu par quelques médicaments, de douloureux efforts pour échapper à l'emprise de la drogue.

Elle avait évidemment, après son déjeuner avec Baldarian, tenu Sandro et leur fils aîné au courant de la machination montée par Simoni pour se venger. Elle avait également informé Cali. « Il faudrait donner à ce salopard une bonne leçon et le dissuader de nous poursuivre, avait-elle dit à l'ancien résistant. Mais comment ? Se venger sur un gosse ! » Cali avait maugréé, se laissant aller à quelques solides grossièretés, ce qui était chez lui le signe d'une vive contrariété : « l'autre enfévé » était bien abrité chez Franco, et il était difficile « d'aller lui virer deux mandales ». Mais il allait réfléchir. « Ils » avaient des « correspondants » de l'autre côté des Pyrénées. « Qui ça, ils ? » avait demandé Hélène en souriant. Cali, deuxième signe d'énervement, avait soufflé bruyamment.

Petit à petit, une idée s'imposait à Hélène. Elle la laissait cheminer, l'écartait, la subissait de nouveau. Puis, elle entrait dans cette idée comme on entre dans l'eau trop froide, sur la pointe des pieds, les épaules remontées autour du cou. Cette idée était radicale. Elle consistait à aller tuer Simoni. Comment, elle n'en avait pas la moindre idée. Elle avait rattaché la déchéance de son père, dont elle jugeait Simoni largement responsable, à la meurtrissure de son fils. Hélène était fermement opposée, du point de vue légal, à la peine de mort mais, paradoxalement, l'idée de mettre en œuvre une justice personnelle sommaire ne la bouleversait pas trop. Je dois, se disait-elle, des comptes à Dieu, mais Dieu vouera Simoni à l'enfer. Qu'il y aille un peu plus tôt ou un peu plus tard…

Ce soir, François et Marie-Sophie rentrent de vacances, bronzés, superbes. Hélène, comme d'ordinaire dans ce cas-là, les a invités à dîner, « pour raconter ». Finalement, ils n'étaient pas partis en Italie, mais en Espagne. La Costa Brava, jusqu'à Valence. La jeune femme, enthousiaste, discourt sur la beauté des plages, désertes en cette saison, sur le climat quasiment estival, sur Barcelone, ses ruelles portuaires et ses Ramblas.

Hélène écoute, sourit, relance la conversation, mais elle ne parvient pas réellement à oublier la crise que traverse Clément, assis à sa gauche. Sans cesse son esprit revient à Simoni, qui doit se réjouir des dégâts commis sur son ordre. Puis, curieusement, comme deux plaques photographiques glissant petit à petit l'une vers l'autre jusqu'à la coïncidence exacte de leurs lignes, le voyage de François se superpose au portrait de Simoni conservé dans un dossier au milieu d'autres coupures de presse relatives à la disparition de son père, peu avant la Libération.

Un étrange malaise l'envahit et, sur un sourire, elle se lève. « Je reviens », signifie-t-elle d'un geste. Elle gagne son bureau, ouvre le tiroir contenant des archives familiales. Dans la chemise de carton rouge décoloré, elle retrouve toutes les coupures de presse, sauf celles où figurait la photo de Simoni. Elle referme le tiroir. De la place où elle se tient debout, paralysée, elle entend le murmure des conversations dans la salle à manger et, de temps en temps, le rire plein, joyeux, de François.

Comme une équilibriste sur un fil, elle se dirige vers la penderie de sa chambre, attire à elle une chaise pour atteindre le fond de l'étagère supérieure, retrouve le carton à chaussures. Elle déplie les chiffons. Le colt est là, en parfait état, comme neuf, presque inoffensif. Elle compte les balles dans la boîte métallique. Il en manque deux, elle ne peut pas se tromper. Elle renifle le canon de l'arme. Inventerait-elle l'odeur de la poudre ? Probablement. L'arme est d'une propreté rigoureuse. Il manque deux balles. Deux balles. Elle remet le carton, le tabouret à leurs places, passe dans la salle de bains pour se laver les mains, s'asperger le visage, laisser se calmer le tremblement de ses mains.

Elle revient s'asseoir et regarde François. Il parle

de paella, renvoie vers l'arrière ses cheveux bouclés, lui adresse un sourire et un clin d'œil. Elle a du mal à déglutir.

La mort, violente, de Simoni n'est connue à Marseille, par les journaux, qu'une dizaine de jours plus tard. Baldarian et Cali, presque simultanément, téléphonent à Hélène. Pour, d'une façon assez cocasse, tenir le même propos :

— Le hasard fait parfois bien les choses, non ?

CHAPITRE 36

— Papa est au plus mal, et il aimerait te voir.

La voix d'Albert Rintier, au téléphone, a la fragilité de celle d'un enfant. Louis mourant ? C'est vrai, pense Hélène, il semblait beaucoup souffrir la dernière fois qu'il s'est joint à nous, à Hauterive. Soixante-treize ans ? s'interroge-t-elle.

— Il s'agit de ses dernières heures, je crois, poursuit Albert qui contient mal ses sanglots. Le médecin sort de la maison. Ça ne t'ennuie pas trop de monter ? Je ne sais pas pourquoi il t'a réclamée.

— Mais ça ne m'ennuie pas du tout, Albert. Si je pouvais vous aider autrement qu'en paroles… J'arrive. Je suis de tout cœur avec vous. Ta mère tient le coup ?

— Elle est effondrée. Elle ne dit rien. Mais elle n'a jamais beaucoup parlé, tu le sais…

Hélène ferme soigneusement la grille de la villa de la Pointe-Rouge. Pierrette se chargera de prévenir Clément et Bernadette, à leur retour de l'école. Un mistral coupant circule dans les ruelles, comme si le vent réussissait même à tourner à angle droit. Pourquoi Louis Rintier souhaite-t-il la voir ? Des problèmes d'héritage ? Dans ce cas-là, il s'adresserait plutôt à Bernard de Portallan.

La députée, en roulant, examine les travaux qui, une fois conduits à leur terme, transformeront totalement le bord de mer. Elle devrait aujourd'hui se trouver à

Paris, mais il lui arrive désormais de se ménager quelques arrangements avec le programme des sessions parlementaires. De toute façon, reconnaît-elle, fataliste, je ne parviens pas à me faire entendre. Ma croisade pour le respect de la nature, des ressources naturelles, me vaut au mieux quelques manifestations de condescendance courtoise.

Elle laisse sur sa gauche la porte d'Aix, particulièrement animée à cette heure de la matinée. Un quart d'heure plus tard, elle dépasse le chemin qui conduit à Hauterive, poursuit jusqu'à la petite route menant à la Ferme des moutons. « L'Eperon provençal », annonce un grand panneau de bois aux couleurs vives. L'état du macadam, parsemé de crottin, confirme d'ailleurs la proximité d'écuries.

Hélène range sa voiture derrière les bâtiments, puis, à pied, longe les boxes. Les cous des chevaux se tendent vers elle, dans l'attente de la ration de la mi-journée. De la main, elle flatte le chanfrein de « Danseuse », sa jument préférée, lui tend un des morceaux de sucre qu'elle conserve dans le vide-poches de sa voiture. La jument hennit.

Albert Rintier sort de la maison. Sans doute n'a-t-il pas pris le temps de se changer depuis que, ce matin, il a donné à manger aux chevaux et nettoyé leurs litières. Des brins de paille sont collés à ses bottes de caoutchouc et il véhicule de lourdes odeurs. Il n'est pas rasé. Ses yeux rouges trahisssent les larmes versées depuis des heures.

— Merci, tu es gentille, dit-il en embrassant Hélène. On les croit toujours éternels, n'est-ce pas ? Il a l'air de sommeiller. Viens.

Le vieil homme semble dormir. Sans ses grosses lunettes de myope, son visage devient différent. Sa respiration, parcimonieuse, modifie à peine un torse très amaigri sous la veste de pyjama. La pâleur de sa peau, contre le drap blanc, est choquante. Luce Rintier, assise sur une chaise près de la tête du lit, se lève à l'arrivée d'Hélène et embrasse sa nièce.

— Il veut te parler, ma chérie. Je ne sais pas pourquoi... Louis, dit-elle à voix basse, Louis... Hélène est là.

Louis Rintier entrouvre les paupières. Une ombre de sourire glisse sur ses lèvres.

— Tu es gentille, murmure-t-il. Assieds-toi près de moi. Laissez-nous quelques minutes... J'ai... un service... à lui demander.

Les relations d'Hélène avec le mari de sa tante n'ont jamais été très étroites. Elle a toujours trouvé le personnage assez inconsistant. A l'approche de sa mort, elle s'efforce d'oublier qu'elle a même jugé Louis plutôt veule, durant la guerre. Mais curieusement, l'affection qu'elle porte depuis une dizaine d'années à son fils Albert semble effacer les reproches adressés au père.

Tournée vers Luce et son fils, elle écarte les bras en signe d'impuissance. Que peuvent-ils bien imaginer ? Le vieil homme s'est un peu relevé en s'appuyant contre les oreillers.

— Je ne vais pas t'apprendre grand-chose en disant que je suis un salaud..., commence-t-il d'une voix cassée et poussive.

— Louis, reposez-vous... Nous parlerons un autre jour...

— Un autre jour... Non... Il n'y aura pas d'autre jour. Je vais t'avouer quelque chose, mais je ne veux pas que notre famille soit au courant... Ni Luce, ni Albert... Ils mourraient de honte... Et je voudrais que tu me pardonnes...

Hélène ne comprend rien aux propos du mourant. Elle hoche la tête et prend la main de Louis Rintier.

— Ton ami algérien..., murmure-t-il en fixant sur elle son regard opaque, c'est moi qui l'ai dénoncé... Je ne pouvais pas partir avec ce poids sur la conscience. Dieu ne l'aurait pas accepté.

— Vous l'avez dénoncé ? Mais pourquoi ?

Le drame est encore brûlant dans la mémoire d'Hélène. L'arrestation d'Hocine à la gare Saint-Charles, et cette certitude qui l'avait assaillie, torturée jour après jour depuis plusieurs années : c'était elle la responsable, elle qui avait conduit les flics jusqu'au Kabyle. Mais ne le lui avait-on pas laissé croire ? Le maire lui-même ? Cali ?

— J'étais honteux que tu puisses aider nos ennemis, dit encore, dans un souffle, Louis Rintier. J'étais persuadé d'agir de manière juste. J'ai téléphoné à la police, à Marseille… J'ai révélé la présence de ton… ami à Hauterive. J'ai parlé d'un type du FLN… J'ignorais son nom… J'ai prétendu qu'il se cachait, que tout le monde l'ignorait.

— Louis ! Comment avez-vous pu ?

— J'ai même retéléphoné deux jours plus tard, parce qu'ils n'étaient pas venus l'arrêter… Ils voulaient savoir mon nom… Puis, un matin, il a disparu… Je l'avais repéré par hasard… Il était sorti de la bastide et fumait une cigarette sur le chemin…

— Mais vous ne saviez pas de qui il s'agissait !

— Non… Je ne savais pas. Mais c'était un Arabe, et il avait l'air de se cacher.

Le vieil homme semble maintenant épuisé. Un voile de sueur a envahi son visage. Il ferme les yeux. Sa main, sur le drap blanc, bouge un peu, à la recherche de celle d'Hélène. Celle-ci entend à peine les paroles du mourant.

— Tu me pardonnes ? Tu ne diras rien ?

— Je vous pardonne. Je ne dirai rien. Je vous rassure, aussi. Hocine Ahmed – c'est son nom – est vivant. Je n'en suis certaine que depuis peu.

Hélène reste silencieuse, réfléchit. Puis elle se lève et, à mi-voix, appelle Luce et Albert.

— Il faut le laisser se reposer, dit-elle.

— Que voulait-il ? demande Albert. Que te voulait-il ?

— Ça concernait mon père… Louis était persuadé qu'il aurait pu l'aider, à l'époque. Qu'il l'avait lâchement laissé tomber. Personne ne pouvait aider mon père, je le lui ai expliqué.

L'argument est d'une totale pauvreté. Mais Hélène sait bien que sa tante et Albert ne chercheront pas au-delà. Avec le temps, elle a appris que la vérité pouvait entraîner la pire des morts.

— Tu es gentille d'être montée, dit Albert. Viens à la cuisine, nous boirons un café. Suzanne est à Rognac, elle ne va pas tarder. Tu passes à la bastide ?

Hélène acquiesce en silence. Depuis quelques instants, elle ne pense plus qu'à Maria et Gianni.

Pourquoi lui avait-on laissé croire qu'elle était filée, qu'Hocine était filé lui aussi ? Hélène ne parvient plus à reconstituer exactement les conversations de l'époque. N'avait-elle pas laissé son imagination prendre le dessus ? Avait-elle réellement cherché à savoir ? Ne s'était-elle pas contentée de réponses vagues et ambiguës ? Et, dans l'affirmative, pourquoi ?

Plus elle fouille ses souvenirs, plus ses certitudes s'effilochent. Sans doute n'était-il pas si difficile pour la police, quand la présence d'Hocine à Hauterive avait été révélée, de savoir qui était l'auteur des coups de téléphone a priori anonymes. Elle-même aurait pu, quelques années plus tôt, tenir le même raisonnement. Mais, inconsciemment, ne l'avait-elle pas écarté ? Ces coups de téléphone ne pouvaient avoir été donnés que par un familier du domaine. Ceux-ci n'étaient pas si nombreux. De toute façon, il s'agissait de la famille. La famille ?

L'explication est malheureusement simple, réalise Hélène : « on » avait cherché à la protéger, elle, Hélène de Portallan. Le délateur appartenait à sa famille, et il n'était pas très difficile de se montrer plus perspicace en désignant Louis Rintier. En le vérifiant d'ailleurs. Mais personne n'avait voulu accabler Hélène. Elle avait déjà assumé un père félon. Pourquoi lui révéler qu'en outre elle était trahie par son oncle ? Dans son esprit, les visages souriants, complices, de Defferre et de Cali se superposent et se confondent. « On » lui avait caché la vérité. La députée se sent en même temps attendrie et furieuse. Touchée par l'attention affectueuse qu'elle devine derrière l'attitude de ses « parrains » politiques, elle ne digère cependant pas le fait d'avoir été tenue à l'écart de décisions la concernant directement. Les hommes ne sont pas forcément méchants, pense-t-elle en souriant, mais ils ont le paternalisme naturel, chevillé au corps. Quand donc nous laisseront-ils notre part de responsabilités ?

Tandis que sa nouvelle DS 19 noire glisse silencieusement sur l'autoroute en approchant de Marseille, Hélène décide de ne réclamer aucune explication à Defferre et Cali. Les reproches n'auraient aucun sens. Ses deux amis seraient encore capables de jouer les étonnés.

Le pardon, l'oubli, le grand rideau du temps descendant sur la scène de nos misères, de nos malveillances et même de nos abjections : il n'existe, pense-t-elle, pas d'autre solution. Elle laisse se dérouler le film du drame. Vingt ans, des morts et des secrets. Ils n'étaient que trois à connaître les circonstances de l'assassinat de Sébastien de Portallan. Plus tard, même à sa propre famille, elle n'avait pas raconté les horreurs découvertes après la disparition de son père, comme le vol des biens juifs. Plus tard encore, Ruli et Simoni s'en étaient allés griller en enfer. Hocine avait sans doute exécuté le premier et François de Portallan le second.

Le rideau du temps, en tombant au sol, agitait à peine quelques nuages de poussière. La trahison de Louis Rintier ? Quel mensonge, hier ? Quel intérêt, aujourd'hui ? Oublier. Chasser la poussière de la main. Luce et Albert étaient frappés au cœur. Qu'au moins ils puissent continuer à respecter et à aimer, lui son père et elle son mari. C'était le plus important. L'injustice la plus monstrueuse consistait à accabler les survivants. Vieillir, se dit Hélène, c'est peut-être donner et pardonner. Le temps, le grand rideau du temps, ne nous laisse pas d'autre choix. Quand il ne bouge plus, quand toutes les particules sont retombées au sol, le spectacle est terminé. La salle est vide. Tout a été donné, tout a été pardonné.

Louis Rintier est mort le lendemain.

Sur le petit chemin qui partage le cimetière de Vitrolles, Hélène marche à côté de Maria Barutti. Gianni Monti n'a pas pu se déplacer. Il est cloué au lit par ce que le médecin du village a présenté comme une « mauvaise grippe ». Mais Sandro a téléphoné à son confrère. S'il n'a rien dit à Maria, il n'a pas caché la vérité à Hélène. A près de quatre-vingt-deux ans, le vieil homme ne se relèvera que si survient un miracle. Son organisme est très affaibli, la fièvre forte, le pouls irrégulier. Georgette et Lucien Morena sont restés à Hauterive pour le veiller.

Immobile à quelques mètres du tombeau, Hélène prie en silence, tandis que le curé bénit le cercueil. Elle prie pour Louis Rintier, mais aussi pour Gianni. Elle est broyée par le noir pressentiment de la mort de ce protecteur de toujours, qui semblait avoir mis à la disposition de la famille Barutti, puis des Portallan, toute l'énergie, toute l'affection dont il disposait. « J'étais orphelin, avait-il dit récemment à Hélène. J'ai été élevé par un couple de paysans odieux qui me distribuaient plus de coups que de croûtons de pain. Jusqu'au jour où j'ai été assez grand pour m'enfuir. Vous, ici, vous tous, vous avez constitué pour moi une famille comme je n'en avais jamais rêvé. Je ne modifierais pas cette chronologie pour tout l'or du monde. C'était bien comme ça. Avec Emilio et Maria, avec ta grand-mère qui était une femme formidable, avec Bernard et avec toi, avec Sandro et Gina, avec vos enfants… »

— J'ai peur, Hélène, murmure Maria en s'appuyant sur le bras de sa belle-fille. Emilio… Et maintenant Gianni. Il faut qu'il reste en vie. Je ne pourrai pas…

Hélène serre la vieille dame, si frêle désormais, contre son épaule.

— Il est aussi bien soigné que possible. Tu as tes enfants, Maria, tes petits-enfants. Regarde : Gina, Sandro, François, Clément, Vincent, Thierry, Bernadette. Toute ta famille. Ne te laisse pas aller, nous avons besoin de toi.

Hélène aide Maria à monter dans la voiture. Sandro s'installe à l'arrière à côté de sa mère. La chaleur de cette fin de septembre est étouffante. Il n'y a pas un souffle de vent. A 11 heures du matin, l'étang de Berre ressemble déjà à une plaque d'aluminium, blanche, lumineuse, insupportable au regard. Hélène, les paupières presque closes, distingue à peine, dans un tremblotement de vapeur, les contours lointains du rivage, vers Berre et les Martigues. Elle sait qu'elle a définitivement perdu sa bataille contre EDF. L'eau de l'étang va progressivement s'adoucir jusqu'à laisser mourir sa faune et sa flore, se transformer en mare fétide. Elle ne décolère pas. Y compris contre ses amis politiques.

Comme c'est la tradition, les proches de la famille Rintier rejoignent la Ferme des moutons pour un rapide collation. Luce, effondrée, ne sait plus trop à qui elle adresse la parole. Albert et sa femme Suzanne circulent avec des plateaux de poulet froid et des salades. Les parents et les amis de la famille se sont rassemblés par petits groupes, sous les tilleuls de la terrasse. Leurs chuchotements couvrent à peine le bourdonnement des insectes à qui la température anormalement élevée communique un sursaut de vitalité. De temps en temps, un hennissement en provenance des écuries brise ce calme angoissé.

— Je voudrais rentrer, Hélène, dit Maria. J'ai peur de laisser Gianni seul trop longtemps.

— Il n'est pas seul. Il y a les Morena. Mais tu es fatiguée ?

La vieille dame hoche la tête. Hélène sent brutalement sa gorge se serrer. En un éclair, elle revoit Maria quarante ans plus tôt, alerte et délurée, levant haut les bras vers le ciel, éclatant de rire à une plaisanterie d'Emilio. Puis la vision disparaît. Elle sait qu'elle aura beaucoup de mal à la retrouver : les visages qui s'imposent à notre conscience sont, presque toujours, les plus proches dans le temps.

— Bien. Sandro et Gina vont te raccompagner, avec les enfants. Je dois rester ici encore un peu pour tenir compagnie à Luce et Albert.

Gianni Monti s'était éteint la nuit suivante, pendant son sommeil. C'était en tout cas ce que Gina, la première personne à entrer dans sa chambre le matin très tôt, avait estimé. Mais la disposition des meubles conservait la trace d'un déplacement nocturne. Le fauteuil, contre la table rustique qui lui servait un peu à tout, était de guingois. Il y avait sur la table un cahier et un stylo qui ne s'y trouvaient pas la veille. Le tapis, au sol, était plissé. Bernard, immédiatement prévenu, en avait déduit que Gianni s'était levé, avait écrit, s'était recouché et avait définitivement fermé les yeux.

Que contient le cahier ? Bernard de Portallan n'est pas sûr d'avoir le droit de lire ces lignes tracées de toute évidence à des époques très différentes, à l'aide de plumes et d'encres diverses. Les caractères, brutaux, traduisent un manque de pratique de l'auteur. Mais, par ailleurs, aucune dédicace particulière n'en interdit le déchiffrage. Bernard saute rapidement aux dernières lignes. A la dernière ligne, en fait. « Je ne vous oublierai pas. Je vous aime. Merci. C'était une belle route. » Il renifle et range le cahier dans un tiroir. Comment prévenir Maria ? Il est déjà près de huit heures.

La vieille dame regarde Gina et Sandro pénétrer dans sa chambre. Elle est assise sur le bord de son lit, en chemise de nuit, un chapelet entre les doigts. Ses pieds osseux, aux articulations déformées, reposent sur la carpette. Ses cheveux blancs sont ébouriffés.

Comme ses deux enfants restent silencieux, encombrés de leurs mains, deux grosses larmes commencent à couler sur les joues de Maria, puis elle sanglote nerveusement, les épaules penchées vers l'avant. Gina se précipite pour l'empêcher de tomber.

— Il est mort, n'est-ce pas ? hoquette-t-elle. Je le savais, je le savais depuis la mort de Louis.

Gina s'assoit sur le lit près de sa mère, entoure son épaule du bras. Elle sent, à travers ses propres muscles, le buste fatigué de Maria, son dos voûté désormais, ses omoplates saillantes. Surtout, elle est terrorisée : elle a l'impression de deviner entre ses doigts l'énergie qui abandonne le corps de sa mère. De devoir arrêter une hémorragie.

— Sandro, aide-moi ! supplie Gina.

Le médecin saisit Maria dans ses bras.

— Donne-moi de l'eau, un verre et un linge froid, dit-il à sa sœur. Marche, maman ! ordonne-t-il.

Plus tard, elle repose allongée sur le lit. Sandro l'a obligée à avaler un calmant léger.

— Il faut qu'elle dorme le plus longtemps possible, ajoute-t-il. Allons nous occuper de Gianni.

Alors, ils commencent à pleurer, tous réunis autour de la couche du vieil immigré. Celui-ci est tellement grand que ses pieds dépassent le bas du lit. Son visage, reposé, presque serein, est beau, marmoréen. Hélène murmure une prière, que tout le monde reprend.

— Gina et Sandro, vous devriez lire ce cahier, dit Bernard de Portallan quelques instants plus tard. Vous verrez si vous pouvez le donner à Maria. Mais pas tout de suite, de toute façon.

CHAPITRE 37

— Tu vois, maman, dit Sandro à Maria, les jours se suivent et ne se ressemblent pas. Tu vas marier ton premier petit-fils. Et puis tu seras arrière-grand-mère...

En cette fin d'année 1966, durant ces jours incertains séparant Noël et jour de l'an, où les cadeaux ne font pas toujours oublier les années enfuies, François de Portallan et Marie-Sophie Tercet ont profité de la réunion de toute la famille pour annoncer leur mariage. Comme les usages ont beaucoup évolué, un simple coup de téléphone d'Hélène a amené les parents de la fiancée à se joindre, le lendemain, à Hauterive, à un déjeuner de fête.

Maria, qui est à peine remise de la mort de Gianni, trempe ses lèvres dans une coupe de champagne.

— Je n'ai pas vraiment le cœur à rire, dit-elle en choquant son verre contre celui de Marie-Sophie, mais vous m'apportez un bonheur que je n'espérais plus...

Les parents de Marie-Sophie viennent s'asseoir à côté de Maria que la fatigue empêche de participer aux préparatifs du déjeuner. Jean Tercet est responsable commercial régional d'une société d'aluminium. Très grand, blond, il ne paraît pas ses cinquante-deux ans, entretenus par des saisons de ski et de natation. Marie-Sophie a hérité de lui sa sveltesse et sa carnation assez peu méridionale. « D'autres navigateurs, sans doute scandinaves », a-t-il coutume d'expliquer.

Quant à la mère de la jeune femme, Claude – taille moyenne, chevelure châtain, yeux noirs magnétiques et enjoués –, elle promène sur l'assistance un sourire espiègle de pierrot.

— Vous travaillez aussi, m'a dit Marie-Sophie ? lui demande Hélène, qui rejoint le groupe et dépose un baiser dans les cheveux argentés de Maria. Nous ne sommes pas assez nombreuses, dans ce cas, plutôt des exceptions. Moi, j'exerce, j'exerçais avant de devenir députée, une profession libérale. C'est plus simple, pour les femmes, de s'y faire une place. Comme Gina qui est professeur. Mais ingénieur dans une entreprise de cosmétiques !

La mère de Marie-Sophie sourit.

— Je dirige même un service composé essentiellement d'hommes, depuis un an. Quinze personnes. Certains tordaient le nez au début. Il suffit d'être plus compétente et plus travailleuse…

— Oui… A poste égal, ironise Hélène, il nous faut accepter un salaire moins élevé et démontrer une capacité technique supérieure, n'est-ce pas ? Il faudra que ça change, ça aussi…

Le rire de Claude Tercet cascade, tandis qu'elle lève son verre pour trinquer avec Hélène.

— Bien d'accord ! Mais il va falloir d'abord que les femmes prennent les places aux forceps ! A un certain niveau hiérarchique, j'entends… A défaut, les hommes sont prêts à nous réserver tous les petits travaux d'inspiration ménagère.

Hélène pense qu'elle va facilement établir avec la mère de Marie-Sophie des relations amicales.

— Pas si simple, s'amuse-t-elle. Ça ne t'ennuie pas si je te tutoie ? Les hommes, sans s'en rendre compte, abandonnent aux femmes, progressivement, l'éducation et la santé… Profs et médecins ! On leur apprend tout et on les soigne ! Ou pas ! On les tient, sur le long terme !

— Et tu parviens à enfoncer ça dans le crâne de tes confrères politiques ? feint de s'étonner Claude

Tercet. Je sais bien qu'Indira Gandhi vient de prendre le pouvoir en Inde…

— Non, évidemment. La politique, la haute fonction publique seront les derniers bastions à tomber. Après l'armée, même. Les mecs sont dominateurs, colonisateurs par nature. Nous aurions eu des femmes à la tête des pays occidentaux il y a un siècle et plus, les colonies n'auraient peut-être pas existé…

Hélène, tout en discutant, se dirige vers la cuisine, surveille la préparation du repas, examine les couverts et les assiettes à la salle à manger, regarde sa montre.

— Bien, dit-elle, satisfaite. Couvre-toi, Claude. Je vais te faire visiter rapidement les alentours de la bastide. Nous n'allons pas nous mettre à table avant une heure. Puis nous n'aurons plus beaucoup de temps car la nuit tombe tôt en cette saison. Avec ce mistral, on doit friser le zéro. Maria, nous te laissons quelques instants en compagnie de Jean. Si tu voulais bien surveiller du coin de l'œil les préparatifs du repas…

Les deux femmes, abandonnant la douce chaleur diffusée par le grand feu de la cheminée, se couvrent de plaids, de vestes de laine, s'entortillent la gorge et le nez d'écharpes prélevées sur les porte-manteaux. Un soleil clair les cueille sur le pas de la porte. La nature est lumineuse, mais comme pâlie par le froid. Celui-ci va demeurer supportable jusqu'au moment où, tournant au coin de la maison, elles affronteront le vent que la neige, sur des centaines de kilomètres, a transformé en fines lames meurtrières.

— Respire, dit-elle à Claude, c'est excellent pour la santé. Quand le mistral est aussi violent, on croirait qu'il dissout même les odeurs de pétrole !

Depuis la terrasse qui donne sur l'étang, Hélène décrit « sa » mer, « sa » campagne. Le passé et le saccage. Trente ans plus tôt, avant la guerre, hier en quelque sorte, il y avait encore, ici, des coquillages dans l'étang, des barques paresseuses, des chevaux sur les chemins, des vols compacts de pies jacasseuses…

— On a du mal à se rendre compte, aujourd'hui…

— Pas du tout, réagit Claude. C'est toujours magnifique. Bon, la raffinerie, en face, n'est pas du meilleur effet, mais qu'importe… Regardons à côté ! En vérité, soyons honnêtes : je m'interroge souvent, comme toi, sur les deux faces du progrès.

Elles se dirigent maintenant vers la Ferme des agneaux.

— Nous n'avons pas le temps d'y aller à pied. Tu es prête à pédaler vingt minutes ? C'est la famille Benaïm qui l'occupe, maintenant. La maison, et pas mal d'hectares autour, appartiennent aux Barutti, les anciens fermiers de ma grand-mère. Emilio Barutti, qui est mort, et sa femme Maria, que tu as vue, sont les parents de Sandro, mon mari, et de Gina, la femme de Bernard de Portallan. En réalité, ce n'est pas très compliqué. Il existe une sorte de… clan… Dans lequel vous êtes les bienvenus, si vous le souhaitez.

Les deux femmes foncent sur le chemin, les joues rougies par le vent, le souffle un peu court, les muscles des jambes durcis par l'effort. Elles s'arrêtent à la ferme. Hélène présente Claude à Lara et Raymond Benaïm.

— Vous avez le temps de boire une anisette ?

Hélène regarde Claude en souriant.

— Nous avons le temps, non ? Il suffit de téléphoner. Nos maris sont capables de surveiller le frichti, tu es d'accord ? Qu'en pensez-vous Raymond ? poursuit Hélène.

L'homme éclate de rire.

— Nous ? Le frichti ? Mais la révolution, vous voulez mettre chez moi, la révolution ! Allez, à votre santé ! Mais, comme nous déjeunons chez vous, nous allons peut-être nous presser un peu, n'est-ce pas ?

Malgré les deuils récents, tout le monde s'est efforcé de donner un air de fête au rez-de-chaussée de la bastide. Le sapin de Noël, dont les enfants les plus jeunes n'auraient pas compris la disparition, n'a pas été dégarni et demeure éclairé de multiples bougies électriques.

Hélène a téléphoné la veille à sa mère qui s'est déclarée enchantée par la nouvelle et l'invitation, et a décidé aussitôt d'envoyer son mari en expédition chez Castelmuro pour en ramener un coffre plein d'énormes gâteaux. Elle a rejoint Hauterive aux premières heures de la matinée pour participer aux préparatifs. Curieusement, l'apparent épanouissement de sa famille semble communiquer à Simone, malgré l'âge, un éclat qu'Hélène ne lui a jamais connu. « Nous n'allons pas revenir sur ces années épouvantables, a-t-elle dit à sa fille qui la complimentait sur son teint. Mais j'ai le sentiment de vous voir vivre un bonheur que je n'ai pas été capable de vous assurer. » Hélène a senti sa gorge se serrer. Qu'aurait-elle pu, sa pauvre mère, contre la folie de Sébastien de Portallan ? Si elle savait qu'une quinzaine d'années plus tôt un avocat marron était venu réclamer à Hélène, au nom de Doris, la chanteuse qui avait vécu avec son père rue Paradis, une « indemnisation », une pension de « veuvage » en quelque sorte ! L'ancienne maîtresse de Sébastien était « dans le besoin ». Hélène avait attrapé l'avocat par les revers de son costume et l'avait fichu à la porte de son cabinet. Elle s'était bien gardée de parler de cette incongruité à Simone.

L'élargissement de la communauté à la famille Benaïm et aux Morena a obligé Hélène à séparer les convives de ce déjeuner que, pour simplifier, elle a baptisé « de fiançailles ». Adultes d'une part, adolescents et enfants d'autre part : salle à manger et petit salon ont été envahis par les tables du déjeuner. Le destin, pense Hélène, détermine les morts et les naissances. Mais, finalement, il élargit notre famille. Elle a désormais le plus grand mal à établir un plan de table et, mis à part les parents de Marie-Sophie, chacun prend place un peu au hasard autour de la grande table. Quant aux plus jeunes, le joyeux brouhaha provenant du salon contigu dit assez qu'ils ont réussi à aplanir les problèmes protocolaires.

— Ouais, la cousine ! a sifflé quelques instants plus

tôt Thierry de Portallan à la vue de Bernadette en mini-jupe et bottes cuissardes, style Paco Rabanne.

— Ben quoi ! Tu es en manque ?

Hélène a eu le souffle coupé. Ça va vite, a-t-elle pensé. Ça va très vite ! Heureusement que grand-mère n'entend rien de ces reparties gaillardes. Nos enfants ! Ma propre fille, encore une enfant !

Elle parcourt la table du regard. En quelques années, les mœurs, y compris vestimentaires, ont plus évolué qu'au cours des décennies précédentes. Chez les femmes comme chez les hommes, les tenues sportives et confortables paraissent s'être définitivement implantées, et les genres, masculin et féminin, s'être rapprochés l'un de l'autre. Chemises ou pulls décontractés, absence de cravate, remplacement des robes ou des jupes par des pantalons, maquillage très léger, cheveux féminins rendus à la nature : la société semble s'affranchir à grande allure de règles inutiles, comme si l'invasion du pop art deux ou trois ans plus tôt avait sonné la charge. Sartre, en 1964, a refusé le Nobel, et même si André Breton vient de mourir à la fin du mois de septembre, la lutte contre les valeurs reçues semble devenir la dominante des rapports sociaux.

Pissaladière et salade de roquette, filets de rouget en escabèche, chaud-froid de lapin aux herbes, fromages de chèvre de Roquevaire, glace au nougat et calissons d'Aix : le Midi au sens le plus large a été appelé en renfort – « aux moindres frais », sourient Hélène et Gina de Portallan qui depuis la veille ont mené en cuisine un train d'enfer.

— Je ne veux pas être indiscret, dit Jean Tercet, mais s'il s'agit là d'un repas à la fortune du pot comme vous me l'avez annoncé, je m'invite à casser la croûte tous les dimanches. Et j'adore ce rosé ! Vous l'achetez où ?

Jamais, pense Hélène qui continue à comparer les modes de vie à vingt ans de distance, jamais nous n'aurions osé poser pareille question. Finalement, nous entrons dans une société beaucoup plus décontractée.

Nos enfants nous forcent à évoluer. Elle regarde Clément qui circule avec des bouteilles et des plateaux. Le jeune homme semble avoir définitivement vaincu son attrait pour la drogue. Il lui sourit, en même temps confiant et reconnaissant. Et dire, songe Hélène, que dans deux ans, il entrera à l'université. Il me restera mon bébé, Bernadette. Mon bébé, cette superbe liane à la peau brune, si court vêtue !

Que de temps perdu, pour moi, à Paris ! rumine encore une fois Hélène. Mes enfants grandissent, s'éloignent. Le mouvement est irréversible. Et je m'occupe de politique ! Je dissipe mon temps en discours inefficaces. Je perds l'essentiel. Je le regretterai toujours. Elle pense aux prochaines élections. Le vrai combat à mener n'est-il pas, d'abord, régional et local ? Que pouvons-nous attendre de cet Etat centralisateur, gaspilleur, pour cette raison même, des deniers publics ? Que signifieront les Etats nationaux dans quelques décennies, lorsque le pouvoir s'articulera forcément entre une Europe politiquement organisée et des régions qui auront parallèlement accédé à une certaine autonomie ?

Même sans tomber dans la politique-fiction qui la conduit à douter de l'utilité de son action, Hélène depuis quelques mois se sent envahie par un vague écœurement. Elle voit bien que le gaullisme, dont elle reste à Marseille une des rares représentantes de poids, n'a plus, en ville, de ressort. Fos-sur-Mer, considère-t-elle, ne réglera pas les problèmes économiques et sociaux d'une métropole décentrée par l'Histoire. Elle préfère, à tout prendre, l'action de Defferre, d'ailleurs soutenu par la droite modérée. Au prix sans doute d'un lourd endettement, le maire s'efforce de moderniser la ville à bride abattue. Trouées, terrassements, tunnels et ponts se multiplient.

Aussi désagréable pour Hélène qu'en soit, à Hauterive, le résultat, Marseille perce vers l'est, et surtout vers le nord. Les engins de travaux publics creusent, charrient des centaines de tonnes de roche et de terre.

On élargit, on goudronne à tout va. On offre des terrains aux entreprises. Où ? A Vitrolles, par exemple.

— … A Vitrolles, sur la zone industrielle qu'on est en train de créer, une belle petite usine, dit Raymond Benaïm dont elle n'a pas, perdue dans ses pensées, entendu les propos précédents. Moi, les quatre sous que j'y mets – je n'en ai pas plus –, c'est autant pour faire plaisir à mon cousin que pour assurer la place du fiston, Jean-Jacques, quand il sera adulte.

— Une usine de quoi ?

— Tomates en boîte, jus de tomate, tomates confites, coulis, etc.

Depuis leur installation, les pieds-noirs ont beaucoup investi dans l'industrie alimentaire et l'ameublement. Les moins à l'aise, confrontés aux difficultés de logement, ont cherché du travail à la périphérie de Marseille. Les premiers et les seconds se sont ainsi, notamment, retrouvés à Vitrolles où ils sont en train d'acquérir le quart des lots de la nouvelle zone industrielle, en contrebas du vieux village perché sur son piton.

— C'est bien, monsieur Benaïm, souffle Hélène, c'est bien… Tout ça représente de l'emploi. Et les projets de Lara ? Il faut que nous en parlions. Je suis sûre qu'elle a raison.

Elle a préféré changer de sujet de discussion. Elle était martyrisée depuis des années par la pollution de l'étang. Elle ne parvient pas aujourd'hui à se louer de l'industrialisation de son village et des alentours de la propriété. Elle circule dans le salon, sa tasse de café à la main, embrassant Marie-Sophie, veillant du coin de l'œil sur Maria, réconfortant Luce Rintier, chahutant avec Vincent et Thierry de Portallan.

— Tu es merveilleuse, maman, dit François. Comment fais-tu pour prêter attention à tout le monde ?

— J'ai beaucoup regardé agir ma grand-mère. Elle parvenait presque à se trouver présente à plusieurs endroits en même temps…

— Tu as l'air de bien t'entendre avec ma future belle-mère…

— Effectivement, elle est très sympathique. Et j'aime bien les femmes qui bossent… je veux dire qui ont un métier, parce que le travail au foyer suffit à épuiser n'importe qui.

— Comment vois-tu l'occupation de la bastide à l'avenir ? demande François.

— Euh… Je ne sais pas. Bernard et Gina vont s'y installer, non ? Pourquoi ?

— Tu ne devines pas ? Tu sais que je travaille assez près d'ici ? Cinq kilomètres à peine. Selon l'hôpital de Marie-Sophie, nous pouvons avoir intérêt à habiter Hauterive.

— Tout est possible, François. Mais avez-vous réfléchi ? C'est une autre vie. Les sorties, les cinémas, les théâtres, l'opéra, les amis…

— Maman ! Vingt kilomètres d'autoroute pour Marseille ! s'étonne le jeune homme en riant. Moins de temps que pour traverser Paris en voiture de part en part. A peu près autant que de la Pointe-Rouge à la sortie nord de Marseille ! Et puis, financièrement, cela nous arrangerait…

Pourquoi pas ? La bastide est bien assez grande pour abriter Gina et Bernard, François et Marie-Sophie, Maria et les Morena. D'une aile à l'autre du bâtiment, la distance est suffisante pour qu'on puisse passer des journées sans se rencontrer. A condition d'équiper la maison en fonction de ces nouveaux besoins, d'isoler en quelque sorte un certain nombre d'appartements indépendants avec living-room, comme on dit aujourd'hui, cuisine et salle de bains, tout en conservant intactes les vastes pièces du rez-de-chaussée. Du rez-de-jardin, corrige mentalement l'ancienne campagnarde.

— Beaucoup de travaux malgré tout, s'inquiète Hélène.

— Pas tellement, regarde…

François sort de sa poche une feuille soigneusement pliée.

— Voilà le plan possible…

Hélène fouille dans la veste de laine qu'elle porte et chausse une paire de lunettes.

— Eh oui ! dit-elle. La coquetterie a des limites. Je n'y voyais strictement plus rien…

— Ce n'est rien. Marie-Sophie, elle, est un peu myope. On lui a parlé des lentilles de contact. Tu te rends compte des progrès ? Elle prétend qu'un jour on opérera la myopie.

Hélène examine le document, pose quelques questions.

— Mais tu as un peu d'argent ? demande-t-elle. Et ce rectangle, là, en contrebas de la terrasse du côté de Vitrolles ?

— Ce rectangle ? Une piscine. Quand les maçons seront là, autant en profiter. L'argent ? Eh bien, pour l'intérieur, on pourrait partager… et pour l'extérieur, vous feriez un effort, papa et toi… Vous y pensiez depuis longtemps, non, à cette piscine ?

Hélène éclate de rire. Elle se rend compte, en outre, qu'elle multiplie les obstacles depuis quelques minutes, pour une raison simple : elle préfère voir son fils habiter la Pointe-Rouge. Comme elle. Près d'elle.

Il suffisait d'en parler à Bernard et Gina. Qui n'y voyaient, évidemment, que des avantages. Bernard de Portallan, volontiers tenté par les histoires merveilleuses, en venait à considérer qu'Hauterive avait une âme. Cette âme veillait au renouvellement permanent des générations dans la grande bastide. Quant à Gina, François s'entendant merveilleusement avec Vincent et Thierry, elle imaginait que ses deux fils viendraient plus souvent à la bastide, ou y demeureraient plus longtemps. Surtout, pensait-elle sans en souffler mot, surtout avec une piscine !

Hélène cherche Sandro. Elle a besoin de tout lui raconter. De lui communiquer son émotion. De glisser sa main dans la sienne. Elle se sent toujours très jeune mais elle a envie de vieillir avec lui. Nous avons encore le temps, sourit-elle. Et puisque la fête bat son plein, que personne n'a l'air de faire très attention à nous… Elle sent le rouge lui monter aux joues.

CHAPITRE 38

Hauterive, la bastide comme le domaine, retrouvait une autre allure.

Le 2 janvier 1967, anticipant de quelques mois son départ à la retraite, Bernard de Portallan avait quitté *Le Provençal*. Il avait eu droit à une grande fête, un sous-main en cuir et des discours émouvants mais sincères. Defferre n'avait pas manqué de rappeler la Résistance. Bernard avait songé qu'une page, réellement, se tournait. Il devenait retraité mais surtout ancien combattant. Ce soir-là, il avait bu plus que de coutume. Il était en même temps heureux et un rien mélancolique. On l'avait beaucoup complimenté. « A la retraite ? Mais quel âge avez-vous donc ? Franchement, je vous donnais dix ans de moins… » Gina lui avait pour l'occasion acheté une cravate aux couleurs vives. Il pensait que ce jour était un des derniers où il mettrait une cravate. Il avait l'impression que Gina était toujours amoureuse de lui. Quant à Vincent et Thierry, ils semblaient très fiers de leur père.

Le lendemain, pour être sûr qu'aucune faiblesse personnelle, aucune manœuvre collective, ne lui ferait reprendre le chemin du journal, il saute dans sa voiture avec une valise d'effets divers, et d'ailleurs sans utilité. Direction Hauterive. Il range sa 404 Peugeot derrière la bastide, embrasse Maria, salue les Morena et gagne rapidement sa chambre. Il entrouvre les volets de bois, monte un peu le chauffage. Il enfile un vieux pantalon de velours, un gros pull-over, extrait d'un placard les croquenots avachis qu'il affectionne. Puis, en renvoyant ses longs cheveux aujourd'hui grisonnants vers l'arrière, il prend le chemin de la plage.

Il respire profondément et, de temps en temps, tape de la pointe de la chaussure dans un caillou. Il sait pénétrer dans la dernière partie, évidemment la plus courte, de sa vie. Mais ici ou là, entre les ornières, il pose son pied dans une empreinte laissée la veille. Quarante ou cinquante ans plus tôt. Ses pas le conduisent à travers la pinède. Il longe le bord de l'eau, grogne à la vue des boulettes de mazout parsemant la plage, pense à Hélène qui s'épuise dans des combats sans issue. Il grimpe, le souffle un peu plus court, vers la Ferme des moutons. Du crottin encore frais indique le passage récent des chevaux.

Albert Rintier sort dans la cour à l'appel de son nom.

— Bernard ! Alors, te voilà libre comme l'air ? Tu n'as pas envie de monter ? Le club marche très bien. Trop bien, même. Je suis débordé. J'ai réellement besoin de quelqu'un pour m'aider à sortir les chevaux dans la semaine, quand il n'y a ni reprise, ni promenade. Ça ne te tente pas ?

Pourquoi pas ? s'interroge Bernard, intéressé. Il s'agirait d'un bon exercice.

— Mais bien volontiers, dit-il. Je suis un peu rouillé, sûrement. Mais pas au point de m'installer dans un fauteuil roulant.

Bernard va embrasser sa sœur Luce, en train de cirer avec une attention désolée les meubles du salon. Puis les deux hommes se dirigent vers les écuries. L'exploitation agricole dégagera un petit bénéfice, se réjouit Albert. Ils préparent les rations, consolident la porte d'un box fracassée par la ruade d'un cheval furieux. Le nouveau retraité accomplit tous ces gestes avec une sorte de recueillement, comme s'il était conscient de profiter d'un bien rare. Enfin, il jette un coup d'œil à l'extérieur, en direction du soleil.

— Il ne doit pas être très loin de midi, murmure-t-il sans regarder sa montre.

— Exactement. Tu n'as pas perdu tes repères, mon oncle. Tu feras un paysan acceptable.

Bernard remue la tête en souriant. Il doit regagner la bastide pour déjeuner. On l'attend. Gina, peut-être, est déjà arrivée. Le déménagement proprement dit aurait lieu dans quelques mois, avant l'été. Gina termine son année scolaire à Marseille et ne sera titularisée à Aix qu'à la rentrée. Quant à Thierry, il lui faut d'abord réussir son bac. Puis il rejoindra son frère en fac.

— Comment va-t-on s'organiser, ma fille ? demande Maria à Gina.

— Très simplement, maman. Je pense que nous n'allons rien changer. Tu gardes ta chambre, Georgette et Lucien également. Quant à nous, nous allons simplement annexer les trois pièces du bout du couloir, et les transformer en cuisine-salle à manger et bureau-salon. Et, bien sûr, ajoute Gina en riant, nous maintenons tes horaires de repas…

Bernard de Portallan dispose les assiettes et les couverts sur la grande table de la cuisine.

— Nous sommes un peu gênés, dit Georgette Morena. Peut-être pouvons-nous déjeuner de notre côté… avant… ou après… ou ailleurs.

— Hors de question, répond Bernard. Vous gardez vos habitudes. Sans doute, le soir, dînerons-nous au premier étage. Mais pour midi, cette table commune est parfaite. Vous savez, Georgette, j'adore vos plats « de là-bas », comme vous dites. Vous ajoutez une portion… Deux quand Gina déjeune avec nous. Je peux vous aider, si vous voulez. Mais il vaut mieux me spécialiser dans les courses au supermarché.

Bernard a l'impression de reprendre possession de la vieille maison. Il y avait bien sûr, depuis qu'il vivait à Marseille, passé d'innombrables semaines. Mais il ne s'agissait jamais que de vacances. Cette fois-ci, il pose son sac définitivement. Il peut procéder, sans toujours buter sur l'échéance d'un prochain retour en ville, aux aménagements qu'il juge nécessaires. La cave à vin, par exemple, doit retrouver sa place ancienne. D'ailleurs, elle a besoin d'être regarnie, cette cave ! Il saisit dans la poche arrière de son pantalon le petit carnet à spirales et le crayon-gomme qui ne l'ont jamais quitté durant sa carrière, et note : vin. Il réfléchit quelques secondes et inscrit : papier. Pour son antique Underwood qu'il n'a pas abandonnée au journal et qui, évidemment, va trôner sur son bureau dès qu'il aura installé celui-ci.

Au vrai, Bernard savoure avec délectation le ronronnement de sa vie, maintenant qu'il en a calmé le régime. Il avait adoré son métier, là n'était pas la question. Mais la plage sur laquelle, paresseusement, il s'avance désormais lui semble magique. Un seul rendez-vous chaque jour, ou aucun, quel bonheur ! Ne pas lâcher un roman captivant et se rendre compte soudain, en tournant la dernière page, que trois heures se sont écoulées ! Saisir la fin d'une forte ondée pour, un panier à salade à la main, partir ramasser des escargots ! Ou aller jusqu'au village, justement quand rien ne vous le commande, pour traîner entre le bureau de tabac et l'épicier à l'approche du pastis du soir ! Il sourit tout seul en coupant quelques tranches de pain qu'il dispose dans la corbeille retrouvée sur une étagère de la dépense.

— Tu souris à quoi, mon amour ? demande Gina.

— A la vie qui commence. A la liberté. A la possibilité d'une petite sieste, dès la fin de ce repas...

Gina regarde son mari par en dessous, à travers ses cils immenses, et son visage sauvage aux yeux fendus et au nez busqué s'ouvre en un rire complice.

— Toi…, dit-elle à voix très basse pour que nul autre que Bernard ne l'entende, toi, je te vois venir… La campagne t'a déjà gorgé de vitamines…

La présence de sa fille, la perspective d'une occupation de la plus grande partie de la bastide avec l'arrivée de François et Marie-Sophie ont rendu des couleurs à Maria. A quatre-vingts ans, la doyenne de la famille, même si elle surmonte sa peine avec difficulté, est toujours alerte. Elle a préparé un lapin aux olives et un gratin dauphinois qu'elle dépose, fumants, au centre de la table.

— Maria, murmure Bernard en humant les plats avec un air ravi, si vous nous gâtez comme ça tous les jours, sian poulit, comme on dit à Marseille, on est beaux ! On va prendre deux kilos par semaine !

— Eh bien, vous ferez du vélo ! Aujourd'hui, c'est jour de fête. Demain, vous n'aurez droit qu'à des crudités et des gnocchis.

— Fromages et dessert, bien sûr, n'est-ce pas, maman ? s'amuse Gina en appuyant sur le *s* de la liaison.

Maria, debout au centre de la table, contemple, satisfaite, son petit monde et plonge une grande cuillère dans le faitout de fonte noire.

— Tendez vos assiettes, s'il vous plaît ! Vous m'en direz des nouvelles ! Et Bernard, parlez-nous de cette piscine ! Je ne pense pas que j'en profiterai beaucoup, mais enfin…

— François a exercé sur ses parents et sur nous une affectueuse pression. Mais il s'agit d'une excellente idée. Pas trop onéreuse car le terrain est plat, sans roche à faire sauter. L'entrepreneur vient demain, d'ailleurs. Et François sera là : l'ingénieur, c'est lui ! Les travaux devraient débuter dans une semaine.

— Une idée formidable, tu veux dire ! souligne Gina. Je préfère nager dans l'eau de mer, mais l'étang, il faut l'avouer, devient cracra. Dès le printemps, vingt minutes de natation tous les jours, et nous allons retrouver une forme olympique.

Bernard détaille les travaux à venir.

— Mais il faudra changer l'eau tous les deux ou trois jours, non ? demande Maria.

— Ah, certainement pas, sourit Bernard. L'eau se régénère par filtration. Si on pouvait installer le même système dans l'étang…

Il poursuit ses explications avec délice. Car il songe que quelques jours plus tôt à la même heure, comme d'ailleurs presque tous les jours depuis vingt ans, autour d'une autre table, dans un quelconque restaurant, il ressassait les mêmes affaires politiques, les mêmes problèmes syndicaux, les mêmes espoirs de réformes toujours renvoyés à des jours meilleurs. Il parlait de choses importantes qui n'avaient aucun intérêt. Aujourd'hui, il inverse la logique : des choses secondaires mais passionnantes !

— Il ne s'agit que d'un petit rouge commun, dit Bernard, mais je lève mon verre à notre installation ici.

Il cligne de l'œil vers Gina. Décidément, pense-t-elle, enchantée, nous n'échapperons pas à la sieste. Bénie soit la campagne !

Vers 4 heures de l'après-midi, quand le soleil d'hiver s'approche de l'horizon, Bernard de Portallan a pris le chemin qui conduit à la Ferme des agneaux. Il a hésité quelques secondes avant de laisser, finalement, le vélo poussiéreux qu'il avait sorti de la grange. Une autre fois, a-t-il pensé. Pour aujourd'hui, marchons, retrouvons nos repères.

Chaudement vêtu de son vieux duffle-coat beige, les mains bien à l'abri au fond des poches, il contemple au loin le rocher orangé de Vitrolles. Il va à petits pas légers, évitant instinctivement les accidents du terrain, cherchant à trier et deviner les senteurs qui l'assaillent. Il voudrait fixer son attention sur l'aménagement du deuxième étage de la bastide, destiné à François, mais il se laisse submerger par la douce euphorie que son étreinte avec Gina semble avoir instillé dans la totalité de son organisme. Son esprit vagabonde vers Gina et Hélène, gamines, quand il les conduisait par ces mêmes chemins en leur contant des histoires fantastiques. Etait-il possible de vivre aussi heureux qu'il avait vécu ? Sans doute pas.

— Monsieur de Portallan ! Quel plaisir de vous voir ! Alors, c'est l'installation définitive ?

Bernard, distrait, ne s'est pas rendu compte qu'il longeait le muret de la ferme, et la voix de Raymond Benaïm l'a surpris.

— Cher monsieur Benaïm, nous allons sans doute nous rencontrer tous les jours ou presque, désormais. Je trouverais plus simple que nous nous appelions par nos prénoms... Qu'en dites-vous, Raymond ?

Raymond Benaïm a pris un peu de ventre. Comme il le dit lui-même, « c'est là le signe d'une paix retrouvée ». Les bâtiments de la ferme, remarque Bernard, sont impeccablement tenus, comme les champs d'oliviers qu'il a observés en venant de la bastide. A la demande de sa femme, Benaïm tente en ce moment d'implanter de la lavande sur un hectare de terrain, à la limite des marais salants où Lara a déjà installé une trentaine de ruches. Le miel qu'elle a réussi à produire, a rapporté Maria à Bernard ce matin même, « est simplement délicieux ».

— Vous savez que Lara a fait imprimer des étiquettes pour ses pots de miel ? Venez voir. Elle va aussi s'en servir pour les confitures. Abricots et prunes. Elle a réussi à convaincre un vieux de Rognac, un certain Epigou, de réouvrir une sorte d'atelier abandonné. Elle s'y trouve, d'ailleurs, en ce moment. Avec deux autres femmes du village, elles se sont mis en tête de fabriquer des marmelades ! Incroyable ! Tenez, regardez les étiquettes... « Produit naturel. Ferme des agneaux. »

— Mais c'est formidable, ça ! s'enthousiasme Bernard. Elle gagne un peu d'argent ?

— Entrez, entrez, il fait frisquet... L'argent ? Un peu, oui..., tempère Raymond Benaïm. Très peu, pour le moment. Mais elle y croit. Elle veut parler à votre nièce, Hélène, de son ancienne savonnerie. Elle avait bien une savonnerie, enfin celle de votre frère ? Des savonnettes à la lavande, elle veut vendre ! Artisanales ! Vous croyez pas ? Où elle va chercher ça ? Moi, j'attends. Si ça marche, ses produits naturels, je me demande si je ne vais pas m'y mettre aussi, des olives naturelles, des poulets et des lapins de véritable basse-cour...

« Votre frère », retient seulement Bernard. Sébastien. Plus de vingt ans, déjà. Totalement disparu de sa mémoire. Des traits flous, un regard vague, comme si un vent violent avait balayé l'ignoble personnage. Bernard – le seul mis à l'époque dans la confidence par Hélène – a même oublié que Sandro avait été l'exécuteur de la sentence de la Résistance. Il arrive encore que le nom de Portallan éveille chez des interlocuteurs d'une cinquantaine d'années d'obscures interrogations. « Portallan... Portallan... Sous l'Occupation, n'y avait-il pas... ? » « Oui, c'était mon frère », répondait Bernard qui, pas plus qu'Hélène, ne cherchait alors à s'esquiver. Mais, simplement, le reste du temps, il n'avait pas, il n'avait pas eu, de frère.

— Bien... Raymond, comment comptez-vous m'employer ? demande Bernard.

— Pardon ?

— Je plaisante. Je ne sais pas faire grand-chose de mes dix doigts, mais peut-être puis-je assumer certaines tâches, m'occuper de certains approvisionnements par exemple, ou de certaines livraisons. Réfléchissez-y. Je compte écrire, mais pas toute la journée.

La nuit est maintenant tombée. Ils abandonnent la grande pièce égayée par un gros feu de cheminée et sortent dans la cour.

— Je vous reconduis en voiture ? propose Raymond.

— Oh non, merci. Je vais rentrer tranquillement. C'est agréable, d'avoir le temps... Je connais ce chemin par cœur, vous savez. Même dans l'obscurité la plus épaisse, je ne risque pas de me tromper. Je passerai sûrement demain ou après-demain, à cheval.

Bernard enfonce les mains dans ses poches et prend la direction d'Hauterive. Il lève les yeux vers le ciel bleu foncé et comme voûté. Cette nuit, il sera parsemé d'étoiles. Il respire profondément l'air iodé, sans le moindre relent de pétrole. Comment se débarrasser des raffineries ? Seule Hélène feint de croire à cette possibilité.

— Gina ? Tu regardes avec moi le journal télévisé ?

Le gros poste de palissandre avait été installé dans l'ancien bureau d'Alfred de Portallan. Posé en fait sur une table basse dans un coin de la bibliothèque, car aucun des meubles de la pièce n'avait changé de place depuis… Depuis ? Bernard s'interroge. Aussi loin, en réalité, que remontent ses souvenirs. Y compris ce jour de Noël dramatique où il avait été obligé d'avouer à son père l'énorme dette contractée à une table de poker, dans un bouge marseillais. Bernard sourit. Tout est si flou. Ce bureau, aujourd'hui, semble une pièce de musée. Les reliures de cuir absorbent la lumière, de même que les tapis et les meubles en bois foncé. Elle n'est plus utilisée que pour regarder la télévision. Bernard pourrait venir y travailler, installer sa machine à écrire entre le râtelier à pipes de son père et le petit classeur acheté par sa mère pour ranger les factures. Mais il trouve la pièce trop sombre, trop vaste. Trop froide, aussi, l'hiver. D'ailleurs quand son père l'occupait, un feu brûlait dans la cheminée en permanence.

— L'actualité te manque déjà ? s'amuse Gina. J'arrive.

— Non, pas du tout. Mais je n'ai pas décidé de me retirer à l'écart du monde, malgré tout. Et j'irai chercher mes journaux tous les matins au village. En ce moment, ce qui me passionne, c'est le petit livre rouge de Mao Zedong, la méthode pour parvenir à la Perfection. On se l'arrache, au Quartier latin. A 1,40 franc ! Ce pays est timbré.

— Oui, sourit Gina, mais tu gardes un œil sur la politique nationale.

— C'est vrai. Il y a ce Giscard d'Estaing, avec son « oui, mais » à de Gaulle. Il cultive sa différence, le jeune homme, et les Français le trouvent moderne. C'est clair : les successeurs potentiels prennent date, déjà, à tout hasard…

Ils sont rejoints par Maria, Georgette et Lucien, qui prennent place dans des fauteuils, autour du poste. Le journal télévisé est devenu un pilier de la société française, un rendez-vous obligatoire qui permet ensuite, le soir même en famille ou le lendemain dans son métier ou au café, de maintenir un lien dialectique avec ses proches. Quant aux programmes, ils apportent à toute une partie de la population des plages de détente et de réflexion auxquelles elle ne pouvait accéder faute de moyens, ou, comme à Hauterive, en raison de l'isolement. « C'est une présence », dit volontiers Maria quand on moque gentiment son attachement vespéral à « l'étrange lucarne ». Et elle ajoute qu'elle espère bien profiter avant sa mort de la télévision en couleurs.

— Les garçons seront là demain pour déjeuner, annonce Gina.

— Ah, quel bonheur ! La maison va être pleine, réplique Maria en serrant ses mains l'une contre l'autre comme si elle se préparait à applaudir. François et Marie-Sophie doivent venir aussi. Et je compte sur Sandro, Hélène et les enfants. C'est amusant, finalement, d'être grand-mère dans ces conditions.

Pendant quelques instants, Maria concentre son attention sur les images qui défilent à l'écran. Mais elle ne pense déjà plus qu'au lendemain. Elle aimerait en parler, mais elle sent qu'elle énerverait Bernard qui suit sans broncher, en professionnel, les informations. Elle finit pourtant par craquer.

— Gina ? dit-elle à voix basse. Il faut prévoir de

déjeuner dans la salle à manger, avec tout ce monde. Et je pourrais préparer deux gigots si quelqu'un allait les acheter à Vitrolles…

— Chut…, sourit Gina. Bien sûr, c'est une bonne idée…

CHAPITRE 39

— Hélène ? Je voudrais te voir. Puis-je faire un saut, ce soir, jusque chez toi, à la Pointe-Rouge ?

La voix de Jean Cali, dans l'écouteur, est particulièrement calme. Mais Cali est toujours calme. Que se passe-t-il ? La députée comme l'homme des réseaux ont conservé leurs vieilles habitudes. Ils ne commettent aucune indiscrétion au téléphone.

— Bien sûr, répond-elle. Sandro rentrera assez tard de l'hôpital. Quant aux enfants, je crois qu'ils ne dînent pas là. Viens boire un whisky. Ou un pastis.

En fin de soirée, Cali sonne au portail de la villa du boulevard Chancel. Hélène se couvre les épaules d'une grosse veste de laine avant d'affronter le froid de ce début janvier. Elle ouvre à son ami, l'embrasse sur les deux joues.

— Vite, près du feu ! commande-t-elle en riant. J'ai voulu le bord de mer et le mistral, je ne suis pas volée.

Ils s'assoient, un verre de whisky à la main.

— J'imagine que tu ne t'es pas déplacé aussi rapidement sans une bonne raison…

— Oui, répond Cali en regardant la pointe de ses chaussures. Euh… Tu as rendez-vous avec le secrétaire général demain en fin de matinée à Paris ? Tu sais pour quelle raison ?

Au ton employé par l'ancien résistant, Hélène comprend que lui, l'homme de l'ombre, est parfaitement au courant. Qu'il s'agit d'une mauvaise nouvelle. Et que, service commandé ou démarche amicale, Cali est venu l'informer.

— Laisse-moi deviner, dit-elle, la voix contractée… Nous allons à des élections législatives… Depuis des semaines mes interlocuteurs deviennent fuyants… Ma candidature n'est toujours pas validée… Laisse-moi deviner, camarade : le parti me refuse l'investiture ? C'est ça ?

Jean Cali, en face d'elle, a l'air franchement désolé.

— Je ne suis chargé d'aucune mission. Je te le jure. Mais j'ai préféré venir te voir, par affection, pour amortir le choc. C'est ça. La bande des technocrates a eu ta peau. Je le sentais venir, depuis des semaines. Ce retard, en ce qui te concernait, devenait anormal. Tu ne te doutais de rien ?

Pendant une dizaine de secondes, Hélène demeure interdite. Elle se sent en même temps ulcérée et soulagée. Dans son esprit, le tumulte des idées s'est transformé en avalanche d'énormes caillasses. Quels salauds !

— Tu te doutes toujours de quelque chose, mais c'est difficile de ne pas écarter les impressions qui te gênent. Et puis je pensais qu'ils n'oseraient pas. Péché d'orgueil ! Comme d'habitude ! Que me reproche-t-on, exactement ?

— Ça aussi, tu dois t'en douter… Tu les emmerdes, parlons simplement ! Tu emmerdes les gens de l'EDF et tu emmerdes les pétroliers qui, eux, donnent un peu de sous aux partis politiques pour les campagnes électorales. Tu emmerdes les patrons avec tes minima sociaux. Et puis tu emmerdes les hommes parce que tu n'arrêtes pas de revendiquer au nom des femmes… et patin-couffin. C'est beaucoup ! En plus, tu ne marches pas au pas cadencé !

— Dis-moi… Nous nous connaissons depuis longtemps : alors, d'après toi, ma fidélité au Général doit-elle aller jusqu'à me laisser commander par des merdeux, je dis bien des merdeux, qui se réclament de lui, sans que lui ait jamais entendu parler d'eux ? Il faudrait que je marche au pas, sous les ordres de nistons prétentieux ? Et puis quoi, encore ? Oh, funérailles ! Je vais lui virer un pastisson, au secrétaire général, moi !

Cali éclate de rire.

— Je ne devrais pas rire, Hélène, mais tu es irrésistible quand tu te fous en rogne.

— Irrésistible ? Lève-toi et sers-moi un autre whisky. J'ai les jambes coupées. Alors, on me débarque, n'est-ce pas ?

La voix d'Hélène est devenue triste. Qu'elle le veuille ou non, il s'agit d'un échec. Personne n'a envie de subir des échecs. Simple blessure d'amour-propre ? Peut-être. Mais quoi ? L'absence d'amour-propre ne tangente-t-elle pas l'absence de dignité ? Et d'ailleurs, c'est la blessure elle-même qui est douloureuse. Peu importe l'endroit de l'esprit ou du corps qui la reçoit. Qu'a-t-elle à regretter ? D'avoir dit ce qu'elle pensait et fait ce qu'elle disait ? D'avoir laissé parler ses vrais sentiments et suivi ses idées ?

— Aurais-je dû, murmure-t-elle, sous prétexte que j'appartenais à une formation politique, taire les uns et agir au mépris des autres ? Evidemment pas. Alors ?

Alors, il fallait reprendre la route. La sienne. Quelles valeurs partageait-elle, non pas avec des compagnons comme Cali ou Paulo, mais avec ces néo-gaullistes qui gagnaient leurs médailles dans les bureaux des sociétés nationalisées ou les couloirs des cabinets ministériels ? Le choix d'institutions politiques solides ? Sans doute. Mais quant au reste ? Que devenait la modernisation sociale lorsqu'on en confiait la mise en œuvre à des banquiers ? Que devenait le développement économique lorsqu'on prétendait tout diriger grâce à la planification ?

Qu'avons nous à proposer au tiers monde ? s'insurge Hélène, le regard fixe, les mâchoires serrées. De quel grand projet européen sommes-nous porteurs ? De quelle société, nous, vieux gaullistes avons-nous rêvé, et en quoi le conformisme actuel répond-il à nos ambitions ?

— Ce n'est rien, Marais ! dit Jean Cali en interrompant les réflexions d'Hélène. Ce n'est que de la politique ! Je ne me moque pas. Il ne s'agirait pas du Général, je me trouverais dans ma maison des Lecques, et je taquinerais la girelle. Mais je dois veiller encore un peu… Sur lui, tu comprends ? Les autres…

Il expédie sa main droite par-dessus son épaule droite. En galère !

— Et si je téléphonais demain matin au secrétaire général, le traître Marquet, pour l'envoyer promener ? demande Hélène, guidée par le geste de son interlocuteur. Ça m'éviterait de me déplacer.

— Tu ne peux pas te comporter comme ça.

— Ah bon ? Et eux, ils se comportent comment, ces ravans ? Mais qui vont-ils présenter, au fond ? Pourquoi n'investissent-ils pas Paulo ?

— Il a refusé. Aussi sec. Il a même refusé d'être le suppléant d'un autre que toi.

— C'est gentil, mais c'est couillon. Je lui téléphone tout de suite.

Le regard d'Hélène se perd, à travers la baie vitrée, dans le vert sombre de la haie de cyprès vaguement éclairée par les deux grosses ampoules murales de la terrasse.

— Comme c'est curieux, la vie ! Je vais pouvoir m'occuper de mes enfants, de Sandro, de ma famille, de tous ceux que je regrettais de négliger depuis mon élection, dit-elle. Je me demandais même si je ne devais pas abandonner la politique… nationale, tu vois ! Mais me trouver débarquée comme une malpropre, une estrasse ! Je n'arrive pas à y croire. Sers-moi un autre whisky, camarade !

— Tu vas te niasquer, si tu continues comme ça.

— Eh bien, pour une fois… Moi, je ne serai plus députée, mais en tout cas je n'arrivais pas torchonnée à l'Assemblée, comme certains qui pourtant se représentent.

Hélène plaisante, mais elle n'éprouve aucune envie de rire. Au-delà de sa défaite personnelle, elle est déçue de constater encore une fois la logique interne, paradoxalement quasi totalitaire, des organisations politiques, fussent-elles des soutiens sans faille de la démocratie. Ce manque de souplesse des méthodes de gouvernement au sens large, cette incapacité, dans les partis comme les grandes sociétés, à appréhender les besoins individuels, cet éloignement grandissant entre le sommet et la base, cette ignorance profonde, volontaire, du point de vue de « l'autre » mettent Hélène en rage. Si notre société doit un jour exploser, pense-t-elle, c'est dans cette attitude de refus global et frileux qu'il conviendra d'en chercher la cause. Les sociétés civiles ne sont pas faites pour marcher au pas. Parce que, justement, elles sont civiles.

— Que vas-tu décider ? demande Jean Cali, d'une voix douce.

— Oh, certainement pas de foutre le bordel, si c'est ce que tu veux savoir. Tu vois, je continue à placer les intérêts du parti au-dessus des miens... Bien disciplinée, hein, la petite Portallan ?

— Mais tu vas quand même rencontrer le secrétaire...

— Evidemment ! Rassure-toi. En revanche, je ne vais pas lui cacher ma façon de penser, à Marquet. Dont il se moque, d'ailleurs. Et j'oubliais : téléphoner à Paulo. Je m'en occupe immédiatement, d'ailleurs.

Comme d'ordinaire à cette heure de pointe, le cafetier est à la barre de son paquebot de Castellane.

— Ah, Hélène..., dit-il, contrit.

— Ne t'emmerde pas, je suis au courant. Je ne t'en veux pas, tu n'y es pour rien. Je sais que tu as refusé de me remplacer, et j'en suis réellement touchée. Je te remercie de ton courage et de ta délicatesse. Vous n'êtes pas très nombreux, dans cette catégorie... Seulement, demain, je dirai à Paris que tu acceptes l'investiture. Parce que tu ne vas pas refuser. C'est un dernier service que je te demande. Si tu refuses, ajoute-t-elle en riant, je passe chez Gaston avec armes et bagages… Il n'attend que ça.

— Hélène ! entend-elle dans son dos. Hélène, tu es piquée ! rugit encore Jean Cali.

La députée n'a évidemment pas la moindre intention de rallier le maire socialiste de la ville. Mais les relations excellentes qu'elle entretient avec Defferre, les idées « de gauche » qu'elle professe souvent, rendent crédibles cette alliance.

— Tu as entendu Cali ? demande-t-elle à Paulo. Alors, écoutez bien tous les deux. Je plaisantais. Je ne vais pas rejoindre Gaston, et je crois que je vais abandonner la « grande politique ». En revanche, au plan local… A Vitrolles, peut-être. Je t'embrasse, Paulo. Je passerai à la brasserie en revenant de Paris. Je t'aiderai pendant ta campagne. Si on m'y autorise.

Hélène se tourne vers Sandro, qui vient d'entrer dans le salon.

— J'ai entendu la fin de ta conversation, dit-il. Viens ici que je t'embrasse ! Je ne sais pas comment tu en es arrivée à cette décision, mais tu as eu raison. Reprends ton cabinet. Je veux pouvoir profiter de toi tous les jours que Dieu fait. J'ai raison, n'est-ce pas, Jean ? Paris ! Quelle idée ! Mais, ma parole, tu sens le whisky aussi fort qu'une distillerie !

Hélène est dans les bras de Sandro, et la désillusion commence déjà à s'effacer.

— Pour que tu connaisses la vérité, mon amour, la décision m'a plutôt été imposée, grogne-t-elle en riant dans le cou du médecin. Comme Jean est un bon camarade, il est venu me prévenir ce soir au lieu de me laisser prendre ça dans la gueule demain.

Sandro dénoue sa cravate et accomplit quelques exercices d'assouplissement.

— Cinq heures de salle d'op ! Bien, laissez tomber le whisky ! Champagne, pour fêter cette excellente nouvelle ! Jean, vous restez dîner avec nous ? Regardez ce que je rapporte : un loup pêché par un patient.

On va le mettre au four. Avec un petit blanc de Cassis ?

Hélène ignore si Sandro joue la comédie. Mais elle le trouve merveilleux.

Aux élections législatives de la mi-mars, et contrairement aux prévisions, les gaullistes reculaient partout. Cependant, l'ancienne majorité « Ve République » conservait de justesse le pouvoir. A Marseille, Paulo était battu.

— Un sérieux coup de semonce, pour le Général, dit Hélène. Mon pauvre vieux ! ajoute-t-elle en passant son bras sur l'épaule de Paulo. Ce n'est réellement pas ta faute, et j'aurais été battue aussi. Tu as mal encapé, comme on dit. C'est tout.

Ils sont assis au fond de la brasserie, entourés de quelques sympathisants et des membres de l'équipe de campagne. Il y a bien des bouteilles de champagne qui circulent, mais personne, évidemment, ne lève son verre.

— La victoire socialiste, dans cette circonscription, est anormale, analyse un vieux militant à l'accent épais. Quand j'ai entendu la nouvelle, putain, j'ai tombé de haut ! Il y a des électeurs de notre camp qui nous ont trahis.

— Oui… Ou qui nous ont abandonnés, parce que notre discours, au niveau national, manque de souffle, remarque Hélène. Personne n'est jamais propriétaire des voix des électeurs. On a tendance à l'oublier. Nous devrions y réfléchir.

— Ils auraient dû te garder, ces counas ! poursuit Paulo en s'adressant à sa voisine. Fatche, toi, tu n'aurais pas perdu. Je suis mauvais, le vrai poupre.

Hélène rit.

— Dans tes discours, tu ne mettais pas trop de patois marseillais, par hasard ?

A son tour, Paulo sourit.

— Oh non ! rugit-il. Pareil comme les autres ! On s'est bien fait estamper, toi et moi, ma nine !

Hélène, une fois de plus, se dit qu'elle aime réellement cette ville, ses habitants, la capacité de ceux-ci à cacher derrière un vocabulaire explosif un profond recul par rapport aux événements. Paulo a perdu, mais déjà il évacue sa déconvenue en quelques plaisanteries. Parce que la vérité ne tient pas dans une urne. Dimanche prochain, il « montera » à la villa, près de Cassis. Après la partie de pétanque et le pastis, il fera griller quelques côtelettes et, au passage, évoquera la stratégie de la prochaine campagne électorale. Sans plus. La vie, la vraie, aura repris son cours.

— Je vais continuer à te voir, hein, Marais ?

— Tu te trouves toujours exactement à égale distance de mon cabinet, dont je vais à nouveau m'occuper, et de la Pointe-Rouge, où je continue à habiter. Exactement à l'endroit où j'éprouve de façon régulière une petite soif, vers 7 heures du soir.

Cette fin de mois de mars ressemble à l'été. La chaleur n'a d'égale que la surprise des Marseillais de devoir affronter un thermomètre fou. « C'est épuisant, jugent-ils, nous n'aurons pas eu d'hiver. » Ils oublient que, deux mois plus tôt, ils étaient obligés de se courber en deux contre un mistral glacé. « Vous, vous n'étiez pas sur les terrains de foot le dimanche, les pieds en bois, on avait ! » dit d'ailleurs Clément qui a retrouvé sa place de titulaire à l'OM depuis sa désintoxication. François est venu le voir jouer à plusieurs reprises, pour une raison que son cadet ne s'est pas expliquée. L'aîné, ancien membre du relais du 4 x 100 mètres nage libre du Cercle des nageurs, n'a jamais pratiqué « le ballon ».

Hélène « respire », selon l'expression locale favorite. Elle se laisse vivre. Il n'y a plus d'horaires d'avion ou de train à respecter, son carnet de rendez-vous est devenu inutile. Elle prend son petit déjeuner avec Clément et Bernadette, elle se recouche un moment en écoutant la radio, elle enfile un survêtement et court le long de la plage, elle jardine. Elle a même réussi à imposer à Sandro un allègement de ses horaires de travail et, la veille, ils sont allés déjeuner dans l'auberge de la Sainte-Baume où, une nuit, durant l'Occupation, ils s'étaient retrouvés pour réceptionner un parachutage. Evidemment, Hélène avait retenu, non seulement une table près de la cheminée, mais également une chambre, ce qui n'avait en rien surpris l'hôtelière. Quant à son cabinet, il retrouve un rythme de croisière qu'elle utilise avec précaution. Elle entend se ménager une sorte d'année sabbatique.

Ce jour-là, en début d'après-midi, elle a déployé une chaise longue sur la terrasse, face au soleil, et s'apprête à une sieste. Le téléphone sonne.

— La Vieille Charité, s'il vous plaît ? demande la voix, lointaine.

— Nom de Dieu ! jure-t-elle. Hocine, où es-tu ?

— A Alger, pourquoi ?

— Pourquoi ? Quand tu es parti, figure-toi, je n'ai pas eu le temps de noter ton adresse.

— Je sais. Je sais tout, d'ailleurs. Pas grave, pas grave du tout. Je voulais t'embrasser. Comment vont les enfants ?

Elle raconte.

— Et toi ? demande-t-elle, encore bouleversée.

— Je suis marié. J'ai une fille et un fils. La vie n'est pas facile. J'espère que je n'irai pas en prison. Tu le sais, digérer des libérations, des révolutions... enfin quelque chose de lourd...

Il ne termine pas sa phrase. Elle comprend qu'il cherche, malgré les kilomètres, une main amie, secourable. Qu'il est à la dérive. Elle pense que la France, en Algérie, a décidément tout loupé.

— Tu ne viendras pas, un de ces jours ? reprend-elle.

— Peut-être. Ici, je ne suis plus en odeur de sainteté.

— Alors, barre-toi !

— Compliqué, Hélène, compliqué ! Plus personne ne veut de moi, ni ici, ni... chez toi. Rien de grave. je voulais entendre ta voix.

— J'avais compris. Tu le sais, puisque tu es au courant de ma vie : les vieux résistants font chier tout le monde…

— Hélène ! Quel vocabulaire !

— Ah, que veux-tu, c'est l'influence de mes enfants… Je te disais : les résistants, ils surgissent à un moment de leur existence pour accomplir une mission déterminée. Ensuite, ils gênent… Ceux de leur génération qui n'ont pas été résistants, et les plus jeunes qui n'ont rien à foutre des vieilles histoires. C'est la vie. Tu devrais venir à Marseille. J'allais dire : te rapatrier…

A l'autre bout du fil, Hocine Ahmed éclate de rire. Hélène pense qu'elle avait bien utilisé sa journée. Le grand fleuve retrouve un cours normal. Hocine, un jour ou l'autre, rejoindra la France. Elle en a terminé avec la politique. L'été, impatient, ne va plus tarder. Sandro ne pourra refuser : ils s'installeront à Hauterive dès la fin du mois de juin. D'ailleurs, François et Marie-Sophie ont décidé de se marier au mois de juillet. Quelques préparatifs s'imposent.

— Hocine, dit-elle, on t'attend à Vitrolles. Quand tu veux.

Il promet, puis Hélène raccroche quand elle entend le déclic marquant la fin de la communication. Elle revient au soleil, se glisse dans sa chaise longue mais ne trouve pas le sommeil immédiatement. Les semaines à venir se déroulent dans sa tête, comme un film d'amateur sans musique ni paroles. Surgissent les grands sourires édentés des enfants petits, les mimiques familières des parents disparus. Elle ignore qu'elle dort déjà.

CHAPITRE 40

— Ce genre de catastrophe va se produire de plus en plus souvent, j'en suis certaine. L'étang de Berre multiplié par cent. Ou mille, je ne sais pas... L'horreur !

Hélène Barutti est furieuse. La veille, le 10 avril 1967, une gigantesque marée noire a atteint la côte bretonne. Une nappe de deux cent cinquante kilomètres carrés et de dix centimètres d'épaisseur de pétrole, issue du naufrage d'un tanker, le *Torrey Canyon*. Après avoir touché la Cornouaille, elle est venue s'échouer en France. Rochers noircis, sable souillé, algues engluées, oiseaux étouffés : l'armée et les volontaires civils sont impuissants. Un désastre. Combien d'années faudra-t-il pour que le rivage retrouve une allure normale, que la faune et la flore se rétablissent ? Pourra-t-on seulement sauver la côte de granit ?

— Heureusement, nous n'en sommes pas là ! répond Sandro.

Ils ont pris leurs vieux vélos et roulent vers la plage.

— Non ? Tu vas voir.

Ils posent les bicyclettes contre le tronc d'un tamaris. L'eau, frappée obliquement par le soleil, est irisée. En certains endroits, elle semble même franchement graisseuse. Le sable est parsemé de petites boules noires de mazout durci.

— Ici, dit-elle, nous trouvions des clovisses dans les trous de la grève. Et vingt mètres au large, des oursins. Maintenant, nous avons l'eau tiède de l'EDF au robinet... Le pétrole de Shell à l'autre robinet ! Et parce que je ne suis pas contente, on préfère m'écarter de ma famille politique...

— C'est fini, Hélène, arrête de gratter cette petite plaie d'amour-propre.

— Non, Sandro. Ce qui est fini, c'est ma participation à une formation politique nationale, quelle qu'elle soit. En revanche, je poursuivrai ma lutte ici, contre la dégradation du milieu naturel en général et de l'étang en particulier. Tu verras, les pétroliers et l'EDF seront obligés de céder. Si Dieu me prête vie...

— Tu comptes t'y prendre comment, mon amour ? Tu participais au pouvoir, et pourtant on refusait de t'écouter... Alors, maintenant, isolée...

Retrouvant une attitude ancienne, ils se sont assis sur de grosses pierres plates, en retrait de la plage. Seuls quelques enfants des villas voisines troublent de leurs cris joyeux la quiétude de l'endroit. Hélène allume une cigarette, malgré le regard de reproche de Sandro.

— Combien ? Tu n'oublies pas ce que je t'ai dit : pas plus de cigarettes par jour que d'heures de sommeil par nuit.

— Je ne fume presque plus. J'arrêterai lorsque je reviendrai m'installer à Hauterive.

Sandro éclate de rire.

— Mais la bastide va finir par être trop petite ! Bernard et Gina, François et Marie-Sophie, nous deux... Nous verrons bien.

— Comment je compte m'y prendre, pour l'étang ? En créant, en multipliant les associations, en manifestant, en agitant la terre entière. Nous aurons du mal avec l'EDF. Là, il s'agit de détourner le canal, de renvoyer l'eau vers le Rhône ou la Camargue... Mais je te signale qu'ils sont de très mauvaise volonté, parce que les travaux ne représenteraient que le double des sommes dont dispose chaque année pour ses activités le comité d'entreprise de cette belle société. Nous y parviendrons quand même. Après ma mort, peut-être. Un jour, les citoyens, ou les consommateurs, seront suffisamment organisés pour suivre certains mots d'ordre : « Telle société pourrit la nature ? Fournissez-vous chez les concurrents ! »

— Tu rêves, mon Hélène, dit Sandro. C'est drôle, mais tu rêves.

— Oh, même pour l'électricité, on pourrait y arriver ! Il suffirait de mettre un terme au monopole. D'ailleurs, je ne suis pas forcément hostile à l'énergie nucléaire, c'est sans doute moins salissant que le pétrole et le charbon. Mais on a choisi l'atome pour des raisons militaires, et par ailleurs cela n'excuse par la canalisation qui se vide dans l'étang. Tu verras ! Si on procédait de temps en temps par référendum local, dans les communes concernées, ils deviendraient moins arrogants, les technocrates ! Quant aux pétroliers, je suis persuadée que nous allons parvenir assez vite à des résultats. J'ai des rendez-vous prometteurs dès la semaine prochaine.

Sandro sourit. Le jour est encore lointain où Hélène réduira son activité. A quarante-huit ans, elle en paraît presque dix de moins. Le trop-plein d'énergie qu'elle dépense généreusement vaut certainement tous les régimes et les entraînements physiques des sportifs professionnels. En quelques semaines seulement, depuis son retrait de la politique, elle a retrouvé des traits plus détendus, une peau hâlée, une démarche et des gestes vifs. Et l'appétit ! songe le médecin en entendant :

— Bien, maintenant, j'ai une faim de loup ! Midi et demi ? En selle ! Ta mère nous a encore préparé un repas de gala, avec des farcis. Et je te signale que demain, nous aurons droit à l'aïoli ! C'est François qui l'a réclamé. Après, mon petit mari, tu ne coupes pas à la sieste…

A l'amorce de l'été, le mariage de son fils et de Marie-Sophie rallume tous les souvenirs d'Hélène. Elle s'avance jusqu'à l'autel de la petite église de Vitrolles, François à son bras. Elle ne parvient pas à contenir ses larmes. Il ne s'agit pas de sanglots, mais d'une effusion lente, incontrôlable, bienfaisante. Elle est certaine de n'avoir versé aucune larme quand, dix-huit ans plus tôt, dans la même église, elle avait épousé Sandro. « Faux », lui dit en souriant celui-ci quand elle le rejoint après avoir laissé François devant son prie-Dieu. « Tu pleurais de bonheur, comme maintenant. Parce que tu es toujours très contente de m'avoir épousé. »

Cette fois-ci, signe des temps, personne ne s'est imposé de jaquette. Si la mariée porte une bien jolie robe à traîne, si les tenues féminines dont celle d'Hélène sont complétées par de ravissants bibis, les hommes ont opté pour des costumes sombres en coton léger. Hélène le regrette un peu. Mais elle est la seule, et les jeunes mariés se sont montrés résolument partisans d'une fête décontractée.

— Maman, a même prévenu François, nous restons en costume pour le déjeuner, mais ensuite blue-jeans et chemise Lacoste pour tout le monde. Puis maillot de bain, et zou ! Dans la piscine !

— La mariée aussi ? avait, un peu interdite, demandé Hélène.

Marie-Sophie a souri.

— Non, ne vous inquiétez pas, je garderai ma robe. Mais enfin, lorsque personne ne me verra, j'irai plonger.

Aujourd'hui, Hélène donne raison à sa belle-fille. La journée s'annonce caniculaire. Sans doute n'est-il pas très convenable que la mère du marié exhibe son anatomie, mais elle le regrette. Ce qui semble, à l'instant même, encore moins convenable, ajoute Hélène intérieurement, c'est de penser à tout autre chose qu'aux recommandations matrimoniales du brave curé de Vitrolles, un peu empêtré dans son sermon. Elle serre la main de Sandro dans la sienne et s'appuie légèrement contre lui. « Tu m'épouserais encore, bien sûr ? » chuchote-t-elle à son oreille. « Et si je te disais non ? » murmure-t-il. « Oh, ce serait très simple. Je t'étrangle. Ici. Dans l'église. Tu réponds, s'il te plaît ? » Il répond et ajoute : « Veux-tu que nous allions nous marier de nouveau dans une église américaine ? Ou écossaise ? »

Elle jette un coup d'œil au bout de la rangée. Sa mère, qui approche des soixante-dix ans, étrenne un superbe tailleur. Hélène avait tenu à l'accompagner pour courir les magasins. Simone, désormais, supporte mal l'absence de Marc. « Mon fils ne téléphone pas souvent, se plaint-elle d'une petite voix. Pourtant, la Suisse, ce n'est pas si loin ! » Hélène sait que son frère est venu à plusieurs reprises à Marseille. Mais il n'a que deux fois pris le temps de rendre visite à sa mère. Il a été invité au mariage, mais il a refusé, prétextant un engagement professionnel de la plus haute importance à Genève. Hélène sait qu'en réalité Marc n'a jamais aimé voir son nom porté par François, « quelqu'un, avait-il dit un jour, arrivé de façon accidentelle dans la famille ». De toute façon, elle préfère l'absence de son frère à une de ses scènes dont il a le secret. Elle comprend cependant la tristesse de sa mère. Celle-ci a souffert des éclats de son fils, mais l'amour maternel reste inoxydable.

Plus tard, le cortège de voitures rejoint Hauterive. Dans le souci d'éviter à Hélène un surcroît de travail, François et Marie-Sophie ont décidé de tout commander chez un traiteur. Des tentes blanches sont dressées sur la terrasse pour permettre à quelque deux cents invités de déjeuner à l'ombre. Les grandes tables rondes sont décorées de superbes bouquets de fleurs, de même que les buffets où chacun ira se servir. Une escouade de garçons circule entre les tables avec les bouteilles. Tout est absolument parfait. Hélène a bien essayé, en revenant de l'église, de contrôler la marche des opérations, mais elle a été courtoisement reconduite jusqu'à la porte de la cuisine par le maître d'hôtel. Elle trouve curieux de se sentir invitée dans sa propre maison. Cependant, comme elle est convaincue que son fils et sa belle-fille ont d'abord voulu l'aider, elle n'en a pas pris ombrage. Elle choisit une coupe de champagne et entreprend de circuler entre les groupes d'invités. Après tout, il s'agit bien là, pense-t-elle, de la meilleure part. Elle entend derrière elle la voix de son fils :

— Mais non, ce n'est pas ma sœur, mais ma mère !

François lui présente un des amis d'enfance de Marie-Sophie, et Hélène rosit de plaisir, sous le compliment indirect.

— C'est compliqué, dit-elle avec une moue gamine. Mais c'est vrai, j'étais jeune, il y avait la guerre... Vraiment compliqué !

Elle n'a pas la moindre intention d'expliquer pourquoi, dans leur famille, un enfant s'appelle Portallan, les deux autres Barutti, pourquoi elle porte, elle, les deux noms et même un troisième. Pourquoi Maria Barutti habite la bastide. Pourquoi la maison de Maria est occupée par les Benaïm. Pourquoi son oncle Bernard de Portallan a épousé sa meilleure amie, une Barutti aussi.

Elle se sent comblée et, de ce fait, presque inutile. L'appartement de François et Marie-Sophie, au deuxième étage de la bastide, est prêt, et les deux jeunes mariés s'y installeront au retour de leur voyage de noces. Voyage de noces ? Clément a réussi son bac. Il a invité au mariage, avec l'autorisation de son frère et de sa mère, sa petite amie du moment, qui se prénomme Marie-Hélène – mais, a-t-il corrigé en piquant un fard, « je l'appelle Marilène, pas comme toi ». Bernadette, pour ne pas être en reste, a agi de même avec un certain Patrick, un adolescent qui dépasse déjà toute l'assemblée d'une bonne tête. Lorsqu'elle s'inscrira à l'université, qu'elle aura, comme son frère, passé son permis de conduire, ils viendront habiter Hauterive.

Sandro s'était assez longtemps montré réticent à

cette idée. Mais, curieusement, la piscine, à la couleur turquoise un peu surprenante au milieu des oliviers, semblait l'avoir amené à changer d'avis. Admettant l'existence de ressources financières insoupçonnées par ses proches, il avait engagé les premiers travaux d'un terrain de tennis, commandé le désensablement du petit port en contrebas de la bastide et conclu, à la Pointe-Rouge, l'achat d'un hors-bord qui permettrait de pratiquer le ski nautique sur l'étang. « Je crée un club de loisirs », avait-il répondu, énigmatique, quand on s'était étonné de cette soudaine passion pour le sport.

— Si nous voulons habiter Hauterive et continuer à voir nos enfants, avait-il plus simplement expliqué à Hélène, nous devons mettre à leur disposition tout ce qu'ils ne trouvent pas ailleurs. Tennis, piscine, bateau, équitation chez Albert, etc.

— Tu ne trouves pas que nous dépensons trop ? s'était inquiétée Hélène.

— Bof ! J'ai pris des crédits. Il faut vivre avec son temps.

Maintenant, tout est en ordre. Elle sait. Elle part à la recherche de Sandro.

— Ciel, j'interromps ton pénéqué ? Tant pis. Tu as suivi l'actualité internationale ? lui demande-t-elle quand elle le retrouve, allongé à l'ombre sous un pin, radassant à l'écart de la fête.

— Euh… Oui, grogne Sandro. Qu'est-ce qui te prend ?

— Tu as suivi cette malheureuse guerre des Six-Jours, au début du mois de juin ?

— Oui, j'ai même eu très peur pour Israël, au début.

— Eh bien, alors, tu vas m'inviter pour quelques jours de vacances, dit Hélène en riant.

— Dans le Sinaï ?

— Non, crétin. A Jérusalem. J'en ai toujours rêvé. Sais-tu ce que signifie Jérusalem en hébreu ?

— Non.

— La paix apparaîtra.

— Ah… Tu deviens mystique ?

— On va à Jérusalem ? insiste-t-elle.

— Bien sûr. Le temps de nous y préparer. Mais tu m'expliqueras, quand même ?

Elle s'allonge à côté de Sandro, pose la tête au creux de son épaule, retrouve son odeur. Elle regarde le ciel. Elle explique qu'elle tourne une page. Une grande page remontant à la guerre. La paix apparaîtra, annonce la dernière ligne de la page. Le mariage de François, pour Sandro et pour elle, constitue la récompense d'une mission réussie. Elle a besoin d'un surcroît d'âme. Il y aura d'autres guerres, tu comprends, Sandro ? Regarde, le Viêt-nam. Ils sont fous. Bientôt, il y aura un demi-million de GI là-bas pour appuyer le gouvernement de Saigon. Je ne peux plus défendre les Américains. Et dire que nous leur devons notre liberté !

— Calme-toi, murmure Sandro, en lui caressant le front.

Mais Hélène n'a jamais été aussi calme. Elle a le sentiment de pénétrer dans un espace préservé. Simoni est mort. Hocine est vivant. Elle s'est débarrassée de la politique. Elle revient à Hauterive. Sa vie ressemble maintenant à une ligne très pure, très légère, un coup de crayon de génie. Un espace préservé pour combien de temps ? Les guerres ressurgiront-elles ? Y perdrons-nous des enfants ? Prier. Il faut prier. A la source des religions confondues. Jérusalem serait une sorte de capitale du monde. De tolérance, de raison et de partage. Sans armes. Elle rêve.

— Au fond, sourit Sandro, tu voudrais accomplir un pèlerinage. Tu n'es pas très sûre de ta destination, parce qu'il s'agit peut-être d'un mirage. Mais, tu sais, Jérusalem, c'est très réel. Conflictuel. Dramatique. Tu n'y trouveras la paix que si tu l'apportes avec toi.

— Comme toujours, mon amour.

Nous avons encore tant de projets, pense-t-elle. Disposerons-nous du temps nécessaire ? Nous. Lui et moi. Cet homme dont je sens l'épaule sous ma tête et qui me manque tellement dès qu'il disparaît de mon regard.

— Une fois, tu as commis un très gros oubli, mon Sandro. Il faut réparer.

— Seigneur ! Qu'as-tu encore inventé ?

— Tu ne m'as jamais emmenée en voyage de noces.

— Et Venise, immédiatement après notre mariage ?

— Mesquin. A peine trois jours ! Un vrai, à l'ancienne, deux bonnes semaines.

— Jérusalem ?

Elle se contorsionne pour parvenir à poser ses lèvres sur celles de Sandro.

— Quand nous serons là-bas, dit-il sur un ton inquiet, tu ne me feras pas le coup du kibboutz, promis ?

Hélène ouvre comiquement des yeux ronds.

— Comment ça ?

— Par exemple, nous y resterions quelques mois, toi travaillant aux champs et moi soignant les enfants…

— Je n'y avais pas pensé.

Elle n'en est pas sûre.

Achevé d'imprimer sur les presses de

BUSSIÈRE

GROUPE CPI

à Saint-Amand-Montrond (Cher)
en septembre 2002

POCKET - 12, avenue d'Italie - 75627 Paris Cedex 13
Tél. : 01-44-16-05-00

— N° d'imp. : 25188. —
Dépôt légal : octobre 2002.

Imprimé en France